Author
Schuld
Illustrator
ランサネ
JN105967
TRPGプレイヤーが異世界で
最強ビルドを目指す
ヘンダーソン氏の福音を 9 ［下］
Mr. Henderson Preach the Gospel

「拙下の隠行に気付くか、猫め」
ベアトリクス
Beatrix

シュネー
Schnee
「そんだけ濃い血の臭いさせといてよー言うわ」

ナンナ
Nanna
エーリヒ
Erich
聞いてねえんだけど、
そう言いたげに
ナンナから睨まれたが、
私はバツが悪かったので煙管で
煙を一つ吹いて顔を逸らした。

フィデリオ
Fidelio

「では問うが、
退けぬ戦で退く
冒険者がいるか？」

「……なるほど、道理だ」
一対一、私が勝つかどうかで
戦全体の趨勢が決まる。

ヘンダーソンスケール

【 Henderson Scale 】

- -9 ： 全てプロット通りに物語が運び、更に究極のハッピーエンドを迎える。
- -1 ： 竜は倒れ、姫は国元に帰り、冒険者は酒場でエールを打ち合わし称え合う。
- 0 ： 良かれ悪かれGMとPLの想像通り。
- 0.5 ： 本筋に影響が残る脱線。
  EX）何か今回のエネミー枠めっちゃウケいいな。
- 0.75 ： 本筋がサブと入れ替わる脱線。
  EX）あかん、PC達から攻撃色が消えた!
- 1.0 ： 致命的な脱線によりエンディングに到達不可能になる。
  EX）いや、助ける筋道ないんだって。戦争になるよ?
- 1.25 ： 新しいセッション方針を探すも、GMが打ち切りを宣告する。
  EX）えぇ、このエネミー達のために国も古巣も敵に回して戦争するの?　完全に想定外でシナリオ何もないんだけど……。
- 1.5 ： PCの意図による全滅。
  EX）勝ち目がないと断言しても乗り気になるの、日本人って感じで困るなぁ……。
- 1.75 ： 大勢が意図して全滅、或いはシナリオの崩壊に向かう。GMは静かにスクリーンを畳んだ。
  EX）ここまで気に入って貰えるのは嬉しいけど、心中は流石に気が重いなぁ。仕方がない、シナリオ書き直すか。
- 2.0 ： メインシナリオの崩壊。キャンペーンの終了。
  EX）GMは無言でシナリオを鞄へとしまった。
- 2.0以上 ： 神話の領域。0.5～1.75を経験しつつも何故かゲームが続行され、どういうわけか話が進み、理解不能な過程を経て新たな目的を建て、あまつさえ完遂された。
  EX）GMが二日で頑張ってシナリオを書き直し、往事の救済物二次創作めいた頭を捻りに捻った展開の末、君達は古巣の友人も恩人も討ち果たして彼等を救った。元のシナリオの原型はなくなったけども。

Aims for the Strongest
Build Up Character
The TRPG Player Develop Himself
in Different World
Mr. Henderson
Preach the Gospel

CONTENTS

It is the Story,
Data Munchkin
Who Reincarnated
in Different World
PLAY REAL
TRPG

TRPGプレイヤーが異世界で最強ビルドを目指す 9［下］

ヘンダーソン氏の福音を

Mr. Henderson Preach the Gospel

Aims for the Strongest Build Up Character The TRPG Player Develop Himself in Different World

Author
Schuld

Illustrator
ランサネ

マンチキン

【Munchkin】

①自分のPCが有利になるように周囲にワガママをがなりたてる、聞き分けのない子供のようなプレイヤー。
②物語を楽しむことよりも自分のキャラクターのルール上での強さを追求する、ルール至上主義者なプレイヤー。和マンチとも。

序章

TRPG《テーブルトーク　ロール　プレイング　ゲーム》

【 Tabletalk role-playing game 】

いわゆるRPGを紙のルールブックとサイコロなどを使ってアナログで行う遊び。

GM（ゲームマスター）と呼ばれる主催者とPL（プレイヤー）が共同で行う、筋書きは決まっているがエンディングと中身は決まっていない演劇とでも言うべきもの。

PLはPC（プレイヤーキャラクター）をシートの上で作り、それになりきってGMが用意した課題をクリアしつつエンディングを目指す。

現在多数のTRPGが発行されており、ファンタジー、SF、モダンホラー、現代伝奇風、ガンアクション、ポストアポカリプス、果てはアイドルとかメイドになるイロモノまで多種多様。

人生の中で決定的に、この一打が完全な敗着であったと明確に言える分岐点は少ない。

少なくとも生きるということは兵演棋ほど規則的でもないし、ご丁寧に棋譜も残ってくれず、脳髄という頼りない記憶媒体の中で変質していき感想戦すら容易ではない。

況《ま》してや、この奇妙な運命《フラグ》が絡まり合った浮世なんてものは、神が実在していても碌《ろく》に管理しているとは思えない混沌《こんとん》具合を見せるもの。

ここで選択一つ違っただけで道が分かれる《ルートが分岐する》などといった、分かりやすい標《しるし》は回想してもそうそう思い至れる道理もなし。

だから彼女達《たち》にも、自分達の何が悪くて現状があるのか。それを端的に説明できる者はいなかった。

「い、たい……ぃぃ……」

突如巻き起こった竜巻にて強引に中入りを喰《く》らった刺客達は、帝都と比べると随分見窄《みすぼ》らしい下水道の中に逃げ込んでいた。

どういった理屈か分からぬが、巻き込まれれば共に吹き上げられた瓦礫《がれき》やゴミと混淆《こんこう》され、できの悪い挽肉《ひきにく》に仕立て上げられてしまいそうな竜巻を地上では撒《ま》くことができなかったからだ。

一人の刺客、エーリヒと斬り結んだ二刀の暗殺者が掠《かす》れるような声を上げながら、袖と頭巾付きの外套《がいとう》を脱ぎ捨てる。

その下から現れたのは、恐ろしく小柄な獣の体。茶褐色の短く艶やかな被毛に包まれた体躯《たいく》は、横に伸びても剣一本分の長さもないだろう。

兎走人だ。帝国語ではハーゼニアン、あるいは北方離島圏の〝蔑称〟で以《もっ》て首狩獣《ヴォパリアン》と呼ばれる小型の亜人種。

痩せた体躯はヒトに似た陰影《シルエット》をしているが、腰から下の骨格は兎《うさぎ》に近くつま先立ちの獣脚で、顔もY字型の切れ込みを思わせる鼻やぴんと立った長い耳が酷《ひど》く目立つ。

「て、てぇ……いたぃ……」

囁《ささや》くような声は左腕を〝ひらき〟にされた激痛もあるが、声帯が殆《ほとん》ど退化していて言葉を結ぶことが難しいからだ。兎走人《ハーゼニアン》は汲《く》んだ血の性質からか発声そのものが不得手で、訓練しても小声の片言が精一杯。そのため帝国外では人類として扱われていない時期が長くあった、非業の歴史を持つ種族である。

殆ど強膜の見えない黒目がちの目から、鼻涙管で処理仕切れなかった雫《しずく》が幾つも堕《お》ちる。

戦闘の高揚によって堪《こら》えられていた激痛に後から襲われているのだ。

戦闘の最中であれば、覚悟が決まった一流の戦士は痛みをある程度無視できる。脳内麻薬の過剰分泌や闘争に最適化された理性が、本能的な警告を黙らせてくれるのだ。

今、そんなことは重要ではないと。

だが、昂ぶり《アドレナリン》が去ってしまえばどうしようもない。確実に意識を刈り取られる一撃、それを前腕部を縦に裂かれる代わりに受け止めたのは、殺し合いの最中では合理的な判断ではあったが、終わった今では溜《た》まったツケの如《ごと》く重い。

「レプシア、大丈夫？　俺だよ」

痛みに蹲《うずくま》る兎走人《ハーゼニアン》に下水の角を曲がって人影が音もなく接近し、声を掛けた。

疾走のため背後に流した外套の下から覗《のぞ》く四本の腕。見紛《みまが》うことなき四腕人《ヴィアマン》だ。

この種族の外見はヒト種《メンシュ》とよく似ている。ヒト種《メンシュ》と同じ位置、同じ形状をした一対の主腕があり、更に肩甲骨の辺りからもう一対の副腕が伸びているのだ。背まで隠す外套を羽織り副腕を後ろ手に組めば、一見しただけで両種族を見分けるのは難しいだろう。

時に純粋なヒト種《メンシュ》の上位互換とも言われる四腕人《ヴィアマン》の女性は——その実、増加した腕の重量に筋肉量が追いついておらず機敏さに劣るのだが——種族最大の特徴である腕を全て長手袋で覆い、胴衣も首丈の高い革の長衣で楚々《そそ》と隠しているが、足下まで伸びた裾の切れ間から覗く太股《ふともも》や二の腕、そして外した頭巾の肌は淡い褐色をしている。

乳を垂らした黒茶のような淡褐色の肌は、彼女が南方系ではなく中東系の出身であることを匂わせた。首丈で水平になるよう切り揃《そろ》えた黒髪も、東征帝が開拓し竜騎帝が再打貫した東の交易路に跨《また》がる礫砂漠《れきさばく》より更に南、荒漠な砂に満ちた砂漠と乾燥した平原《ステップ》、そして塩の湖が狭間《はざま》に生きる民の色合いだ。

「止血、できてる？　皆、心配してた」

「シャフルナーズ……」

彫りが浅い東の血の顔付きの中で、熱砂に耐えられるよう伸びた濃く長い睫《まつげ》が目立つ、細くて微《かす》かに釣り上がった朱殷《しゅあん》の瞳は、偽りのない心配で潤んでいた。

「動ける?」

「ごめ……むり……」

「分かった、運ぶ。少し、我慢してくれ」

四本の腕が器用に蠢《うごめ》き、壊れ物を触るような繊細さで兎走人《ハーゼニアン》を持ち上げた。副腕が背と膝に差し込まれ、残った二本の腕が肩と足を支えているため安定感は二本しか手がない種族より段違いに高い。

「みんな、は……?」

「できた、合流。尊師《シャイフ》、いる」

マルスハイムの下水道は帝都のそれと比べると随分お粗末で、粘液体《スライム》の活動もそこまで活発ではないこともあって酷く空気が凝《こご》っていた。その中を人一人担いでもシャフルナーズと呼ばれた四腕人《ヴィアマン》は一切の足音を立てずに走り抜ける。

戦士の走り方ではない。影に潜む者独特の歩方だ。

彼女が純粋な戦士でないことは、移動の端々に滲《にじ》む癖からも明白であった。

角を曲がる寸前に歩速を緩め、耳を澄ませて向こう側を窺い、更に用心深いことに〝小さな角形の手鏡〟で覗き込み安全を確保してから漸《ようや》く曲がる。

かと思えば直《す》ぐに歩き出さず、また聴覚を研ぎ澄ませて追走してくる者がいないか探る所作は、隠しようもない密偵のもの。

それも単なる情報の収集や先導を得手とする挙動ではない。

対象となる個人に気付かれないのは最早《もはや》前提。こと殺害が決まった後に〝殺された事実〟さえ葬る、本物の汚れ仕事に染まった人間のやり口であった。

暫《しばら》くしてレプシアを担いだシャフルナーズは、宿の小部屋くらいの広さがある空間へと辿《たど》り着いた。

「……大事ないか、レプシア」

声は天井より響いてきた。入り口となる隘路《あいろ》の出口——恐らく、大雨の時に水を逃がす空間なのだろう——その両脇に人間が二人へばり付いているのだ。

一人は大柄な蜘蛛人《アラクネ》だ。南方大陸の東端より搾路諸島を越えて辿り着ける、中央大陸南端の亜大陸部分に血の根源を持つ〝足高蜘蛛種《あしだかぐも》〟である。

蜘蛛と言えば巣を連想することが多いが、この人種は近縁の蠅捕蜘蛛種《はえとりぐも》と並んで営巣する習慣を持たず、また感覚器の延長として糸を張る大土蜘蛛種のような使い方もしない。偏《ひとえ》に体軀《フィジカル》。同種の中でも最大種の種族よりも素早く、更に熊体人《カリスティアン》でさえ組み付かれれば容易に振りほどけない膂力《りょりょく》を武器にする蜘蛛人《アラクネ》の中でも変わり種の種族だ。

素早く徘徊《はいかい》し貪欲に狩りを行い、時に成果を担いでいても別の獲物を見つけたならば、それを放り出して尚《なお》も狩りを行う凶暴性を持つ亜人種なれど、世に知られる恐ろしさに反して声音は酷く穏やかだった。

「見ていてヒヤヒヤした。あの剣士は私《わたし》向きだった」

絹地の黒い面頬と外套の下から微かに覗く肌は、白に黄色味が僅かに滲む黄砂色をしているが、帝国語の発音は堪能であった。強いておかしなところを指摘するのであれば、人称詞を亜大陸語のままにしていることだろう。

　そのため、彼女は身内にも名を教えていないこともあり、遠い異国語の主格、私を意味するマェンと呼ばれている。

「剣の方が絡め取りやすいからな。トゥーは槍《きみ》の間合いに素早く入れるから、その方が向こうも嫌がっただろう」

　人形めいて作りの良い顔が面頰越しに分かるほどの悲嘆に歪《ゆが》んだ。紗幕《しゃまく》に隠されて尚も整っていることが分かる目鼻立ちと、睫の長い金色の目は神速で敵手の首を狩る同胞の負傷に甚《いた》く打たれているようだ。

「でも、マェン、ぃと、取られた……」

「アレは取らせたんだ。マェンが糸は作り溜が効く。刃に絡めば、取り回しも悪くなるし、刃を覆って斬れる部分が減る」

　足高蜘蛛の蜘蛛人《アラクネ》が得物としていた鋼線《ワイヤー》は、自前の糸であるため必要に応じて使い捨てて惜しくない代物であった。小指の太さに縒り上げられた蜘蛛糸が絡めば、重心が狂わされた武器の操作性は著しく悪化するし、対手の感覚を惑わすこともできるのだから、むしろ捨てることは前提に近しい。

　その点、明らかに技量に特化したヒト種《メンシュ》の剣士は、確かにマェン向きであっただろう。

熟達した剣士は剣が指先の延長に達するほどに感覚を研ぎ澄ませており、刃に絡みつく糸はさぞ邪魔っ気が強いはずだ。無理矢理に分厚い手袋を嵌《は》めさせて、触覚の殆どを殺すような妨害を達人なら確実に疎ましく感じられる。

事実としてエーリヒは自分自身への攻撃や妨害への対策を充実させているが、基本的に後の先を取る戦術ばかり選んできたこともあって、その辺りへの警戒が弱い。自分が〈脱刀〉などの武器奪取を得手としているにも拘《かか》わらずだ。

まぁ、これも素で破壊不能かつ盗まれることのない〝渇望の剣〟などといった、神話級の武器を早い内に手に入れてしまったが故に意識を向けようがなかったせいなのだが。

相手が期限付きではあるが――実際に武器を鈍らせられれば、流石《さすが》に対抗してくる――大きな弱点を持っていることを分かっていたマェンに、隣に張り付いていた人影が返す。

「アたしガ、キちんト、仕留めきれなかったからダ。スまなイ」

天井から落ちてきた影は柱のように巨大であるのに、結露した雫が落ちるが如く無音で着地した。頭巾の中から溢《あふ》れ出した人型の上体を覆わんばかりに豊かな、癖のある灰銀の髪だけが暗がりで酷く目を惹《ひ》く。

「プライマーヌ、それこそ無茶な話だ。アレの接近に我々《ハム》はギリギリまで気付けなかった。それだけの腕がある斥候だったということだろう」

「アァ、デモ、アそこで奇襲に気付くのモ、トめるのもアたしの仕事だったのニ……」

髪の持ち主は、先の先を取りに行ったエーリヒに不意打ちを成功させかけた蟷螂人《マンティエダ》だ。

この種族は他の三人と違って中央大陸西方に元々住んでいる亜人種であり、特に帝国の西にてしのぎを削り合うセーヌ王国で見られる。

しかしながら、見ての通り手首から先が大鎌の両腕で、鎌の付け根にある三本の節が短い退化した指は——見ようによっては進化しているともとれる——不便極まりないこともあって、長命種《メトシエラ》やヒト種《メンシュ》が幅を利かせている王国で肩身が広いとは到底言えない。

細長い笹穂《ささほ》型の胴体にある翅《はね》が短時間の飛翔《ひしょう》を可能とするが、それも有翼人や他の虫の流れを汲む亜人ほど得意でもないため、むしろ体の巨大さが弱点となる人種である。

何より忌まれるのは巨大な大顎……にもなる特異な顎部構造だ。

「最初《サイショ》ニ、剣士《ケンシ》か蜘蛛人《アラクネ》を殺しきれていたラ……」

被《かぶ》れば暗渠《あんきょ》のように内部を黒く塗りつぶし、表情どころか視線すら隠してくれる魔法の頭巾を脱いだ彼女の顔は整っていた。

セーヌ人が尊ぶ健康的に日焼けした、地が白い小麦色の肌も瑞々《みずみず》しい輪郭は顎が細い上品な造形をしており、清純そうな眉と共に垂れた目には、故地では美の理想と言われる小さな泣きぼくろがある。両のこめかみ際にある緑色の副眼も、見ようによっては装飾品に近いため異形とまでは言えぬ。

だが、それをして〝唇の中心から割れる下顎骨〟が成す大顎は、捕食者の脅威を前面に押し出して畏怖で愛らしさを塗りつぶしていた。

口を閉じていたならば、この蟷螂人《マンティエダ》は西方風の清楚《せいそ》な美人である。されど喋《しゃべ》るに際して口を開けば、どうしても口が顎諸共《もろとも》に左右へ展開する。閉じている時でも口腔《こうこう》の継ぎ目が、大道芸人の使う腹話術人形めいて走る顎の恐ろしさは誤魔化しが利かない。

むしろその点、努力すれば噤《つぐ》んだまま喋ることも叶う百足人《センチピードニイ》の方が威圧感も幾らかマシであっただろう。

「悔《クヤ》しイ、アたしガ、トび出してくる蜘蛛人《アラクネ》を殺《や》ってれバ……」

口腔の構造により大顎が開く言葉の最初と、切れ目にカチンと硬く変質した皮膚同士がぶつかる音が混じる。そのせいで彼女の帝国語は聞く者を不快にさせるのみならず、言葉の理解を困難たらしめる不思議な抑揚をしていた。

とはいえ、これもまた種族柄仕方がないのだが。蟷螂人《マンティエダ》は本来単独行動を好む種族であり、同種同士でも群れることが基本的にない。

ヒト種《メンシュ》は言うまでもなく多くの種族が独自の群れ《パック》や部族《バンド》を作るように、人類の大半が集合による繁栄を基幹設計に据えた進化をとげたこともあり、殆どの人種は言語による交流を重んじる。

だが、蟷螂人《マンティエダ》は良くも悪くも一人で生きていけすぎた。個体としての性能が高く、粗食を通り越して他の人類なら腹を壊す生食にも強い種族の中で、これだけ人語を習得し、社会に馴染《なじ》む努力ができているプライマーヌの方こそが異端なのだ。

「違ぅ……レプシアが、ぁの剣士を斬れてたら……」

「俺、誤った。太矢使わず、行くべきだった」

「マェンこそが欲張った。あそこで不意打ちを諦めてでも、標的か剣士を殺りにいっていれば」

「イやいヤ、アたしが敵の接近を気付けなかったのが一番の失態《しったイ》……」

ここにいる人間は皆、一角の実力者だ。敗北したという結果こそあれど、手順が幾つか違っていれば闖入《ちんにゅう》してきた、どういう理屈か街の中で完全武装していた変人達《たち》に更なる痛手を与えられていた可能性を算出できる。

自分達の実力を知ると同時、戦った相手の力量をある程度見極められたからこそ後悔が募るのだ。熟練の指し手が打った直後に悪手を自《おの》ずと理解するように、また違う結果があったと後悔は止まらない。

しかし、それを遮るように破裂音が一つ。

掌を打ち合わせて発させた音は、澱《よど》んで湿気《しけ》った地下の空気を追い払うかのように響き四人の意識を引き付ける。音源は部屋の最奥、暗がりの中に溶けて消えてしまいそうな雰囲気を纏《まと》って佇《たたず》んでいた。

「気が済んだか？」

それは、とてもではないが下水とは不釣り合いなヒト種《メンシュ》の女性だった。

豪奢《ごうしゃ》な夜会服は汚濁を流す排水路よりも、貴族の館の方が違和感なく溶け込めよう。溢れんばかりの襞飾り《フリル》や紐飾り《リボン》が塗《まみ》れた黒地の被服は、むしろ童女が着ているのが似合いなれど、華美な被服にねじ込まれているのは痩せぎすの長身。

懐が広く、推しの概念や性癖の開明さで知られる帝国社交界でならば、愛らしい豪奢な衣装と見上げるような長身の不均衡《ギャップ》を狙ってのお洒落《しゃれ》だと理解されようが、下水の中では貴族でも納得する〝装備〟の品質はただただ異様に映る。

執拗《しつよう》に肌を隠すよう着込まれた二の腕丈の長手袋や、太股《ふともも》の半ばにまで達する革の長靴、その隙間より覗《のぞ》く〝複雑な刺青〟が彼女が単なる着道楽ではないことを表していた。

術式陣だ。ライン三重帝国魔導院では大仰であり外連《けれん》が強いとして、ここ二〇〇年ほどで廃れてしまった、空間に投影することで魔導の補助を行うそれを彼女は予《あらかじ》め刺青《しせい》に代えて身に刻み込んでいる。

手に魔法使いの象徴たる長杖《ちょうじょう》を担うことなく、代わりに手袋の上から通された指輪が鈍く光る様を見れば、古い時代を生きた魔導師《マギア》ならばこう言っただろう。

「随分とまた古風《クラシック》な魔法使いだ」と。

或《あ》いは、時代遅れと嗤《わら》うやもしれぬ。

だが、魔導師《マギア》は技術官僚《テクノクラート》であると同時に貴族なのだ。優雅さや余裕の演出から捨てていった物の中には、そんな物をかなぐり捨てるからこそ割に合う技術があることを忘れている者も多い。

その点を加味すれば、彼女は貴族の不必要なまでの気位、そして当て擦《こす》りが当たり前の技術官僚政治から身を離し、一心に性能を追い求めた古い時代の魔法使いと呼ぶ方が妥当であろう。

「尊師《シャイフ》、でも……」

「反省会は後だ。一旦拠点に引いてレプシアの治療をする。体が小さい分、失血には弱いんだ。もっと気遣ってやれ」

「顧客への説明は……？」

「そんなもの後回しだ。拙下が申し開き……いや、文句の一つも言ってやろう。あのクスリ、碌《ろく》に効かんではないかと」

「怒られない……？」

四腕人《ヴィアマン》からの疑問に影に沈んだ豪奢な服を震わせて、女は笑うような、怒鳴るような声音で言った。

「猫獲《ねこと》りの駄賃で大狼《たいろう》の相手をさせられて堪《たま》るものか。お前達、気付かなかったのか？あの風貌に」

元々、五人の仕事は密偵が〝目当て通りの証拠〟を引っ張っていってくれるかだ。そこを大奉仕して〝余計なコト〟まで摑《つか》む目聡《めざと》い猫を始末してやろうとはしたが、人食いの大狼を相手してやるほどの金は貰《もら》っていない。

「あれは金の髪のエーリヒだ。上背、身なり、剣の質に業前、大仰な詩も存外盛っていないとみえる」

刺客達がざわめいた。今、マルスハイムで最も名が売れている新人ではないか。組織的武力をも手に入れようとしており、何よりも全冒険者の恥とまで言われた悪徳の騎士ヨーナス・バルトリンデンを討った最新の英雄。

表側の、まだ輝ける場所にいる冒険者の先頭が相手では、さてはて幾ら貰ったら割に合うものであろうか。

「上役が下手を打つと、使いっ走りの我々が苦労させられるな。筋書きが悪いと役者まで詰られるのは如何《いかん》ともし難い」

「どうする頭領。マェンはトゥーの命令なら何でもよろこんでやる」

「なら、先行して退避先Ｂ《ベー》の六《ゼツクス》が安全か見てこい。顧客の顧客を引っぱたいて次善策を打たせるぞ」

壁に預けられていた背が静かに擡《もた》げられ、微《かす》かな明かり取りの穴から入り込んだ光の中に顔が晒《さら》される。

麗しいよりも、精悍《せいかん》という表現が似合う顔であった。輪郭は鋭く彫りの深い顔は、血管が透ける喉の白さからして帝国人であろう。被服と同色の顎下で紐《ひも》を結ぶ布冠《ヘツドドレス》でも愛らしさで飾りきれぬ様は、却《かえ》って不釣り合いであるがために良く映えた。

濡《ぬ》れ羽《ば》色をした振り分け髪の諸所が赤や紫に染められ、一本もはみ出ることなく水平に切り揃《そろ》えられていることにも何らかの魔導的な意味があるのだろうか。

「ア、アの仕込みはもう使えなイ？　ネこが持って行ったけド……」

「無理だ。拙下の情報網に依《よ》れば、あの金髪は貴族との繋《つな》がりがある。短慮も暴発も期待できん。逆に的を絞られかねんぞ」

両端を珊瑚《さんご》の珠《ピアス》飾りで飾った切れ長の瞳が挑発的な笑みに撓《たわ》む。脳髄が様々な情報を攪《かく》挿して丁寧に捏ね上げ、予想外の不運から発した事態を丁寧に整形し理想型を出力していった。

口の端がにぃっと釣り上がり、右の頬を彩る鈴蘭《すずらん》の絵図が身を捩《よじ》る。真皮層にまで達する濃く精緻な刺青は、術式を秘めて微かに光を帯び獰猛《どうもう》な闘争心に応えていた。

「だから教育してやるとするか、後輩共に。成り行きで戦うとどうなるか」

数日前に降った雨が薄く滞留した玄室を五人が進んでも一切の水音が立つことはない。彼女達は皆、暗部に浸って音を立てず動く技術を生理的に行う領域にある。先導、前衛、後衛、果ては魔法使いに至るまで。

その高みに至るだけの成長を遂げる機会は、確かに進んで危難に向かって行かねば手に入らぬ貴重な物だ。

しかし、闇に紛れるのではなく漬かりすぎた果てに待っていることの相場は、悲しいかな決まり切っていた。

今や冒険者が英雄ではなく無頼の日雇いに成り果てたように、どれだけ実力を磨いていようが、選択肢を誤った途端に理想は遙《はる》か遠くでくすんでいく。

理想や夢というものは、吹き口の蠟燭《ろうそく》のようなものなのだ。風の気分次第で、蠟燭がどれだけ気張ろうと容易《たやす》く消える。

いやさ、消えるだけなら迷惑がかからない分、ずっとずっとマシだろう。次第によっては余所《よそ》に燃え移り、更に悲惨なことになるのと比べれば、ずっとずっと。

そして悲しいかな、燃え移った火自体が消えることを望んでも、勝手に消えることができないとくれば……。

「冒険をすることの覚悟を問うてやる。あの新入りには、氏族の洗礼でも足りなかったようだからな」

闇夜に浸り、還《かえ》って来ることのできなかった者達が静かに動き出した。

報酬分の仕事ではなく、応報のために。

「我等《われら》、一椀《ひとつわん》党は必ず報復する。一党の誰かが腕を割かれたなら、四肢を捥《も》いで贖《あがな》いとするのだ」

この界隈《かいわい》の玄人……特に〝名の知れぬ達人〟とは、往々にしてそういった生き物だ。

自分だけ、ないしは自分達だけの規範を軸に行動し躊躇《ためら》うことをしない。

「行くぞ、下らない濡れ仕事より気が乗ってきた。下町のゴミに薬を撒《ま》くよりずっと有意義じゃないか。そうだろう？」

頭目が歩き出すのに追従し、それぞれ四つの異なる同意の声が重なる。各々自分が生まれた地方で肯定を意味する言葉を口にしたというのに、不思議とそれは全くブレずに調和する。

彼女達は、ただ暴力に迷いがなかったり、追い詰められて悪徳を働く小物ではない。

悪徳、その一点を仕事に、生活に変えた本物の裏稼業。

マルスハイムに蠢《うごめ》く汚濁の底でさえ鼻を摘《つ》まむ悪は、闇から這《は》いだし、また闇へと滲《にじ》んでいった…………。

【Tips】ライン三重帝国は中央大陸でも類を見ない多種族国家であり、その中では余所の地域では〝人類と認められていない〟種族さえ呑《の》み込んでいる。

青年期
十七歳の初秋

戦闘不能からの回復

HPが零になるなどして気絶や意識不明に陥るほどの重傷を負った場合、戦闘から生き延びても直ぐに戦線復帰できるとは限らない。治療の程度には依るだろうが、完全な状態に戻るまで長い期間を要求されることもあるだろう。

　ふと、病床の人間を見舞うのは久し振りだなと思った。

「割と早いお目覚めで」

「あらぁ、お見舞い？　嬉《うれ》しいわぁ。でも、なんで西瓜《すいか》なん？」

「いや、見舞いと言えば果物だと思って」

　幼い頃は木苺《きいちご》などを摘んで、風邪の熱に悩まされるエリザの寝台脇に付き添う時間も多かったのだが、帝都に来てからは身内が揃って咳《せき》一つしない頑丈な面子《メンツ》揃いだったから幾年振りか。

　殺されない限り死なない長命種《メトシエラ》は言うまでもなく、裸で凍った川に飛び込むのが習慣だった北方生まれのミカは寒さに強かったし――魔剣の迷宮の時は、一緒にブチ込まれたから例外でいいか――ツェツィーリア嬢に至っては吸血種《ヴァンピーレ》だ。そして当のエリザが妖精《アールヴ》の色が濃くなって体調不良を起こさなくなったので、本当に久方ぶりに病床を訪れた。

「寝覚めに果物は体冷やすからアカンのとちゃうかなぁ。大体はお花とかお酒とちゃうの？」

　ただ、お見舞いと言えば果物だろうという、前世日本的な価値観が空ぶってしまったようだが。

　そういえば、帝国の文化だとお見舞いって基本的に花束だったな。調達も始末も簡単で、その上で真心を示せるので上から下まで愛する無難中の無難だったのを忘れていた。次点は温めて飲めば風邪を追っ払うのに最適な酒……だが、流石《さすが》にこれは腸が仮留め状態の人間に持ってったら怒られる。

くそう、帝国の麝香瓜《メロン》は冬の物なので手に入らないから、気合いを入れて交易路を渡ってきた西瓜を仕入れてきたのに……。

「でも、有り難ぅ受け取らせてもらうわ。東渡《ひがしわたり》の珍果を食べ損ねたら勿体《もったい》ないし」

「是非堪能してください。地場産なので特に赤いそうですよ。愛玩種と違って甘みもたっぷりだとか」

「そら楽しみやね。まぁ、自分が何日寝とったか次第やけど」

「主治医曰《いわ》く、驚異的な治りだそうで。貴女《あなた》が死にかけたのは、つい昨日のことです。これなら食べても良いと、許可は得ております」

相当驚いたのか、おやっと言いたげに猫頭人の細い目がまん丸く開いた。ヒト種《メンシュ》と眼球や瞼《まぶた》の構造が違うので、目を見開くだけで顔立ちがガラッと変わり別人のように見えるのは、変装に丁度良いのかもしれない。

「あらー、そら凄《すご》い。自分、こら死ぬヤツやなぁと半分諦めながら逃げとったんやけど。確実に刃ぁ捻《ひね》られてたから。毒も塗ってあったやろに」

情報屋とは何も見聞きした情報を右から左に流すだけの仕事ではない。これまでにシュネーは幾つも修羅場を潜《くぐ》り、我が目と耳で確かに情報を拾ってきたのだから、負傷の深さを体感で覚えることもあっただろう。

実際の見立ては正しく、彼女が腹に負った傷は深手であった。突き込まれた刃は刺さっただけでなく、念入りに捻られて腸を刻んでいたのだから。

　仮にその場での死を免れたとして、癒者や高位僧の治療がなければ腹腔内出血《ふっこうないしゅっけつ》が止まらず失血死するか、自らの糞毒《ふんどく》に蝕《むしば》まれて二日か三日で敗血症に斃《たお》れる。腹に重症を負った当然の帰結だ。

「我が一党の頼もしき薬草医の薬が効いたようですね。たしかに、ただの医者ならお手上げだったでしょう」

　しかし、カーヤがジークフリートの心的外傷《トラウマ》に基づく進言から作り出した魔法薬は、適切に腹部の刺創に対応してみせる。緑虫のような能動的に動ける藻類を元に作った粘液体《スライム》めいた薬品は、対象の腹腔内で傷にへばり付き、漏れ出た糞便や血液を喰《く》って増殖。自らで傷口を塞ぐと同時、体内に入り込んで腸管から吸収されることで栄養を還元する凄《すさ》まじい性能を誇るのだ。

　まだ心臓や肺のような複雑な臓器の〝修復〟まではできないらしいけど、破けた腸を仮留めし、宿主の体内にて滋養をも供給する効能のおかげで、シュネーの覚醒は当人も驚く速さでもたらされたのだった。

「はー、そら凄い。こりゃ直接お礼言っておかんとあかんなぁ」

「そうしてあげてください。何だか最近、思い詰めているところがあったので、とても喜ぶと思います」

　そんな凄い薬を作ってくれる我が一党自慢の癒やし手だが、時折考え込んでいることがある。

　何やら私に入れ知恵されて作った薬をじっと見て、苦虫とまではいかぬが、あまり咀《そ》嚼《しゃく》したくない物を噛《か》んでいるような表情をしているのだ。

　何でかはとんと分からないのだけど――ジークフリートに聞いてみたら、嘘《うそ》だろお前みたいな顔をされた――取り急ぎ、目覚めた彼女が大慌てしない内に彼女からの伝言を伝えておかなければ。

　日に水を水差しに二杯分、時間を分けても良いのでたっぷりのむこと。

　それと、傷口を晒《さら》して最低でも四半刻は日光浴をするようにと。

「お日様を浴びるんが治療になるん？」

「端的に言ってそうです。多分、ご覧になった方が早いと思いますよ」

　私は紳士の礼儀としてか後ろを向いてから、シュネーに腹を捲《めく》ってみるよう促した。

　それと、何があっても傷口には触らないようにとも。

「にっ、にっ、にっ……」

　まぁ、私は治療の時に見てしまっているからなんだけど……そりゃまぁ、驚くよね。

　まるでパンに生えている黴《かび》の群生が如《ごと》き緑色の塊が、自分の真っ白な腹から傷跡に沿ってはみ出してたら。

「にぁぁぁぁぁぁぁ!?」

　さしもの情報屋も、自分の体から苔《こけ》とも黴ともつかない植物が茂っている光景に悲鳴を堪《こら》えきれなかったらしい。絶叫を予見していたので耳を塞いでいたからよかったけれど、高周波めいた猫の悲鳴を間近で聞いていたら、今度は私がカーヤ嬢のお世話になるところだったな…………。

【Tips】腐れ止めの藻薬《もぐすり》。カーヤ謹製の魔法薬が一つ。腸が破れると腹の中で血と便が腐れて死ぬと脅《おび》えていたジークフリートを慰めるべく、藻を原料にカーヤが作った逸品。これらの薬によって剣友会の死傷者は劇的に少なく、また受傷しても戦線復帰までの時間が短くなっている。

「あー……たまげた……寝過ぎて黴びたんかと思ったわ」

しゃくりと瑞々《みずみず》しい音が一つ。私が切った西瓜をシュネーが囓《かじ》った音だ。

彼女は口腔《こうこう》の形状からして、我々ヒト種《メンシュ》がやるように半月形に切ってかぶりつくのは難しそうなので、ちゃんと角切りにしてお出しした。

お見舞いに果物を持って行ったのであれば、皮を剝《む》いて食べられるようにするのも義務みたいなものだからね。

「生きてる人間に黴は生えませんよ。あ、いや、水虫も黴でしたっけ」

「自分らには関わりのない病気やねぇ。どっちかっていったら蚤《のみ》の方が鬱陶しいわ」

彼女が混乱から回復するのに少し時間がかかった。分かるんだけどね、自分の腹から藻とも黴とも付かない物が生えていたら、そりゃあ叫びもするさ。

前世で交通事故に遭った友人も言ってたしな。医療用の鉸《ステープラー》をブチ込まれて、腹が簡易装丁の冊子みたいな様になってたら、私だって声くらい出すと思う。

「まぁ、でもこれで死なんで済んでるってことやね。一応得心がいったわ」

「ただ激しい運動に酒、それと風呂は一月ほど控えて欲しいそうです」

「季節半分も動かれへんのは辛《つら》いなぁ……風呂は我慢できるけど」

元々そんなに世話になれへんし、と言う猫頭人の言葉に大きな種族差を感じた。そういえば、この種族は人狼《ヴァラヴォルフ》や犬鬼と違って唾液を使った〝毛繕い〟で匂いを消せるのと、殆《ほとん》ど汗を掻《か》かないから風呂の世話にならないんだっけか。どうやって体温を調整しているのだろう。

それに一度濡《ぬ》れたら乾かすのが大変だからな。布一枚有れば髪も含めてサッパリできる我々ヒト種《メンシュ》と違って、毛皮のある種族は風呂の後大変そうにしていたのを覚えている。

「となると、自分から供給できる情報は、暫《しばら》くこれで打ち止めやな」

情報を提供してくれるというので何を聞かせてくれるのか期待して待っていると、彼女はおもむろに自分の口に指を突っ込み始めたではないか。

そして猫が吐き戻す特有の音を立て、寝台脇に置いてあった器に――目覚めに顔を洗う桶《おけ》――吐き戻す。

「えっ!?　なっ、なっ……」

「いざとなった時の隠し場所。情報屋の基本技能やで金の髪のエーリヒさん」

苦しそうな咳を幾度か溢《こぼ》し、口の端を拭ってシュネーは悪戯《いたずら》っぽく笑う。

吐き戻されたのは、油紙の塊だ。胃液で溶けてしまわないよう、消化できない物で包んで胃の中に隠し持って逃走していたのだと事もなげに言われてしまうと、このやり口自体を知っていても驚愕《きょうがく》を隠し切れない。

かなり訓練がいるんだよ、大きな異物を呑《の》み込むのって。鍵くらいの大きさでも、生理的な抵抗で直《す》ぐに吐いてしまうから、素人でも思いつくような発想なれど実行できないことが殆どなのだ。

それだのに名刺くらいありそうな大きさで、厚みも結構ある物をよく嚥下《えんげ》できたものだと感心する。

「で、それは……」

「関の通行許可証やよ。見てみ」

油紙を厳重に巻いたからか、胃から取り出された数枚の文書は濡れも湿気もせず、普通に読める状態で保存されていた。

彼女の言う通り西方各所の関を自由に通行できるように貴族が発行する命令書だ。

しかも、殆どが無期限かつ〝臨検を禁じる〟という、貴族が行使できる特権の中でも最上級のもの。これはマルスハイム伯の追認がなければ発行できないよう、魔導的にも奇跡的にも保護されている代物であって偽造はほぼ不可能だと断言してもいい。

「ベジクハイム子爵、マウルブロン男爵、ウィザッハ男爵……これは」

発行主は全て土豪側から帝国に寝返りを打ったが、それで尚《なお》も日和見気味のやる気がない貴族達《たち》だった。特に最後のウィザッハ男爵は併呑《へいどん》される前は王の位を持っていた長命種《メトシエラ》の古豪で、あの激動の時代を生き抜いた個人が今も元の勢力圏を統治している。

「発行先の隊商は、どれもあまり聞かない商家ですね。中小、良くて一家専属の御用聞きというところでしょうか」

これは、もしかして領内の麻薬密輸網の重大な手掛かりなのではと、思わず証書を握る手に力が入った。

だが、それは電源を切るような仕草で鼻をプニッと押され、窘《たしな》められる。

当の情報を持ってきた本人に。

「まぁ、落ち着きぃな。変に思考が早いと陥りがちな罠《わな》やで」

「あっ……」

「たしかに、この通行証を持っとる商家に潜り込んだら〝魔女の愛撫《キユケオン》〟たらいうクスリがあったし、家紋入りの短刀を下賜されとるのんもおった」

言われて分かる。私達はマルスハイムにおいて多少の無理押しができる土豪側の人間が悪さをしているとの先入観を持っていた。

だとしたら面従腹背の連中は勿論《もちろん》、日和見主義の連中もどうしても色眼鏡で見てしまう。

土豪が悪さしているなんて情報はバルドゥル氏族からの又聞きで、証拠も基本的に関わってはいるが決定的でもない。

況《ま》してや旧土豪ってだけで直感的に疑心を抱くようでは、諜報戦《ちようほうせん》で遊ばれているようなものではないか。

「けど、クスリは調べんと出てこんような、蔵の持ち主もそうそう気付けへん所に隠してあったし、この証文自体使われた形跡がないねん」

「使われた形跡がない、というのは？」

「こんなもんぶら下げた隊商が関を通ったら、その日の日報に絶対載るやろ。商家の日記を盗み見て、通った場所調べて、そこの関も〝覗《のぞ》いて〟来たんよ。勿論、マルスハイムの入市記録も。やけど、この証文を使ったっちゅう記載はあらへんかった。普通に銭使って通ってたわ」

　何か、さも当たり前のように言ってるけど、素で凄いことしてませんかね、この人。

　貴族からの御用聞きを熟すような商家なら、たとえ中小でも住み込みの従業員が一杯いるし、専属の護衛だって二人か三人は雇っていよう。その上で警備に魔法やら奇跡やらを幾つか使って、雇用主の要らぬ噂《うわさ》が漏れぬよう気を遣っているはずなのだ。

　そこに忍び込んで、あまつさえもっと警備も情報統制も厳しい関所の日報を盗み見てきた？

　ちょっと何言ってるかよく分かりませんね。

　情報特化ＰＣ《プレイヤーキャラクター》の怖いところがコレなんだよな。判定が成功したら何処《どこ》からでも情報を引っこ抜いてくるんだけど、身内からしても何をどうしたら情報を得られるか想像もできないのだから。

魔法顔負けの離れ業をされると、もういっそGM《ゲームマスター》に聞きましたって言ってくれた方が理解もし易《やす》いわ。

「しかもクスリも証文も、自分で言うのもなんやけどたかが情報屋一匹で拾えるような保管の仕方は、こらもう〝みっけてくれや〟言うとるようなもんやろ。却《かえ》って臭いわ」

「ですが、クスリは売る物ですよ。密通の文書や証文なら万が一にも見つかる箇所に置かないでしょうが、商売の種ならある程度は……」

「ガサ入れせぇへんと分からん所やと、その商売自体がやりづらいんちゃう？　特にあんな薄紙の形で流通しとるんやったら、もっと気軽やけど難儀なやり口が幾らでもあるやん」

例えば服の裏地とか、鞄《かばん》の底板とか、と商品として倉庫に収めておいても目立たず、直ぐに取り出せる案を言われれば言い返す言葉が思いつかなかった。

「それに自分の経験則で言うと、こういうご禁制の物を扱う連中は、絶対に自分の懐には物を置かんねん。ちゃうかな？」

「確かに」

バルドゥル氏族の居館は全員が薬漬けだが、置いてあるナンナの麻薬は法的に曖昧な組成にしていることもあって――一時流行《はや》った合法ハーブめいている――表向きに公権力が踏み入っても、悪事の証拠とするには弱い。

恐らくは麻薬に関する強請《ゆすり》タカリの文書、秘密裏に結んだ契約書類もあそこには置いていないだろう。

だからこそ鄙《ひな》びた所とはいえど、悪徳氏族が堂々と屋敷なんぞを持っていられるのだ。

鼻薬で首輪を付けたお偉いさんが幾らいても、たまーに出てくる善良で盲目的な官吏が独走しないとも限らないから、あの薬物中毒者共は色々と弁《わきま》えて対策をしているのだった。

それを加味するなら、自分の家の蔵に界隈《かいわい》で問題視されているクスリを置くのは、余程考えが足りない阿呆《あほう》、あるいは……。

「濡《ぬ》れ衣《ぎぬ》を着せようとしている？」

「自分の考えやと、それが有力やった」

「過去形、ですか」

薄桃色の鼻がピクリと動き、白い髭《ひげ》がざわめく。笑っているのだ。

「あのお仕着せ、何処のやと思う？」

「何処にでもありそうな侍女服ですが……」

猫頭人が指さした壁際には、血染めの侍女服が吊《つる》してある。情報屋が着ていたものなので、血で汚れているからといって処分するのは拙《まず》いかと――何らかの文書を隠している可能性もあるし――脱がした時から触らずにおいたのだ。

意匠としては黒一色に染めた足首丈の長衣《ロングドレス》で、胸から裾を覆う白い前掛けに、同じく白い付け袖と付け襟がある侍女服だ。前世イングランドの伝統的なメイド服といったら通じるだろうか。

「これな、ウィザッハ男爵のマルスハイム別邸で働いてる洗濯侍女のお仕着せやねん」

「男爵家に潜り込んでたのですか!?」

更にとんでもない発言に思わず椅子を揺らす勢いで立ち上がってしまった。

どうやったんだよ。洗濯侍女は使用人の中でも最下級とはいえど、田舎名士の家で雇われているそれと違って、貴族家で雇用される人員は自領内からの推挙が殆ど。マルスハイムで集めるにしても保証人がいるはずだ。

つまり、何処の出かも分からない情報屋が服だけを着て偽装できるような身分ではない。

「そこは、ほら、あれやよ、乙女の秘密。飯の種やから勘弁したって」

「いや、だからって旧《ふる》い土豪起源の家によくぞまぁ……」

少なくとも私には、貴族家の従僕に偽装して入り込む方法が思いつかない。真っ当な屋敷ならば主人が面接することはなくとも執事、最悪でも侍女頭あたりが面通しして不審な人物でないか見定める。

そして、同じ家の中で働くだけあって従僕の世界は狭い。知らない顔があれば、直ぐに気付かれてしまうだろうに。

遠目にチラッと見られただけなら誤魔化せるかもしれないが、どうやって屋敷の中で重要な情報を探ってきたんだよ……。

「自分が調べた限りでは、ウィザッハ男爵は何らかの濡れ衣を着せられる寸前やったね。男爵は筆無精なんか長命種《メトシエラ》やからか知らんけど、日記をつけてへんかったんやけど、執事はヒト種《メンシュ》やからちゃーんと業務日記があったわ」

「忍び込むのみならず、最上級使用人の日報を盗み読んだんですか……」

「そっちの写し書きは付け襟の中に隠してあるで」

どうぞどうぞと手を差し伸べられたので、言われるがままに付け襟を外して――この時代、飾り襟や袖は消耗品なので付け外せる物が多い――縫い目を探れば、形を作るための中敷きに紙が突っ込んであった。

かなり巧妙な偽装だ。怪しんで探らなければ、ここに収納があることにすら気付かなかっただろう。

「執事はかなりマメみたいで、判子ついた書類のことも日報に書いてあったんやけど、この自由通行を保証する許可証に関する記述は一切なかった」

「別邸の執事が決済印なんて持ってるんですか……」

「うん、持っとったよ。まぁ、流石《さすが》にそれをちょろまかすようなことはせんけど」

言葉尻からして、マジで執務室まで潜り込んだのか。何を一体どうすれば実現できるんだろう。押し込み強盗で全員黙らせて「完全隠密《おんみつ》!!」と強弁するくらいしか頭から捻《ひね》り出せん。

いや、まぁ、それよりも貴族として決済印を家宰のみならず、執事にまで渡してるのってホントどうかと思うんだけど。

「ただ、印影はちゃんと貰《もら》ってきたで。それは左側に入っとるよ」

襟の左側には決済印を捺した布が仕込まれていた。墨が濃すぎず薄すぎず、それでいてちゃんと印影を確実に取っているあたり大分手慣れてやがる。

印影を通行証の捺印《なついん》と重ね、何度もはたくように瞬かせれば、その二つが完全に一致していることが分かる。大きさや意匠は勿論、本物か識別するため敢《あ》えて入れられた微妙な凹凸まで一致している点を鑑みるに本物だ。

つまりこれは男爵に気取られぬよう作られた、本物の判子を使った偽物の書類なのだろう。

「ベジクハイム子爵は、言っちゃ悪いんやけどクソボケでアレな所が多々あるんやけど」

「あー、良い評判は聞きませんね」

全く飾らない罵倒で評価されてしまったベジクハイム子爵は、まだ年若い三〇頃のヒト種《メンシュ》で、相乗りして口悪く表現するとどら息子だ。前ベジクハイム子爵が若くして落馬事故で亡くなったせいで一家を相続できただけで、もし健在であれば存命のまま家を譲れることはまずなかっただろうと断言できる程度に酷《ひど》い。

下馬評で言えば、今は臣籍に降りて帝国騎士をやってる次男三男の方が界隈での覚えがずっといいくらいだったのだ。

その評判は冒険者界隈にまで広まっており、好みの女を口説くため、採算度外視で北方離島圏まで蒸留酒を直接買いに行かせる難行などを強引に求めるなどして嫌われている。

そりゃ誰だって嫌だよ、払いが良くても酒だけ買いに略奪遠征の蛮族蔓延《はびこ》る北の海まで行かされるの。冒険者がある程度関税が緩い上、国家間の往き来《いき》に便宜を図って貰える立場とはいえ——無論、琥珀《こはく》以上の高位冒険者になってからだが——お遣いなんて心躍らない理由で半年も使われて堪《たま》るか。

「その点、ウィザッハ男爵は良くも悪くも昔気質《むかしかたぎ》で実直なんよ。帝国が来る前は長命種《メトシエラ》やのに王様なんてやっとったくらいには」

「子爵なら小銭に転んで悪さをすることはあっても、男爵でそれは考えづらいと」

「あの御仁は自分が知る限りやったら、裏切るにしても堂々とマルスハイム伯の館を囲むくらいする人やね。いや、ホント良くも悪くも土豪やから、根っこが蛮族というか……」

私の主な長命種《メトシエラ》の例がアグリッピナ氏やドナースマルク侯なのでイマイチ想像し辛《づら》いのだが、蛮地で小王をやっていただけあってウィザッハ男爵は実直かつ無骨な為人《ひととなり》をしたゴリゴリの武闘派だ。

その彼が帝国に屈して男爵位に甘んじている真意までは知らないが、確かにマルスハイムを薬漬けにしてダメにしてやろうなどといった、迂遠《うえん》にも程がある手段を好むとは思いがたい。

「内患を装わせた政治的攻勢の可能性、ですね」

「そう。自分が摑《つか》める限りの真なる真では、そう言うとる」

だとすれば、商家に運び込まれたクスリも、それを運ぶのに都合が良すぎる通行許可証も見せかけ《ブラフ》か。

マルスハイム伯は私を取り込もうとするくらいに人材不足に喘《あえ》いでいる現状――アグリッピナ氏が情報源なので、ここは間違いなかろう――抗争となったら役に立つ武闘派を敵自身の手で殺させる手は有効だ。

古来、このやり口で滅んできた国がどれだけあるか。

ウィザッハ男爵は明《みん》朝の袁崇煥《えんすうかん》とまではいかないが、現地の地理にも明るく、マルスハイムに進撃するのに具合の良い要衝を治めている大駒だ。これをマルスハイム伯自身の手落ちで葬ってくれれば、土豪側は万々歳で喜ぶだろう。

仮にマルスハイム伯が何かおかしいなと気付いても、男爵が旧土豪側で寝返りを打った人物なのもあって、政治的な利益になるとして殺したがる愚物は何処かから湧いて出る。そして帝国の貴族は官僚的な所もあり、手続き上それが善であれば疑念があろうとウィザッハ男爵に死を賜らせる。

大人しく死んでくれたら大成功だし、ついでもって昔気質の小王上がりが激発して小規模の反乱を起こしてくれりゃ万歳三唱ものだ。帝国側の手駒が減って治安が荒れるなんて状況は、独立を望む土豪側にとって望むところであるのだから。

一撃で政争に決着が付く手ではないが、通れば内臓打ちのように足下をジワジワと削ってくる嫌な攻撃だね。こりゃ相手さん、頭が良いだけじゃなくて割と気が長いな？

一番鬱陶しい手合いだ。誰かを剣の錆《さび》にして終わりにできない展開は、格が〝軽い〟冒険者《自分達》にとっては鬼門だな。

「で、そこまで考えた所で気付かれた」

「館に潜んでいたことにですか」

「いんや。自分がこのことを思い至ったことにやね。そしたら手練《てだ》れが五人よ、こらもう陽導神様あたりがお前の予想は正しいと太鼓判押してくれたようなモンちゃう？」

ほら、自分て考えが直《す》ぐに顔に出るから。なんて冗談を言うシュネーの糸目を見ていても感情は読めない。

「多分やけど、どっかのもっと間抜けに見つけさせる段取りやったんやろ。そしたら目論《もくろ》見《み》通り、咥《くわ》えやすい針に引っかかって帝国が損してくれる」

「腸詰め《ヴルスト》で燻製《くんせい》を手に入れようとして、悪戯猫《いたずらねこ》に持ってかれた形ですか」

鯛《たい》を釣るために蝦《えび》を引っ掛けた釣り針を投げたは良いが、喰《く》らい付いたのは下手をすると釣《つ》り竿《ざお》の持ち手ごと海に引っ張ってくる手合いだったのは、我々にとって幸運であると同時、相手側にとっては容《い》れられない不運であったのだろう。

だからなりふり構わず手練れが四人、いや、私に気化した〝魔女の愛撫《キユケオン》〟を吸わせようとしたヤツも含めて五人も送り込んできたわけだ。

情報屋が手に入れた情報は、絵柄のない真っ白な組絵《パズル》の欠片《ピース》。正解があることは同じなので、私達《たち》も念入りに調べれば解くことはできただろうが膨大な時間が必要だっただろう。

それを指の感覚で素早く解く達人が正しく調理すれば、圧倒的な時短ができる。

いいね、少しだけ分かってきた。

何か今までふんわりした空気とでも戦わされているような摑み所のなさがあったからな。

「新しい麻薬を流通させる狙いはマルスハイムの風紀紊乱《びんらん》だけではなく、辺境伯の手駒減らし」

「そこが大きいやろうね。ここを無政府状態にしたら西方辺境が失陥したようなモンやけど、伯もそこまで甘ない」

兵演棋と同じだな。隅っこに閉じこもって近衛や城壁に守られた《穴熊を決め込んだ》皇帝を討たんとするなら、先んじて周りの駒を削っていく。将棋と違って殺《と》った駒が手駒にならないのが実戦であるからして、狙い自体は衒《てら》いもなく真っ直ぐ。

となると、幾らか探るアテは出てくる。

「ウィザッハ男爵ら三人だけが目当て、ということはないでしょうね」

「やろうね。多分、自分が調べる時間が足らんかったのもあるけど、まだ別のお家《うち》を芋づる式に貶《おとし》めるくらいの絵図は描いとったんとちゃうかな？　ほら、何せ帝国の貴族っちゅーやつは六代遡ったらどっかで親戚関係とも言うし」

証拠一つにつき犯人が一人でなければいけない道理はない。人を刺した短刀であれば話も違うが、麻薬の密輸から別の汚職に繋《つな》げ、連鎖的にマルスハイム伯の手が及ぶ駒を潰していくことはできる。

後は難しいことを考えない、中央寄りの〝書いてあることしかできない〟手の真面目な官僚気質の貴族や、来年死ぬかもしれなくても今日ちょっと得ができたら良い馬鹿を唊《けしか》ける。

うーん、合理的で嫌らしい。ライン三重帝国が五〇〇年を経て枯れない大樹となる根っこ、皇帝や貴族ですら従わなければならない法まで突っついてくるとか勘弁してくれんか。

「さしあたってマウルブロン男爵は危なそうや。家は小粒やけど親帝国派の土豪勢にも親しいし、社交で方々をウロチョロしとるから付け込みやすい」

シュネーとしてはウィザッハ男爵の別邸で、今議論している情報を手に入れた瞬間に次はマウルブロン男爵の下に潜り込む予定だったそうだが、その前にあえなく刺客に捕捉されてしまったそうな。

「分かりました。後は私の仕事ですね」

「……これは、自分の趣味みたいな調べ物なんやけど？　お願いされた覚えもないし」

細められていた目が微《かす》かに開き、金色の瞳が私の目を真っ直ぐに射貫《いぬ》く。

視線で以《もっ》て目の奥を浚《さら》い、真意を引き摺《ず》り出そうとしているかのようだった。

ただ、私はここで、マルスハイムで冒険者をやると腹を括《くく》ったところだからね。何を偽ることもない。

薄い笑顔を浮かべてやれば、シュネーは一瞬目を見開いた後、額に手をやって仰《あおむ》向けに体を寝台へと投げ出した。

「はぁ、ホンマ奇特なんが多い街や。ゴチャゴチャしとって、ちょっと突いたら崩れそうやのに、進んで支え棒になる変人が次々湧いてきよる」

「では、我々は変人仲間ですね」

誰だって塒《ねぐら》が綺麗《きれい》な方が落ち着くし、寝付きもよくなるもの。

さしあたって冒険者の一党として、この恩を誰に高く売りつけて経費を引っ張ろうか、私は頭の中の連絡帳と算盤《そろばん》を忙しく弾《はじ》くのであった………。


【Tips】六代遡れば大体親戚。庶子などの非嫡出子、家系図偽装、相続時のこじつけなどによって混沌《こんとん》とした帝国社交界を揶揄《やゆ》する小唄の一節。


単身赴任する会社員が出向先に近い社宅を用意するように、ライン三重帝国の貴族は主たる社交場の近郊に別邸を持つことが当たり前だ。

そのため大きな貴族であれば、保養地を含めれば別荘が一〇を軽く超えてしまうことも珍しくない。

大貴族が帝都ベアーリンに館を持つように、西方辺境の貴族は余程余裕がない家を除き、貸し別荘ではなくマルスハイムにも自前の拠点を一つ持っているものだ。

「はぁ……また因果なことになりましたわねぇ……」

マルギットは、そんな数多《あまた》ある貴族別邸の一つ、マルスハイム北方の比較的閑静な地域に建つマウルブロン男爵の館で小さくぼやいた。

正確には埃《ほこり》や家主が不在となった蜘蛛《くも》の巣などが残る天井裏でだ。

彼女が不慣れな人類の世界での隠行をしている理由は遠大にして複雑なれど、根っこは実に単純である。

腸が裂けたばかりのシュネーが動けないので、エーリヒが自力で調査に乗り出すことにし、平身低頭してお願いされたからだった。

マルギットとしては頼られることは心地好いし、多少狭苦しくて汚い所に潜り込むことに抵抗はない。何せ彼女は狩人《かりゆうど》なのだ。必要とあれば鏃《やじり》の毒だけを頼りに熊の洞穴に這《は》い入ることさえする仕事なのだから、埃や蜘蛛の巣、たまに走り抜けていく鼠《ねずみ》や油虫《ごきぶり》程度に屈しはしない。

ただ、冒険者として好いた男について地方に出て行ったら、まさか貴族の館で泥棒の真《ま》似事《ねごと》をするハメになるとは思っていなかったのである。

理屈は分かるのだ。マルスハイムを麻薬で駄目にしようとしている連中の魔の手がマウルブロン男爵にも伸びているので、誰の差し金か探すのに最も手っ取り早いのが忍び込むことであるくらい。

それでも少し思うことはある。

さて、ここまでやるのが冒険者なのかと。

論ずるまでもなく、あの金髪の「必要と判断すれば何でもやる！」という姿勢は一般的とは言えない。この世界に生まれ落ちて一般的な教育を受けた常人なら、揃《そろ》って過激派と呼ぶに違いない領域にある。

アレは鼻からルールブックを吸引しすぎて脳がおかしな方向にブレているのみならず、食わず嫌いをせず本当に色んな世界に馴染《なじ》みすぎて価値観がイカレているのだ。

どうにもエーリヒは世界をゲームだとは考えていなくとも、自分のことをＰＣ《プレイヤーキャラクター》、つまるところ面白そうだったり効率が良ければ、外道働きも横道も大歓迎な狂人であると自認する思想が根っこにある。

だから彼が考える最適解は、尋常――ないしは、真面《まとも》と言い換えても良い――なら思いつけても実行に移そうとはしないものが多い。

それこそ正気なら自分の相方を貴族の屋敷に忍び込ませたりはするまい。

マルギットの能力、緊密な連携、事前に館の見取り図を手に入れておく下準備などを加味してもだ。

金貨一〇枚盗《と》れば首が飛ぶ。斯様《かよう》な時代において貴族の館に忍び込むことがどれだけ無法なことか、他ならぬ貴族に仕えていた彼が知らぬ訳もなかろうに。

単なる窃盗ではない、謀反扱いだ。そして反乱の罪は基本的に死罪。それも斬首や絞首などの生やさしい死に方ではなく、見せしめ刑が一般的であることは周知されている。

つい先般、当の本人達が召し捕った悪徳の騎士が一月以上市内を引き摺り回された上、恩賜広場にて公開拷問の末に悶死《もんし》したのだから知らぬとは言わせぬ。

「えーと……K《カウフマン》からÜ《ウーバムート》へ。聞こえてまして？」

『ÜからKへ。良好だよ』

いや、むしろ分かっているからこそ、一緒に動いているのだろうが。

マルギットは首飾り型の〈声送り〉を中継する魔導具へと語りかける。通信で個人名を出さず、暗号を使うのは――エーリヒの個人的趣味により、ドイツ語版フォネティックコードが採用されている――万が一、魔導戦に負けて盗聴された時の備えだ。

金髪は一人で斜向《はすむ》かいの家守が数人いるだけの警戒が手薄な邸宅に忍び込み、望遠鏡を持って尖塔《せんとう》の縁《へり》に潜んでマルギットが忍び込む予定の部屋を廊下側から覗《のぞ》き込んでいる。

相方を支援するのは勿論《もちろん》だが、魔導戦の要は彼だ。マウルブロン男爵は家格が高いとは言えないが、土豪時代から続く貴族。マルスハイムの別邸に最新かつ細心の結界まで施されてはいないが、鳴子のように侵入者を警戒する備えくらいはある。

それに、邸内で無断で魔導が使われたら察知するくらいの抗魔導結界も。

強力な魔力波長を感じ取ると警告を鳴らすそれを、エーリヒはマルギットが紡ぐ極細の蜘蛛糸を中継にすることで出力を落とし欺瞞《ぎまん》しているのだ。

斥候が視認できぬ罠《わな》をエーリヒが中継することによって潜《くぐ》り抜けたからこそ、一党の目にしてつま先たる斥候が邸内に潜り込めているのだった。

「不寝番は、美事《みごと》に立ったまま寝てますわ。暇なお家の職業病ですわね。ついでに見回りもきっかり一刻に一度。さっき通り過ぎたから、あと一刻はお一人様」

時刻は明け方。屋敷に侵入したのは最も闇が濃い深夜……ではなく、人員の交代が行われることで気もそぞろになる夕刻に行われていた。

つまるところ、この二人は〝必要だから〟と手水《トイレ》も食事も我慢して、一日の三分の一近くを余所様《よそさま》の見張りに費やしているのだった。

『それはツイてる。N《ノードポール》の情報通りだ』

使い捨ての符丁、一度だけ使う暗号名はマルギットがK、エーリヒがÜ、最後に情報源がN。頭文字を合わせず、連想ゲーム的に思い出せないように工夫されている。

これもまた必要だから。理屈を説かれれば分かりはするが、マルギットにはどうしても「ここまでするか」なんて感想が湧いてくる。

最適解が最も楽な道である道理はないにせよ、果たしてここまでやる意味は。

「じゃあ、これからお邪魔してきますわよ。お客様があったら報告をお願いしますわ」

『了解。いつでも見守ってるよ。通信終わり』

色々と問い詰めてやりたい気持ちになりつつも、惚《ほ》れた弱みだと蜘蛛人《アラクネ》は無音で天井裏を這いずり、鋼線や鈴の罠を潜り抜けて不寝番が立つ執務室の前に到達した。

やはり執務室の直上だけあり、寝室と変わらぬ堅い警備が敷いてある。

だが中が無人なのは確認済みだ。今日、マウルブロン男爵はマウザー運河に利権を持つ西方貴族閥の夜会に参加しており、帰って来るのは早くても昼頃。

剣友会の人間を会場の近くに張り付けて、急に男爵閣下が気紛《きまぐ》れで別邸にご帰還遊ばしても事前に知ることができる態勢を用意してあるため、後は正しくマルギットの腕前が全てだった。

「んっ……しょ……あら」

天井の壁紙に隠れるように備えられた点検口の一部を開き、頭をねじ込んだ所で腹がつかえた。蠅捕蜘蛛種《はえとりぐも》の彼女は人部分が小柄なので大抵の隙間を通れるが、ヒト種《メンシュ》と違って肩が通れば全身が通る訳ではない。

構造上、どうしても僅かに下肢の方が太かった。

蜘蛛の体は内骨格と外骨格の複合構造《ハイブリッド》に液体の筋肉と消化器官が満ちているため、ここで引っかかると少し難儀する。

「癖になるからやりたくないけど、仕方ないですわねぇ……」

蜘蛛の歩脚は人部分とは構造が少し違う。それぞれの関節の付け根、肢節に続く部分が半ばめり込んでおり、両者を繋ぐ境目に柔軟な節間膜があるのだ。更に構造的には蝶番型《ヒンジ》の関節とピボット関節が諸所で混じり、可動範囲を補完する複雑さを見せている。

故に関節を外そうとすると、人間のソレと比べてかなり繊細にして慎重さが求められた。外したら二度と戻らない部分と、大丈夫な部分が入り組んでいるのだから。

いくら素になった蜘蛛より頑丈といえど、扱いを間違えれば〝捥《も》げる〟危険性を考えると軽々には行えない……はずだが、彼女は手巾を噛《か》んだ後、特に躊躇《ためら》う様子もなく脚の関節を幾つか外した。

悲鳴も苦悶《くもん》も上げず、微かに眉根を顰めただけで脚と体の密着度を上げて嵩《かさ》を減らした蜘蛛人《アラクネ》は、ぬるりと狭い点検口から這いだした。

「何の役に立つものかと教えられてる時には思いましたけど、馬鹿にした物でもありませんわね」

元冒険者たる彼女の母、コラレの薫陶によってマルギットは危険な技を熟知していた。拘束された時、道具の助けなしで抜け出すのに一番簡単な方法がコレだからと、母親の手によって〝安全な外し方〟を苦痛で以て教え込まれたのだ。ヒトの部分のみならず、蜘蛛の部分でも。

教えられた当時は狩人に必要な技能なのかと、暫《しばら》くは雨の度にしくしく痛む関節を抱えて恨み節を吐いていたが、よもや役立つ日が来ようとはと斥候は小さくぼやいた。

「さて、お目当てはっと……」

マルギットははめ直した脚の動きを確かめつつ執務机に近寄る。幅広の卓は主がマルスハイムに留《とど》まっていることもあって念入りに掃除されて埃一つなく、書きかけの書簡や書き損じて丸められた紙を見るに出発の直前まで使われていたことが良く分かる。

その中で存在感のある小さな彫像を――意匠は旧《ふる》い土豪の英雄だろうか――左端から右端に置き換え、三つある墨壺《すみつぼ》の蓋を中央の物を右に、右の物を左に、左の物を真ん中に入れ替える。最後に二つの羽ペンを刺しておける筆入れの右側、手前に向かって倒れている物を奥に押せば、カチリと何かが切れる音がした。

魔導的な鍵だ。幾つかの手順を踏まねば物理錠を開けても警報が鳴る仕掛けは、重要な書簡を保管する貴族の嗜《たしな》み。

これの開け方もシュネーが仕入れてきた物だが、出所は乙女の秘密だと大っぴらにはしない。

ただ、謎掛け《リドル》も手掛かり《ヒント》も部屋の中に一切存在しない、魔法をかけた魔法使いと開けられる男爵本人以外に知りようがない秘密は本物であった。

何処《どこ》からどうやって引っ張ってきたのかと情報屋の情報収集能力に感嘆しつつ、マルギットは袂《たもと》から革製の道具入れを取り出す。

動いても中身が擦《こす》れて音を立てぬよう、幾重にも革紐《かわひも》を硬く巻いて丸めた一枚革の道具入れには多彩な棒が収められている。全て錠をこじ開けるのではなく、上手《うま》く騙《だま》くらかして開くための器具だ。

一部の専門家以外が所持していれば非合法となる品を彼女が持っているのは、エーリヒと旅立つことを決めた冬、母から譲られたからだ。

コラレも蜘蛛人《アラクネ》の小柄さと俊敏さを活《い》かした斥候として活躍していたのみならず、仲間が古代の遺跡に挑む際、数多出くわす施錠された扉や宝箱を開けるために独学で腕を鍛えていたのだ。

「鍵穴は古式、けど中身は……ああ、筒型ですわね。鍵の方にも魔法が掛かっているとは、お金を沢山お持ちのようで」

教えを授かり、カンを磨くため道々で安く買える――或《あ》いは捨てられた廃墟《はいきょ》から外して――錠に一人で取り組んだ彼女はある程度複雑な鍵にも対抗できるだけの知識と技術がある。

指先で抽斗を探り、円と台形が合わさった古めかしい形の鍵穴なれど中身は新型の構造であると察知したマルギットは、些《いささ》か面倒さを感じつつ解錠道具から数本を選んで慎重に内部へと潜り込ませた。

鍵穴が古めかしい形状に反し、内部機構はここ数十年で出回り始めた筒型錠《シリンダ》だ。二層の筒を貫通するように通る軸が、正しい位置に押し上げられた時にのみ内側の筒が回転して閂《デッドボルト》が上がる仕組みになっており、本来は軸を規定の高さに持ち上げる鋸歯《きよし》めいた鍵を差し込まねば回らないようになっている。

が、構造を知り、開け方も分かっていれば数度の試行錯誤によって開けられる構造だ。魔法を使った乱数制御型の形状変動合金を使われたり、血や魔力を感知する錠であればお手上げなれど、物理的に干渉できるのならば狩人の繊細な指先は容易《たやす》く正位置をまさぐり当てる。

「まず一つっと」

呼吸二〇回分ほどの時間を使い、三段ある中の最上段が開いた。素人目には素早いと言える時間だが、達人は瞬き五つ分もあれば開けると聞くので、マルギットは未熟を恥ながら慎重に抽斗《ひきだし》に指を掛ける。

「引き手に塗料はなし、髪の毛や粉の罠もなし」

錠だけではなく、誰かが勝手に開けたことを持ち主に教える古典的な罠にも警戒を怠らない。男爵は魔法と物理による二重施錠に相当の信頼を置いていたらしく、子供の悪戯《いたずら》めいた罠は一切仕掛けられていなかった。

「KからÜへ。ちゃんと起きてまして？」

『ÜからK、勿論。代わりに寝落ちしている不寝番の寝相が結構面白いことになってる』

「そう、なら良かった。お目当て一つ目、日記がありましたわ」

抽斗の一番上には男爵の日記が入っていた。豪華な装丁の表紙で羊皮紙を綴《つづ》った長期保存が前提の逸品は、貴族であれば後に続く子孫のために必ずつけているといって過言ではない重要な情報源である。

人間、いつ何時不幸な死を遂げるか分からないし、口伝で伝えきるにも限度があるため貴族は自分の行動や会った人間の記憶を書き残す。自分が忘れないようにするためであると同時、日記を手に取った子孫が「そうか、あいつこんな弱みがあったのか」なんて細かな醜聞を武器にできるかもしれないから。

「几帳面《きちようめん》、でもちょっと金釘《かなくぎ》っぽいくせ字ですわね。この辺、やっぱり土豪らしい匂いが濃いですわ」

『期間は？』

「年に一冊で収めているようですわね。年初から始まってますわ」

日記の字は達筆と呼んでさしつかえないこなれた物だが、我流なのか教師が悪かったのか角張った癖が強く、流麗に流れるような線を好む帝国貴族の気風とは些かズレていた。直筆の手紙を出して顰蹙《ひんしゅく》を買うとまではいかぬものの、帝都の人間ならば田舎者と馬鹿にするやもしれぬ。

しかし要点をよく摑《つか》んでおり簡潔で短い日記の書き始めは年初日で、マルスハイム伯が催した新年祭の記述から始まっていた。

『よし、ツイてる。分厚いのを書く人は月で一冊消費するから、本邸に引き揚げられてるかもしれなかったけど、年明けからなら最高だ。春から先のを写しておくれ』

「ええ、分かってましてよ」

指示に従い、マルギットは外套《がいとう》の下に隠れるよう負った背嚢《はいのう》から紙束を取り出した。

一見すると、ただの市井でも買い求められる雑紙のように見えるが、何もこれに逐一丁寧に文言を書き写していく訳ではない。それでは二時間いっぱい使ったとして、目標の五分の一も抜き出すことはできないだろう。

「つるつるしてる面が表っと……」

マルギットが春期の始まった日記の頁《ページ》に紙を重ねて数秒待ち、ゆっくり剝がすと雑紙に内容がそっくりそのまま転写されているではないか。

これはカーヤが作った魔法薬に浸された紙だ。墨に反応して変色する魔法が掛けられた紙は、挟むだけで内容を完璧に写し取ってくれる。内容は無論のこと、筆致などの肉筆にしか現れない癖までバッチリと。

紙面に紙を挟んで複写する作業を黙々と手早く熟したマルギットは、写し終えた日記を記憶通りの位置と角度で返し、再び鍵をかけた。

「KからÜ、日記終わりましたわ。動きがなければ二段目に掛かっても?」

『ÜからKへ、静かなものだよ。煮炊きの煙が上がったけれど、使用人向けの食事だと思う』

「念のため確認してきてくださらない? 廊下の気配なら鍵開けしながらでも追えますわ」

『承知。贅沢《ぜいたく》な内容だったらすぐ報《しら》せる』

次の作業に取りかかる前にマルギットはエーリヒに周囲の安全確認を問うた。明け方は使用人が起き出す時間であり、同時に様々なことが起こる。掃除は専ら主人が不在の早朝か昼間に行われるため、これから使用人が活発になる。

一番早く起きる料理番の動向は、館が一日どういった予定で動くかの指標に丁度良い。その日に大事な客を招く予定があるか、主人が帰ってくるかどうかまで献立を見れば分かる物なのだ。

『ÜからK、朝食は腸詰め《ヴルスト》と黒パンに牛酪《チーズ》だけ。竈《かまど》で焼いてない焼き貯《た》めたヤツ。昼食に向けて鳥を絞めたりもしてない』

「KからÜ、了解。まだまだ安心ですすわね。作業を続けますわ」

『気を付けて』

内容は典型的な主不在の使用人だけが食べる内容。旧土豪の家は粥《かゆ》を嫌うので、小麦だけの上等なパンを焼いていない点からして主の帰りが遅いという情報は正確であったようだ。

「二つ目、開きましたわ。手紙が諸々《もろもろ》。大体が西方の諸侯で、何通か南方と外国のもありますわね。几帳面に小箱に仕分けてあって助かりますわ」

『時間もあるし、西方の貴族優先で。指輪が震えたら、それは開けないで』

「ちゃんと覚えてますわよ。大変ですわね、お貴族様も」

覗《のぞ》き見《み》防止の術式の大半は蠟印《ろういん》を基礎に張られ、使い捨てが一般的だ。ただ、内容によっては効果を長期間保つため封筒や便箋に加工を施すこともあれば、保管している貴族本人が何らかの魔法をかけ直すこともあるため軽々に開いてはいけない。

手紙は時に人間の首を幾つも刎《は》ねる力があるのだ。焼き捨ててしまえば後腐れないソレを、態々《わざわざ》とっておく場合は何かしらの魔法がかけられている。

とはいえエーリヒが用意した、強い魔力を感じると震えるよう細工した指輪が反応することはなかったが。

彼は自分の主であるアグリッピナを謀略の基準に据えていることもあり、色々な感覚が狂っており神経質になっている。普通の田舎貴族であれば、手紙本体に何十年と宛てられた本人以外が見れば死ぬ呪いをかけるような。高度な術式は到底真似《まね》できないことも知らず。

用心するに越したことはないのだが、基準が高い人間に合わせると普通の人間は苦労する。至極一般的な常識を持つマルギットは、そこまでするような手紙を辺境の貴種が出すものかと怪しんだが、彼女の方が今回は正しい。

「半分以上は普通に社交のお誘い……って、本当にマメですわねこの人。返信した内容の写しまでいれてらっしゃるわ」

マウルブロン男爵は社交好きなのか必要に駆られて精を出しているのかは別として、自分が送った手紙の内容も写して残していた。

電子メールと違って物理的な手紙は送ったが最後、内容を確認できないのだが、下手なことを書いたりしてないか後で不安になった時に備えて心配性の男爵は控えを用意していた。

「まぁ、情報が欲しい此方《こちら》としては有り難い限りですけども……ん……？」

手紙を複写していく中でマルギットは、ふと他とは風体の違う手紙が一つ混じっていることに気が付いた。上質紙ではなく民間に流通する紙を使ったそれは、とある商家からのお誘いの体を取っているが男爵は返信に痛罵を隠そうともしていない。

更には控えの脇に覚書として、家宰や執事に二度とこの送り主からの手紙を通すなと警告した旨が書き付けてあった。

「これは穏便ではなさそうですわね」

しっかり内容を写し取ってから、彼女は仕分けの小箱に元通りの順番で手紙を返し、抽斗を閉めた。

「さて、いよいよ最後」

三段目、最下段の抽斗は上二つの三倍近い厚みがあり重厚であった。錠も二重に掛かっており、重要な書類が収められていることが一見しただけで良く分かる。

慎重に解錠した後、マルギットは中身を見て頷《うなず》く。

最後の抽斗は帳簿の棚であった。マルスハイム内における出納を管理しているようで、男爵の物とは異なる筆跡で書かれた書類が几帳面に綴られている。

「KからÜ、大戦果ですわ。男爵家の帳簿がありましてよ。領内のではないですけれど、マルスハイム内での接待交際費やら経費やらがえらく赤裸々なこと」

『最高だK！　ちゃんと家計を自分で管理しているマウルブロン男爵に乾杯!!』

〈声送り〉越しでも満面の笑みを浮かべているであろうことが分かるエーリヒに思わずマルギットも笑顔になる。既得権益に飽かして家宰に金の管理を全て任せきりにして、自分が一夜で何ドラクマ使ったかも分かっていない貴族が多い中で、これは実に得難い成果だ。

少なくとも、この一部屋を調べるだけで欲しい情報が全て揃《そろ》ったのだから。マルギットとしては、次の好機を待つため天井裏にもう一泊せず済んだだけで男爵に献杯したい気分であった。

「分厚いから金の流れは大まかで済ませますわよ。写し紙の在庫が切れそうですし」

『ああ、お願いするよ。税務局みたいに会計監査する訳じゃないから、大雑把に把握できるだけで十分さ』

マウルブロン男爵の金の流れは、彼が〝魔女の愛撫《キュケオン》〟に関わっていないか、知らない内に巻き込まれているのかを探るため非常に重要な要素となる。卸値が異様に安い、あの忌むべきクスリは大した金にはなるまいが、新しい事業を始めたなら何かしらの動きに必ず現れるのが道理だ。

これを家中の人間が作成して認められているのであれば、おかしなところを見つければ隠れ潜んでいた別の鼠《ねずみ》の尻尾をひっ捕まえることもできる。

「あれ？」

直近の簿冊を写したマルギットが元通りにしまおうとして、違和感を覚える。琥珀《こはく》色の目を細めてよくよく見れば、底板の間に埃《ほこり》が挟まっていた。溜《た》まっているのではなく、埃の塊が一つはみ出るように巻き込まれているのだ。

隠し収納かと思い、鍵開けを突っ込んで引き剝がしてみれば、そこには驚くべき物が隠されていた。

紙状に整形された大量の〝魔女の愛撫《キュケオン》〟である。

「Kから……これ、ちょっと穏やかではないですわよ」

隠し収納の状態、挟まった埃からして、この空間は元からあったものではなさそうだ。後から作られていたことが底板の材質や抽斗全体の色合いからして察せられる。

「これ、どうしますの？　引き揚げた方がよろしくって？」

『……いや、そのままで。多分、使える』

斥候は嘆息し、隠し収納を閉じた。

どうやら相方は、またぞろ悪いことを考え始めたようだった。

本当に帝都でどんな悪い女から、こんな遊びを教わってきたのやらと幼馴染《おさなな じ》みの性根がねじくれてしまったことを嘆きつつ、お姉さんがちゃんと見守ってやらねばと決意を新たにマルギットはマウルブロン男爵別邸から影のように消え去った………。


【Tips】警備体制、及び防諜《ぼうちょう》技能は帝都が最先端にして最も激しき戦場とも言えるため、牧歌的な田舎と比べるものではない。

しかし、在野に如何様《いかよう》な怪物が紛れ込んでいるとも知れぬため、自らの不運を理解している人間に警戒は不可欠である。


「なんだこりゃ」

剣友会の定宿である銀雪の狼《おおかみ》酒房、そこで借り切っている個室の壁を見てジークフリートは露骨に眉を顰めた。

部屋自体は至極普通だ。剣友会立ち上げ時の四人でする打ち合わせや、各々塒《ねぐら》に帰るのが面倒になった際の仮眠用に借りたもので、二段組みの寝台が二つと小さな文机があるだけの簡素な内装。

　四人が借りる以前にも同じような冒険者達《たち》が拠点に据え、幾つもの夢がほころんで咲き誇り、あるいは枯れていったのだろう。

　しかし、貸部屋は一つの装飾のせいで妙な雰囲気を帯びていた。

　壁の一角に何処《どこ》からか大きなコルク板が持ち込まれ、大量の覚書や人相書きが針で留められており、しかも針同士が様々な色の糸で結ばれて奇妙な幾何学模様を描いているのだ。

「分かりやすいだろう！」

　目の前でドヤ顔を披露している金髪の犯行であった。

　マルスハイムにおける〝魔女の愛撫《覚醒剤》〟流通事件を整理する、そんな名目でいそいそと一刻《二時間》近くかけて作ったのだが、内容は言うまでもなく全部エーリヒの頭の中にブチ込まれているため、必要性に関しては微妙なところだ。

　いや、この調子《テンション》の高さからして、絶対にやってみたかっただけだろう。

「俺、字なんてまだ簡単なのしか読めねぇぞ。誰に見せるためにゴチャゴチャやってんだ」

「これは絶対に必要なんだよ。作らなきゃいけないんだ。私は詳しいんだ」

「何にだよ……」

　ちょっと螺旋《ネジ》が緩んでイイ空気を吸っている金髪の様子を見て、英雄志願の少年は気を張って聞く話ではないなと男衆が使っている寝台に尻を落ち着けた。上段はエーリヒが使っているもので、配分はジークフリートの寝相がよろしくなく、一度落ちたことがあるからだった。

「さて、仮に今回の一件、諸悪の根源たる敵の首魁《しゅかい》、ないしは集団を……そうだな、悪魔《ディアブロ》とでも呼ぼうか」

「ディア……何語？」

「西方、緑青海に面した亜大陸辺りの言葉で悪神や悪鬼だ」

　この仮呼称も完全にエーリヒの思いつきだ。麻薬王エル・ディアブロ辺りにでも因《ちな》んだのだろうが、多神教国家たる三重帝国で悪魔という単語は耳慣れない。

　何せ堕《お》ちて害をばら撒《ま》くようになった神格も、一応は神格として扱う国民性故、本質的に神や人類の敵対者と定義される悪魔という概念は一般的ではない。帝国内に潜り込んできたとしても、何処か余所《よそ》から流れてきた異教の神か使徒や走狗《そうく》として扱われるため、悪意を煮詰めた存在に準《なぞら》えてもピンとくる者は少なかろう。

　ともあれ、悪魔の仮称を与えられた敵は中央の黒地に白い疑問符を書かれた紙に定められ、方々に散らされた人相書きへと繋《つな》がっていく。

　板の上方はマルスハイム側と言える貴族や有力者、そして冒険者の氏族が配置され、下方に行くにつれて地位が低いか敵対的になっていた。

　下に位置しているのは土豪達だ。この地の果てで生きていれば名前を知っていて当然の大きな家から、知り合いでもなければ知らなそうな家まで取り上げられており、その多彩さから異様なまでの執念で情報を漁《あさ》って来たことが窺《うかが》える。

「いつにも増してノリが変だぜお前……一昨日の夕方出てって、今日も徹夜だろ。ちょっとは寝たか？」

「この情報の山を前にして寝てる余裕が何処にあると？　愉《たの》しみすぎて、どうせ寝付けないだろうからシュネーと一緒に読み込んだよ」

「貴族の館に潜り込んで、そのまま二徹目てお前……つか、怪我人《けがにん》引っ張り出して読ませたのか、そのクソ分厚い束を」

よくよく見ると金髪の目は大分キマっていた。渦中の話題たる麻薬ではなく、脳内で生成された自前の快楽物質であろう。体がせめて意識くらい気持ちよくしていないとおかしくなると判断し、自己防衛的に気分を強制的に上向かせたとみられる。

コルク板の下に置かれた文机の上で堆《うずたか》く積まれた紙に何が書かれているか、マウルブロン男爵の見張りを取り纏《まと》めていたジークフリートは知っていることも相まって、よもやこの量を一晩で腸が繋がっていない重傷者に読ませたのかと戦慄した。

ここで金髪を少し擁護しておくが、何も寝ているシュネーを無理矢理叩《たた》き起こして読ませたのではない。

情報を分析する腕は自分の方が絶対に上なので、引っこ抜いてきた物は全て見せてくれと言いだしたのは向こうからだ。

自分が忍び込む計画を立てるのに使った見取り図や人員の勤務予定表などを渡す代わり、

自分抜きで進めてくれるなとシュネーは譲らなかった。腸が破れていようが、頭を回すのは構わないだろうと言って。

　事実、彼女は膨大な日記の記述や手紙のやり取り、何より複雑な帳簿の中から怪しげな物を一目見ただけで引っこ抜き、重要な含みを持つ情報なのか、関係のない雑音かをより分ける感性がある。

　これは正しく天与の物で、余人でも同じ結論に至れたとしても求められる時間が二〇から三〇倍はかかっただろう。数多《あまた》の凡夫を金で大量に集めても制圧しきれない、〝持っている〟人間だけが嗅ぎ分けられる臭いを拾ってシュネーは最短で情報を洗ってくれた。

「よく一晩で読むよな、これだけのモンを……紙だけで何ドラクマかけてんだ？」

「分からん！　が、我等《われら》が塒の危機だ！　君だって何でもやるだろう、ジークフリート!!」

「あ？　うん、そりゃ何だってやるが」

「ん、今何でもって……」

「前もソレ言ったけど、何か意味あんのか？」

　模倣子《ミーム》によって汚染されたネタを繰り返すのは、二徹明けの脳味噌《のうみそ》が濁っているからだろうが、やるべきことだけは分かっているからかエーリヒの話は止まらない。

「何でもやるはさておき、敵は強大でやり口が汚い。辺境流じゃないんだ」

「麻薬使うのに辺境流もへったくれもあるか？」

「ジークフリート、考えてもみたまえ。君が土豪だったらマルスハイムをどうしたい？」

問われ、英雄志願は小首を傾《かし》げつつ考える。

自分が土豪であったなら、勢力が衰えた決定的な敗戦の突端たる、この人工丘陵上の城市は酷《ひど》く疎ましいであろう。景気づけに火でも付けてやりたい気持ちも良く分かる。

しかしながら、為政者の地位で物事を考えると少し違う。

「できれば無傷で欲しいよな。独立なんてした日にゃ、帝国との戦争は避けられねぇんだし絶対必要だろ」

「その通り。我等が塒は、僅か八千の守兵で五万を撥《は》ね除《の》けた堅城だ。況《ま》してや、あの頃から増改築が進んでいる現状、防御力は計り知れない。本気を出したら二〇万から軍を起こせる三重帝国と殴り合うなら、絶対に綺麗《きれい》なまま欲しいんだよ」

マルスハイム一夜城の故事で知られる戦略的大奇策によって打ち立てられた都市は、一度も陥落したことのない強力な防御拠点である。野放図に拡大している今でも市壁が棚田のように多層の広がりを見せ、適当に拡大しているように思えても正しく戦術的な構造をしていた。

尖塔《せんとう》は時あらば素早く櫓《やぐら》に変わり、水門を開けば幾つかのドブ川や暗渠《あんきょ》が溢《あふ》れて水堀に姿を変える構造は、土豪が屈服した後にも営々と練り続けた歴代マルスハイム公の執念が結晶化したもの。

今や城館こそ形骸《ランドマーク》化しているものの、防衛拠点としてマルスハイムはまだまだ現役なのだ。事態が辺境だけで留《とど》まらないのは明白であるからして、東から押し寄せる大群を堰《せ》き止める関門として失えないことは戦の素人であっても明白。

「でも悪魔は違う。マルスハイムを薬物中毒者で溢れかえらせ、機能不全に貶（おと）しめようとしている。その時点で独立を最終目標にする土豪の本意から少しズレるんだよ」

「マルスハイム伯を追い出せたはいいけど、どっかの原っぱで会戦して吹っ飛ばされましたじゃ回りくどいことしまくっても意味ねぇもんな。って、待てよ、じゃあコレで誰が得をするんだ？」

うううんと一層首を捻《ひね》るジークフリートに、エーリヒはそこだよと指を鳴らす。

確かにマルスハイムが機能不全に陥れば土豪は一見得をしているようだが、長期的視座では明らかに悪手だ。真綿で絞め殺され掛かって判断能力が低下していると言われればそこまでだが、経済規模や人口、製造設備などが詰め込まれた宝箱《マルスハイム》を自分達の手で傷物にする所以がない。

つまるところ土豪が見かけ上の得をして、ライン三重帝国が大損すれば助かる人間が裏にいる可能性も高いのだ。

「まぁ、度し難いことに、ライン三重帝国が損をして喜ぶ連中は外だけじゃなくて、内側にも一杯いるから、これだけじゃ何も絞り込めないいんだけどね」

「はぁ？　何で帝国の貴族が得すんだよ。ここは西方交易の玄関口だぜ？」

「戦争してないと冷《ひ》や飯《めし》喰《ぐ》らい扱いされる人達がいてだね」

　エーリヒが一例に上げたように、残念ながらライン三重帝国とて一枚岩ではなく、平和が最大の利益である人間ばかりではない。

　戦争が〝割に合わない行為〟になるのは、まだ先の話だ。第一次世界大戦の如《ごと》き資源を物的、人的、経済的に湯水の如く蕩《とう》尽《じん》して尚《なお》も足りない、国体そのものが血を絞り出して殺し合いをする時代になってからのことである。

　第二次東方交易路戦争で帝国は凄《すさ》まじい出費を強いられたが、国が金を吐き出したならば、吐いた分だけの金や利権が誰かしらの懐に収まっている。そして戦勝国として略奪や身代金で一儲《ひともう》けした人間は数えきれず、もっぺんやってくんねぇかなと手ぐすねを引いている者達も多かった。

　ライン三重帝国全体は損をするが、個人、あるいは家単位で得をするから戦争したがる馬鹿のことを忘れてはならぬのが何とも世知辛い話だ。

「いや、うん、軍拡で得してる身内が一人いるっちゃいるんだけど……」

「何だって？」

「何でもない。忘れてくれ」

　未《いま》だ謀《はかりごと》に触れる度に脳内で高笑いを上げる外道の顔が脳裏に過《よぎ》ったエーリヒは、俄《にわか》に痛み始めたこめかみを揉《も》んだ。

　アレも流石《さすが》にここまでのことをしでかしはしないだろうが、実際に航空艦が軍事的な期待を帯びて大量の予算を召し上げていることからして他人事《ひとごと》でもないのだ。

あの船一隻にどれだけの巨費が投じられているかを考えるだけで震え上がる自称庶民の金髪は、ともあれ悪魔に接近せねばならぬとコルク板を叩く。

「幸いにも我々はマウルブロン男爵とウィザッハ男爵から引っこ抜いた情報で、敵が陰謀を張り巡らせた大まかな形を摑《つか》んでいる」

「どら息子のベジクハイム子爵がマジで悪玉の線は？」

「ありゃただの馬鹿だ。叩けば細かい埃《ほこり》が出まくるが、デカい絵図を書ける気質じゃない」

エーリヒは前世知識で大石内蔵助《おおいしくらのすけ》や司馬懿《しばい》のように、大敵に封殺されることを避けるべく敢《あ》えて無能や呆《ほう》けたように振る舞って雌伏の時を過ごした傑物がいることを知っているが、ベジクハイム子爵はその手の人間ではなかった。

純粋培養、どこをどう切り取っても、どうお出ししても恥ずかしい生粋の馬鹿だ。

組合に持ち込まれる道楽めいた依頼の数々もそうだが、花街のお気に入りに一晩一〇〇ドラクマ以上貢ぐお大尽遊びを連日行い、領内で配下の代官が好き放題やっている時点で色々と格が低い。

シュネーも怪我をする前に子爵が首ったけになっている娼婦《しょうふ》と接触し、怪しい動きはないと調べ上げていた。

「ただ、馬鹿の手下だからか、より分かりやすい馬鹿もいる。これを見てくれ」

「だから俺、手紙とか帳簿なんて見せられたって何も分かんねぇよ……」

いついつに出された手紙やら帳簿の数字云々《うんぬん》を説かれてもジークフリートには理解が及ばないが、要約すると一言になる。

　ベジクハイム子爵の配下が数人、主が馬鹿なのを良いことに好き勝手しているということだ。

「じゃあ、何でぇ、この手紙でのやり取りと金の往《い》き来《き》から、麻薬の搬入に関わってる馬鹿の面が分かったってこったな？　ちっぽけな拠点とかじゃなく、外から入れてる連中の」

「要約するとそうだが、よく私の長回しの説明をそこまで縮めたな」

　分かって貰《もら》えないよりずっといいが、頑張って説明したエーリヒは少しだけ膝から力が抜けるような気分になった。

　構図としては正に言われた通りであり、ベジクハイム子爵自身は〝魔女の愛撫《キュケオン》〟に関わっていないものの、配下に鼻薬を嗅がされた阿呆《あほう》がいた。

　小遣い稼ぎ程度のつもりで手を出したのやもしれないが、仕事自体も小遣い稼ぎと同じ調子でやっていたのがいただけない。早晩悪行が暴かれ、芋づる式にベジクハイム子爵が罪に問われ、濡《ぬ》れ衣《ぎぬ》を着せる仕度が調っていた男爵二人も連座するのが狙いだったというのがエーリヒとシュネーの回答だ。

「で、態々《わざわざ》俺だけ呼び出して細かい話をするってことは、前みたいに出入《襲撃》りをかけようってんじゃないだろ」

「流石ジークフリート、話が分かる」

　若き英雄志願者は酷く嫌な予感を覚えながらここに来たが、それが却《かえ》ってよかったのだろう。無理難題や無茶無謀を散歩みたいな気軽さで宣《のたま》う狂人の言葉を聞いても、頭痛が幾分かマシになるのだから。

「で、どっちがやるかだけど……」

「いや、そりゃ俺だろ。どうせアレだろ？　喧嘩《けんか》別《わか》れしたみてぇに装って、売人と仲良くなって、販路から親玉まで調べてこいとかそんなだろ？　頭目じゃ成り立たねぇだろ、話が」

　分かってますと言わんばかりに首を振ったジークフリートなれど、エーリヒが意外そうな顔をしているのに気付く。

　これは先に言いたかったことを言われて驚いている顔ではない。その手があったか、と言いたげな面だった。

　瞬間、彼は自分の顔から血の気が引く音を聞くこととなる。

「私は精々、その連中の専属護衛でもやって内情を探って貰おうとしたくらいなんだけど……」

　ジークフリートは、今自分の顔には明確に「あっ、下手打《ヤッ》った《ベ》」なんて書いてあるのだろうなと察した。

「そうか、潜入捜査か、博打《リスキー》だがいい手だな。だよな、コッチには素対法の縛りとかないし。いや、むしろテロと定義すれば尚更《なおさら》上等か」

「あ、いや、ちょっ、まっ、エーリヒ、今のナシ……」

「〝彼〟に接触する良い機会にもなるし、一挙両得ということで……」

「待て！　待って！　やっぱお前の案が良い！　俺が英雄詩を見過ぎただけだった！　マジで止《や》めて!!　俺はお前ほど器用じゃねぇ!!」

冒険譚《ぼうけんたん》が大好きな少年は、ただ単に〝そういった筋書き〟の話を聞いたことがあるだけだった。悪い貴族の悪事を暴くため、一党の副頭目が仲違《なかたが》いしたように見せかけて、悪徳貴族の懐に潜り込んで悪事の証拠を摑み解決に貢献する詩があったのだ。

しかし、実際にやらされるとなると話は違う。

慌ててなかったことにしようとした副頭目なれど、興が乗ったのかコルクボードに新しい紙を貼りながらブツブツやり始めた頭目を止めることはできなかったという………。


【Tips】ライン三重帝国には証拠を得るために行った捜査が、適法か否かを問う法がそもそも存在していない。


「だっ、だだ、大丈夫ですか、旦那」

「ああ、心配要らない」

それは、ある日唐突に始まった。

夏の暑さもすっかり失《う》せて、いよいよ本格的に秋が始まるのだなと皆が浸り始めた夜、剣友会の頭目と副頭目が盛大に反目し合ったのだ。

理由は今のところ明らかになっていない。毎度の如く仕事が終わり、剣友会の面子《メンツ》と仲良く飲んでいたかと思えば、ほんの僅かな時間二人きりで話し合っていた途端である。

どちらから殴ったかは定かではなかった。傍から見ている人間に分かるのは、双方が歯を剝《む》いて本気で拳を振るい、正に刃傷《にんじょう》沙汰《ざた》一歩手前であったことだ。

塒《ねぐら》である銀雪の狼《おおかみ》酒房の主が止めに入らなければ、あるいはそうなった可能性もあったやもしれないと、剣友会の会員ヘリットは心底から心配した。

今は頭目のエーリヒが彼にもたれ掛かった流れに従って、個室に運んで世話をしているところだ。気を遣って差し出した手巾には、吐き出した血に歯の欠片《かけら》が混じっているではないか。

マルギットはエーリヒの代わりに酒場で騒動を収めており、カーヤは言うまでもなくジークフリートの方についていった。

故に消去法の自然な流れで彼が付き添っているのだ。

「くそ、やってくれたな田舎者め。政治の機微も分からないくせに大言ばかり……」

正に吐き捨てるが如き言葉には、本物の恨みが籠もっているようにヘリットには感じられ、心配がいや増す。

それだけの剣幕、二度と関係の再構築などできないのではと心配になるような殴り合いだったのだ。

どちらも熟練の冒険者であるのが信じられないほどに殺気を剝き出しで、一切の護《まも》りを捨てて顔面を殴り合っていた。頰や額にめり込んだ拳の数は一度や二度では利かず、エーリヒの左頰は薄《うっす》らと青く鬱血し、鼻血も少し垂れている。

ちらっと見えたジークフリートの方も結構な重症で、頰骨に拳が触れたからか頰が割れて大量の出血があり、同じく口の中を切ったのか滴る程に血を吐いていた。

優雅で落ち着きがあり、時に冷徹にさえ感じる平素の落ち着き振りをエーリヒがどうして喪《うしな》ったのか、ヘリットには全く分からなかった。

あれだけ仲が良く、阿吽《あうん》の呼吸で戦う二人に仲違いする要素など、近くで冒険者をやっていた彼ですら見いだせぬ。

「奥歯が欠けたぞ、畜生め」

「なっ、なな、何があったんですか？」

「あぁ？」

椅子に腰掛けていたエーリヒは上体を深く傾け俯《うつむ》いていたが、喧嘩の理由を問われた瞬間に凄まじくドスの利いた声を上げた。顔を僅かに上げ、下から睨《ね》め上げる青い双眸《そうぼう》は殴り合いの熱気が未だに残っているのか爛々《らんらん》と輝き、刃物に勝る剣呑《けんのん》さで威迫してくる。

「っ……」

しかし、彼も修羅場を潜《くぐ》った剣士だ。麻薬の拠点を潰す作戦で童貞を切り、一端の男になった自信もある。

それと同時に使命も抱えていた。彼が胸に秘して剣友会の門を叩《たた》いた理由に従えば、エーリヒとジークフリートの仲が良いのは理想的だった。

いや、ヘリットの内心を飾らずに言うのであれば、もう彼は剣友会が心から好きになっていたのだ。剣を振るい生きて行く術《すべ》を叩き込んでくれた頭目も、凹《へこ》んでいた時に尻を蹴り上げて風呂に連れて行った副頭目も、何よりも和気藹々《わきあいあい》とした、本当に神話の時代に冒険者達《たち》は斯《か》くあったのだと信じられるような空気を尊く思っていたから。

「私と〝アレ〟の喧嘩がお前に何の関係がある。なぁ？」

僅かな葛藤。

打ち明けることは不義理ではないかと悩むヘリット。

しかし、与えられた使命が軽く思えるくらいに彼は剣友会に入れ込んでいた。

壊れるのが嫌だったのだ。あの空気が、汗と血が滲《にじ》むが何よりも爽やかで朗らかな空気が吸えないなど。

それと引き換えであれば、自分のちっぽけな矜持《きょうじ》や秘密を擲《なげう》って、頭目から真の信頼を得ることの方がずっとずっと大事なのではないかと、若きヒト種《メンシュ》の冒険者は意を決する。

「旦那、俺……いや、僕の話を聞いて貰えますか」

「……何だ」

目線の鋭さは変わらない。視線の刃にて意志を牽制《けんせい》し、下手な仲立ちや詮索をするなら殺すぞと脅しているかの如《ごと》し。

これを受けてヘリットは確信する。あの厳しくも優しい、笑顔を絶やさないエーリヒが斯様《かよう》な表情を見せるのには理由があると。

また、自分の意見を受け容《い》れて貰いたいなら、秘密の一つ二つ安いとも。

姿勢と居住まいを正し、ヘリットは踵《かかと》を打ち合わせる〝貴族式〟の正立礼を行う。

「僕は、密偵です」

信じて貰うために、本気で話し合うためには裸でぶつかる必要がある。元々彼は実直で、物事を真摯に考える人間だからこそ出た真実の告白。

「本名はゲルハルト。ゲルハルト・ジルバーバウアーです」

一五才の夜、妾腹《めかけばら》の子は尊ぶべき師達を守るために重い秘密を打ち明けた…………。


【Tips】冒険者の不文律の一つに〝酒場での喧嘩を外に持ち出すな〟という物がある。


今日は何か思ってたんと違う、そう感じることの多い日だった。

いや、流れ的には順調だったんだ。シュネーの情報精査能力を改めて知ることができたし、ジークフリートとの情報共有も実りが多かった。

ただ、彼の案に乗って善は急げで、じゃあ大喧嘩して仲違いしようぜ、そう打ち合わせた時に野郎が何て言ったと思う？

「えっ!?　言いたいこと全部言った上、本気で殴って良いのか!?　みんなの前で!?」
　これだぜ。一瞬唖然《あぜん》としたよ。正直、ちょっと脳が理解を拒否した。
　私、何かしたか？　そりゃツンデレ気味な発言をニヨニヨ見ていたのは認めるけど、あ
あも目を輝かせて言うことか？
　しかも、本当に言いたい放題言って、割とガチでぶん殴りやがったよあん野郎。
　うん、勿論《もちろん》、これだって予定通りだ。歯や頬、額が切れるくらいならカーヤ嬢が治せる
から、疑いの余地がないくらい本気でやることにしていたから。
　そうじゃなければ、私達がお互いの顔面を〝一切守らず《ノーガードで》〟殴り合うような不細工にも程
がある喧嘩する訳ないだろ。習いたてのガキや素人さんじゃあるまいし。
　本気だったら初手で目とか喉なんぞの人体急所を狙うのが私達なんだから、拳を使って
いる時点で遠慮している方ですらあった。
　けど、何だよ、いつも無茶苦茶な期待かけやがってとか、冒険者より舞台にでも立って
る方が似合いだとか、たまに女衒《ぜげん》と仕事してるように錯覚するとか、酷《ひど》くない？
　言うに事欠いて女衒って何だ女衒って。私はちょっと、その場で言われたら嬉《うれ》しいだろ
うなってことを率直に言ってるだけだぞ。女性相手の仕事なら、褒め言葉は過剰なくらい
が丁度良いってのは何処《どこ》ででも習うだろ。
　それをあの野郎……。
　だから、私は今、演技でなくちょっとガチめに凹んでいる。折れた奥歯と切れた頬の痛

みより、そっちの精神的な動揺の方が大きい。

こっちは彼の悪口を捻《ひね》り出すのに、かなり苦労したのに。酒飲みながら四半刻悩んで、やっとこ出てきたのが田舎者だぞ。

あ、それと一つ訂正だ。今日は何か思ってたんと違う、そう感じることの多い日だったと過去完了形で語ってしまった。

正確には現在進行形だ。

「本名はゲルハルト。ゲルハルト・ジルバーバウアーです」

目の前でヘリット、ヒト種《メンシュ》の剣友会会員が立礼の姿勢を取っている。

私より二つ下で、剣友会の名が売れてから入って来た新人。背が少し高く、肩幅も広く腰付きがガッシリした少年は顔付きが四角く、まだ若いのに顔だけ見れば大変な貫禄《かんろく》がある。金茶のくるくると弧を描く天パ半歩手前の髪や、落ち窪《くぼ》んだ白目がちの灰色をした目なども相まって二〇代半ばだと名乗られても納得できる風体。

正直、一瞬だけど年齢詐称を疑《うたが》ったよ。

いや、そっちの疑いは直《す》ぐ晴れたけどね。外見に反して振る舞いにスレた感覚がなかったし、かなり無垢《むく》で素直だったから。

ただ、シュネーから〝正しい身分〟を聞かされていた、密偵疑惑の掛かっていた人物でもあった。

だから喧嘩《けんか》のついでだし、ちょっと揺さぶってみるかと意図してこの場を作ったのだ。

「唐突に何だと思うかもしれません。けど、僕の話を聞いてください」

自己申告に従うなら自称ヘリット少年は、辺境生まれの辺境育ちであったが、元々所作の端々に礼儀正しさが滲んでいたこともあって言葉通りには受け取っていなかった。

抑揚や強調の端々に滲む謙《へりくだ》った宮廷語の名残は、ただ父親が商売人だっただけの理由では説明がつかない。西方の荒っぽい口調《べらんめえ》に正そうとしても、どうしたって消せない癖はある。

この点から彼が何かしらの貴族、ないしは旧土豪関係の密偵かなーなんて心配していたから、試験としてちょっと他よりきつめに扱《しご》いてみた覚えがあった。

「僕は旦那、いえ、エーリヒ殿がマルスハイムの益になるか密に探れとご命令を受けて剣友会の門を叩きました」

密命を受けてきてるなら、ちょっとやそっとじゃ泣きを入れてくることはないだろうと、ちょっとした打算はあったにせよ真摯に教えはしたけどね。同時期に入ってきた剣友会の旨味《うまみ》だけを貪ろうとした連中と纏《まと》めて。

ただ、その段階では使命に燃えているのか、ただ単にきつめのシゴキに耐えられる精神性の持ち主なのかは判断しかねていたんだよな。

シュネーからの情報提供、彼が貴族の妾腹であり元はマルスハイムからかなり北の衛星諸国出身だと聞いた時は、我慢強さの理由として納得できた。あっちは帝国へ出稼ぎに出た方が稼げるから、師弟に厳しい帝国語教育を施す文化があるそうなのだ。

故郷の家族のことを思えば、打ち身や全身の筋肉痛が当たり前の生活くらい耐えるだろうなくらいに受け取っていた。私自身、帝都に行ったのはエリザのためだったし。

で、こんだけ耐えて何を探りに来たのかなと軽く揺さぶるべく手を打ったら、何か知らんけど全部ゲロり始めたんですが。

えーと、ちょっと待ってくれへリット少年、いやゲルハルト君。君が良い子だってのは季節一つも教えたから重々分かってたんだけど、どうした急に。

「ぼっ、僕っ……僕は、でもっ、けんっ、剣友会が……」

マジで何か思ってたんと違う！　ここでやさぐれた私に薬の密売を持ちかけてくる方が、むしろ分かりやすくて良かったよ!!

「剣友会がっ……好き、なんです……！　だから、どうかっ、ジークフリートの兄ぃとは仲良くしてくださいっ……!!」

「いや、ちょ、待てへリット……」

「何処かの家が旦那達に揺さぶりを掛けたのが喧嘩の原因なら、きっと僕が悪いんです!!僕が、旦那達の仕事ぶりとか、誰と仕事をしているとかを報告したから!!」

涙とか鼻水とかで顔をドロドロにした、自分より背が高いのに年下の後輩を慰めるという微妙な状況に困惑したが、彼は落ち着くよう促しても心の平静を取り戻せないのか泣きながら懺悔《ざんげ》するばかり。

あー、これはアレか、私がどうにかこうにか捻り出した悪口が現状に引っかかってしまったのかもしれん。

政治も分からぬ田舎者がなんて罵倒したら、密偵の身からすればギクリともなるわな。

ゲルハルト少年は、どうやら親から言われて近頃売り出し中の金の髪が態々《わざわざ》打ち立てた氏族が、親マルスハイム伯の閥に無害かを調べる使命を与えられていたようだ。

恐らく、年頃と垢抜《あかぬ》けない感じが丁度良いから選ばれたのだろう。何より家督を相続できない立場の非嫡出子ならば、海の物か山の物かも分からない新興組織の内偵に打ち込むのに過不足がない。

物事を覚えて書き記すことができる程度の教養と、仮に仕事の最中に死んでも〝惜しくない人材〟としては最適だ。

「僕っ、この間、お二人の仲は至極良好でそこから揺さぶることは不可能だと、ちゃんと報告したんです！　マルスハイムを守る理想の冒険者だって！」

お、おお、何か凄《すご》い評価されてたんだな、私。たまに血尿出るくらい扱きやがってとか、面に反して鬼みてぇとか愚痴られていたから、もちっと評価低いかなって思ってたんだけど。

まさか、密偵として送り込まれた彼が剣友会を気に入って、率先して我々に都合の良い報告をあげていたとは。

これはアレかな、私にも身についてきたのかな。人徳ってヤツが。

一瞬悦に入りかけたが、今そういう場面じゃないからと気を引き締めて若人の肩を摑《つか》んだ。

「打ち明けてくれて嬉しいよ。泣くことはない。君は家族のためを思って志願し、その上で自分の実力で剣友会に齧《かじ》り付いて来られたんだ」

「エーリヒ殿、エーリヒ殿ぉ……僕、僕はぁ、裏切り者で……」

「剣者がそう泣くな。折角磨いた腕が泣くぞ。それに私は、君に裏切られたとは思っていない」

これが家の名簿とか今後の仕事を誘導して小銭を稼いでいたのなら「何やってんだテメェ」ってな具合に軽くキレ、素振りを五千本くらいやらせて性根を叩き直す、いや一遍砕いて鍛造させ直すところだが、生まれ故の宿命なら仕方あるまい。

それに我々を貶《おとし》めるでもなく、公には父と呼べぬ父を通して剣友会の良い噂《うわさ》を流してくれていたのならば、多少の不義理は帳消しにしていい善意と好意だと私は思う。

組織的に良くはないんだけどね、結果論的に悪くなかっただけで、どう転ぶか分からないことを咎《とが》めないのは。

けど、あれだ、まだ一五の少年だから突っ走るのは仕方ないだろうし、ガチ説教をしようという気にもならぬ。

ただただ、〝もののついで〟に過ぎない企《たくら》みで、他人様《ひとさま》にはちょっと知られたくないだろう黒歴史を作らせてしまったことがいたたまれなかった。

「君は君の最善を尽くし、剣友会を愛するからこそ行動したんだろう？　そして、今私に全てを打ち明けている。こんな誠実な裏切り者がこの世にいるものかね」

「エーリヒ殿ぉ……」

「もう、旦那とは呼んでくれないのかい？　なぁ、ヘリット」

「だっ、旦那ぁ……!!」

デカい年下に縋《すが》られながら泣かれるという中々濃い時間を経て、やっとこ聴取ができそうなくらいにヘリットは落ち着いてくれた。

ふんむ、ただ貴族界隈《かいわい》から探りを入れられる事態は想定していたが、こっちの手法でやってくるとは、ちと想定外だったな。パワハラめいた仕事を押しつけて様子を見るみたいなやり口を警戒していたら、真っ当に内偵要員を――しかも馴染《なじ》めそうな人選をちゃんとして――送り込んでくるとは。

かなり奥ゆかしい方針は、事情を聞けば割とすんなり呑《の》み込むことができた。

「それで、君はなんで剣友会に送られたんだい。マルスハイムの益になるか調べてこいと命じられたと言っていたね？」

「そうです。今のマルスハイムには、何と言うか貴族が仕事を頼みやすい冒険者が少なくて……」

「あー……うん、そうだね」

思い当たるだけでもヤベー氏族ばっかりだものな。個人規模で仕事ができる人間は、大抵が伸びる前に取り込まれるなりして所属が変わる。

そして、幅を利かせている氏族や地場の英雄には何らかの繋《つな》がりがあるか、個人の癖が強すぎて使いづらかったりする。

前者はハイルブロン一家の食客でもある馬肢人《ツエンタオア》〝舌抜きのマンフレート〟が該当し、後者は我が冒険者の師であるフィデリオ氏とその一党が代表か。

新参《ニュービー》だった頃の私程度にも氏族が粉を掛けてくるような状態だったから、そりゃあ柵《しがらみ》がなくて適度に使いやすい冒険者は重宝がられよう。フィデリオ氏は能力こそ素晴らしいものの〝不義〟を察知した途端に敵に回ってくるあたり、むしろ貴族としては率先して関わり合いになりたくない芸風の生き方をしているからなぁ。

「僕は父に剣友会の方針を一〇日毎《ごと》に報告することになっていました。悪事に手を染めていないか、依頼は真面目にやっているか、今の規模はどれくらいか……」

うん……うん？　何か奥ゆかしいを通り越して穏当過ぎて、これで彼は裏切りと認識して号泣したのかと首を傾《かし》げたくなった。

いや、聞いていることが実家の父親からたまにくる電話の内容と大差ないことからして、内偵が名目のように感じられるのは流石《さすが》に穿《うが》ちすぎた考えか……？

「ん……？　それだけかい？　ほら、帳簿を写せとか、この依頼を絶対受けさせろとか。私がマルスハイムの不利益になったら殺せるよう隙や癖を把握しておけとか……」

「まさか！　左様な命令をされても僕は絶対にやりませんし、父はそんな人ではありません!!」

熱意ある断言に「お、おう」としか返せなかった。

息子を鉄砲玉にする割りに父親は親マルスハイム閥の穏健派で、どちらかというと私の騎士位叙勲に賛成していたそうだ。

「ただ、父は疲れているようでした。旦那の失敗や醜聞を知りたがる者がいてしつこいのだと」

ふむ、それはちょっと興味深いな。むしろ冒険者風情が騎士叙爵の名誉を蹴るなど不遜極まる振る舞いだし、蛇蝎《だかつ》の如《ごと》く嫌われていてもおかしくないのだが。

むしろ、密偵を送り込む理由としては、素直に殺そうとしてましたって方が分かりやすいし。

公的に私を手打ちにしたい者がいるのだろうか。それとも単に気に食わないだけ？

いや、どうあれ使える。ヘリットには悪いが、好都合だ。

旧土豪や貴族に〝魔女の愛撫《キユケオン》〟の危険を報《しら》せるのには、今のコネで真正面から突っ込むよりも、ヘリットの父みたいな真っ当な貴族を通してやった方が格段に楽だ。

「僕は、その人が旦那と兄ぃを仲違《なかたが》いさせる企みがあるのかと……」

ちと心が痛むものの利用させて貰《もら》おう。歯まで折った演技を披露しているのだから、観客は多くて太い方が良いもの。

「そうか……良く分かった、ヘリット。だが、ジークフリートと私の諍《いさか》いはそういうのじゃないんだ」

「そんな！」

「私はもう、アイツとはやっていけんよ」

しかし、二徹の脳内麻薬過剰分泌状態もあって軽いノリで始めてしまったが、敵を騙《だま》すために味方をも騙すのって、想像の何倍も胃が痛いな。

密偵の目的がふんわり分かったらいいなぁ、くらいの気持ちだったのに、何故《なぜ》こうなるのか。

ただただ申し訳ない気持ちを抑え、私はべちゃべちゃになった顔を拭えと手巾を渡すのだった………。


【Tips】組織が大きくなると何処《どこ》かしらから調査の人員が送り込まれることもあるが、全てが悪意に基づいて実行されている訳ではない。


ジークフリートは、許されるなら三日前の自分を愛槍《あいそう》でぶん殴ってやりたい気持ちで一杯だった。

何でもやると軽率に言った自分が悪いのは真理だが、大枚を叩《はた》いて購入した家のやっと慣れてきた寝床を離れ、蚤《のみ》や床蝨《とこじらみ》だらけの安宿に放り込まれる謂《いわ》れはないと思うのだ。

「……俺も贅沢《ぜいたく》に慣れ切っちまったみたいだなぁ」

一言、クソがと悪態を吐《つ》いて、戦友と仲違いした風に装った英雄志願者は汚い寝床に薬剤を一つまみ振りかけた。

カーヤが作った虫除《むしよ》けの薬だ。どんな虫も食わぬという白い菊から作った粉末は、安宿の洗濯は疎《おろ》か碌《ろく》に干されてもいない敷き布から不快な虫を追い払い、ようやくジークフリートが腰を落ち着ける気にしてくれた。

昔はもっと酷《ひど》い実家でも平気で寝ていたというのに、一度贅沢を覚えると難儀なものだと溜息《ためいき》が溢《あふ》れる。

このまま寝てしまいたい気持ちを抑え、ジークフリートは懐から一つの魔導具を取り出す。首に巻くそれはマルギットが身に付けている装身具《チヨーカー》と似ているが、身を飾る道具には不釣り合いに無骨な機構が張り出している。

〈声送り〉を安全に中継するため新造された、エーリヒとカーヤの合作である。

「えーと……ああ、あったあった」

傾いで半ば用をなさなくなった窓の縁《へり》を漁《あさ》ると、小さな針が突き刺してある。そしてあまりの細さに角度によっては視認すらできない細い糸が外へと伸びていた。

「聞こえるかー。おーい、誰かいるかー」

『私だ。聞こえているよ』

完全有線型、マルギットの蜘蛛糸《くもいと》を介して直接繋がった機器同士以外には魔力波長すら残さない通信機に語りかければ、微《かす》かに雑音が混じる金髪の声が直《す》ぐに返ってきた。

今回は符丁や符号も使っていない。標《しるし》を媒介に遠隔で飛ばしているのではなく、とんでもなく長く紡いだ糸を――マルギットは二度とやりたくないと言っていた――使っているため、秘匿された通話を傍受しようがないのだ。

「繋ぎは取れたぞ。銀貨でたんまり払ったら連中、なーんも疑いやしねぇの」

『どんな知恵者がいようが、組織の末端まで完璧に愚者は排除できないって見本だね』

「俺らの大根演技に疑問を持たねぇ時点で、ちょっとどうかと思うわ」

さて、ジークフリートが安宿で休もうとしているのは、喧嘩《けんか》の末に剣友会を出奔した演技を真面目にやっているからであって、カーヤはそこまでしないでもと止めたが、やるなら徹底的にやると決めた彼の自主的な努力に基づく。

味方も騙したいなら、むしろ敵より念入りにやる必要があるのだ。半端をすればするだけどこかでボロが出ることを英雄志願者は分かっていたため、演技の経験などないなりに頭を捻《ひね》ったのである。

それに、あまり分かりやすい所で寝泊まりしていると、今もジークフリートを心配している会員達《たち》が説得にやって来かねないので、面倒を減らすのも狙いの一つだ。

「しかし、こんな簡単に売るか？　俺の噂が出回ってるとは言え、商売の邪魔をした過去のある人間だぞ」

呆《あき》れつつジークフリートが床に放り投げた小袋には〝魔女の愛撫《キユケオン》〟が十数枚単位で纏《まと》めて詰め込んであった。

ベジクハイム子爵の配下、小銭欲しさに麻薬取引に加担している連中を訪ねたら何の疑問も抱かず売ってくれたのである。

『それだけ君のやさぐれた演技が堂に入ってたってことだろう。ガサ入れの時に薬の原料を浴びたって噂も効いたかな？』

「まぁ、分かりやすく連中のヤサで大酒飲んだけどよ……しかし俺、そんなに強くねぇのに下手打ったら死ぬなって思ったら全く酔わねぇから焦ったぜ。酔ったフリってのも難しいもんだ」

世間ではエーリヒとジークフリートが仲違いした原因は定かになっていないが、どうあれ悪徳の騎士を討った四人の一人が離脱したことは衆目が知るところになっている。

それを利用して麻薬売買の実態を掴もうと試みる働きは、今のところ順調に進んでいると言ってよかろう。

三日間、安宿や場末の酒場で飲んだくれたフリをしたこともあり、憂さ晴らしでクスリに手を出した演技に誰も疑問を持たなかったのだから。

大量の薬物をあっさり購入できたことに驚くと同時、もうこれ衛兵にチクって捕まえさせた方が早いんじゃねぇかなとジークフリートは呆れてしまった。

とはいえ、ベジクハイム子爵の配下を捕まえただけでは、陰謀が何も解決しないので仕方ないのだが。

『酔ったフリはどうしたんだい？　君、結構顔に出るだろう』

「めっちゃ息止めて顔を赤くした」

『また力業だな』

「うるせぇ。それより、コレ処分するナシは付けたのかよ」

単純な手管に引っかかってくれたのは良いとして、英雄を志す冒険者として同じ部屋にあることも容《い》れがたい堕落のクスリの処理についてジークフリートは問うた。

『ああ、バルドゥル氏族の全面協力だ。全部完璧に処分してくれる。その宿、枕の下に置いて出ていけば協力者が回収して安全に始末してくれるよ』

「良かったぜ。普通のゴミみたく焚《た》き付けに放り込んで終わりたぁいかねぇしな」

この作戦にはバルドゥル氏族からの全面協力をエーリヒが秘密裏に取り付けており、その中に〝魔女の愛撫《キユケオン》〟を処分することも含まれている。

何せ麻薬なのだ。捨てて誰かが拾っても困るし、モノがモノだけに燃やせば煙を吸ったら大惨事で、ドブ川に捨てても何が起こるか分からない。カーヤに無毒化してもらうのは手間が掛かり過ぎ、他の小道具を用意する時間がなくなるため専門家の助力が不可欠。

そして、幸いなことに商売敵であると同時に、頭目が極めて私的な理由で新しい麻薬を嫌っているバルドゥル氏族は二つ返事で安全な無力化を確約してくれた。

曰《いわ》く、こういうのにはコツがあるそうだ。自作や師匠が失敗した魔法薬の処理を法に則《のっと》ってやった経験があるナンナだからこそ、危険な薬物の廃棄には信頼が置ける。

魔導区の無名魔法使い達は平気で下水に流していたりもしたが――たまに虹色の泡を吐いている鼠《ねずみ》などが転がっていた――魔導院でそれをやると訓告物であるため、正しい意味で適当な扱いを知っている人間の助力は何よりも心強い。

『カーヤ嬢の魔法薬も、あと一日二日で仕上がる。美肌を逆転させて、不健康そうに見せるのは、普段やってることの逆だけあって苦労したみたいだ』

「ま、顔色のいい薬中ってのも変だし、頼りになるぜ」

『実験として飲まされた薬で顔面が紫になったのは、君を送り込んだ意趣返しじゃないと祈りたいよ』

エーリヒの気取った薄い笑みの張り付く顔が真紫になっている様を想像し、ジークフリートは思わず吹き出した。カーヤは一見控えめで自己主張も弱そうだが、怒る時はちゃんと怒るので、本当に単なる失敗ではない可能性もあることが尚更《なおさら》笑いのツボを刺激する。

この目で拝んでみたかったと腹を抱えて身を捩《よじ》る様が通信越しにも分かったのか、金髪は深い深い溜息を吐くも戦友に文句は言わなかった。

自分もきっと、アグリッピナ氏が酷い失態を晒《さら》した時は同じように振る舞うだろうから。

『とにかく、君が組織に深く浸透する準備はちゃんと進んでるよ。偽の顧客もバルドゥル氏族が用意してくれるし、何人か口が堅くて強面《こわもて》の人員をロランス組からも融通して貰った』

「おう、助かる。心強いぜ。一人ってのは……何か不安があってよ。俺が言い出したことではあるんだけど、マルギットが遠巻きに見てくれてるとはいえ、な」

ジークフリートは思い返せば、冒険者になってから一人であった時がなかった。故郷、イルフュート荘《しよう》の看板を蹴飛ばした時からカーヤが一緒で、最初の一夏のあとはエーリヒ達が一緒だったし、それからドンドンと後輩が増えていったのもある。

賑《にぎ》やかなことに慣れきっていた英雄志願者には、一人の部屋がこうも静かなのかと、孤独の静寂が背筋を舐《な》め上げていって初日はまんじりともできなかったものだ。

『すぐ賑やかになるさ。ナンナを通してハイルブロン一家に話を付けて貰って、適当な拠点も用意した。下見してきたけど悪くなかったよ、床が一部腐ってて気を付ける必要があるけど』

「頑張るわ。いや、でも、ロランス組ってアレじゃん、みんな顔怖くね？　俺、舐められねぇかな……」

だからだろうか、張り合って乗り越えていくことを諦めていない金髪相手に酷く実直な不安を吐露してしまったのは。

先んじて用意した筋書きが、ある程度の堅実さを重視していることをジークフリートは理解している。クスリは市中に出回る量を漸減すると同時、バルドゥル氏族の顧客を使って表向きは商売が成立しているように振る舞う筋書きを練っていた。

そして、ロランスからの信任が篤《あつ》いが離脱したと振る舞える、腹芸ができる貴重な人員も拠出してもらって戦力を補強し、安心して眠れる場所の目処《めど》も立った。

それでも、一人で大きな案件を仕切るのが怖いのだ。

『そこは逆に安心して良い。あそこはロランス氏の俠気《きようき》に惹《ひ》かれた強者揃《つわものぞろ》いだから、余程の新人でもなきゃ武人の腕前を見抜く。君を軽んずるようなヤツはいないさ』

「いや、普通に面が怖ぇえんだけど。自分より面怖くて年上に指示とか嫌じゃねぇか？」

『そこは責任持てないなぁ……』

情けない愚痴でも聞いてくれる人間がいるだけで、心がかなり軽くなる。

戦友のかつてない気弱さに触れた頭目は、仕方がないなと副頭目を安心させてやるべく、追加人員の拠出が決まったことを教えてやった。

「あぁ？　ヘリットとカーステンをこっちに寄越《よこ》したい？」

『そうだ。ヘリットは信頼できるし、読み書きも計算も達者だ。昨日、情報共有をした通り密偵として教育も受けたようだから役に立つだろう。カーステンは腹芸もできるし、君を慕っているから良い仕事をするはずだよ』

ジークフリートは一人でやり抜き、後輩に暗闘の片棒を担がせるつもりはなかったのだが、副頭目が一人出奔して誰もついていかないのは不自然だろうと少し遅れてエーリヒが気付いたのだ。

頰傷の冒険者が後輩達から兄ぃと慕われていることは、少しでも剣友会の情報を探れば誰でも知っていること。それを考えれば特に慕っていた、立ち上げ初期の面々が誰も後を追わないのは不合理でさえあった。

「人手が増えるのはいいけどよ、どうやって秘密にしたまま寄越すんだ？」

『そこは上手《うま》い具合に君の居場所なりを教えて誘導するさ。これでいて人を動かすのも少し慣れてきた』

　故にマチューやエタンのような腹芸のできない直情型の面々には悪いが、密偵の心得があるヘリットと小鬼《ゴブリン》という多産の環境から処世術を生まれながらに心得たカーステンの派遣が選び出されたのだ。

　彼等《かれら》ならば、ジークフリートと合流し〝魔女の愛撫《キュケオン》〟を撲滅するため、仲違《なかたが》いを装っていたことを打ち明けられても上手くやるだろうと見込んで。

『あと、よくよく考えたら一人か二人は事情を知ってる人間がいないと揉《も》めるかなって。ほら、ネタばらしした時に』

「あー……じゃあ、俺ん方で機を見て筋書きを教えた方が良いか？」

『私は毎日エタン達から兄ぃと何があったんですかと聞かれて、仲違いの原因を誤魔化すのに苦心しているんだよ』

　これで全てが上首尾に片付いた後、ドッキリ！　などと書いた板を持って現れたら、間違いなくエーリヒとジークフリートは会員に囲まれた上、棒でボッコボコにされる。その上で何も文句は言えまい。事情を知らぬ会員からしたら、馴染《なじ》み始めた塒《ねぐら》があわや空中分解の危機にあるとしか見えぬ。

　会員達はそれはもう精神的に消耗しているのだ。

　なので二人は自分達に都合が悪いことが起こった際の想定において、事態が上首尾かつ円満に解決した場合にも爆弾を一つ抱えているのであった。

やはり二徹で脳内麻薬がキマった人間と、英雄詩に憧れて「これなら俺も頑張ればできるかも」などと常に妄想している人間が二人で計画など立てるべきではなかったのやもしれない。

「とりあえず、全員から一発ぶん殴られる覚悟くらいはしとかにゃいかんな……」

『そうだね……禊《みそ》ぎは必要だものね……』

ややしんみりした後、夜も更けてきたためジークフリートは次の定時連絡を待つと告げ、無線機を解体して懐にしまった。糸付きの針を窓外に放れば、夜闇に溶けて誰にも通信の痕跡が見つかることはない。

ガタついた窓をちゃんと閉めようと数分格闘した後、どう足掻《あが》いても上手く閉まらないことに苛《いら》ついたジークフリートは板を一発ぶん殴り、仕方がないかと外套《がいとう》を引っ掛けてから寝台に寝転んだ。

手には何があっても直ぐ反応できるよう短刀を持ち、寝台脇には剣を忘れずに。

ほんの少し前に買ったばかりだというのに、早速自分の寝床が恋しくなっていることに思い至った若き英雄志願者は、やはりこの仕事をやり遂げねばならぬと決意を新たに瞼《まぶた》を閉じた………………。

【Tips】敵を騙《だま》すのに味方を騙すのも結構だが、騙されたと知った味方が味方のままでいてくれるかを考えないと大変なことになる。ＰｖＰに発展しようと、ＧＭ《ゲームマスター》には面白ければ何でもやらせる人種がいることを忘れないように。

にふーっと間延びした猫の声を出し、シュネーは銀雪の狼《おおかみ》酒房の屋根にて大きく体を伸ばした。

良い天気だ。昼下がりの陽導神はご機嫌が良いのか、秋の訪れを言祝《ことほ》ぐが如《ごと》く穏やかな陽光を地に恵み、めかし込んだ妻の麗しさを喜ぶ風雲神のご加護で吹く微風が心地好《ここちよ》い日和だった。

シュネーが刺された日から十日が過ぎていた。昨日、こうも寝台の上に縛り付けられては腹の苔《こけ》が全身に広がるとカーヤに訴え、やっとのことで勝ち取った野外昼寝の時間。猫の筋肉と筋は人間よりも頑強なのか、随分と寝込んでいても凄《すさ》まじい身軽さで屋根に登ることができた。

「にふー、まったく、神は天にいまし、猫は屋根で欠伸《あくび》をしましやね」

寝間着で貰《もら》った簡素な服を脱ぎ捨てて、彼女は胡座《あぐら》の姿勢で後足を後頭部に伸ばし、自分の頭を蹴飛ばすような勢いで耳の付け根を掻《か》いた。

別に手で掻いてもいいのだが、脚の方が力も強いからか具合が良いらしく、殆《ほとん》どの猫頭人は同じように頭を掻くという。

「しかし、まだ変な感じがするわ。お腹《なか》が引き攣《つ》ってあかんね」

首を回しても運動不足状態のヒト種《メンシュ》のように大きな音が鳴りはしないが、シュネーとしては全快に遠い体調に些《いささ》か不服そうだった。

情報屋は飛び回り、逃げ回って幾《ナン》ら《ボ》の商売。噂屋《うわさや》を自称していた幼少期も、ちゃんと情報屋として仕事をしている今も、情報収集の対象に気取られかけた時に慌てて逃げ出したり、ヒト種《メンシュ》ならば到底間に合わない尾行を成立させるために市街の道ならぬ道を疾走したりして、日々の活動で体を技術を磨いてきた。

しかし、十日も寝床でじっとしていれば、さしもの彼女とて多少は曇る。腹の違和感と「派手に動いたら睡眠薬で眠らせますよ」とカーヤが刺してきた野太い釘《くぎ》を加味して尚《なお》も遅い。

何時《いつ》もであれば、もう一五秒以上は素早く駆け上がれていただろうに。

「さてっと……ほんで、いつまで見てるかんじ？　それとも昼寝始めてええやつかな？」

それでも情報屋として推論を巡らせ続け、壁や扉の向こう、中庭で誰が何をしているか感覚を研ぎ澄ませることを止《や》めぬ本能だけは輝きを喪《うしな》わない。

シュネーの声は虚空に消える独り言のようでもあるが、決してそうではなかった。

「拙下の隠行に気付くか、猫め」

「そんだけ濃い血の臭いさせといてよー言うわ。って、あら、あの時はおらんかった人やね」

屋根の縁《へり》より、滲《にじ》むような自然さで人影が這《は》いだしてきた。雨樋《あまどい》を取っ掛かりに右手の指だけを使って体を持ち上げたのは、愛くるしい襞飾《フリル》りと線帯飾《レース》りに塗《まみ》れた長身の女性。

「どーもハジメマシテ、自分はシュネー。ご存じやろうけど情報を商っとるよ」

「名乗る名はないが、礼は尽くそう。拙下が殺し損ねた存在は希故《まれ》にな」

胡座のまま優雅に頭を垂れて尻尾を揺らす猫頭人に対し、夜会服を纏《まと》った暗殺者も気品漂う礼儀で応えた。どうやって、そんな分厚い踵《ヒール》で屋根に登ってきたのか聞きたくなる膝丈の長靴《ロングブーツ》が打ち合わされる礼は、基本的に男性が行う立礼ではあるものの、子供が着るような夜会服に不釣り合いな凜々《りり》しさが良く映える。

「大した度胸だ。雪の護《まも》りが薄い宿の外に出てくるとは」

「あらあら、そんなにジョンの大将がおっかないのん？　暗殺やのうて密殺の玄人やのに」

シュネーは既に自分を襲った刺客達《たち》のあらましを摑《つか》んでいた。

愚にも付かない、真偽定かなる噂の一つ。西方辺境近傍を活動拠点とする、懸賞金の掛かっていない大悪党の噂は幾らでもある。

漂流者協定団の議員の名を誰も知らぬように、あれだけ堂々と館を構えているナンナやハイルブロン一家の頭目が札付きになっていないように〝犯罪の証拠〟さえ摑まれなければ広域手配を喰《く》らうことはない。

殺しの手際、シュネーでさえ気付けない伏撃、そして市街地で猫頭人に追いすがれる移動能力。

殺し屋を自称して粋がっているような連中とは違う。証拠も、時には対象が殺されたという事実さえもみ消す完璧な密殺の玄人達のみがなし得る業。

こういった連中は貴族が個人的に抱えているか、何らかの事情で〝堕《お》ちた〟者達が成って果てた様であることが多い。

シュネーは事前に知っていた情報から演繹《えんえき》し、乏しい噂の中から実像をある程度浚《さら》い上げてみせた。

エーリヒであるならば、その思考の様式を〈目星〉や〈情報判定〉と呼んだだろう。サイコロを転がしてＧＭ《ゲームマスター》が知っていたことにしてくれるかもしれない情報を、情報屋は今まで見聞きした記憶の真と偽を整理することだけである程度洗ってのけたのである。

「あら、当たってもうた？　ふふ、噂も馬鹿にしたもんやないわなぁ」

クスクス笑う猫に豪奢《ごうしゃ》な服の女は、つまらない冗談だと言わんばかりに鼻を鳴らした。

これでは、態々《わざわざ》白昼に姿を現した意味がない。

脅しても屈さず、況《ま》してや自分が殺されたところで、何も変わらないよう絵図を描いている人間など、証拠を消す手間の分だけ殺せばむしろ損だ。

刺客の女は察した。この白猫は無防備に身を晒《さら》したのではなく、昼寝に来ることで相手の出方を探り、己が身の危険さえ情報を引き摺《ず》り出す布石としたことを。

「しかし、顔を見せてくれたんは意外やね。自分が気付けん不意打ちを食らったばかりやし、そこまでしてくれるとは思わんかったわ」

「拙下は……密殺を得手とするが、本業は違う。必要とあらば強迫もするのだ」

空振りだったようだが。そう言って女は何も持っていなかったように見える手から、二つの包みを放り投げる。瓦の傾斜を伝い、雨樋に引っかかった袋の合間から覗《のぞ》くのは、安らかに瞑目《めいもく》した〝人間の頭部〟。

「あらあら、またエラい手土産を」

その顔をシュネーは知っている。

ジークフリートが潜入捜査の端緒としたベジクハイム子爵、その愚かな配下二人である。

「態々持ってきて貰って何なんやけど……」

「一手遅かったな」

密殺者は許されるならば舌打ちの一つも溢《こぼ》していたであろう。

次善策を打たせるために顧客を飛び越して、その顧客に文句を言いに行ったは良いが、諜報網《ちょうほうもう》を秘匿するため酷《ひど》く冗長、かつ迂回路《うかいろ》を幾つも経由した連絡網は即応性に著しく欠ける。企《たくら》みが一つ露見しただけで崩壊する危険性を排除できる代わりに、あまりに多くの目論見《もくろみ》や人が介入する構造が完全に悪い方に働いていた。

「で、せめて自分に釘をさせればと、表を張ってたのをええことに脅しに来てみたと。まぁまぁご苦労さんやね」

シュネーは雨樋に引っかかっていた首を蹴り落とす。綺麗《きれい》な軌道を描いて飛んでいった首は、誰かが無精して蓋を開けっぱなしにしていた屑入《くずい》れへ吸い込まれるかの如く消えた。後は宿屋の給仕が捨てた、食えない臓物や残飯に紛れて堆肥集積場へ運び込まれ、誰に弔われることもなく朽ちていくことであろう。

「自分の顧客、手ぇ早いやろ？　もうあんな木っ端を越えて、太い顧客を摑んでしもうた。言われたんちゃう？　まだ殺すなって」

短い沈黙。女の表情は微動だにしなかったが、回答しないことが組織の不自由さに絡め取られていることを雄弁に語っていた。

常ならば独断で殺しに掛かっているところなれど、西方辺境全体が演台の陰謀劇ともなれば軽々に動けぬ。

特に舞台に上がって衆目を集めている演者を殺すのは難しい。

冒険者らしく日和見を決めるかと思ったら、真逆《まさか》の一党を分割してまで急所を探りに来るとは誰も想像していなかったのだ。

冒険することの覚悟を問おうとした密殺者にとっては、正面から〝正しい冒険者《神話の時代の》〟たらんという意気を見せ付けられたかのよう。

たしかに本来冒険者とは、そういう物だったはずだ。自分が掲げた正義と倫理に基づき、必要とあらば権力にさえ喧嘩《けんか》を売って大義を成す。その中で侵す不善の泥さえ吞《の》み込んで突き進み、結果的に全てを良き方に運ぼうとする存在。

この昼下がりに暖かな日を注ぐ、陽導神の象徴と同じく目映《まばゆ》い在り方だった。

「猫、お前の入れ知恵もあろう。調べは付いている。調査している貴族家は……」

「三家だけやないよ、たしかに。プフォルツハイム伯とリーベントウェル子爵、やろ？

でも最初から真っ黒なん教えて冒険者にどないせぇっちゅう話よ。カチコミさせたって、扱いはあれと大差ないやろ？」

　今更問う必要があるのかと、生首を蹴り入れた屑籠を顎で示す猫頭人の耳が後ろに倒れた。イカ耳とも呼ばれる不快や警戒を表す際に見せる仕草だ。

　この場合は前者の表明であろう。

　情報屋は情報を握るが故に扱いに細心の注意を払う。シュネーは売り物の精度は勿論《もちろん》、与えられた人間の暴走によって一度全てを喪った人間だ。

　渡した情報が拍車となり、寄越《よこ》した相手が軽挙に走らぬかくらいはきちんと考える。

　あの金の髪のエーリヒという男は短慮とまではいかないが、どうにも剣に頼りすぎるきらいもあった。嘘《うそ》か誠か、配下に向かって堂々と〝最終的に全員殺せば良いのだ〟とか〝勝利とは最後に死ぬ権利のことだ〟などと臆面もなく言ってのけたという。

　斯様《かよう》な人間に、取りあえず斬り殺したら事態が動きそうな的を示すのは、冒険者が好む物とは別種の冒険が行き過ぎている。

「で、どないする？　始末する言うんなら、おとなしゅう首差し出すけど。この段に至って、もう自分が息ぃしとるかどうかは、さして重要とちゃうんよね」

「ちっ……やはり、猫は焼いても煮ても喰えんな」

　今度こそ密殺者から舌打ちが溢《あふ》れた。

　死を覚悟した人間の所作というよりも、自らの死を起因に全てを上首尾に運べる人間の空気を纏っていたから。

　事実としてシュネーは多重の保険をかけている。

　誰かにとって自身の死が不都合になるよう、常に方々へ気を配り、様々な仕掛けを施して回っているのだ。

　一月ごとに自分が顔を出さねば公衆の面前に晒される文書や、商業同業者組合に払っている維持費が止まった瞬間に中身を開ける金庫の中にしまった汚職の証拠、互いにどちらかが殺された時に暴露するべく同業者と秘密を預け合う連帯などが、シュネーの命を護っている。

　男爵邸から脱出した時にシュネーが死んでいたならば、それらの保険は大局に変化をもたらしはしなかっただろう。彼女も事故死した時にマルスハイムが焼けるほどの爆弾は仕込んでいなかったから。

　だが今は違う。死んだ場合、土豪にとってもマルスハイム伯にとっても都合の悪い爆弾を方々に送りつけてあった。その接触信管はシュネーの命。

　密殺者は聡《さと》いからこそ、彼女をきちんと殺し直すことができない。

　殺しの玄人なのだ。依頼人に下調べを丸投げにすることなく、標的が蒔《ま》いた種の数くらいは探るのが道理。

　あの金髪が頼りがちな「何事も暴力で解決するのが一番だ」という論法にも例外はある。なればこそ、密殺者はお前の企みなど全て露見していると脅して動きを止めに来てみたものの、利害の鎖が重なった現状を乗りこなされている以上、最早《もはや》首輪を付けることも手綱を引っ張ることもできない。

　死兵ほど厄介な存在はいないのだ。これは、どの業界でも変わらぬ不文律。

　いやさ、死んでいても生きていても、どっちみち不利益になる存在の厄介さは、それ以上と言えよう。

「あら、お帰り？」

「ああ、釘は刺した。そして、お前の対応を見れば絵図の輪郭は分かる。後は手探りと指先の感覚で探るさ」

「ええのん？　ついでで殺しといて損はなさそうやけど」

　しゃっくりのように喉を引き攣らせる猫頭人特有の笑いに密殺者は背を向ける。

　銀雪の狼《おおかみ》酒房、その主人を怒らせるのは得策ではない。この街一番の〝さわるなきけん〟たるフィデリオと比べると直接的な暴力性はマシだが、有望な幾十人もの冒険者の巣立ちを見送ってきた店主の人脈は恐ろしい。

　一吠《ひとほ》えすればマルスハイムより巣立った地方の英雄達がゾロゾロやってくる相手の塒《ねぐら》を汚すのは、出涸《でが》らしになりつつある情報屋の首一つでは到底釣り合わぬ。

「店主によろしく伝えておいてくれ。今度は瓦一つ割らなかったぞと」

「はいはい」

　ほならね、そう手を振るシュネーの知覚には人混みの中でも嫌に目立つであろう、豪奢な服の女が青空に溶けるように消えたように見えた。

暫《しばら》くの間、微《かす》かな風の音と鳥の鳴き声に耳を澄ませて気配を探り、戻ってくることがないと確認した後……シュネーは堰《せ》き止めていた恐怖がどっと溢れ、仰向《あおむ》けに倒れた。

「いやー……やば、こわ、なんやあれ。ほんまにヒト種《メンシュ》……？」

汗腺が肉球にしかない猫頭人故、滝のように汗を流すことはなくとも、手足の表面には嫌な汗がじんわりと滲んでいた。口の中は緊張で乾ききり、口蓋が引き攣《つ》るような感覚がする。

何気ない一挙手一投足の直後、瞬《まばた》きの刹那に首を刎《は》ねられそうな相手との対峙《たいじ》は、ほぼ殺されないと分かっていても精神を削っていたのだ。

あの類いの強者。自分の実力に絶対の自信を持つ人間は、何もかもが面倒になった時、自棄糞《やけくそ》で片っ端から邪魔な人間を殺して回ることができるから。

それこそ、どのような柵《しがらみ》があろうと恨み一つで豹変《ひょうへん》する事態など珍しくもない。義理も過去も友情も投げ捨てて、犬一匹殺されただけで数百人が死んだりすることもあるのだから。

「こりゃ調べるのは厄介やな。走狗《そうく》は走狗でも古の大狼《ダイアウルフ》やないか、アレ。どないやって首輪嵌《は》めたんや飼い主は」

情報を引っ張り出すダシにハッタリは現金や短刀よりも効果的なれど、使い方を誤ると寿命を縮める。血の臭いが進行形で過ぎ去って尚《なお》も鼓動を三倍速で鳴らす心臓に、シュネーはちと軽率だったかと後悔した。

ただ、命を前借りしただけあって、虚勢《ブラフ》はいい情報を引き出してくれる。

銀雪の狼酒房、その屋根の上であれば店主ジョンのことを知っていれば無法を軽々に働くまいと見込んで、自分を釣り針の先に引っ掛けてみたが、これは望外の収入だ。

「感慨？　どうあれ、ジョンさんに言伝《ことづて》を頼むような間柄やったことがあると。こりゃちょっと、夜中に抜け出してでも探る必要があるかもしれんなぁ……」

その夜、シュネーは知ることになる。猫に鈴という故事があるが、真逆己の首に寝台と紐《ひも》付けられた不可視の鈴がぶら下がっており、そのせいで勝手に抜け出したことがカーヤにバレ、年甲斐《としがい》もなく一瞬泣きそうになるくらい叱られることを………。


【Tips】陰謀が常態化している帝国において暗殺と密殺は明確に区別される。前者はただ死んでくれれば派手でも良いが、後者は死の事実すら隠さねばならぬ。遺産相続の時期をずらしたり、継承権の争いで優位に立ったりなど様々な場面において、誰が何時《いつ》死んだか判別させぬことは、時にただ殺すより凄《すさ》まじい効力を発揮する。


敢《あ》えて名を記する必要もないし、当人も名乗らぬであろう遣いは、これ程かと震撼《しんかん》した。

「……半刻ばかし遅刻しといて詫《わ》びもナシか？」

魔女の愛撫《キュケオン》は〝売る薬であって使う薬ではない〟という脅しが、形になったような少年が倉庫の真ん中に座ってた。

服は頻繁に洗濯していないのか汚れが目立ち、靴も有り物を使っているのか互い違い。その見窄《みすぼ》らしさが気にならぬほど、二人の配下を両脇に控えさせた冒険者は憔悴《しょうすい》していた。頬はゲッソリと痩《こ》け目の下には墨でも塗ったかの如《ごと》き隈《くま》。半眼の瞳は胡乱《うろん》に澱《よど》んで光が失《う》せ、血の気が失せた蒼白《そうはく》な肌色は明らかに病んだ人間のそれ。

新鋭の冒険者、マルスハイム最新の英雄が斯《か》くも無惨になるのかと、数ある元締めの一人から派遣された遣いは感嘆と戦慄を同時に味わった。

上役が絶対に商品を使うなと釘《くぎ》を刺すわけだ。売人がもう何人も捕まってて用心せざるを得ないんだよ」

「悪いな、市街警邏《けいら》がキツくなったんだ。売人がもう何人も捕まってて用心せざるを得ないんだよ」

「で？　それが俺をここで無為に待たせた理由になるのか？」

肉体的な影響だけではない。使っている人間特有の退廃的な気の短さ、槍《やり》を抱くように抱えた右膝の神経質な貧乏揺すり。明らかに生理的影響が精神を歪《ゆが》めている。

「仕方ないだろう。まだ御触書《おふれがき》も出てなかろうに跳ね回ってる冒険者がいてな」

例えば、君の古馴染《ふるなじ》みのように。そう言われた薬物中毒の症状が著しい冒険者、ジークフリートは不愉快そうに唾を吐いた。

いや、唾だけではない。半分未消化状態にある魔女の愛撫《キユケオン》も混じっていた。

「あのスカした金髪と俺らの商売、それに何の関係があるんだってんだ？」

「ああ、分かった分かった、詫びるよ。一枚あたりの単価を五分《五％》下げよう。それでどうだ？」

〝魔女の愛撫《キユケオン》〟を市内にばら撒《ま》く販路になったジークフリートは、間違いなく商品を売るだけではなく使っている。

薬の売人とは、下層に行けば行くほどそういうものではあるが、地方の英雄とも呼べる人間が斯くも無様な姿を晒《さら》すとは。卸しに少し近いだけで、自分が同じ地平に立っていることを一時忘れた売人は悦に入る。

彼は内心気に食わなかったのだ。冒険者など吹けば飛ぶような仕事をしている癖して、詩など詠《うた》われ、さも崇高な存在であるかのように振る舞う連中が。

やっていることなど、一皮剝《む》けば忘八の商売と大差あるまいに。

「ナメてんのか。一割だ」

「仕方ない、それで手を打とう」

今の姿を見れば、所詮運が良かっただけの小僧であったと思えて安心できる。故に遣いの男は許されている裁量の中で最大の値引きをすんなり呑んでやった。

「金だ。渡してやれ」

「うっす……」

不承不承と顔に書いてある小鬼《ゴブリン》が一人、重々しい袋を運んで男に渡した。

「失礼だが、改めさせて貰《もら》うよ」

「前置きしといて本当に失礼なことするヤツがあるかよ」

袋の中身は大量の銀貨だ。どれも縁《ふち》がすり減った少額硬貨であり、額面通りの価値がない旧《ふる》い物や粗悪な物も紛れていたが、枚数でちゃんと提示額になるよう調整されていた。

「全部最低でも二回は何かの釣りや、別の取引を挟んで洗った金だ。魔法や奇跡で追跡される心配はねぇ」

「たしかに。では、割引した分をお返ししておく」

気遣いも行き届いており何よりだと男は満足気に頷《うなず》いた。二度も人伝《ひとづて》に流通すれば、魔力残滓《ざんし》や因果を手繰る魔導であっても〝何で稼いだか〟までは辿《たど》れない。

この上なく汚い商売で稼がれているが、経済的にも概念的にも、この古ぼけた硬貨達《たち》こそが綺麗《きれい》な金であった。

男は愉快そうな表情を隠そうともせず手を叩《たた》いて合図を送り、表に待たせていた配下に荷を運び込ませた。服の中敷きや行李《こうり》の二重底に隠して持ち込まれた、透明で薄っぺらい狂気の紙を何十束も。

しかし、彼は若人が堕《お》ちた姿を見た快感で目が曇らされたのか、微かな疑念を膨らませることができなかった。

さて、これだけクスリに溺れた人間が、正しく洗浄した金を集めることができるのか。

周囲の安全を確保された集合場所、必ず規定《ノルマ》の数割増しで商品を捌《さば》ききっている状況、手配が厳しくなった市中にて警邏に売人を捕まえさせぬ繊細な手配……どれもクスリに溺れきった人間にできることかと、少し冷静になれば辿り着ける話であろうに。

こんな簡単なことにも気付けないだけ喜悦に酔った男は、当然の如く住居の上を飛び回り帰路を眺める影を暴き出せない。

きっと、自分の首筋に縄が掛かるまで、彼は何にも気付かないまま終わる。

相手が見せたい物を素直に見ているようでは、陰謀という濁流で磨かれる前に砕かれてるのが世の常であるが故に…………。


【Tips】魔導が発展した国において、化粧は粉や油を塗りたくるだけのことではない。


世の中ってのは、自分の想像よりも阿呆《あほう》ばっかなんだなぁとジークフリートはしみじみ思った。

彼は常に嫉妬を向上心に代えてきた気高い人間であると同時、謙虚に自分の限界を見極めている。

少なくとも自分に学がないことも、陰謀に向いている脳味噌《のうみそ》をしていないことも理解していた。演技の質もカーヤが送ってくれた魔法薬の特殊効果《メイク》――服用すると一時的に酷《ひど》くゲッソリする――あってこそで、場末の劇団ですら端役にも使っては貰えまい。

だから彼は当初、シュネーが凄まじい刺客を差し向けられたこともあって、この粗末な舞台の筋書きに気付いた誰かが自分を始末しに来るだろうと構えていた。

だが、待てど暮らせど暗殺者が差し向けられる様子はなく、それどころかより製造者に近い卸しと取引することになってしまった。

これはもう、小銭を得られるなら深いことを考えなくなる馬鹿が世の中に沢山いることの証明としか言えぬ。

故に今回の一件でジークフリートは呆《あき》れさえすれど、思い上がることはないだろう。

一度、陰謀をちょこっと上手に操る側に回ったことができたとて、今後も策士面をして上手《うま》いこと密偵をできる自信には繋《つな》がらない。少なくとも次に似たようなことがあれば、俺にちゃんと冒険者をやらせろと金髪を数発ぶん殴るのは確定事項だ。

ただ、相手が望むように振る舞って金さえ払っていれば、こんな大根演技にも釣られてくれる人間が沢山いることに驚くばかり。

それはもう、この世から頭の悪い悪徳がなくならぬ訳だ。

「ゆっくり下ろせー。水に漬けたら一発でヒデぇことになるからなー」

取引に使った廃倉庫の床板を剝がせば、そこには旧い井戸がひっそりと埋められていた。まだここが市壁の内部に取り込まれる以前に掘られたもので、建物の新築に合わせて邪魔だったために蓋をされたのだろう。

元は地下水脈まで掘り抜いて水を溜《た》めていた井戸は、マルスハイムの上下水路整備に伴い、小さな配管に意図せず接続されている。

そこに厳封した〝魔女の愛撫《キュケオン》〟をパンパンに詰めた木箱がゆっくりと紐で下ろされて

いった。下では小さな灯《あか》りがチラチラ揺らめいており、もう少しゆっくり下ろせと明滅信号によって教えている。

下で待っているのはバルドゥル氏族から派遣された、クスリを処分する専門の部隊だ。今日は責任者たるウズが直接赴いており、かつてない大量の卸しを秘密裏に無害化するために下水を潜《くぐ》ってやって来ていた。

上で作業を見守っているジークフリートは勿論《もちろん》、下の人員もナンナが作った瘴気《しょうき》避《よ》けの面覆《バンダナ》いで鼻から口を守っており、砕けやすい魔女の愛撫《キュケオン》を意図せず吸引しないよう注意を払っていた。

クスリが如何《いか》に悪辣か、実際に触れずとも市中で俄《にわか》に増えた中毒者を見れば重々分かる。どれだけの備えをしたとしても、臆病と詰られる謂《いわ》れはない。

箱を受け取ったことを回収班が龕灯《がんどう》の明滅で報《しら》せた後、少ししてまた別の符丁が光る。

今度は上げろと命じているのだ。

騙《だま》し取った――金を払っていても本意を隠しているなら、こういって差し支えなかろう――魔女の愛撫《キュケオン》の代わりに引き揚げられてきたのは、また同じ形状の箱。

中身を開ければ、取引予定数と同じ数の〝偽物〟がちゃんと入っていた。

見た目だけであれば、素人にはこれが本物かどうかの区別はつくまい。葉書大の透明な紙に点線で切り込みが入り、切手の大きさに分割できる紙状麻薬は正にうり二つ。

しかし、中身はバルドゥル氏族謹製、ナンナの脳髄から汲《く》み上げられた悪夢の一片、全ての感覚を絶え間ない法悦に代える魔法薬と、今のジークフリートと同じ姿にしてしまうカーヤの魔法薬を混和したものだ。

〝抹香焚き〟のナンナが作る身体的依存性がない薬は、本物の魔女の愛撫《キユケオン》と比べても感じられる喜悦に優劣は付けがたい。一方で製造に掛かる原価は段違いであるが、あの聴講生崩れは本気で潰すつもりであるからか採算を度外視して偽物を用立ててくれた。

後はこれを〝魔女の愛撫《キユケオン》〟と偽って売っておけば、誰もジークフリートが卸しの本元を探ろうとしている真実に気付けまい。

顧客の大半が仕込み《サクラ》であっても、元々がこの薬を愛顧していた人間を転ばせただけともなれば、尚更《なおさら》気付きづらい。傍目《はため》からすれば、堕ちた若き英雄が本当に麻薬密売に手を染めているように見えよう。

まぁ尤《もっと》も、この薬もあくまで現行法によって法度にされておらず、強靭《きようじん》な精神があれば必要ないだけで、正気を蕩《とろ》かし現実を貶《おとし》める麻薬であることに違いはないのだが。

それでも、戦術級術式で吹き飛ばされるよりは短刀で刺される方がマシとの理屈――後者は当たり所が良ければ生還できる――が少年の口に軽い苦さを残した。

「にしても、バルドゥル氏族も金持ってんなぁ……こんだけ用意すんのに幾ら掛かるんだ？」

目玉を咥《くわ》えた鴉《からす》を旗頭にする氏族の麻薬は、末端価格で一包五リブラだという。効果時間は四刻《八から一二時間》から六刻程度で〝体感する全てが気持ちよくなるお薬〟の値段としては妥当であろうが、その儲《もう》けを溝《どぶ》に捨ててよくぞ走り続けられる物だ。

これの精製には厳選された触媒と高度な技量、そして大量の魔力が必要になるというのに。

「あ、あの、ジークフリート……さん」

「ん？　どうした遣い番の姉ちゃん。今ので最後だろ」

さて、更に同封された小銭をばらまき、欺瞞《ぎまん》用に飼っている売人に在庫を補充せねばと段取りを練っていたジークフリートに〈飛翔《ひしょう》術式〉にて井戸からぬっと現れたウズが声を掛ける。今日も変わらず不眠症患者特有の顔色の悪さと、最近隈の濃さが師匠に近くなってきた伝令役はおずおずと封筒を差し出した。

受け取れば冒険者の指に嵌《は》まった小さな指輪、魔力を感知して震える魔導具が反応を示す。術式で厳封処理されているのだ。

「また、かよ」

「ええ、その、またでして……すみません」

最後の方が消え入るような声で謝罪するウズにジークフリートは哀れみの目線をやった。自分も自分で大分良いように使われてやっているが、あの魔法使いは一入《ひとしお》だ。こうも連日成果が上がっているかの問い合わせに差し向けられ、その上で方々に走り回らされているのは同情に値する。

しかも、薬がないと覚醒状態が続いて上手く眠れないのを良いことに、下手をすると一日の労働時間が三分の二を超えようとしていると聞かされれば、悪事の片棒を担がされていても幾らか憐憫《れんびん》も湧こうというもの。

「筋がデカくなったのもあって、情報の網は滅茶苦茶《めちゃくちゃ》広がったぜ。もうちっと落ち着かせろよ」

「そ、それができてたら、あの人はとっくに帝都で教授様ですよぅ……」

伸びた前髪で隠れているが、ウズの目は潤んでいるのだろうなと察した。自分の師匠に盲信とまでいっていい領域で惚《ほ》れ込んでいる彼女が、ナンナを揶揄《やゆ》するような物言いをするのは伝令に差し向けられてから初めてのこと。

これは大分暖まっている。頭とかが色々。

仕方がない、そう溜息《ためいき》を添えてジークフリートはもう少し温めておこうと思っていた情報を教えてやることにした。

この調子であれば、お土産なしに帰らされたら薄幸の魔法使いに何が起こるか。少なくとも英雄志願の少年には、それを無視して高いびきをかけるだけの無情さは搭載されていなかった。

「何度か慰労会をやってんだが、そこで大分怪しいのがいてな。訛《なま》りやら何やらが酷いからマルギットや情報屋に漁《あさ》らせてる」

「い、慰労会？　売人相手にですか……？」

「酒が入って褒めてやりゃ阿呆はよく喋《しゃべ》るんだよ。剣友会でもよくやるぞ」

エーリヒ曰《いわ》く、酒は人間関係と口の潤滑剤。とりあえず無料《ロハ》で大酒カッ喰《く》らわせておけば、ちょいと褒めるだけで人間なんて生き物は気がドンドン膨らむ。麻薬の売人なんぞやって儲けようという人種なら尚更だ。喋って良いことといけないことの判断も付かない者も多い。

この失態をあらかじめ〝失敗して良い場所〟で侵させておき、笑い話程度に収めてやろう。それが剣友会でエーリヒが配下へ頻繁に酒を奢《おご》る理由の根幹であるのだが、賢いジークフリートは田舎から出て来て自分の酒量限界が分からず、それはもう大爆発をしている後輩達を見て別の使い方ができることを分かっていた。

故に態々《わざわざ》、カーヤにお小遣いを送ってもらってまで、場末の酒場で自分は薄い酢で割った水を呑《の》み――銀雪の狼《おおかみ》酒房にて舌が肥えたジークフリートには、到底これを酒と呼ぶことはできない――大馬鹿が馬鹿自慢をやる様を耐えて眺めたのだ。

「手配師が動いてる。俺が羽振り良く払ってやってるから人が来るのは当然なんだが、どーにも漂流者協定団とかいう不逞《ふてい》氏族が差し金っぽくてな」

「えっ……？　ぼ、ボロ纏《まと》い共がですか？」

彼の組織の名はウズの脳裏に深く刻まれた心的外傷を強く擽《くすぐ》ったらしく、軽い酸欠で真っ白になった手が無意識に鼻と唇を押さえた。

ナンナがエーリヒにちょっかいをかけようとしたせいで、地面で摺《す》り下ろされた古傷は完璧に繕われていても、血が噴き出したような偽の痛みを主張する。

「で、でも、漂流者協定団が手配師やってるなんて普通……です、よ……？　う、家《うち》の売人にも息が掛かってるのがいるんで……」

　あまり口にしたくない単語ではあるものの、バルドゥル氏族が流民を使っているのは事実だった。天幕街を根城にする連中は冒険者ではない人員をも多く薦被《こもかぶ》りや茣蓙《ござ》敷《し》きを――いわゆる無収入者――見たら関係者と考えるのが常識だ。

　流民のまとめ役故に汚れ仕事や賤業《せんぎょう》と嫌われる仕事を進んでやることも多く、またある程度なれど帝国の豊かさを求めて諸国から流浪してきた民の受け口として認められた集団の一部は、当然の様に簡単で金を稼げる密売を業として行っている。

「急に縄張りを移動させられたり、碌《ろく》に帝国語でおはようございます、も言えねぇ連中が回されたりしてるんだぜ。疑わない方がおかしいだろ」

「それはそうですけど……何かある度に疑ってたら、ハイルブロン一家と並んでキリがない連中ですよ……？」

「だからこその慰労会だよ。意図的に俺ん所に寄越《よこ》されたヤツはなんがしか分かる。剣友会の立ち上げで覚えさせられたのが業腹だけどよ」

　しかし、怪しい人間が何時《いつ》も悪いことをしているとも限らないものの、調べておく必要はあるものだ。

　実際、ジークフリートがマルギットに調査を依頼したところ、漂流者協定団は一度エーリヒに手酷《てひど》く殴られたことがあるらしく――何やってんだアイツと英雄志願者は最早《もはや》驚きすらしなかった――もう何もしてこないのでは？　と渋面を作られた。

だが田舎育ちで自分も学がない故に、ディルクと名付けられた少年は、嫌というほど頭の悪い人間を見てきている。腹が減ったと喚《わめ》くわりに余所《よそ》の畑を手伝おうともしない兄弟は勿論、毎年冬を越す服を買い直す金が足りなくなるまで呑む馬鹿な親父《おやじ》。

本物の愚者は、どれだけ痛い目を見ようが学習などしない。

「それにアイツら、ちっとお育ちが良すぎて遊ばす」

何と言うべきか、エーリヒもマルギットも育った環境なのか、少しばかり人間などという生き物の賢さを誤認している節がある。

一度痛い目を見たら学習するのであれば、少なくとも戦争などという非経済的行為はこの世から消え去っていて然《しか》るべきであろうに。

あるいは、あの金髪は一度終わったセッションで叩《たた》き潰した敵だからと重要視していなかったのやもしれない。

「殺されねぇ限り学べねぇ馬鹿もいんだよ、世の中には。不思議なことにな」

「は、はぁ……」

哀れな遣い番にお土産を渡してやったジークフリートは、丁寧に井戸に蓋をして引き剝がした床板を張り直させる。

後は適当に他の床と同じく薄《うっす》ら土を撒《ま》き散らしておけば、この井戸の存在を最初から知っている人間以外は誰も気付けなくなるだろう。

「兄ぃ」

「どうしたカーステン」

「何時までこんなことを続けるんすか……？」

剣友会立ち上げ初期の四人の一人、小鬼《ゴブリン》のカーステンは心底辛《つら》そうに問うた。

彼は兄弟が多い種族柄忍耐力が強く、またエーリヒが剣の腕前を含めて〝使える〟と判断して送り込まれたため、一足先にネタばらしを喰らっているようだが現状を納得しているとは言い難かった。

「仕方ねぇだろ。自分達《たち》の塒《ねぐら》の一大事だぞオメェ」

「分かっちゃいるんですけど、こんな、こんなヤクの売人の真似《まね》なんて……俺ぁ見てられませんぜ。兄ぃがこんな……」

「言うなよ。聞いたろ？　言いだしたのは俺なんだよ」

長命種《メトシエラ》と似て笹穂《ささほ》型の尖《とが》った耳は、しゅんと力が抜けて項垂《うなだ》れていた。小鬼《ゴブリン》のそれは長命種《メトシエラ》と違って随意筋が通っているようで、持ち主の感情に強く左右されるのだ。

「英雄ってのはとどのつまり、どっかの誰かがやりたくねぇことをやってやる仕事だ。ま、これもムカつくことに受け売りなんだが」

「やりたくない仕事を、ですかい」

「そーだよ。誰が好き好んで会館にも行かず、こんな面晒《さら》して動いてると思ってんだ。冒険者の仕事しなきゃ、まーた階級に差がついちまうってのに」

心配するのはそこですかい、そうぼやく配下の肩を叩き、ジークフリートは精一杯不敵に見えるよう、しかしどうしても初々しさが拭えぬ笑みを作った。

「この程度の泥に塗《まみ》れるのを嫌ってたら、土台英雄にゃなれねぇってことさ」

英雄の本質、それは誰もができないことをやるのは勿論《もちろん》、したくないことを肩代わりすること。

誰だって自分の何十倍も、ともすれば何百倍も巨大な竜の前に立ちはだかるのは怖かろう。手元に持っている武器も、鍛えに鍛えた技の冴《さ》えすらも頼りなく感じるはず。

だが、そこで笑って前に出られるのが英雄なのだ。

此度《こたび》も構図は変わらない。

公に讃《たた》えられることにはなるまいが、仲間が、何よりも自分が誇ってやれる。

逆にここで逃げるか臆するかして、マルスハイムが酸鼻極まる光景に巻き込まれたのであれば、ジークフリートは自分が生きていることを赦《ゆる》せないだろう。

とどのつまり、彼も土台ができあがりつつある。

最終的に自分のキャラ紙に書き込める数字を見て悦に入ることを至上の喜びとする、究極的な自己満足の到達系。エーリヒが実数値を絶頂の対象とするのであれば、ジークフリートは名誉点に酔う人間。

正に英雄と呼ぶに相応《ふさわ》しい意識の萌芽《ほうが》。カーステンは自分が兄ぃと慕う男の、薬でボロボロに装っているのに欠片《かけら》も曇らぬ勇姿を残してきた皆に見せてやりたかった。

自分達の兄ぃは、命を懸けて慕うに足る男なのだぞと。

「っと、そういやコイツの内容見てなかったな」

眩《まぶ》しい目で見上げられていることを知らぬまま、英雄志願者はナンナから寄越された封書を開く。ぱちんと虹色の煙が封筒の中から一筋弾《はじ》けて立ち上っていくのは不気味極まるが、立ち上るそれが盗み見を防いでいると言われれば納得する他ない。

手を払って気色の悪い原色が混じり合った煙を追い払い、ジークフリートは酷く達筆なせいで読みづらい手紙に目を通した。この辺り、元々貴族になる連中というのは配慮が足りぬ。エーリヒも癖なのか、たまーに貴族向けの筆致で手紙を寄越すので、その時は解読に普段の五倍以上の時間がかかるのだ。

「……あぁ？　会議？　三日後て。悠長なのか急なのか、何とも言い難ぇなぁ」

その上、時間の融通を調整する猶予のつもりかしらぬが、一々打ち合わせやら会議やらを催すに至って数日の間を置く文化は何なのか。

「俺を呼び出す辺り、一応何か動いてはいるのか」

今言って今来いと言われるよりマシだが、どうにも悠長過ぎるのではないかという気がしてならないのだ。この辺り、今日の予定は今日決めて動いていた農民の性分が中々馴染《なじ》んでくれないのやもしれぬ。

「あー、やだなぁ、俺、あの下水這《は》って余所行くの。途中で四半刻くらいずーっと腹ばいの所があってよ」

「兄ぃはヒト種《メンシュ》で上背がありますからね」

「……んでも割と低い方だよ。むしろお前みたいに小さくてはしっこいのが羨ましくなるぜ」

　見上げられているジークフリートはヒト種《メンシュ》の平均からするとやや小柄であり、幼少期に栄養が足りなかったのか、冒険者になって山ほど食うようになっても中々背が伸びない。金髪は彼を励まして――自分に言い聞かせているようでもあった――二〇までは背が伸びると言っていたが、去年から指先ほども変わらない寸法に諦めを覚えつつあった。

　一番の伸び盛りが暮れようとしているのだ。期待し過ぎている方がどうかと考えているジークフリートであったが、それでも小鬼《ゴブリン》のカーステンと自分を比べると体格に恵まれているのだと実感する。

「あれだな、屈《かが》まれるとむしろキツいな」

「え？」

「剣の間合いからズレるし、一番力が入る場所から頭が遠い。下手に振ると手前の脚まで斬っちまうから、正直剣でお前の相手すんのキツいんだぜ」

　そこでふと思ったままのことを口にした。小鬼《ゴブリン》の背丈はさして高くない英雄志願者の腰元程で、種族的平均値であって尚《なお》も低い。

　これに戦闘に備えて入り身になった上、膝を撓《たわ》めれば更に拳一つ分ばかり縮むとなれば、通常の訓練を受けた剣士では狙いを付けるのも難しい。国によっては槍衾《やりぶすま》でドつき合うに至って、棹《さお》の下を屈んだ小鬼《ゴブリン》に這いずらせて最前衛を刺させるとも聞くほどだ。

「ま、ない物ねだりしたって仕方ねぇか……嫌だが我慢して這いずるか」

文句を言いつつ手紙を焼きに行った先輩の背を見送る小鬼《ゴブリン》が、天啓を受けたが如《ごと》く震えていることをジークフリートは知らなかった…………。

【Tips】帝国語の文字は二九種から成るが、貴族は手紙さえもお洒落《しゃれ》にし印象深くするため、時に解読が困難な字体《フォント》を作り出すことがある。

青年期
十七歳の秋

関係者の膨張

解決すべき問題が大きければ大きいほど関係するキャラクターの数が増え、事態はややこしくなっていく。更にはPC個人の野望や趣向が入り乱れれば、新たに登場した人物や過去に関わった人達との利害関係にも発展し、凄まじい縺れ方を見せることもある。これを制御するのもGMの仕事ではあるのだが、規模によってはどうしようもない。

風呂上がりで会議に参加するのは、今生と前世含めて割と長く生きた私でも初めての経験だった。

とはいえ形式上、帝都と違って酷い整備具合の地下道を這い進んだままの姿で一番の新参が顔を出すのも憚《はばか》られる。

なので我々四人が〝黄金の鬣亭《たてがみてい》〟にてホコホコした顔で集まっても、決して不遜ではない。

ゆったり入れる猫足の湯浴《バスタブ》を心ゆくまで愉《たの》しんでも、懐から銅貨一枚たりとて出ていかないのを良いことに長湯しようと誰が咎《とが》められよう。

上機嫌で鼻歌を歌いながら半刻近く〝相方と二人で〟ぱちゃぱちゃやっていたとしても必要経費という物なのだよ。権利の濫用とは言わせない。

「いやぁ、良い風呂だった。冒険者が一夜の憧れと呼ぶ理由が分かる」

普段着よりちょっと気合いを入れた正装でパリッとキメた私だが、衣装は二度と袖を通すまいと思った帝都時代に変態死霊《フォン・ライゼニッツ》より贈られた物だ。黒い襯衣《シャツ》に銀糸の刺繍《ししゅう》が施された二つ釦の胴衣《ダブルのベスト》、それと同系色で細身の脚絆《ズボン》。

……うん、悲しいかな、まだ着られるんだ。成長を見越して襟や袖を作成時点で詰めておいて、縫い直したら寸法が合うよう作ってあるから、ちょこっと手直ししただけでピッタリでね。

冒険者になったら流石《さすが》に要らんだろうとは思っていたのだけども、やっぱり誰の前に出ても失礼にならない服の一着二着は必要なのが人生。念のため行李《こうり》に突っ込んで空間遷移の箱に詰めておいたのは正解だった。

少なくともこんな物、こっちで仕立てたら幾ら掛かるか分かったもんじゃねぇし。

「って、どうしたジークフリート。のぼせたか？　烏《からす》の行水のくせして」

そんな一張羅を予備含めて二つ帝都から持ち帰ってきたので、折角だからジークフリートに一着進呈したのだが、何だか知らんが初めて服を着せられた猫みたいになっている。

今日は化粧の魔法薬を飲んでいないから健康そのものの顔であったし、カーヤ嬢が直々に手を入れた私と色違いの礼装は丈も完璧なはずなのだが。

「くっ、苦しい。首が……」

「首？　カーヤ嬢、調整は完璧にしたのでは？」

擬音で表現するならカチンコチンと背景に描いてやるのが似合いの戦友を見て、カーヤ嬢は久方ぶりに綻ぶような笑みを見せてくれた。近頃は無茶を言い出して実行に移している相方を心配したり――この件について私は共犯者に過ぎず、罪は等分だと断固たる主張をする――対抗薬の開発に難渋していたりして、ずっと強《こわ》ばった顔をしていたのだ。

「ディーくん、襟と袖が詰めてある服を着るの初めてだから」

「ああ、それで……」

「ジーク……フリートと、呼べっ……」

いつものやり取りが随分と久し振りに感じられて心地好《ここちよ》い。

然《しか》しながら、そうか、襟が付いた服を着たことがないなら息苦しいのも仕方がない。それも襟締《ネクタイ》を締めていれば苦しさは倍増しよう。

以前、馬揃《うまぞろ》えの行進にエリザを連れてミカと見に行った時は、略礼装の気分だったので締めなかったのだが、どういう訳か地球では一九世紀に発展した形の襟締が帝国には存在している。

流行が激しい社交界において形を多々変えて残った文化の一つであり、襞襟《ひだえり》や大仰な飾りを付けるに見合わない身分の人間が襯衣《シャツ》の袷《あわせ》を隠すのが目的だ。

曰《いわ》く、簡素な釦《ボタン》は見窄《みすぼ》らしいが、従僕が宝石で飾るのは不相応とのこと。

良く分からない価値観ながら前世で嫌になるほど締めたのもあって、私はこれといって抵抗感がなかったのだけど、田舎で育った一七の少年には鬱陶しかろう。

さっきまで襟をガバッと開いていたのが格好悪かったので――こういう物は、キッチリ着こなした方が格好好《かっこい》いと相場が決まっている――輪っかを作って被《かぶ》せてやったのだが、小剣《スモールチップ》の締め具合を間違ったな？

「分かった、私のと代えてあげよう。こっちだと幾分マシだろうさ」

仕方がないなぁと戦友を戒めから解き放ち、今まで身に付けていた水晶が嵌《は》まった護符付きの紐襟締《ロープタイ》と交換してやった。

これも地球では二〇世紀になってから流行《はや》った物だが、帝国ではむしろ大粒の宝石や金細工を見せびらかすために作られたのが起源だそうで、時代的にむしろ納得がいく。帝国人は露骨さを奥ゆかしくないと嫌うが、さりげない形で権威や財力を見せびらかすのは大好きだからな。

「くそ、絞首刑にされてる気分だ」

「本物のお貴族様が付けるやつよりはずっと締め付けもマシだよ。首甲より大分軽いだろう？」

「それでも落ち着かねぇよ。首に紐《ひも》なんて罪人がやることじゃねぇのか……？」

まぁ、ある意味で会社に飼われた家畜の礼装でもあった世を知る私だからこそ、強く否定はしないけども。

それでも息苦しいと襟の間に指を突っ込むジークフリートを微笑《ほほえ》ましく見守って、私は襟締を締め直した。結び目は左右が非対称になる二重巻き《ダブルノット》。これは提供者たる帝都指折りの変態が「完璧な左右対称の中に一個だけある非対称が尊いのです!!」と謎の言論を翳《かざ》しながら指定してきた結び方で、今でもなんともなしに選んでしまう。

うーん、この礼装といい、何処《どこ》まで私の人生に付きまとうかね、あの権力で小児性愛を合法化させている変態の趣味が。

「マルギット、曲がってないかな？」

「少し傾いてましてよ。直してあげますから少し屈んでくださいな」

私が正装をしているように、ついさっきまで浴槽で共にふやけていた相方の斥候も、彼女なりの礼装姿だ。いや、ただ、胸をギリギリ覆う幅の筒型にした黒い革の上衣とか――

あろうことか、胸の前を紐で結ぶ形なので鎖骨と胸骨を露出している——蜘蛛《くも》と人の境目が見えそうな同じく革の丈が短い裳裾《スカート》と合わせれば腹も丸出しだ。

　これは蜘蛛人《アラクネ》の可能な限り衣擦《きぬず》れがしない服を愛する習性に由来するのだろうが、ちと倒錯的に過ぎるきらいがある。

　あれだ、この間新しく開けた臍飾《へそかざ》りが揺れているのが良くない。

　彼女の言を借りるなら〝大人になった記念〟とやらで、他ならぬ私が開けたので知らぬはずもなし。

　言っておくと、彼女が大人になったから、私が開けたようなものなんて比喩表現ではない。本当に、私が、物理的に開けたのである。

　ジークフリートからは「そういう遊び《プレイ》は余所《よそ》でやれ」と割と本気でジトッと湿った目で見られたけど、蜘蛛人《アラクネ》の文化らしいから仕方ないだろ。そこら辺繊細《センシティブ》だから軽々に口を出しづらいんだよ。

　ともあれ、ヒト種《メンシュ》の平均的審美眼においては相当倒錯的な姿をした我が相方に誘われるがまま片膝をつけば、優しい手付きで襟締が正された。

「っ……ディーくん！　ディーくん！　次！　次はディーくんもちゃんと締めよ!?」

「あぁっ!?　ちょっ、カーヤ！　揺らすな！　俺ぁやだぞ！　驢馬《ロバ》や馬じゃあるまいに!!」

　この襟締を直してやるという光景に乙女計器《センサー》が反応したのか、カーヤ嬢の反応がいつに

なくご機嫌だ。

　些《いささ》かジークフリートと離れすぎた反動かな？　これが終わったら半月くらいは二人で仕事を挟まずゆっくりしてもらおうか。頑張った英雄達《たち》には、それくらいの報酬があって当たり前だと思うし。

　まぁ、その前に片付けないといけないことをやりに来たんだが。

「さて、楽しそうなところ悪いけど、よろしいかな各々方」

　咳払《せきばら》いを一つして注目を集め、私は皆を伴い着替えのため通された部屋を出た。

　そして辿《たど》り着くのは黄金の鬣亭でも奥まった場所にある〝来賓室〟。

　以前、漂流者協定団に直訴しに行くべく三氏族の頭目が集まったのと同じ場所だ。

　両脇には盗み聞きを防ぐためか屈強そうな宿の者が二人、剣を帯びて立っている。彼等《かれら》は私の顔を見ると顔を合わせてうなずき合い、優雅に扉を開けて通してくれた。

「あらぁ……またあめかし込んで来たわねぇ……」

「ほぉ、具足の武者っぷりも悪くないが、中々どうして」

　来賓室には既に二人の客人が入っていた。一人は今日も巨大な水煙草《みずたばこ》を傍らに置いたバルドゥル氏族の頭目、もう一人は戦装束のまま一人で三人掛けの長椅子を占領しているロランス氏だった。

　片や魔法使いなのもあって普段と変わらぬ長衣のまま、片や巨鬼の文化にて冠婚葬祭全部これ一本の鎧姿《よろいすがた》なのが何ともまぁ。

「一番の新顔なのに遅参して申し訳ない」

「なぁに、此《こ》の身が早く着くのは習性よ」

「こっちとしては場の魔導的な安全を見たかっただけだしねぇ……」

マルスハイムの巨大冒険者氏族、その二組の頭目が早く来た理由は単純に気分だそうだ。

前者は戦場には誰より早く着いていないと有利な位置を取れない、あるいは有望な兜首《かぶとくび》を先に取られてしまう懸念。後者は魔導の巣窟にして、致命的な術式が当《あ》て擦《こす》りや挨拶と大差ない気軽さで飛んで来る魔導院で育った経験。

どちらも安心を自分で確保しに来たが故の定刻より四半刻も早い到着だった。

「まぁ、お座りなさいな……まだまだ時間がかかるわよぉ……」

しかし〝魔女の愛撫《キユケオン》〟を発端とする一件の抜本的解決が見えていないことに相当焦《じ》れているのか、ナンナは些か苛《いら》ついているように見えた。煙を吸引して吐き出す感覚が普段より短く、頭蓋の中に広がる荒漠な地獄を宥《なだ》めるのに手間が掛かっているようだ。

ただ、その悩みの一端は今日、少しだが慰めで埋められることになろう。

「お？　割と時間通りに着いちまったか」

「珍しいわねぇ……〝牛骨砕き〟が早く来るなんて……」

「だから、その名前で呼んだら殺すぞ〝抹香焚き《まつこうた》〟が」

次に扉を潜《くぐ》ってきたのはハイルブロン一家の頭目、牛躰人《アウズフムラ》のステファノ。不逞《ふてい》氏族でも有数の武闘派なのに、その実〝ハト派〟とかいう謎の存在もまた、きちんと礼装をして現れた。

伝統的礼装《ダブレット》は普段あまり着ないからか、牙飾りを紐に通して前を合わせている胸がはち切れそうに張り詰めている。頑張ってねじ込んだだろう白い脚絆《ズボン》もパッツパツだ。

ああ、よかった、一組だけ何か変に気合い入れてきた浮いた連中にならなくて。

「汝《なれ》が定刻通りに着くのは珍しいな？」

「俺んトコも薬のでドタバタして引き締めてっから、下のモンがちょっと静かなんだよ。きかん坊が夜泣きしなきゃお袋が長く眠れるのは道理だろ？」

広い部屋には招待客の数に合わせて長椅子が置かれており、ステファノは中程の開いていた長椅子に腰を下ろした。

私達が末席に纏《まと》まっているのもあり、残っているのは最上座とその一つ手前。どちらも五人掛けの上質な長椅子で座るべき人間の〝格〟を慮《おもんぱか》っておかれていた。

給仕が運んできた黒茶を啜《すす》って待つこと暫《しば》し――流石、冒険者の憧れの店。良い物を良い腕で煎れている――魔法使い全員が首を扉に向けた。

この部屋は機密性に気を遣われており、防音は勿論《もちろん》、様々な魔導を外からも内からも漏らさないよう配慮されているのだが、それで尚《なお》も感じる威圧。

〝本物の英雄〟が怒りを発露するに当たって漏れ出る気配が、外からの干渉を撥《は》ね除《の》けるはずの来賓室に染み入っているのだ。

「うっわ……やっべ」

思わず声が出る。溢《あふ》れんばかりの怒気を激発させまいと、裡《うち》に秘めるばかりに醸造された濃い殺気に誰もが反応している。

「い、いやいや、何だコレ。感じたことのねぇ圧だぞ」

ジークフリートは、やっぱり持ってるね。前衛として、この殺気にビビらなかったら余程の傑物か単なる馬鹿の二択だけど、彼は賢く脅威の程を感じ取っている。

そりゃあそうだろうさ、私だって報告した時、これに近い殺気を浴びて脳裏に死が過《よぎ》ったんだもの。

「……実はだね。少し前までお手間をかけては拙《まず》いかと声をかけなかった人がいるんだ」

「お、お前が気を遣う相手なんていたか？」

失礼な、私ほど色々な相手に気を遣って振る舞ってる人間は、このマルスハイムでもそうはいないぞ。

さりげなく無茶苦茶失礼な戦友に文句を言ってみたが、本当に気を遣ったんだよ。

私だって〝一児の父〟になることが決まった英雄の手を患わせず事態を解決したかったさ。

「失礼するよ」

ゾッとするような威圧感と逆しまに、可能な限り出された朗らかな挨拶が対照的すぎて、尚のこと背筋を冷たく舐《な》め上げていく。私とマルギットは知った気配なので辛うじて堪《こら》えられているが、他の冒険者達は臨戦体制に入っていた。

ナンナは口腔《こうこう》内に薬を溜《た》めて吐き出さず、ロランス氏はさりげなく座卓の下に脚を差し込んで蹴り飛ばす仕度をしている。ステファノも袖口の寸鉄に手を伸ばし――ここって暗器持ち込み禁止のはずだが、どうやって持ち込んだのだろう――急遽襲《きゆうきよ》いかかってきた命の危機に本能がガンガン鳴らす警鐘に従っていた。

然《さ》もありなん。前掛《エプロン》けもそのままに自宅を出て来た気軽な装いをした偉丈夫の名は、誉れ高き無肢竜退治の聖者フィデリオ。

実は我等がマルスハイムきっての〝怒らせてはならないお人〟は、昨夏に冒険を終えて帰参した後に一発お当てになられた。

そう、かの有名なフィデリオの一夜潰しが起こった原因たる、子猫の転《うた》た寝《ね》亭の女将《おかみ》さん、シャイマーさんが遂《つい》にご懐妊したのだ。

元々お二人は子供を作る予定がなかった訳ではなく、フィデリオ氏が冒険者の仕事で家を空けがちなのと、ヒト種《メンシュ》と猫頭人の交配期間が上手《うま》く嚙《か》み合わなかっただけのこと。

私達がお手伝いしている時は養子を嫁付きで見繕ってきたのかと勘ぐられるくらい子宝の到来が遅かっただけで、あのお二人の新婚夫婦も恥じ入る熱烈っぷりからして、やっとかと常連は誰もが喜んだものだ。

何せ、あの寡黙で気難しそうな大旦那様さえ小躍りしてたんだぜ。

そんなおめでたい空気を心地《ここち》好《よ》く吸引しているのを邪魔するのも悪いかと思い、我々で解決しちまおうとしていたのだが……バレた。

いや、バラされた。

「お歴々がお揃《そろ》いやね」

愛《いと》しき妻との間に子供ができた喜びに水を差され、敵の居所さえ分かれば今にも全員殺しに行きかねない英雄の背から、ひょっこりと白い影が姿を現す。

情報屋のシュネーだ。この間、ようやっとカーヤ嬢が絶対安静を解いたかと思えば、たった五日で大暴れしてくれたのである。

私とジークフリートがせっせと集めた、決定打には足りない情報を凄《すご》い勢いで取り込んだかと思えば、フワッと消えてまたぞろ何処かに潜り込み、恐ろしい情報を抱えて帰ってきた挙げ句、私の気遣いを完全にぶち壊してくれた。

この辺、ＰＣ《プレイヤーキャラクター》個人の思惑で別のＰＣ《プレイヤーキャラクター》の考えがいとも容易《たやす》く蹴散らされることのあるＴＲＰＧ感が凄いななんて、他人事《ひとごと》のように思ってしまったね。

確かに情報収集特化の面子《メンツ》が色々握り潰して、自分の思惑通りに一党を誘導して半ば一人勝ちなんてことも裏ハンドアウトが配られる卓ではよくあったものの、できたらやりたくない超強力コネクションの――しかも、お邪魔したら悪い時期――助力を得るのに一切躊躇《ためら》わないのは流石《さすが》というべきか。

いや、まぁ、大駒を遊ばせておくのは勿体《もったい》ないのは認めるけど、私としてはちょっとどうかと思うんだよ。現場で対応可能な事態に態々《わざわざ》本社の部長を呼びつけるようなもんだ。

冒険者としての戦功を取られる云々《うんぬん》ではなく、多義的な努力の末に初子を授かった男を修羅場に突っ込ませるのは気が引ける。

何せフィデリオ氏は作ったら作りっぱなしの人ではない。嬉々《きき》として過去の伝手《つて》を使って豊穣《ほうじょうしん》神僧院から高位僧を呼ぶ段取りを付けたり、産着は何処《どこ》で作るのが良いかなど義父と楽しげに語ったりする様から、子供が生まれる仕度に全力投球したかったことが簡単に分かる。

ただ、シュネーには斯様《かよう》な感慨なぞ関係なかったようだ。GM《ゲームマスター》が、それやると名誉点とか経験点削られるけどいいの？　と確認したところで、完結と団円を優先に動く人間にとっては払って惜しくない駄賃なのだろう。

一つ大きな、聖者が動くに足る物証を手に入れれば、実に容易く取り込んでしまわれた。今や彼は、十月十日が過ぎる前に麻薬組織絶対殺すマンになっておられる。

聞いてねぇんだけど、そう言いたげにナンナから睨《にら》まれたが、私はバツが悪かったので煙管《きせる》で煙を一つ吹いて顔を逸《そ》らした。

バルドゥル氏族は潰せば街が荒れるから、フィデリオ氏よりいわば執行猶予を与えられているような状態だからな。不義に関わらず、見つけ出した不善は全て叩《たた》いて潰すことを信条とする聖人との食い合わせは最高に悪い。

しかし、それを呑《の》み込んで尚も、絶対に死なないし目的を果たしてくれるであろう英雄級《Lv15》冒険者の参加は心強くもあるんだけどね。

「今日は皆の都合で参加は僕だけだが、街の冒険者全員が協力しているのに微力を捧《ささ》げない訳にはいかないからね。急だがお邪魔させてもらったよ」

柔和で人の良い笑顔は相変わらずだが、目だけが笑っていない。帆布の前掛けの下では ち切れんばかりに隆起した筋肉が解放を待って唸《うな》りを上げ、神威が僅かに漏れている。

これはどこかで試練神ではなく、陽導神が介入したか？　いや、それとも懐妊を契機に豊穣神あたりが悪さをしたのかもしれない。

神々は神々で、私エーリヒ個人の配慮よりもマルスハイムの安堵《あんど》を望まれるだろうからなぁ。

あと、英雄の子供とか絶対健やかに育って欲しいだろうし。

「しかしスノッリソン、君は変わらず顔色が悪い。煙草の量を減らした方が良いんじゃないかい？」

「……そうねぇ……けど、これで頭の中を燻《いぶ》さないと生きていけない人間のことも考えて欲しいわぁ……」

「それとハイルブロン、壮健そうで何よりだが……」

「分かってる、分かってるよ聖者殿。俺に代替わりして大分マシになっただろうが」

存在しているだけで場の空気を圧倒し、全てを塗り替えるだけの威圧がまだ私にはない。冒険者としての完成形、全ての陰謀を自分と一党の力で叩き潰せる理想の姿を見せ付けられているようで、足りぬことを自覚するばかり。

まだ都市一つ、独力で救うには地力と手駒が足りぬと試練神から窘《たしな》められたような心地であった。

「皆様、お静かに」

聖者が君臨し圧倒した空間に静かに声が染み渡る。重低音域《バス》の重い声は扉の両脇に控えた護衛の物ではない。

「マルスハイム冒険者同業者組合《ギルド》、組合長マクシーネ・ミア・レーマン様のおなりです」

此度《こたび》の会議、その招集を内密に呼びかけた冒険者の頭領、〝灰の女傑〟や〝朽ちぬ燃殻〟と呼ばれ畏怖される組合長の到来を報《しら》せる黄金の鬣《たてがみ》亭亭主の声だった。

全員が立ち上がり、相応の礼で地の果て《エンデエルデ》の荒くれ者を纏め上げる女君主を迎え入れた。今日も酷《ひど》く痩せぎすなせいで、美貌よりも儚《はかな》げな印象が勝る彼女は最初に会った時より更に痩せて見えた。

そりゃあまぁ……マルギットとシュネーが〝あんなもん〟を見つけてきたら、気が気じゃないだろうよ。

「大義である。礼は解いてよい。話は素早く進めよう」

しかし、凛《りん》とした風格ある立ち姿に頼りなさは感じなかった。

故郷を守ろうと義憤を燃やしている人間の顔付きだ。

「さて、全てを詳《つまび》らかにすると都合の悪い者もいるだろうから些《いささ》か端折《はしょ》らせて貰《もら》うが……〝魔女の愛撫《キュケオン》〟なる薬物が市中に出回っていることは知っているな？」

組合長が指を鳴らせば、付き人兼護衛として入室してきた屈強な坑道種《ドヴェルク》が座卓の上に布を被《かぶ》せた盆を置いた。

下から出て来たのは透明な結晶めいた紙。一欠片《ひとかけら》が子供の小遣いで買えてしまう悪魔の薬物。

「これを用いマルスハイム貴種の紐帯《ちゅうたい》を乱す奸計《かんけい》を新たに迎えた冒険者、ケーニヒスシュトゥールのエーリヒが明らかにした」

全員が意識の統一を行うための情報共有が淡々と進む。

現状、この麻薬は狂気の沙汰だが利益を上げるために売られていない。エンデエルデの中枢、マルスハイムを蝕《むしば》み破壊するためだけに作られているのみならず、貴種達《たち》が疑心暗鬼に陥ることを狙って大量にばら撒《ま》かれていた。

陰謀に巻き込まれ掛かっていたのは、ジークフリートの内偵調査も相まって十数家に及び、中には配下が釣られて本当に売ってしまっていて言い逃れもできない家すらある。

このことを今日の会議までに正しく理解と評価していたのは、私やマルギットにジークフリートとカーヤ嬢、そして情報提供者であるシュネーの五人。

ナンナは単に〝魔女の愛撫《キュケオン》〟の不出来さにブチ切れているだけで、貴族がどうのこうのにあまり興味がなく、構図としては私達が死ねば陰謀の大半が闇に消える。

この図式が嫌だったので、死に物狂いで情報をかき集めたのだ。

お偉い人達にお話ししたとしても、何処で陰謀論を鼻から吸引してきたのだと叱られない程度に確たる物とするため。

だから態々仲間割れしたフリまでして、長い調査を行う必要があった訳ですね。

そしてジークフリートが漂流者協定団の関与を決定づける取引を結んできてくれたおかげで――倉庫に来た遣いをマルギットが尾行したのだ――強固になった証拠をマクシーネ様に御報告……したのではない。

「そこはまぁ良い。私から辺境伯に真相を相談すれば無実の貴種が吊《つ》られることは避けられるし、管理能力に不足のある怠惰な者が一掃される。人事が健全なのは善きことだ」

組合長に陰謀の話が通ったのは〝二日前〟のことで、当初の予定ではここで説明するのは、これからは聖者の一党が手助けしてくれることくらいだった。

ただ、漂流者協定団の関与が状況証拠で固まった後、マルギットが怪しいと〈目星〉を働かせた数人から完治した白猫がネタをすっぱ抜いたのが、ここまでコトが大きくなった原因だ。

「しかし、流石に看過できぬ物が見つかった。アレを持て」

「はっ」

指示を受けた組合長の護衛がもう一つの盆を持ってくる。一廻《ひとまわ》り大きいそれにも布が被さっているが、見本として持ち込まれた魔女の愛撫《キユケオン》と違ってこんもりと大きい。

さっと布が払われて衆目に晒《さら》される物体は、一抱えもある巨大な〝香炉〟であった。

一般的な香炉ではない。灰を敷き詰め、赤熱する炭に抹香を振りかけてじんわり燃やす物が帝国で広く使われているが、玉葱《たまねぎ》のような形をしたそれの触媒は水である。

底に水を沸騰させる術式を仕込んだ魔導具であり、内部の液体が蒸発することで蒸気に乗せて匂いを発散させる構造の器具は、むしろ加湿器と呼んだ方が正確かもしれない。

いや、むしろただの加湿器だったら良かったんだけどね。

「なんだこりゃ。玉葱の親玉みてだな？」

「内部に注がれた水を蒸発、気化し広範囲にばら撒く魔導具だ」

ステファノやロランス氏などの魔導具に造詣の深くない面々は、へーそんなのがあるのかくらいの受け取り方だが、魔導を知る人間の顔は暗い。

特にこれを見つけて組み上げ、使い方の推論を立てた時のカーヤ嬢は酷かった。半狂乱に陥り、今すぐ相方に瘴気避《しょうきよ》けのもっと強力な面覆いを作らねばと昼夜なく工房に籠もるようになった。

「これは漂流者協定団が上蓋、内部容器、下部を態々バラバラにして密入市させたそうだ。間違いないな、情報屋」

「ええー、それぞれただの器やらガラクタとして運び込まれたモンが、幾つかの人手を経由して市内の集積所に持ち込まれたようで。妙に迂遠《うえん》なことしとるから何かなーと思って持って帰ったらもうね……」

説明するより実用して見せた方が早かろうと、フィデリオ氏の後ろに控えていたシュネーが机上の魔導具を開いた。中程から上が外れると、内部は入れ子構造になっており筒型の容器があり、底面には術式陣が刻んである。

その筒に水と香油を一垂らしした後に蓋を戻し、側面に付いたトグルスイッチめいた電源が操作音を立てると同時。

かなり広大な室内を覆い尽くすほどの蒸気が視界を埋め尽くした。

「ぶぇっほ!?　ぐぇっほ、何だこりゃ!?」

「甘い！　何だこの甘ったるい匂いは!!」

正に瞬《まばた》きするほどの刹那で部屋が蒸気で一杯になった。その密度は自分の体すら見えない濃さで、吸入すれば甘い菓子の匂いがした。

この魔導具は、ただ内部の水を蒸発させているのではない。散布するにあたって広範囲に一瞬で広まるような〈遷移〉と〈転変〉を複合させた魔術によって、普通に熱するだけでは到底得られない広範囲を塗りつぶす。

今回は甘莢豆《あまさやまめ》から生成した香油、いわゆるバニラ香料だったから辛党のステファノとロランス氏が咽《む》せるだけで済んだが……。

さて、溶かしていたのが〝魔女の愛撫《キュケオン》〟だったら、どうなったでしょう?

「分かったかね、冒険者諸君。現状がどれだけ危険か」

シュネーが魔導具を切ったので蒸気の噴出は一瞬で止まったものの、ナンナが魔法を使わねば数分は寝穢《いぎたな》い酔客の如《ごと》く居座っただろう。

要するに屋外でも効果は十分。しかもマルスハイムは人工的に作られた丘陵であるため、上層で作動させれば重く垂れ籠もるよう操作された蒸気が物理法則に従って、下へ下へと立ちこめていく。

湯気は敢《あ》えて語るのも阿呆《あほ》らしいが形がない。気体故に空気と同じくどれだけ丁寧に丁寧に密封していこうが侵入してくる。人間が住んでいる家など完全密閉しては棺桶《かんおけ》になるので、当然ながらガバガバだし逃げ場など何処にもない。

そして覚醒剤とＬＳＤを交配させた悪魔の子めいた〝魔女の愛撫《キュケオン》〟は即効性があり、脳に強く作用するため抵抗判定もかなり難度がお高めだ。

挙げ句に何が始末が悪いって、こいつの骨子は魔術、つまるところ物理現象の援用だもんで発生源をぶっ壊しただけでは消えないのだ。

一体、どのような狂気を喰《く》って正気を腎臓で濾過《ろか》した上で排出したら、こんな地獄みたいな戦術を思いつくのかと戦慄するより前に呆《あき》れたね私は。

「んなもん、さっさと貴族が規制すりゃ……」

「そうもいかんのだ、ハイルブロン」

気炎を上げて立ち上がる牛躰人《アウズフムラ》の勢いに押されることはなく、比べれば針のように細い組合長はあくまで淡々と事実を述べる。

曰《いわ》く、行政府側の対応で何とかできるものではないと。

現状では隠し持つことの簡単さから魔女の愛撫《キュケオン》を街から完全に追い出すことは難しく、同時に魔導具自体も分解して魔晶を外しておけば臨検で見つけ出すことも困難。見た目はただのデカい玉葱みたいなものなので、バラバラの状態で使い道が分からないガラクタに混ぜられては持ち込ませぬのも不可能だ。

　そして、何よりも知った者にもたらす畏怖が大きすぎる。

「国家の藩屛《はんぺい》とて人なのだ。皆が皆理性的に、計画通りに動けはしない」

　悲しいかな、ライン三重帝国の貴族がどれだけ官僚的であろうが本質は人間なので、この回避も防御も不可能な脅威を感じれば逃亡者の続出が予想される。

　冒険者と違って国家の舵取《かじと》りたる貴族が逃げ出すとあれば、必ず何処《どこ》かで噂《うわさ》が漏れて街中大騒ぎだ。明日にも、いや次の瞬きの後にでも正気をえぐり取る靄《もや》が何処かから立ちこめてくるやもしれぬと知れれば、賢明だろうが馬鹿だろうが街からの脱出を選ぼう。

　すると土豪共は、真面《まとも》な統制も失い、兵として徴集すべき民も、軍を率いるべき貴種も空になったマルスハイムをうまうまと占領できる。

　国家が大鉈《おおなた》を振るうと却《かえ》って事態が悪くなることもあるのだ。

「マルスハイムが狂気の靄に呑《の》まれるのも困る。大混乱に陥り攻め入られるのは勿論《もちろん》、市民が沈む船だと逃げ出して抵抗せず占領されるなど論外だ」

　本当に悪辣なことをしてくれる。アヘン戦争をしかけたイギリスだってもうちょっと奥ゆかしさがあったぞ。

　コレを作った連中は考えなかったのだろうか。矛先が自分達に向いたらどうするかを。

　帝国魔導院は偏執的な魔導の輩《やから》が塒《ねぐら》。本腰を入れれば何時《いつ》か必ず対抗策どころか、何倍にも悪辣にしてたたき返してくる。

剣には剣で以《もっ》て応報せよ。帝国人が愛する標語《スローガン》を知らぬほど土豪もボケておるまいに。

「故にこそこれは、お前達冒険者の手で秘密裏に終わらせねばならぬ。分かるな？」

重々しい諮問に否を言う者はいなかった。

ここに集められた人間は皆、正しい意味での想像力を持っていた。

阿鼻《あび》叫喚《きょうかん》の地獄絵図を望む人間など誰もいない。言い方は悪いが、不逞《ふてい》氏族であっても健全な経済活動の端っこを囓《かじ》ることによって益を得る寄生虫なのだ。宿主が死んでしまっては、今まで蓄えた物が全て台無しになる。

故に逃げ道はない。

今は正に〝員数外〟の冒険者なればこそ事態を解決できる、神話の時代にあったかもしれない窮状なのだ。

「行政府が動けば自棄《やけ》を起こす者達も多かろう。そして、貴種もまた法で縛られるが故に根回しの時間が必要になれば、それだけ悪魔……エーリヒがそう仮称した集団に自由を与えることになる」

行政府の拳は長く強大だが、振り上げるのには恐ろしいタメが必要になる。さすれば初動を誰かが見抜いた瞬間、捨て鉢になって自爆を考える者もいよう。

陰謀に対する際は常に悲観主義者でなければいけない。特に敵が個人ではなく組織であったならば、マルスハイムを奪いたいと考える土豪だけではなく、マルスハイムそのものに怨恨を持つ人間の愚行を考慮するのは当然だろう。

辺境伯が本腰を入れれば逃げ出せないと悟り、殺せるだけ殺せりゃいいやと暴発されるのが最悪の筋書きだ。

「身内の恥は身内で雪《そそ》ぐのが道理。故に私は組合長の権限において、内々にであるが冒険者の名簿を開帳した」

この魔導具の発見により、寄り合い所帯の漂流者協定団は淡い灰色だったのが、限りなく黒に近くなったため、組合長は自己の裁量において分厚い横紙を破った。

組合の人間にしか見せてはならない、個人情報の塊を私とシュネーに閲覧させてくれたのだ。

おかげでマルスハイム市中にある大きな薬物売買拠点を見つけることに成功した。人を頼りに情報を整理し、物と金の動きを照らし合わせれば怪しい対象が自然と浮かび上がる。

特定された場所の半数は建物の貸主が内部で何をしているか知らぬまま陰謀に使われているだけであったが、他の半数は土豪の関係者や〝表向きは引退したことになっている〟漂流者協定団所属の元冒険者が持ち主の物件だ。

ジークフリートが独自に構築した密売人の流通網という裏付けもあり、これらの施設に頻繁に物を出し入れしている業者や人間を照らし合わせれば、見つけ出すのはそう難しいことではなかった。

つまり、やろうと思えば怪しい小魚を一気に網に絡め取れる、絶好の漁場をやっとのことで見つけ出せたのだ。

「事態は急を要する。速戦だ、稲妻の如く駆け抜け一息に終わらせねばならぬ。阿呆が自棄を起こす暇もないよう、怒濤《どとう》の勢いで攻めるのだ」

パチンと組合長の指が鳴らされると、付き人が座卓の上にマルスハイムの全図と——一般には公開されないような詳細な物だ——私がコルクボードでセコセコ作った陰謀の纏《まと》め表が広げられた。

ジークフリートが少し驚いているのが気配で分かる。

ほら、言ったろ？　必要なんだよ。私が二徹でハイになって作りたくて作っただけじゃないんだ。

うん、役に立っちゃったのは結果論なんだけどね。

「標的は二一人、この者共は何があっても殺すか生け捕れ。拠点は全部で三一箇所。これだけ一気に潰せば、どれだけ秘密裏に運び込むことができようが勢いは確実に落ちる」

地図の上に人相書きと兵演棋の駒が次々と置かれていく。剣友会だけで調べていては確実に取りこぼしていた拠点や人物まで白日の下に晒されたのは、やはり人数の力は偉大だなと感じ入るばかり。

素晴らしきかなマンパワー。人手は大抵のことを解決してくれる。

もし剣友会だけで対応しようとしていたら、ここから更にどの順番で殺すべきかとか、制圧すべき場所の優先度とかでわちゃわちゃする必要があったからな。

「多いなオイ……なぁ燃殻さんよ、物のついでにカチコミさせようとしてるの混ぜたりしてねぇだろうな？」

列挙された標的と潰すべき場所の多さにステファノがウンザリしたように角の付け根を搔《か》いて見せた。

これだけの確保対象と重要地点を列挙されれば、疑いの一つも湧いてこよう。しかも二人の処理すべき人間には不逞氏族の頭目や土豪から寝返った貴種も混じっており、何も知らなければ組合長が出来心を忍ばせたように見えなくもない。

「馬鹿を言うなステファノ。これだけの面子《メンツ》を集めても余裕はないのだぞ。お前達《たち》の傘下組織全て使っても戦術予備の確保にすら苦労する規模だ」

しかしだ、これが本当に最低限、敵の戦略目標を破綻させるために必要な人数だ。漂流者協定団の人員など――しかも二人ほど〝評議員〟の可能性が高い人物がいる――組合長的に消えてくれれば後が楽になる人間はいようが、そのような欲をかいている余裕など全くない。

「準備期間は可能な限り短くしたい。どの程度の人員を出せる？　全拠点を同時刻、それも一気呵成《いっきかせい》に叩《たた》く必要があるのだ」

「まぁ……俺ん所は最近暇だったから、日暮れまで時間をくれりゃ暴れたい連中を一五〇は都合できる。拠点で言えば一〇ちょいか。もうちょい時間があれば倍でもいけるが」

されど、ハイルブロン一家の構成員は〝殺さず捕まえる〟なんて上等な教育を施していないので、捕らえたい人間がいる所には寄越《よこ》してくれるなとヤクザめいた冒険者は一言添えた。

　できたとしても頭目が直接に率いる一隊と、食客たる〝舌抜きのマンフレート〟がいる隊の二つくらいかな。

「家《うち》はその半分くらいかしらねぇ……ただ、遠慮なく魔法をぶちまけるから、そこはお目こぼしして欲しいわぁ……」

「市井の者に被害が及ばぬのであれば、此度《こたび》は特に不問とする。何を使い、何をやろうとだ」

「へぇ……それなら安心ねぇ……大丈夫よぉ、確実に生かしたまま捕らえてみせるわぁ……七つは任せてもらって平気よぉ……」

　ぷかりと輪を描いた虹色の煙が吐き出される。煙草芸《たばこげい》を披露して見せたのは、きっとバルドゥル氏族も薬を使うという無言の表明であろうか。

　そういえば一回、館を訪ねた時に構成員がどぎつい原色で成る虹色の泡を吹いてぶっ倒れてたことがあったたな。

　雲系の魔法は広域殲滅《せんめつ》に最適というのは昔から決まっているものね。私も前世じゃ眠りの雲《スリープクラウド》とかに酷《ひど》い目に遭わされたから骨身に染みてるよ。

　いやほんと、アレ自分で使っても強いけど、敵《GM》に使われると性質《タチ》が悪いんだよな。後衛を守るために盾役《タンク》と密集してたら、抵抗判定に失敗した後陣が半壊、ともすれば全滅するんだもの。しかもエネミーは気軽に精神無効だとか不眠だとか宣《のたま》って、ボス級には問答無用で効かないのに、こっちは高レベルになってもヒヤヒヤさせられるから嫌なんだ。

「ん、此《こ》の身の配下は今日にでも四一人、完全装備で出立できるぞ」

「ロランス、それは心強いが他がついてこられぬ。明日の払暁までで頼む」

「なら、今から酒を抜かせれば七〇と少しは真面な戦力として戦仕度をさせられる。殺さず斬る腕前の者達もおるので、一五は任せてもらって構わん」

で、流石《さすが》は巨鬼というべきか、ロランス組は酔っ払っていない限り常に最大戦力を投射できるので滅茶苦茶《めちゃくちゃ》心強い。平構成員でさえ、そこいらの傭兵《ようへい》じゃ三人がかりで斬りかかってきても一方的に殺し返せる腕前をしているんだから、死なない程度に斬り倒すくらいは訳なくやってくれよう。

基本的にロランス氏の色っぽさと強さに惚《ほ》れて仲間になった人間揃《ぞろ》いなので、下手な欲目に負けないだろうってのも滅茶苦茶安心できる。更には頭目を飢えさせないため、自分達の骨がへし折れるのを覚悟して鍛錬につき合っているあたり練度の基礎が違うんだよな。

反面、魔法使いがおらず、僧も練武神を崇《あが》める在俗僧が数人だけというのが心許《こころもと》ない点ではあるが……。

「家は四つ担当しよう」

そこで力強く断言したのは聖者フィデリオ。全員が一瞬「え？」という顔をしたが、発言者は和やかな表情を崩すこともなく、至極当たり前のことを言ったような雰囲気だった。

あー……うん、できるでしょうよ。肌身で聖者の一党が本物の英雄であることは分かっているけど、断言されると格の違いを感じざるを得ない。

しかし、一人一拠点か、凄《すさ》まじいな。家なんて完全装備の二〇人でも無理して三つくらいが失敗しないと見栄《みえ》を張る限界だというのに。確実性を担保したいなら二つってところかな？

実際のところフィデリオ氏は自己強化と回復を兼ねた無敵の前衛であり、ヘンゼル氏も堕《お》ちたる蛇神の毒を受けても平気な不沈要塞。ロタル氏はマルギットが気配を読めない暗殺者としても振る舞えて、ゼイナブ氏はやりようによっては建物に踏み入りすらせず数十人を無力化できよう。

うーん、これが四人で組んで殴りかかっているという理不尽。我々も構成として似てはいるけど、まだGM《ゲームマスター》から「加減しろ馬鹿！」と言われず適性Lvの敵を投げつけられるだけだから普通だな普通。

「あ、僕の所は一番大きいのが良い。安心してくれ、何があろうと陽《ひ》の光が灼《や》き滅ぼしてくれる」

てかこのお人、硬いだけじゃなくて信仰技能で火力出してくるの狡《ずる》いだろ。聖者の一党は、とりあえずアイツ殺しとけば弱くなるってのがないからえげつないんだよな。システム系シナリオだと一塊で動くだけで、全ての陰謀が物理的に消滅させられる恐ろしさといったらない。

「お恥ずかしながら、我々は完全充足でも二〇人。担当できる拠点は二箇所といったところでしょう」

なので謙虚な新人として、堅実かつ控えめな数字をあげておく。基幹要因は一夏でかなり鍛え上げたし、ジークフリートも指揮に慣れつつあるので二隊に分かれても問題はあるまい。

強いて言うなら、あまり大きい建物を寄越されると誰も逃がさないために封鎖するのが大変ってところだが。

「結構。組合からも人を寄越す故、ハイルブロン一家とバルドゥル氏族は戦術予備として十数人分けておいてくれ。やれるな、フーベルトゥス」

「御意に」

名前を聞いて一瞬ギョッとした。組合長の付き人をやってる坑道種《ドヴェルク》、彼が〝酔狂のフーベルトゥス〟なのか!?

〝聖者フィデリオ〟や〝舌抜きのマンフレート〟と並び二つ名を囁《ささや》かれるマルスハイムの生ける英雄。冒険の代価として騎士位を提案されるも、冒険者であることを好んで固辞したことから〝酔狂〟の二つ名を得た短軀《たんく》の怪力無双。

しかし、この雰囲気からすると冒険者を愉《たの》しみたかった私と違って、もしかしたら組合長と……いや、止《や》めておこう、この推察は流石に下世話すぎる。

「標的は此方《こちら》で割り振らせていただく。後に遺いが厳封処理した命令書を寄越す」

「それはいいんだけどぉ……地下の方はどうするのかしらぁ……？」

仮に参加している氏族に内通者がいても、直前まで誰が何処《どこ》を襲撃するか知らぬようにしておけば被害は最小限で済む。その差配に皆が一応納得したが、ナンナは気がかりがあるのか、床を指さしながら問うた。

そういえば、マルスハイムの地下水道は帝都ほど整備されていないのと警戒が薄いので、割と住所不定無職な人々が溜《た》まっていたり犯罪に使われていたりもしたな。

何よりもジークフリートに用意して貰《もら》った隠れ家の古井戸と接続していたように、逃道としても使いやすい方だ。途中で泥か糞《くそ》か良く分からない物に塗《まみ》れる必要はあれど、死ぬよりはマシと逃走経路に使われることも考えるべきだが……。

「それは問題ない。伝手《つて》を使って魔導院の出張所に〝全水路点検〟を要請した。同時刻に実施される段取りだ」

「あぁ……粘液体《スライム》に封鎖させるのねぇ……賢い手だわぁ……」

どうやら、そっちも抜かりないらしい。

組合長は魔導院の出張所に働きかけ、普段は汚水の処理だけをしている帝都地下より株分けされた〝汚濁の主催者〟の姉妹を使ってくれるそうだ。

魔導院は大規模な組織であり、帝国も広いため方々に出張所がある。研究は勿論《もちろん》、インフラ整備や情報収集を目的に置かれた小さな分校みたいなもので、常勤の魔導師《マギア》が帝都本院以外で活動する拠点となっていた。

帝都まで聴講生を送る余裕がない土地では、ここに私塾からの推挙者を送って教育することもあるそうだが、大事なのは魔導師《マギア》がいるということ。

協力を得られたならば、普段は省燃費化のため一部の下水のみに留《とど》まっている巨大な粘液体《スライム》を一時的に全地下水路に流し込むことができる。

さすれば地下は完全に通行不能だ。鼠《ねずみ》一匹どころか、それについた蚤《のみ》の一匹さえ逃げ出せなくなる。下手に飛び込もうものなら強塩基性の粘液に取り込まれ、骨すら残らず平らげられると。

うーん、やはり権力は強い。必要だと判断したら魔導師《マギア》をも動かせるとは。前マルスハイム伯の庶子にして現マルスハイム伯の異母姉ってだけじゃなく、実力に頭の回転が備わった人間が使うと本当に恐ろしい。

叙勲の打診を断る時、もうちょっとゴマをスってコネクション欄に書入れさせてもらった方がよかったなこりゃ。

「諸君等《ら》にも思うところはあろうが、一度は塒《ねぐら》に選んだマルスハイムのためだと考え尽力してくれ。今回の一件は秘事とする故、公に褒め称《たた》えることはできず、組合の評定にも加えられない。ただ金を以《もっ》て応えることしかできないが……」

「此の身は酒肴《しゅこう》の足しと闘争の場さえ与えられれば不満はないさ。それに、ここにいる大半の者が名誉なんぞより金と街の安定を欲すると思うが？」

そうであろう？　とロランス氏に問われれば、然《しか》り然りと肯定の声が重なった。

フィデリオ氏は妻と宿のため。

ナンナは自分の思想に対する冒瀆《ぼうとく》だと憎んだ薬のため。

ステファノは縄張り《シマ》のため。

私とジークフリートは自分の拘《こだわ》りのためにだ。

なぁに、単純な構図じゃないか。人間何処かで一線引いて、こっから先は譲れるか譲れないかで削り合って生きている。

向こうがその線を割ろうとしてきたなら、お題目も何もあったもんじゃない。

気にくわねぇし、お前がどうしても譲らないのなら死ね。斬りかかる理由としては、割とこれだけで十分な稼業なのが我々なのだ。

その序《つい》でに自分と周りを養えるくらいのお駄賃が貰えたら上等。誰かから褒めて貰えるのは悪い気持ちじゃないけれど、まず自分が褒めてやれなきゃ片手落ちもいいところさね。

「では、各員の奮戦と挺身《ていしん》を期待する。解散してよろしい」

組合長の厳かな宣言に従って、各郎党の主達は三々五々に捌《は》けていった。これから主立った面子に部隊の編成を命じたり、戦仕度などで時間が掛かるだろうからな。

かく言う私達も……かなり足が重くなるネタばらしとごめんなさいの時間が待っている。

半分、いや三分の二くらいノリと勢いで始めた喧嘩《けんか》したフリ作戦だけど、これが思った以上に会員達の精神的負担になったようでね。これから一発とは言わず、一人につき一発ぐらいはぶん殴られても仕方がないと納得するくらいみんな落ち込んだんだ。

実を言うと、ちょっと嫉妬するくらいジークフリートが慕われていて、剣友会は私一人じゃ成り立たないのだなと考えさせられたよ。

かなりの確率で集まった人数は今の半分以下になってたんじゃないかな。

そんな得難い彼等に頭目格が二人揃って性質《たち》の悪いドッキリかましたんだから、先行きを考えると、血塗れ臓物塗れになる明日の戦よりもかなーり気が重い。

さてはて、第一声は飾らずに「ごめんなさい」で良いだろうかと立ち上がったところ、組合長に声を掛けられてしまった。

「エーリヒ、少し残れ」

「……御用で？」

ジークフリートが何ぞ？　と足を止めたが、雰囲気から察したマルギットとカーヤ嬢が背中を押して一緒に退室していった。そして扉が閉められ、組合長と差し向かいで話す構図になってしまう。

はて、割と爆弾を持ち込んだ覚えはあるが、一人残して説教喰《く》らうような謂《いわ》れはないと思うんだけど。

やらなかったらやらなかったで、今頃どうなってるか分からん御仁でもあるまい。濡《ぬ》れ衣《ぎぬ》を着せられようとしている貴種の情報を流し、社交界を平定する手助けをしたのだから、最悪でもトントンという丼勘定がよくなかったか？

「一つ命令……というよりも頼みだ。明日の戦で死んでくれるな」

「……元よりそのような予定はございませんが」

一瞬、は？　と不敬な声が出そうになったではないか。

そりゃ殺し合いに行くんだから剣者として最低限の心構え、殺されても文句言いませんなんて覚悟は決めているものの、端から勝つために戦ってるんだから命令されても反応に困りますよ。

この巷《ちまた》、どれだけ死なないよう立ち回っても死ぬ時は死ぬからなぁ。今の件だってあれだろ？　何も知らないまま暢気《のんき》してたら、ある日突然街の上層から気化した麻薬が大量に溢《あふ》れ出してきて真相が明かされないまま死亡《バッドエンド》ってこともありえたんだし。

むしろ、明日の一斉ガサ入れこそが相手にとって二〇面体《D20》の機嫌が悪かった案件では？　約八分の一の確率で英雄級ユニット《Lv15》が唐突に予告なく湧いた挙げ句、ハイクを詠めと圧倒的武力で叩《たた》き潰しに来るんだから。

「今、マルスハイムの有力氏族が曲がりなりに連携し、一つの事態を解決しようとしているのには卿《けい》の働きが大なるところだ」

「私はただ、この細い腕二本で足りぬ故に恥ずかしげもなく声を掛けて回っただけなのですが」

謙遜でも何でもなく、一人では勿論、剣友会独力でも完全解決が難しい問題だと思う。

そりゃ相手も完璧でも無欠でもなかろうから、なにがしか別の手段《ルート》もあったろうが、私達《たち》を主役に据えた卓だと仮定したら安パイを切った方が良いと思ったのだ。

本当に想定外なのは、シュネーがフィデリオ氏まで焚《た》き付けたことくらい。とはいえそれも、今では納得している。

実力の足りない冒険者が背伸びして、世界が滅んだ時ほど格好悪いことはないからな。

特にマルスハイムには頼れる英雄が沢山いる。もしも自分が卓の主催者《GM》だったら「何人NPC動かさせるつもりだ、殺す気か！」とPL《プレイヤー》共に文句を言って、場合によってはサブGM《ゲームマスター》を頼むだろう込み入った構図になってしまったけれど。

まぁ、そこはアレだ、矢鱈《やたら》とデータをみっちり作った創造神側が悪いのだし、特に何の後悔もしてないんだけど。

「それが大きいのだ。卿はマルスハイム、その形そのものを守ろうとしていよう」

「それはそうでしょう。ここが転んだら西方では冒険云々《うんぬん》言ってられませんよ」

西の地の果てが冒険に溢れ適度に住みやすい地域なのは、治安が微妙に悪く綱紀を引き締めきれていないものの、きちんと帝国行政が存続しているからだ。

仮にマルスハイムが失陥して西方動乱とかになったら、卓の趣旨が大分変わりそうな気がする。それこそ戦争再現盤上遊戯《ウォーゲーム》めいた、アナログでやると地獄を見る系の様相に。

「全ては陛下が帝国を総覧し民を安んじているからこそかと愚考いたしますが」

「そう考えぬし、考えられぬ者の何と多いことか……」

重い重い溜息《ためいき》を吐《つ》いた瞬間、白髪交じりの黒髪というよりも、最早《もはや》黒髪が幾らか残った白髪と呼んだ方が良さそうな髪の淑女が一廻《ひとまわ》り小さくなったように見えた。

「ハイルブロン一家はステファノに代わってから大分マシになったが、それでも本質は無頼《ヤクザ》の蛮人揃《ぞろ》いだ。自分の縄張りさえ安堵《あんど》されれば転ぶこともあろう」

「そんな薄情な方には見えませんが……」

「アレはな。私も簒奪劇《さんだつげき》を手助けしてやった故、此度《こたび》は素直に呑《の》んだが、年寄り衆が五月《うる》蠅《さ》かろう」

ああ、そういえばハイルブロン一家は冒険者という肩書きを上手《うま》く使っている地場の古いヤクザってのが基本であって、統治機構が放っておいてくれるなら縄張りがある限り、特段生活が変わるって訳でもないのだな。

そして現頭目は前頭目への素手による撲殺を成功させたことで地位を奪い取った若手。腕っ節で自らの主張と立場を維持しているものの、まだまだ跳ねっ返りや武闘派……というより頭が足りん古株が掃除し切れてないと。

幾ら邪魔でも、全部根こそぎに粛清したら氏族が立ちゆかなくなるものな。それこそ統治の盤石さを確立するため、軍部の大半を自らの手で殺してしまった筆髭《ふでひげ》みたいなことになったら困る。

あくまでハイルブロン一家は、その手の氏族で最大かつ暴力性が高く畏れられているだけで、街全体で唯一でも絶対でもないのだから。

てか、今凄《すご》いサラッと暴露されたけど、ステファノが頭目になるのにマクシーネ殿が関与してたのかよ。公営組織に近い人間がヤクザの跡目争いに介入した過去なんて知りとうなかった。絶対に厄い案件が一二個単位《ダース》でへばり付いてるヤツじゃねーか。

理解はするけどね。潰すのも放置しとくのも無理だから、融通が利きそうなのを頭に据えて、少しでもマシな方向に持っていこうとする妥協も。

「バルドゥル氏族も危うい。ナンナは個人的な拘りと矜持《きょうじ》で立っているだけで、妥協点を見出《みいだ》せばマルスハイムが焼けようが何だろうが知ったことはなかろう」

「現状と変わらぬ、ないしはそれより上の研究ができる地位を提示されれば……」

「やはり聡《さと》いな、卿は。そうだ、アレは流れて来た時に都合が良かったから居着いただけで、一党を率いる地位になれど街に愛着など欠片《かけら》も抱いてはおるまい」

あの地獄を自分の頭蓋に飼って、現在進行形で拡大工事中の聴講生崩れは〝魔女の愛撫《キユケオン》〟にこそ、同じ天を頂くこと能《あた》わずってな具合にブチ切れているが、確かに怒りの方向性は人生の芸風に依拠している。

仮定の話なれど、透き通った悪意の紙がもう少しマシな代物であったなら、彼女は今ほど熱心に動いただろうか？

最悪を想定すれば魔女の愛撫《キユケオン》を今後作らないから、代わりにお前が納得する物を用意しろなんて懐柔策でマルスハイムを裏切ることもあり得るしな。

彼女は魔導院ほど研究に優れた場所はないと言っていたし、現状で生み出せる不完全な麻薬、己が夢の残骸で研究資金を稼いでいる現状に満足はしているまい。

それこそ諸外国の魔導院に相当する研究機関で、相応の地位を約束されてしまえば氏族全体が陰謀を助けていたことさえあり得る。

彼女は干上がり続ける器の中身を何とか満たそうと足掻《あが》いているだけで、容《い》れ物《もの》に拘る気質ではないからなぁ……。

「マシなのはロランス組くらいだろうが……巨鬼は気紛《きまぐ》れだからな。飢《かつ》え続ける闘争心を満たすためなら、何をするか分からんし、何をしてもおかしくない生物だ」

「あー……猛者と戦える機会があるなら、ともすれば衝動的に寝返ることもあったと」

ロランス氏は巨鬼の中では闘争欲求が控えめで戦闘中毒ではない方だと自称しているが、エッボやケヴィンら古参から聞いたところ、戦陣では普通に血に酔うことがある。

今は私を摘《つ》まんで小腹を満たし、自己研鑽《じこけんさん》をし直すことで納得しているが、マルスハイム側にあんまりにも魅力的な敵がいたらどうだろう。

……いや、これあれだな、友好度稼いでるから味方してくれてるけど、下手打ってたらワンチャン私とかフィデリオ氏と殺し合いがしたいがために悪魔側の傭兵《ようへい》やるくらいあったな。

そんな馬鹿なと思うやもしれないが、巨鬼とは元来そういう種族なのだ。むしろ同属以外に好敵手が生まれづらいからか、巨鬼狩りをやり始めてた挙げ句、多部族連合結成から同種族戦争に発展、最終的に根絶やしにされた部族が実存する歴史を知っている身としては強く否定できないのがね……。

「そしてフィデリオ……彼奴《あやつ》には貸しも借りも山ほどあるが……如何《いかん》せん政治を全く頓着せぬ」

これにも口を噤《つぐ》む他なかった。

あのお人、個体戦闘力が高すぎる上に高潔な人柄だから、セコセコ生きてる人間の心がイマイチ分かってない節があるんだよな。

勿論《もちろん》、考えなしじゃないんだ。ただ、被害がより少なくて済む妥協点を敵と探り合って、痛み分けで終わらせるようなことはしない。断固として、絶対に。

できないんじゃなくてしないのだ。

もし仮に悪魔の首魁《しゆかい》が政治的に〝今殺すと都合の悪い人間〟だったとしても、悪徳を拡散し不義をなし続ける限り聖者は絶対に妥協しない。

ギリギリの線が、存在していることが辛うじてまだマシというバルドゥル氏族なので、今回はどれだけ理由があってもなぁなぁに終わらせてはくれまい。

特に今は絶対に駄目だ。子供が生まれたばかりの獅子《しし》よりも敏感になっている。

最終的に死人は少なく終わりますから、なんて生温《なまぬる》い説得が通るはずもなし。

「悪い人間ではないのだが、政には全く使えぬ。むしろ関わらせぬが吉と見て遠ざけていた」

今の一言で眉根に皺《しわ》が寄ってしまった。

何だ、この物言いでは……。

「断っておくが、確かに陰謀の存在は知っていた。だが、卿が〝悪魔〟と仮称するような集団には行き着いていなかったぞ」

「では、組合長は足下が危ういことを存じた上で、我々の裁量権に任せていたというのですか」

「当たり前だろう。流石《さすが》にこれだけ薬が出回って尚《なお》も分かっていなかったら、私は明日から無能の看板を首から提げて生きねばならない」

マクシーネ殿は冒険者の長《おさ》。〝酔狂のフーベルトゥス〟が付き従っていることから分かるが、所属は冒険者のままだが実質的な子飼いが幾らでもいるのだろう。そうなると確かに何も手を打っていないのはおかしい。

私が知ることのできない領域で――マルスハイムの政治具合には明るくないのだ――派手に動けぬ理由でもあったのだろうか。

「だが、卿が率先して動き、動機を作ってくれたおかげで私も動けるようになった。内々にであっても名目というのは大事なのだ」

「腹を探られた時に痛い腫瘍は誰とて持ちたくないものですからねぇ……」

ああ、お題目、またかクソッタレ。理解はするし納得もするが感情的に咀嚼《そしゃく》できかねぬ道理。

私達のような冒険者は、巨大な敵を滅ぼすことができました、めでたしめでたしと簡単に卓を締めくくることができるけれど、公の立場がある人間はそうもいかん。

事情をよく知らない阿呆《あほう》から、後出しで「これ独断専行では？　違法行為じゃない？」と揚げ足を取られては、大団円どころではなくなるからな。

責任者は責任を取るためにいるもんだとしても、要らん詰め腹は斬らされたくなかろうて。

「故に死ぬな。卿が死ねば冒険者の連帯が断たれる。私としては敵が離間の計に舵《かじ》を切るのが最も困る」

「切り崩しに掛かろうにも、私が楔《くさび》になっているからこそ派手に動けるということですね」

「むしろ、我等《われら》にとっては鎹《かすがい》だな」

それはまた大層な評価で。

私は私で同業者と仲良くした上で、効率的に事態を終息に導けないかと足掻いていただけなんだけども。

とはいえ、偉い人から面と向かってお前が大事だと褒められるのは悪い気分じゃないな。お小遣いと人事査定は貰《もら》えるだけ貰っとけってお婆《ばあ》ちゃんも言ってた。

「では、精々大事な殻を繋《つな》いでみせましょう。私としてはマルスハイムが平穏であればあるだけ、安心して遠出ができますからね」

だから、柄ではないけど見栄《みえ》の一つも切ってみせましょうかね。

「奮戦に、そして何より生還に期待する。卿の重要性を見抜いているのが私だけとは限らないからな」

「重々覚悟して戦に臨みます。では、明日は吉報をお待ちください」

精一杯格好《かっこよ》く見える笑顔を残し、私は部屋を後にした。

ただ、その時に気付いておくべきだったのかもしれない。

組合長が私の存在が連携の要だと言ったのは、そのまま私自身が弱点でもあるということ。

こういうやり取りを私達《たち》の界隈《かいわい》、否、世間ではフラグというのだろう…………。


【Tips】冒険者という職は、人事に国の意向が反映されようが究極的には国家に依存しない。極論なれど、統治者が誰であっても構わないという姿勢の冒険者も少なくないのだ。


「良かったぁ！　本当に良かったぁ!!」

「兄ぃ！　俺ぁ、俺ぁ信じてましたよ!!」

自分より上背《タッパ》が頭一個分以上高い男に泣きすがられるのは、ともすれば袋だたきにされるよりしんどいなとジークフリートは心から思った。

さぁ、演技の時間は終わりである、そう腹を括《くく》って下手くそな脚本を招集した剣友会の会員達に暴露した結果、彼を待っていたのは鉄拳でも靴底でも、況《ま》してや刃でもなく抱擁と熱い涙であった。

「まぁ、そういうことで、俺はマルスハイムのためお前らを騙《だま》した。不義理だと詰ってくれても……」

殴ってくれても構わない、なんて続けようとしたジークフリートを最初に抱きしめたのは最古参の一人、人狼《ヴァラヴォルフ》のマチュー。脱力した膝から一気に力を込めて瞬発力の高い踏み込みは、戦闘経験を積んだ英雄志願であっても一瞬姿を見逃す鋭さ。

首に回される腕の分厚さと、服からはみ出した毛皮に顔が埋もれた感想は、酷《ひど》く硬くて漢《オトコ》臭い。

「うぉぉぉぉん、兄ぃ！　ジークフリートの兄ぃ!!」

続いての衝撃は、僅か一呼吸の後に人狼《ヴァラヴォルフ》が飛びかかった対面の左に来た。同じく最古参、牛躰人《アウズフムラ》のエタン。彼も腰を落として目標ごと地面に倒れ込む、猛牛でさえ舌を巻こう勢いで副頭目に抱きついて……いや、組み付いていた。

「ぐぇっ!?　ちょっ、ばっ、テメッ……」

小さな副頭目の背が仰け反り、辛うじて反射が間に合って力が入った四肢の勢いで靴が鳴る。靴底が強く擦《こす》れ、銀雪の狼《おおかみ》酒房にて借りた一室の床が重圧で割れる。

それもそうだ。マチュー、エタン共に体高は二m近くあり、更には牛躰人《アウズフムラ》は長身に見合った分厚い肉体の重量が一五〇kgを優に超えている。この重みを受けて折れていない時点でジークフリートの頑強さも凄《すさ》まじいが、残念ながら床の方は尋常そのものの造り。

「おちつ……おあぁぁ!?」

更に後発組の会員が飛びついたことで、当然の帰結としてギリギリまで頑張っていた床板に限界が訪れる。破滅的な音を立てて、離反したフリをしていた副頭目の足が足首まで

め り込み、遂《つい》に体幹を維持できなくなって一塊に倒れ伏した。

エーリヒは一瞬だが将棋倒しになった面々の底にいる戦友が死んだのではと――巨軀《きょく》二人と成人男性数人は、人間を圧死させるに十分な重みだ――心配したが、折り重なる会員の合間から覗《のぞ》く手足がジタバタしているのみならず、元気に悪態を叫んでいたので一歩踏み出しかけた足を止めた。

「何ともまぁ、家《うち》の副頭目は人望が篤《あつ》いなぁ……」

助けに入ろうと伸ばそうとしていた手が、代わりに頭に伸びて二つ名の元になった髪を梳《す》いた。その目はあまりに気安い配下からの慕われ様を羨んでいるかのようだ。

「ジークフリートの兄ぃは俺達にも気安いですから。だから、俺達からも絡みやすいなって」

その隣で微笑《ほほえ》んでいるのは、一足先に剣友会に舞い戻ったヘリットだ。

彼はジークフリートの手助け以外にも様々な方面で働いていた。

一つは自分の父親を通して〝剣友会に都合の良い貴族〟を先回りして濡《ぬ》れ衣《ぎぬ》の危機から救う橋渡しをしたこと。さしものエーリヒでも政治的な後ろ盾や後援もなしに大立ち回りはできぬ故、支援者を獲得するのに丁度良かったのである。

このコネクションは明日の襲撃でも十全に活《い》かされる。マクシーネを通して話が通り、払暁から数刻は如何《いか》なる蛮行も衛兵が見逃す手筈《てはず》になっているのだ。

仮に拠点を襲う包囲から敵が逃げ出し、大路に飛び出して叫び回ろうと衛兵は助けも止めもしない。誰かがトドメを刺すべく背中を踏みつけにして、刃を突き立てようと。

余人の権利を害するならば、権力に粉を掛けておくのは必須だ。エーリヒは今まで公権力が発する依頼を選ぶことで手間を省いてきたが、必要とあれば労力を惜しまないだけの勤勉さを持っている。

しかも今回は、既に恩に着せている相手がいるからやりやすい。失職するかもしれないような窮地を救われたなら、衛兵隊の長官だろうが最先任十卒長だろうが黙らせることは簡単だ。

そしてもう一つ、ヘリットは目端が利くだけではなく気配りもできた。エーリヒ達が秘密の会合に参加している間に会員達に秘密を打ち明け、恨まれ役《ヘイト》を買って出たのだ。

一応、エーリヒは重ねてヘリットが密偵に入ったことが悪いのではないと訂正しているが、彼の認知が及ぶ範囲において自分が悪であることは変えられない。純朴な貴種落胤《らくいん》の少年にとって、名を偽り、頭目の活動を報告することは密告であり裏切りに他ならないのだ。

なればこそヘリットは禊《みそ》ぎとして、一足先に帰還を許された塒《ねぐら》にて全てを打ち明けたのである。頭目や副頭目の代わりに殴られて場を納めるべく。

とはいえエーリヒが「いや、そんな理由と目的なら……」と容れたように、会員達も貴族の落胤が内偵をしたくらいのことで怒りはしなかった。

何と言っても同じ皿の粥《かゆ》を啜《すす》るのみならず、同じ相手に同じ時間に同じ土を舐《な》めさせられて、いっそ殺された方が楽そうなシゴキを共に乗り越えた相手なのだ。

　血を見る仕事で肩を並べた戦友への心理的な障壁はいや薄く、むしろ親父《おやじ》から無茶な仕事を頼まれたものだなんて同情を買ったのは余談である。

「なんだい、私はそんなに親しみづらいか？」

　そんな彼だからか、頭目から捕りづらい球を放られても真面目に捕ろうとしてしまうのは。

　世間一般ではこれをウザ絡み、少し形式張るとパワハラと形容する。

「あっ、いや、何と言うか旦那は畏れ多いというか……」

「畏れも何も、生まれで言ったらむしろ君の方が高貴だろうに。私は由緒正しい農民の小《こ》倅《せがれ》だし、年齢だって幾つも違うまいに」

　口の端を尖《とが》らせて子供っぽく振る舞われても、様々な常時発動型の特性、そして何よりも自分達では何をしても殺せなさそうな剣の腕前が気になって雑に接しづらい。

　ジークフリートにもボッコボコにされているのは事実なのだが、副頭目の方は何と言うか隙が多いのもあって、尊崇より先に親しみが感じられる。

　喩《たと》えるならば、両者は猟犬と狼くらい違う。前者は散歩している時に見かけたら可愛《かわい》くも感じるやもしれぬが、常時剣気を纏《まと》った狼がさも人なつっこいですと仰向《あおむ》けに腹を見せたところで、その腹を遠慮なく撫《な》でられる人間は少なかろう。

「そりゃあちょっとは人を斬る腕と経験は勝ってるだろうが、私だってまだ冒険者やってだが、この金髪は自分が作った構築《ビルド》を忘れて――しかも、この期に及んで〈絶対の風格《カリスマ》〉などを買おうと考えている――肩の一つも組んでくれて構わないのにと宣《のたま》うのだ。

「一年と少しだぞ？」

それがどれだけの覚悟と勇気が必要なのか自覚もせずに。

「えーと、その、あー、いやホント何と言うか」

エーリヒの感性は根本的に前世のそれから差して変わっておらず、生涯を通じて耽溺《たんでき》し、同時に今も形を変えて愛している趣味を愉《たの》しんだ古巣《サークル》を忘れていない。基本的に上も下も緩い繋がりで、放言暴言も度を超えなければ憚《はばか》ることもなく、煽《あお》ったら煽られるの精神で気楽な大学生同士がじゃれ合っていた環境こそがエーリヒの最も愛する空気。

然《しか》しながらＴＲＰＧで遊ぶサークルと、斬った張ったで飯を食い、先輩から鍛錬でボコられる剣友会で同じ雰囲気になるはずもなし。

懐かしの場所と同じノリで戯れてくれと頼まれようが、会員としては困るだけなのだ。

「だぁっ、いい加減どけテメェ等！　誰が集団鎮圧の訓練を始めろつった!!」

形容しがたい肉を打つ音がヘリットを助けた。いい加減、大の男が何人も乗っかっている重圧に耐えかねたジークフリートが実力行使に出たのだ。

肘や膝、人をぶん殴っても痛くない部位を振るって――勿論《もちろん》殴った側が――会員達を吹き飛ばしたジークフリートが立ち上がると、その姿は普通に殴って貰った方がマシなくらいに草臥《くたび》れていた。

まるで加減を知らぬ子供の群れに放り込まれた仔猫《こねこ》のようだ。衣服は肩口が取れ掛かっているし、元から野放図にピンピン跳ねている髪はボサボサの極み。挙げ句、倒れた時に誰かの肩がめり込んだのか頬は薄《うっす》らと青い打撲色に染まっていた。

「窒息するかと思ったぞ！」

「兄ぃ、でも兄ぃ、俺らは、俺らは本当に心配でぇ……」

正座させられる剣友会一同は心の底からジークフリートの帰還を喜んでいた。

彼等はエーリヒとジークフリート、二人が揃《そろ》って戯《ざ》れながら、しかし真剣に冒険者として鍛えてくれる場所を愛していたからだ。

ただ活動を助けてくれるからでもなく、高位の依頼を斡旋《あっせん》してくれるからでもなく、この二人がいる剣友会だったからこそ楽しかった。血と泥に青春を捧《ささ》げ、その末に討ち死にすることになっても悔いはない場所として。

そんな彼等だったからこそ、二人の下手な芝居、親しみのある副頭目が〝薬の元締め〟に堕《お》ちたなどという展開が耐えられなかったのである。

もし仮にこの状況があと半月も続いたならば、いたたまれなくて脱退を望む会員がいたであろう程に。

「あー、クソッ、そりゃ俺が悪かったよ！　思いつきでやった俺が悪かった！　けど泣くな！　あと床の修繕費は全員で俺と折半だからな!!」

「兄ぃ……」

「ふふ、ディーくん、嬉《うれ》しそう」

謝罪をするべきなのに何故《なぜ》か説教をすることになったジークフリートであったが、口の端が少しだけ上がっていることを相方のカーヤは見逃さなかった。

「かっ、カーヤ！」

「ディーくんだって寂しかったもんね。みんなとお稽古したり、お仕事するの楽しそうだったから」

「いっ、言うんじゃねぇ!!」

そして、副頭目が配下に慕われる一番の理由。

それは彼も共にいることを楽しそうにしているから。同じ場でつまらなそうに振る舞われて気分が悪くなる人間はいても、心底愉快そうに鍛錬でも仕事でも一緒にやってくれる人間を愛せずにいられようか。

「兄ぃ、兄ぃー!!」

「だぁ、寄ってくんなエタン！　熱っ苦しいんだよ！　マチュー！　テメェも立つな！　もっぺん正座させられてぇか!!」

屈託なく慕われていることに喜びを示し、態度で返すからこそ副頭目は愛される。苦境とあれば表情を歪《ゆが》めることもあるし、一緒に酒で酔い潰れもする。

その点、エーリヒは剣舞以外で負けるところを見せたことはないし、どれだけ大酒をカッ喰《く》らっても平然と微笑んで佇《たたず》むばかり。些《いささ》か超然とし過ぎていて、頼り甲斐《がい》はあるが心安い間柄になるのは難しかろうて。

どんな界隈《かいわい》でも、少しは隙がある方が可愛げも出るものなのだから。

「あー……カーヤの姐《あね》さん、前から不思議だったんすけど……」

またジークフリートに絡みに行こうとして取っ組み合いになっているエタンとマチューを余所《よそ》に、大人しく正座していたマルタンが小さく手を上げた。

「何時《いつ》も兄ぃのことディーくんって呼びますけど、何の愛称っすか？　俺、旦那からちょっと字を習いはしましたけど、ジークフリートって綴《つづ》りでそう発音する部分ねぇっすよね。もしかして上古語の呼び方だったりします？」

何気ない質問は、副頭目が帰ってきて気が緩んだから飛び出たのか。人狼《ヴァラヴォルフ》の腿《もも》を踏んで押しのけ、牛躰人《アウズフムラ》の頭を掌で押し返そうとしていた少年の動きが止まる。

そこに触れるのかと。

むしろ若干名は今更？　とまで思っただろうが。

「ふふ、それはね、私を冒険に誘ってくれた人はディルクだから」

「え？　カーヤの姐さんは兄ぃと一緒に冒険者になったって……」

「あー、言っちゃうのか、言っちゃうのかいそれ、しかもこの場で」

あちゃーとばかりに掌を額に添え、軽く天を仰ぐエーリヒ。今まで気を遣って、それとなく話題を逸《そ》らしたり、声をかけたりして名前と等号で結べない愛称の真相がバレないようにしてやっていたというのに。

下手に字を教えたのが良くなかったのかもしれない。俺くらいは旦那の補佐ができるようしっかりせねばと、座学にも熱心に取り組んでいたマルタンは何か悪いことでもしてしまったのではないかと慌て始める。

「だから、カーヤ！　ジークフリートと呼べ！　せめてジークにしてくれ!!」

「やーだ。そんな人知りません」

血相を変えて相方に縋《すが》り付かれても、薬草医は悪戯《いたずら》っぽく笑うばかり。

これはきっと、彼女なりの意趣返しなのだろう。汚れ仕事をするために、一度自分を置いて行くなんて勝手をした相方への。

男は浪漫《ろまん》に酔って好いた相手を置いて行こうとするが、地獄の果てでも供をしたいのが信条であることを忘れがちだ。ことカーヤに及んでは、家名も何もかもを擲《なげう》って煤《すす》を被《かぶ》ってくれたというのに。

「え……兄ぃのジークフリートって本名じゃねぇの……？」

「お、俺はてっきり兄ぃもどっかで貴種の血が入ってるものだとばかり」

これにには同行したカーステンとヘリットも驚きを隠せずにいた。特に後者は平民が子供に付けて良いような名前でもないため、自分と似た境遇だと思っていたらしい。

「じゃあディーの兄ぃなのか」

「あー……たしかにジークの兄ぃよりは口に馴染《なじ》むよなぁ」

「略すと勝利《Sieg》だぜ？　たしかにちょっと俗っぽいよな」

「テメェらぁ!!　ジークフリート！　ジークフリートと呼べっ!!」

副頭目は自分が描く〝格好《かっこ》好《い》い冒険者〟の印象を守るため火消しに回ったが、時既に遅し。

決起の夜は演説も酒もなく、ただ我等《われら》が愛すべき副頭目を古参がディーの兄ぃと揶揄《からか》うようになって更けていった………。


【Tips】好感とは概して同じ高さに立ってくれる人間に対して抱ける感情である。


唐突だが、サプライズ・ニンジャ理論なる概念を思い出した。

作劇の教え《インストラクション》だが、かなりかいつまんで説明するならば、突然ニンジャが乱入してきて登場人物を皆殺しにした方が面白い脚本だったら練り直せと戒める警句だ。

なんでこんなことを思い出したかっていうと、今ちょうどニンジャに襲われた側の気分だから。

頭上から行われた突然の強襲は、私から言わせれば何の脈絡もなさ過ぎて一瞬呆気《あっけ》に取られてしまった。

何せ払暁の半刻前に襲撃場所を指示され、移動と包囲に駆けずり回り、まんじりともせず陽《ひ》と夜が溶け合う黎明《れいめい》を待って襲撃を敢行したのに不意打ち《アンブッシュ》を食らったのだ。

しかも、何となーく嫌な予感がしたので私が脳内で「開けろ！　MSPD《マルスハイム市警》だ！」とか意気揚々と脳内絶叫《シャウト》と共に扉を斬り飛ばして侵入した直後、戸口の頭上から降ってくるんだから意味が分からなかった。

〈常在戦場〉で不意打ちへの耐性を高めていなければ、私は無音無言で降って来た黒衣の人物に対応できず、恐ろしく鋭い手刀で頭頂から真っ二つにされていただろう。

室内は灯《あか》りが焚《た》かれていないことと、外からの光が入りきらないこともあり姿は判然としない。

ただ致命の予感を背筋がビリつくほど感じるだけ。

「ちぃっ、し損じたか！」

掲げた〝送り狼《シュッツヴォルフ》〟にて手刀を防いだが、弾《はじ》き飛ばすことはできなかった。相手が防がれると判断すると同時、精妙極まる動作にて力を弱めて間合いを開かなかったのだ。

正に一寸《ワンインチ》、私が得手とする剣の間合いの内側。

そりゃ不意打ちは一度までとは決まっているらしいが、そのまま居座るのはやめてくれんかね!?

「イイイヤァァァァ!!」

疾《はや》い！　踏み込みをせず、腰から腿を捻《ひね》り上体を捻転させ放つ突きなのに、一撃で殺される予感がビンビンする。しかも入り口を潜《くぐ》った直後の上、敵の嫌《いや》がらせか予《あらかじ》め天井に達するよう左右にも木箱が積んであって逃げ場がない！　後ろには雪崩《なだ》れ込むべく会員達《たち》が詰めていて、退《ひ》けば彼等がこの襲撃者に襲われる。

移動する余地がないし、前にも進めない。

コイツ、慣れてる。剣士が嫌がる戦法を知悉《ちしつ》しているのだ。

「エーリヒ!?」

「マルギット、全員連れて下がれ!! 手練《てだ》れだぞ!!」

首を狙った手刀を――鎧《よろい》の間を狙っている。装甲点で受けるのは無理だ――咄嗟《とっさ》に腕を畳んで短く取った剣の柄《つか》で受け流し、返す左を兜《かぶと》の額で受け止める。掠《かす》めるような軌道で逸らしたが、緒をキチンと通して固定していたから首に伝わる衝撃で装甲表面が削れているのが分かった。

その上、間合いが動かない。両足の先を地面に食い込ませたまま、万全で剣を振るえない超至近距離に居座るつもりか。

クソッタレ! この状態では弾いてからの逆撃も狙えん! 連撃が素早すぎて柄で殴り返すのも無理だ。

しかも、第二撃を受け止めた柄の手触りが微《かす》かに変化した。

茎を覆う拵《こしら》えの木材が〝蕩《とろ》けて垂れている〟のだ。

酸、いや強力な毒気。これでもう突かれても死なない場所で受け止める選択肢はなくなった。

何せカーヤ嬢は第二班を率いているジークフリートについて、ここから遠い別の拠点襲撃に回っている。

受ければ死ぬだろう。毒が入った瞬間、私が動けなくなるまで延々と退《ひ》き撃《う》ちに徹するような戦法をとられれば詰む。

となると、この唐突に現れた死地を今の手札で捲《まく》らにゃならん訳か。

上等！

「むっ……」

凜《りん》と低い声が驚いているのが分かる。

それもそうだろう、剣士が進んで剣を捨てたのだ。しかも、脇に突き込んでこようとする手刀を一撃逸らせればいいとばかりに、溢《あふ》れたような落とし方をしてだ。

連続して飛んで来た右の貫手《ぬきて》を手の甲で弾き、右手を振り抜く。

掌中にあるのは、裾に仕込み最低出力の〈見えざる手〉で滑り込ませた〝妖精《アールヴ》のナイフ〟。射程が短いことと、装甲点を問答無用で無視する剣の腕を鈍らせかねぬ得物であるため多用してこなかったが、呼気を嗅げるような間合いと狭さでは此方《こちら》の方が秀でている。

顎を狩るように肘を畳み気味に放つ斬撃は、必殺の予感があったが……上手《うま》く決まらなかった。

剣を捨てることで破れかぶれの組み討ちに入るかのように見せかけていたが、読み切られて受け止められたのだ。

広げた左の五指、その中指と薬指の狭間《はざま》で刃を避けるよう、突き上げた拳が綺麗《きれい》に止められてしまった。

じくりと革の手袋が蕩けはじめ、手の甲を守る装甲が腐れる。くそ、毒手かよ。穿《は》いている手袋に浸したのか手自体から滲《にじ》んでいるのか知らんが、煮革と金属を溶かすって何だよ。

だが、暗さと黒い服で輪郭がぼやけて分からないものの上背は普通の人類。幾ら私が小兵とはいえど、一撃で轢殺《れきさつ》してこないような体軀《たいく》の相手なら押し合いにも余裕が……。

「っ……!?」

嫌な気配。幾度も殺し合いを経たからこそ感ぜられる。抗《あらが》わねば死ぬ、今の手は拙《まず》いという敗着の汚臭。

膨大な魔力が渦巻く気配を感じた。発散ではない、体の裡《うち》で練る気配。

私は無意識にか、次の瞬間には妖精《アールヴ》のナイフを握った拳を膝で跳ね上げようと力を込めていた体の力を抜いていた。

姿勢が崩れる。摑《つか》まれた右手を体術によって揺さぶられ、このままでは折れることを察知して強《こわ》ばろうとする肉体の反射を利用した崩し。

そのまま須臾《しゆゆ》の素早さで短刀を放した左手が首に伸びてきたので、顎を引き首甲と兜を組み合わせて急所を守れば、敵は突き殺せぬと見たのか襟を引っ摑んできたではないか。

浮遊感。投げられたと認識した時には既に私の体は虚空にあった。

建物の内部、何でもなさそうな手狭な倉庫の中へと投げ込まれたのだ。

何たる業前！〈戦場刀法〉にて殴り合いも組み討ちも相応に鍛えた私が反応《リアクション》すらできずに投げられるとは！

しかも、恐るべき膂力《りょりょく》。背こそ低いものの完全武装で鎧を着込んだ私は軽く八〇kg以上あろうに背丈の倍ほどの高さに放られていた。

これは先程感じた術式が、極めて高度な身体強化をもたらしたからのはず。

然《さ》もなくば、ようよう差し込んできた朝日に晒《さら》される、奇妙な似合い方をした童女めいた夜会服の痩軀《そうく》に技量だけでやられたことになる。

だとしたら達人も達人、紛れもない〈神域《スケールⅨ》〉の住人ではないか。

ふっざけんな！　こんなお遣いみたいな仕事で湧いて良い敵じゃねぇぞ！　誰だ道中表転がしたヤツ!!

しかも、空中という身動きができない場所に放られたのを良いことに四方八方から飛び道具が襲いかかって来るではないか。

殺気は薄く鈍いが、空気を裂く気配までは殺せない。下方から投げ弩弓《クロスボウ》が四本と分銅付きの鋼線が一本の計五発、そして上から飛びかかってくる気配が二つ。

この連携に薄い殺気、覚えがある。

シュネーを殺そうとしていた刺客。ここで来るのかよ。しかも、前と違って面子《メンツ》がガチ構成じゃない時に。

挙げ句、強制的に移動させて一瞬だが孤立の状況を作り出し、確実に私一人殺せれば上等の布陣を練ってきた?

冗談が過ぎるぞ。私が一体何をしたというのだ。ちょっと悪魔の拠点を焼く計画立案をしただけだし、何でもアリな冒険者の中でも控えめで邪悪ではない方だぞ!

〈雷光反射〉によって体感時間が引き延ばされていても、ぶつくさ脳内で文句を練っている余裕もない。

こりゃちょっとマジにならないと本当に死ぬな。

空中で体を捩《よじ》り、足が天を向く地点で〈見えざる手〉を展開。即席の足場として跳ね、ほぼ同時に着弾するはずだった攻撃の飛来地点から脱することで回避。

さしもの相手も空中で跳ばれることは予測していなかったのか、辛うじて纏《まと》めて回避できたものの誤射まではしてくれなかった。万が一を考えて、躱《かわ》された時にお互いの射線が重ならぬよう注意していたようだ。

跳躍の勢いを殺さぬよう掌から着地、肘、肩、頭頂と順に着地して前転。余勢で以《もっ》て立ち上がり迷いなく駆け出す。

狙いは弩弓《クロスボウ》が飛んで来た方向。お前は見て知ってる、四腕人《ヴィアマン》だろう。腕が四本あろうが、同時に放てば再装塡まで時間がかかる!

踏み込み一つで二〇歩を駆け抜け接敵、武器を取り寄せる暇も惜しみ満身の力を込めた拳を頭巾の暗がりを掘り返す勢いで送り出す。

相手も射撃ばかりではなく格闘の心得もあるのか弩弓《クロスボウ》を手放して反撃しようとしてくる

が、ちと遅い。手の甲を守る手甲の装甲で殴りつけてやれば、鋼板越しに硬いが柔らかい軟骨、そして歯を砕いた確かな手応えが返ってきた。

殴られた衝撃で背後に倒れていく四腕人《ヴィアマン》に追撃を入れたかったが、欲張ってはいられない。背後から矮軀《わいく》の影が投石器から撃ち出されたかの如《ごと》き勢いで、両の逆手に持った剣を振るい首を狙っていたのだ。

右を強く振り抜くため反作用を狙って引いた左腕の勢いを用い、軸足を基点に半回転。膝の力を抜いて体を縮め、突撃しつつの斬撃が狙っていた首の位置を大きく外させる。

避けられると察したようだが、交錯の瞬間に私はもう相手を逃がさず体を隠す大外套《おおがいとう》の裾を引っ摑んでいた。

「……軽いな」

そのまま勢いよく振り回し、支援するため再度の跳躍から斬りかからんとしていた蟷螂人《マンティエダ》に叩《たた》き付ける！

「きゃっ……」

「ガッ……!?」

速度あるものがお互いに近づきながらぶつかれば、合成速度によって凄《すさ》まじい火力を発揮するのは良く知られたことだ。一方が私の半分くらいしかなさそうな矮軀であろうと、輪郭が霞《かす》むほどの素早さで斬りかかってくる熱量を借りれば、翅《はね》を伸ばして跳ぶ蟷螂人《マンティエダ》を弾き落として尚《なお》もおつりが来る。

とはいえ、まだ囲まれてるし、誰も無力化できていない。

ああ、自信なくすなぁ、武器まで捨てる博打《ばくち》を打って一人も殺せてないとか。

しかも四腕人《ヴィアマン》を殴っていた時、入り口の方で木箱が崩れる音がした。戸口で伏撃をかけてきたヤツが後続を断つために木箱を崩しやがったのだ。

ああ、もう、時間を稼がれた。マルギットが助けに来てくれるまで一人かよ。

こちとら冒険者、群にて自分より一廻《ひとまわ》りも二廻りも強大な敵を討つことを根幹に置いた連中なんだ。一撃で殺しきれない同格がそれ以上の相手を五倍も相手してたらどうしようもねぇぞ。

「やるな、貴公。拙下が万全の連携で殺し損ねたのは久方ぶりだ。些《いささ》か自信をなくすぞ」

まだ〝奥の手〟は晒したくないから予備武装の短刀を腰裏から引き抜いていると、夜会服の女が手の甲から木箱の屑《くず》を払いながら前進してきた。

手酷《てひど》い反撃を受けた味方が体勢を取り戻すまでの時間稼ぎをしたいのか。

ぬぅー、乗るのは業腹だが、私も息を整え短刀を構えたいので仕方ない。

「だが、得られた物もある。貴公、ただの剣士ではあるまい」

不意打ちの静けさが嘘《うそ》のような――マルギットが外から気配を探った限りでは、上で寝ている馬鹿以外の人気はなかったはずだ――態《わざ》とらしい木の靴底を鳴らして歩み寄る姿は、少し余裕ができてやっとヒト種《メンシュ》だと分かる。

しかし、凄《すご》い着飾り方《センス》だな。ゴスロリチックな被服に長手袋と膝丈の長靴で飾った長駆、それに頬に鈴蘭《すずらん》の刺青を入れた前髪パッツンの乳があるイケメンとか。属性過積載過ぎて脳味噌《のうみそ》が咀嚼《そしゃく》するまで時間がかかったじゃねぇか。

「拙下と似たやり口だな。魔導を研鑽《けんさん》するのではなく、ただ使う人間の匂いがする」

「さて、どうだろうね。持てる物を持てるだけ持ち歩く気質でね」

しかも、絞りに絞った魔導反応を拾われた。

ああ、畜生、ありゃ私の同類じゃないか。純然たる自分の技量を魔導によって底上げする軽戦士。

しかも徒手型《グラップラー》。大好きだが最悪だ。偏執的に構築されたら一撃のデカさがヤバいことに定評があるやつだ。前世で何度も組んだから知ってるよ、私は詳しいんだ。

これは私が好きだったシステムに準《なぞら》えて適当言っている訳ではない。投げ飛ばされる寸前に溢れた魔導反応、高価そうだが見た目は普通の手袋からして、素の技量に魔法を乗せているのは明白だ。

革や木すら侵す毒手なぞ、可憐《かれん》な見た目の癖して強烈な毒を持つ鈴蘭の意匠に似合いすぎではないか。

必殺の拳に必殺の属性を載せるとか殺意がエグい。しかも見た目が強烈なのもあって、刺さる人には何処《どこ》までも刺さっていきそうな風情がなんとも言えないね。

さぁて、ほんとどうしようか。もつれ合っていた小柄な外套と蟷螂人《マンティエダ》が起き上がり、後ろでは血と歯を吐き出す音がする。

ん？　よく見たら投げ飛ばした小柄な敵の頭巾が外れていた。布の下にねじ込まれていた長い耳がぴょこんと立ち上がり、兎《うさぎ》の顔が露《あら》わになったではないか。

なるほど、ありゃ兎走人《ハーゼニアン》だ。亜人種の中でもとみに瞬発力が発達した人種であるなら、あの砲弾めいた速度を発揮できたのに頷《うなず》ける。

そして、奥で逃がすまいと鋼線を綾取《あやと》りを思わせる手付きで編んで網を作っているのは、大型の蜘蛛人《アラクネ》と。

ああ、もう、どれもこれも殺し合いでは文句なしの強種族だ。もしもヒト種《メンシュ》に生まれ落ちる定めではなく、種族から選ばせてくれるなら考慮に入れるほど生まれながらの強力な特性に恵まれた者達《たち》。

「まぁ、どうあれ構わん。悪いが貴公にだけは何があっても死んで貰《もら》う」

「態々《わざわざ》口にされないでも、その手のお誘いには慣れてるよ」

然れど、一番ヤバいと分かる雰囲気を漲《みなぎ》らせているのが目の前の同属なのが何より怖い。相性が悪そうなのもあるが、一対一でも殺せるかどうか。しかも本気で遠慮なしに全部ぶちまけて。

魔法使いの技は初見殺しにして分からん殺しでなければならない。脳裏に響くアグリッピナ氏の教えに基づくなら、見せてきた札は序の口といったところだろう。

いや、むしろ毒手を恐れて回避にばかり専念させる見せ札であるのかもしれない。

もしも、かもしれない、おそらく、それを大量に積み重ねさせて思考を迷わせるのが魔法使いの正道だそうだが、その点彼女は完璧にやれていると評価して差し支えなかろう。

となると、あの似合ってるけど似合ってない服装といい、派手な刺青やピアスといい、見た目で驚かせて交渉や戦闘を有利に運ぶためにやっている節もあろう。本物の戦闘巧者にして、裏で蠢《うごめ》くことに特化した構築の前衛魔法使いね。

よし、決めた。こりゃ駄目だ、戦の目的が変わった。

「で、私を簡単に殺せると思ってるなら評価を改めた方が良い」

拠点を潰すよりも生き残ることを優先しろ、シーンを切り替えたGM《ゲームマスター》がそう言っているに等しい状況だ。

増援が来るのに時間がかかり、況《ま》してや単身で損害なく殺せそうにない場面で、君の独演会だと告げられたら嫌でも察するわな。

ボス級エネミーの顔見せをしたかったんやなぁって。

無論、相手は私を本気で殺しに来てるから斯様《かよう》な思惑は存在せず、自分で緊張を解《ほぐ》すだけの思考遊びに過ぎないんだけどね。もし本当にこれが卓ならば、長調子で敵の説明をするGM《ゲームマスター》が頑張って考えたんやろなぁ……なんて努力を慮《おもんぱか》りノってやるところなんだけども。

組合長は仰《おつしや》った。今私が死ぬのが一番拙いと。今日の襲撃を冒険者達は仕果たすであろうが、その先が滞ってしまう。

相手は何かしら、自分の裁量権が許す限りの無茶をして最適解を打ちに来たのだろう。

私をここで殺せさえすれば、色々な帳尻が合うと。

だから、この戦闘での絶対条件は死なないこと。努力目標は負傷しても直《す》ぐに戦線復帰可能な状態で逃げおおせることってあたりだな。

小さな金属音。四腕人《ヴィアマン》が起き上がりざまに武装を引き抜こうとして、何かの金具を外したのだろう。

それが第二戦《ラウンド》開始の合図だった。

まず最初に襲いかかってきたのは虚空を裂いて飛来する鉄杭《てっくい》。棒手裏剣と形容するのに近い、人差し指ほどの大きさがある投擲《とうてき》武器が魔法使いの手から放られていた。

クソ、疾《はや》い、私より先手を取ってくるってことは、平然と準備段階《セットアップ》で動ける上に行動値が素で上回られていることの証左に他ならぬ。

しかも〈雷光反射〉がなければ、一本目の軌道に隠された〝二本目の鉄杭〟に気付けなかっただろう。魔導の腕のみならず、格闘戦を行う戦士として普通に卓越した技量を持っているのだ。

版上げに伴って戦士は投擲技能を没収されたんじゃなかったっけ？　などと頭の悪いことを考えて恐怖を鎮め、胸に向かって飛んで来る一本目を半身になることで回避。二本目は足を狙っていたので、短刀ではじき返す。

その際、腰から膝にかけて力を順に抜いて溜《た》めを作り、外に近い左に体を振る……牽制《けんせい》を挟んで、倉庫の奥へと勢いよく走り出した。

「ほぅ！　そうくるか!!」

私が避けるべきは死ぬことだが、下手に外に出てこの化物五人を剣友会の会員にぶつけさせないのが努力目標。

皆、鍛錬を積んで剣士として仕上がってきているが、これだけの理不尽に対抗できるようにはなっていないからな。

私はあくまで共に冒険ができ、道を助けてくれる後輩を集めただけであって、一山幾らで損害《ダメージ》を肩代わりしてくれる賑やかし《トループモブ》として纏めた訳ではないのだ。

こんなところで〝突然の死！〟などと理不尽を押しつけては、頭目の名も廃ろうもの。

だから私の退避先は手前ではなく奥だ。倉庫の奥、対面側の小窓か扉を使い、引っかき回す。

やり口と構築からして連中は目立つことを嫌うだろう。目撃者を片っ端から殺して回る訳にも行かぬだろうから、通りに逃げれば追撃まではしてこないやもしれん。

それに、こんな暗い閉所で暗殺者に有利を取られて戦うなど御免被る。最悪、近くの拠点襲撃を行っているジークフリートの所まで引っ張っていって、こっちも全力の面子《メンツ》で仕切り直させてもらうぞ。

相手の有利な場で、相手の目的を果たしやすいようになど動いて堪るか。相手を殺したいなら一方的に殺すか、逃げないよう〝殺し合い〟の形にするのが確実なのだから、ノったら負けが濃くなる。

兵演棋でもそうだ。丸いなと思う手を打っていたら、知らず知らずの内に陣形が悪くなって、どう足掻《あが》いても挽回《ばんかい》できなさそうになる状態になるなんてことは。

だからここは、死なないことを優先する。大変業腹ではあるが一人二人巻き添えにして死ぬより、ケツを捲《まく》った方が得するなら私は何の迷いもなく逃げるとも。

「……ここっ！」

「うぁ……!?」

だから、多少は手の内を見せても仕方がないかと、私は〈空間遷移〉にて先程弾《はじ》き飛ばした投擲武器を呼び込み、連続した跳躍で肉薄を試みる兎走人《ハーゼニアン》の前進を咎《とが》める。これなら、さっきの防御で上手《うま》く捕まえたように見えるだろう。

空中にいる瞬間、普通なら方向転換できない刹那を狙って投げつけたのに、相手もさも当然の如く回避してくるのに理不尽さを感じる。かなり無理な姿勢制御を強いたおかげで接敵されずに済んだが、あの素早さはよくないな。多分、攻撃を捨てた全力移動をしても軽く追いつかれる。

倉庫の奥まであと五〇歩。野放図に詰まれた箱や袋などの隘路《あいろ》を走り抜けようとすれば、実際はその三倍くらいは走る必要があるだろうか。

しかし、相手は地形の妨害を全無視して突っかかってくるのが困る。

甲高い大気を撃つ音。死角になる斜め後ろから蟷螂人《マンティエダ》が飛んで障害物を無視しつつ襲いかかってきたのだ。

鎌を左右に広げ、抱擁を思わせる挟撃は本体の頑強性に自信があるからか。大顎を開いて愛らしい顔が急接近してくると、何かそういう映画の被害者役になったような気がする。なので、丁度良い所にあった木箱の縁《へり》を蹴り上がって跳躍し、対角線上にあった箱を更に足場に選定し駆け上がる。

いわゆる三角跳びという技法だ。一瞬でも動作が滞れば無様な墜落を晒《さら》すはめになるが、基本的に二次元的な移動しかできないヒト種《メンシュ》が縄を使わず立体的に動く数少ない手段。

相手は伏撃の達人だけあって、獲物に詳しすぎたのだろう。

だからヒト種《メンシュ》は三次元的な動きをしないと前提に置いて攻撃してくる。左右に広げた鎌は進路を塞ぎ、恐ろしげな顔と顎で威圧して動きを止める構築は美事《みごと》なれど、やれるやつは鎧《よろい》で完全武装しててもこれくらいやれるんだよ。

「アっ……！」

致命の抱擁をすり抜けて上を取り、一瞬だが顎を蹴り上げて意識を狩ろうかと擡《もた》げ始めた欲を抑える。

勝てそう、そう思って欲を掻《か》いた瞬間に撤退戦は破綻するのだ。

「つぶね!?」

足場を求めて――この際、飛び石のように荷物を飛んだ方が早そうだった――一瞬首を巡らせていると、明らかにヤバそうな攻撃の初動が見えたので緊急回避で〈見えざる手〉を伸ばし、自分の襟首を引っ摑《つか》んで急制動をかける。

軽いむちうち気味に首が痛むが、真面《まとも》に喰《く》らうよりはマシだっただろう。四腕人《ヴィアマン》が二本の腕で弦を引き、もう二本の腕で支える馬鹿げた大弓を受けるよりずっとずっと。

弦が弾ける音と胸の一寸先を矢が掠《かす》めて行くまでの差は体感でほぼ零。倉庫の対面をぶち抜いていく轟音《ごうおん》が聞こえたのが瞬き一つ後なので、明らかに矢が出して良い速度ではないぞ。

装甲や刃で弾き返すことを選んでいたら、着弾点が抉《えぐ》れ飛んでいたかもしれん。

何だあの化物大弓！　明らかにヒト種《メンシュ》の身長よりデカいし厚みなんぞ拳半個分くらいある！　張力が完全に人類が引けて良い領域に見えん！

しかも、矢も何か弄《いじ》ってやがるな。普通なら大気の壁や重力を考慮して弓なりになっているべき弾道が〝完璧に水平〟だった。移動していない四腕人《ヴィアマン》からは一五〇歩《約一四〇m》以上離れているというのに。

魔法か奇跡か分からないが、物理法則を超えるかねじ伏せる仕掛けをした対物ライフルめいた狙撃は、蟷螂人《マンティエダ》相手に欲張っていたら回避できていなかった。あの場で狙っていたことからして、荷を入れた箱程度では威力を軽減する邪魔にもならないのだろう。

危ねぇ、分かっていたが殺意が本気すぎる。何でこれだけできる連中が麻薬の売買なんぞに関わっているんだよ。

次が来るかと警戒しつつも前に進めば、いつの間にやら蜘蛛人《アラクネ》が先に行っている。くそ、足高蜘蛛《あしだかぐも》は大きさから信じられない速さで動くものだが、蜘蛛人《アラクネ》でも疾いのかよ。ただ、あれは全力移動だと思いたい。そうでなければ攻　撃《メジャーアクション》を擲《なげう》っている私の何倍も動かれては帳尻が合わん。

行き先は扉か！　暗さと荷物で見えていなかったが、脱出口があるのは下調べで知っていた。かなり理性的で賢い選択でいらっしゃる。

まぁ、そっち使う予定はないいんだけどな！

壁面まで後一〇歩というところで短刀を逆手に構えた瞬間、薄いのに嫌に重い殺気が〝誰もいないはずの背後〟から俄《にわか》に噴出した。

ええい、壁を切り抜いて脱出路を拵《こしら》えようとしていたのに!!

「ははっ！　貴公！　やはり面白い手を隠し持っているな!!」

まるで暗がりの影から這《は》い出すかの如《ごと》く、黒く豪奢《ごうしゃ》な夜会服が擊尺の距離にいた。

おかしい、お前は一番最初に動いて攻撃をしたが、ほぼ同じ条件で先に逃げ出した私より後ろにいなきゃ駄目なはずだろ。

〈空間遷移〉……いや、むせ返る程の魔力残滓《ざんし》を感じるが、これは都合が良いように空間を切り貼りしたり、世界そのものを騙《だま》くらかした臭いではない。

おそらく、何らかの物を媒体に自分の位置を〝入れ替える〟類いの術式。

「影かっ!!」

衣装の主たる色彩の黒は、闇に紛れるには些《いささ》か濃すぎる。暗夜であろうと物陰であろう

と、本当はもう少し青を混ぜた紺の方が向いている。新月の下でも本物の漆黒は黒々と光って目立ちすぎるくらいだが、この色であることに意味があったとしたら。

「頭も廻《まわ》るようだっ!!」

答え合わせにつき合ってくれた女は、獰猛《どうもう》な笑顔で歯を剝《む》き飢え犬を思わせる犬歯を見せ付けた。

この闇色の装束は影の具現であったようだ。冒険者好みの傾《かぶ》いた趣味を発露させただけかと思いきや、中々どうして強《したた》かじゃないか。

一目で癖の強い強者《つわもの》であるという印象を植え付けるのみならず、術式を世界に馴染《なじ》ませようとする補助輪にもなる。

何とも古めかしい魔法使い。魔導院では大仰に過ぎ優雅さに欠けると詰られて廃れた血脈なれど、やはり実利面での費用対効果は凄《すさ》まじい。

影に潜り一瞬で移動するなど、論文に仕立てれば教授昇進も狙えように。

「だが、そろそろ本気を出さねば、その前に殺すぞっ、陽《ひ》の当たる場所の英雄!!」

突然の出現から間も置かず放たれる乱打を全力で捌《さば》く。貫手《ぬきて》の中に拳が混ざるようになったのは、変調子で私の読みを崩させたいからか。

戦場で鹵獲《ろかく》した予備兵装の短刀は、私が腰に下げて安心できるだけの無銘の逸品なれど一撃毎《ごと》に手の中で悲鳴を上げているのが分かった。刃が頼りなく毀《こぼ》れ、歪《ゆが》んで重心が狂っていく。

クソッ、基本的に〈片手剣〉の追加強化《アドオン》を大量に重ねる弱点を突かれ続けるのはしんどいな。英雄詩を詠《うた》われるのは嬉《うれ》しいが、斯《か》くも執拗《しつよう》に不得手な分野を突かれると情報漏洩《ろうえい》も大概にしろと怒鳴りたくなってきた。

「イィィイッ……」

「拙《まず》っ」

何処《どこ》まで札を伏せておくかの逡巡《しゅんじゅん》、瞬《まばた》き一つ分もない迷いを突いて逆に敵が大駒を動かしてきた。

今まで散々見せ付けてきた貫手や拳から、徒手にて戦うことを主軸に置いた構築と見せかけての蹴り！

足の強さは腕の三倍。今までの攻撃でさえ捌くのが限界で反撃を差し込めなかったのに、本気の蹴撃を無防備に喰らうのはよくない。

剰《あまつさ》え、気合いの声に応えて諸所を締めていた革の帯が弾け飛ぶほどの筋膨張。術式強化が体内で漲《みなぎ》って、ただでさえ太い足を丸太の如く隆起させていた。

「ヤァアアァッ!!」

怪鳥も脅《おび》えて飛び去りそうな絶叫《シャウト》と同時、全身を連動させた渾身《こんしん》の回し蹴りが放たれる。

拳を振り抜く余勢を借った一撃は〈雷光反射〉で引き延ばされた体感の中でも追い切れぬほどに素早く、踵《かかと》の先端は視認不可能な速度で瞬く。

気が付いた瞬間には、肺から全ての呼気が圧力によって捻《ひね》り出されていた。

軌道は膝を刈り取る円弧から人知を超えた精妙さでのた打ち、左腹を狙ってに叩《たた》き込まれた……のだと思う。

推論なのは、速さのあまり衝撃の瞬間を認識できなかったか、失神ものの威力に一瞬意識が飛んだからか。

どうあれ、胴体と防御のために割り込ませた左腕がくっついているのは奇跡だ。

山勘で短刀を掌中より滑り落とさせ、蹴りとの間に挟み込んで打点をズラすと同時、一瞬だけの防御壁にしていなければ下半身から上半身が吹っ飛ぶ光景を自分で拝む羽目になっていたやもしれぬ。

他人事《ひとごと》のように感じながらも空中できりもみ回転しつつ、乱暴に振り回されたせいで狂いに狂った三半規管は役に立たないため〈遠見〉の術式を練って自己俯瞰《じこふかん》。攻撃の勢いによって強制移動させられたことを認知し、このままだと壁に叩き付けられて追加の損害を被ることを理解。

ただ、この状態では受け身など取っても何の役にも立つまい。状況としては殆《ほとん》ど一〇トントラックに跳ね飛ばされたようなものだ。

となれば、使いたくないが私自身に依拠する技が割れるよりマシかと唇を開く。

「ロロット！」

妖精《アールヴ》の接吻《せっぷん》によって祝福された唇を。

「はぁい!!」

月の巡りも良く風が通る場所でならば、妖精達《アールヴたち》の助けを借りることができる！

数秒の滞空は飛行に変わり、優しく受け止めてくれる大気の膜が回転を減衰。そのまま軌道をねじ曲げ、倉庫の壁に空いていた換気用の小窓をぶち抜いて外に運んでくれた。

「もー！　ひどいことするなぁ!!　わたしたちの、いとしのきみなのに!!」

激昂《げきこう》する妖精《アールヴ》の羽ばたきが小路を一町ばかし駆け抜けて、十分な距離を置いて私を戦線から離脱させてくれた。殆ど盤《シーン》の外に出たと言って良い距離だ。

「有り難う、ロロット」

「おやすいごよーだよ。エーリヒにひどいことするし、空気もよごすし、あのひとたちきらい!!」

ぷんすこ怒る姿は愛らしいが、流石《さすが》は抽象的な概念に近い妖精《アールヴ》。良い仕事をしてくれる。仮に〈隔離障壁〉で壁にぶち当たった衝撃を凌《しの》いだとしても、慣性まではどうしようもなかったからな。割とガチで危なかった。

「さて、どれくらいぶりかね、命を指でなぞられたのは」

真剣に死ぬかもと思うのは結構久し振りだな。直近では〝忌み杉の魔宮〟で黒茶を使い果たした時か。

律儀に立ち上がらせてくれる風に身を任せ、五体が一応くっついていることに一先《ひとま》ず安堵《あんど》する。

ただ、左腕はこれぐっちゃぐちゃだな。少しでも頑丈な部位で受け止めようと肘で迎撃したが、短刀を空間装甲のように使って尚《なお》も頑強さで完全に負けたのか関節が砕けている。衝撃が浸透したせいで肩も外れているし、体感では上腕骨と前腕二本どっちも折れてそうだ。指先に伝わる濡《ぬ》れた感覚からして、開放骨折は確実ってところか。

まぁ、あの威力だから、この程度で済んで御の字って感じではあるが。真面に喰らってたら胸甲を貫いた振盪《しんとう》が胸に伝わって心臓と肺が破裂していたはずだ。

「あー、もう、これ戦闘の興奮《アドレナリン》が切れたらめっちゃ痛いヤツじゃん……」

我等《われら》が一党には心強い薬草医がいるから許容範囲として、私は敵が追撃を断行して来る場合に備えて腰元から一本の筒を抜いた。

歯で先頭の覆いを抜き、露出した部分を壁に擦《こす》りつければ摩擦で火花が生じ激しく燃え始める。濛々《もうもう》と立ちこめる色つきの煙を発するそれは、信号用に作った発煙筒だ。炎色反応によって染められた煙は鮮烈に目映《まばゆ》い赤色で、事前の打ち合わせでは失敗、ないしは救援要請を表す色。

時間的に他も済んでいるか佳境といったところなので、ぼちぼち市中から大ガサ入れに参加した冒険者達がゾロゾロ集まってこよう。

さぁて、どう来る？　私は標《しるし》を打っている〝送り狼《シュッツヴォルフ》〟を〈空間遷移〉で呼び寄せ瓦礫《がれき》の中から救い出す。今、この場にはロロットが巻き起こした猛烈な魔導反応が立ちこめているため、私の匂いが紛れて察知されることはなかろう。

「連れないな!!　女の誘いを無碍《むげ》にする物ではないぞ貴公!!」

案の定、諦めてなかったか！

叫びの源は背後……いや、これは〈声送り〉による欺瞞《ぎまん》。気配は正面建物の影から湧き出してきた。

想像はしてたけどずっこいな！　そんなちんけな影からも移動できるとか調整どうなってんだ!!　神々仕事《ナーフ》してくれ!!

「誰の男だと思ってまして？」

さて、やっとこ得意な間合いを取り戻したが、片腕一本で何処までやれるかと思っていると頭上より声と共に降ってくる物が二つ。いや、三つ。

いつの間にやら駆けつけてくれたマルギットが、屋根から飛び降り様に矢を放ち、手品のような素早さで装塡済みの東方式弩弓《クロスボウ》を二連続で射かけたのだ。

ダメ押しで上から押し潰すように飛びかかり、完全に頭を潰している。

「拙下が気配を読み損なうか……！」

「人の男に粉なんてかけてるからでしてよ!!」

頭上から飛来する三連続の死にさしもの女も対応しかねたらしい。体を捻って初撃、次撃と避けてみせたものの、最後のマルギット自身の攻撃は翳《かざ》した掌で短刀を受け止めるしかなかったようだ。

動きが止まる。相方の不意打ちは重量こそ軽いが、猪《いのしし》の首さえ狩り落とす短刀が防御の貫手に食い込んでいた。

移動は制限され、影は近くにない、好機かと駆けだしたが、私にしか聞こえない妖精《アールヴ》の囁《ささや》きが耳朶《じだ》を揺らす。

「ありがとう、ロロット」

「いまだよ！」

そのまま一瞬の拮抗《きっこう》を見せる二人の隣を抜き去り、屋根の構えに振り上げた〝送り狼《シュッツヴォルフ》〟を振り抜けば、耳が割れそうな破断音が世界を揺らした。

矢で狙って当てるのは困難であろう遠さまで離れた倉庫の窓から、四腕人《ヴィアマン》が狙撃を試みていたのだ。

無論、これだけ離れた狙撃で相手の初動を見切るのは困難。

故に妖精《アールヴ》の力を借りる。どれだけ誤魔化そうと、大気の中を泳いでくる以上は風を司《つかさど》るロロットの認知から逃れることはできぬ。

そして、発射の瞬間さえ読めれば、どれだけ速かろうが矢くらいは切り払わねば〈神域《スケールⅨ》〉の名が廃る。

音の壁を破る寸前の速さ《亜音速》で疾駆した矢は、切り払われて背後に流れ落着。断たれて尚も殺しきれなかった運動熱量を砂煙に浪費して散らばった。

くぅ、手が痺《しび》れた。なんちゅう威力だ。下手すると神銀《ミスタリレ》の胸当てでも貫通しかねんぞ。

「まったく……どういう体の造りをしてまして？」

素手と刃が立てる音とは信じがたい金属音と同時、弾《はじ》かれたマルギットが私の首に手を掛けて半回転。勢いの凄まじさを全く感じさせずに定位置に納まり舌打ちを一つ。

不意打ちを凌がれた不満もあろうが、見れば故郷から持ってきている愛剣の刃が毀れて悲惨なことになっていた。これはかなり本格的な研ぎに出さないと駄目なやつだな。

次の狙撃、そして増援からの追撃を避けるべく走り出せば夜会服の女は追ってこなかった。

「ちっ……臆したか金の髪!! その名と父祖が怯懦《きょうだ》に泣くぞ!!」

「五対一で殺しきれなかった己の腕前を磨いて出直してこい!!」

口惜《くや》しそうな叫びが聞こえるが無視! あの手の人間がする煽り《アオリ・ジツ》は足止め目的なので、仮に父母のみならず先祖累代まで馬鹿にされたって今は完無視! 報復は絶対にするが、ここで乗ったら不利な状態のまま戦って喜ばせるばかりだ。

戦力はマルギットだけで、巻き込んで損耗したくない戦力が周りに一杯。敵は損耗なしでまだまだ元気。こんなの喧嘩《けんか》するだけこっちの損! 腹は立つけど後回し!!

「助かったよマルギット」

「遅くなってごめんなさいまし。全部の隙間に罠《わな》があって潜り込めませんでしたわ」

「会員のみんなは?」

「合流地点まで退《ひ》かせてありますわ。貴方《あなた》が退けと命じる敵なら、時間稼ぎにもならないでしょうから」

辛い評価だけど仕方がない。五対一を抜きにしても私が一人も斬れなかった時点でマジモンの強者ばかりだ。今は相方の冷静な判断に感謝するとしよう。

しかし騒ぎ過ぎたな、方々が騒がしくなってきた。周辺の住民が起き始めたのもあるが、発煙筒の狼煙《のろし》を見つけた面々が集まってきているのだ。

流石の敵もこれで退いてくれると思いたいね。時間は此方《こちら》の味方であるし、態々《わざわざ》私一人を孤立させて殺しに掛かる辺り目立ちたくなかろうて。

ああ、それにしても酷《ひど》い目に遭った。組合長から何があっても死んでくれるなとか、ちょっとフラグっぽいなぁと思ったけど回収が早いにも程度ってもんがあるだろ。明らかに内部情報がどっかから漏れてんじゃねぇか灰色頭！

それとも、驚異的な運の悪さで私の道中表が荒ぶっただけとか言うまいな？　最近ちょっと自覚しつつある私でも、何かの弾みでぶつけられちゃ堪《たま》らん連中だぞ。

「大丈夫でして？　左腕、凄《すご》いことになってますけど」

「ぶっちゃけ自分で見たくないくらいのことにはなってそう。どうかな？」

「あー……まぁ、言葉を選べば〝使い終わった楊枝《ようじ》〟かしら」

お気遣いある表現をどうも。

あー、しくったな、出し惜しみと秘匿は大きく違うのだと魔導の師匠《アグリッピナ氏》に笑われる。

かといって、一方的に不利を取られて引き摺《ず》られるように手札を晒《さら》したら、敵の儲け得《アド》になるから積極的に魔法を使いたくなかったんだよなぁ。

だってアイツら、覚悟ガンギマリじゃん。最悪一人くらい落ちて《キャラロストしても》も有効札を弾ければ上等の勢いで突っかかってきそうな凄みを感じたから、本気を出した瞬間に一人が命捨《す》てて奸《がまり》って、生き残った面子《メンツ》に完璧《ガン》な対抗札《メタ》を用意されたら洒落《しやれ》にならん。

　それと、強者との斬り合いに「なんで⁉　なんで呼んでくれないわけ⁉」とキャンキャン五月蠅《うるさ》い思念を飛ばしてくる〝渇望の剣〟も見せたくなかった。

　これを使うのは、目撃者を確実に殺しきれる状態にしておきたい。ジークフリート達から「なにそれコワ」とえんがちょされかねない代物を下手に開帳しては、裏の界隈《かいわい》で良くない噂《うわさ》を撒《ま》き散らされかねん。

　実は魔剣を持ってるだけで張り子の剣士とか言われたら憤死するのもあるが、この狂犬目当てにゾロゾロ盗人《ぬすっと》が寄ってこられたら困る。あと物好きの収集家とか魔導師《マギア》が売ってくれと断れない筋で打診してきたら大変だからな。世の中には提案の体を取っているけれど、首を横に振らせないようにする難物も多いのだ。

　だから今後の健全な冒険者生活のためなら必要な出費だったはずだ。

　斯《か》くして、勝ち確美味《おい》しいですと乗り込んだ大ガサ入れなのに、言い出しっぺの私だけが拠点制圧に失敗したものの、おっかなビックリ昼過ぎに様子見したら対象は既に殺されていたし――恐らく口封じで前もって殺《や》られていたのだろう――悪魔お抱えの密殺者の面が割れたので得られた物は大きいなどと、自己催眠で納得せねばならない結果に終わった。

　いやホント、ゴスロリニンジャが唐突に湧いてくるとか、仮に想像してたらしてたで病気だから……。

【Tips】　肖《あやか》り、力を借りるために最も簡単な手段は自分から同化することだ。古《いにしえ》の魔法使いは由来ある物を身に付け、自らの肉体を改造するなどしてより実戦的に魔導を研鑽《けんさん》した。

　帝国魔導師であれば、そこまで無理しないと使えず教授もできぬ技術は不完全だと詰るが、実用面においては体系化された魔導に劣ることはない。

　同時刻、エーリヒが酷い目に遭っていることを知らぬジークフリートは順調に拠点の制圧を終えていた。

「まぁ、ざっとこんなもんか」

　閉所に踏み込んだ彼は毒気払いの面覆いを巻いた怪しい姿で一息つき、室内で息をしている人間が味方だけだと確認して剣の血糊《ちのり》を払う。

「ヘリット！　そっちはどうだ！」

「制圧完了《クリア》！　ちょろいモンですディーの兄ぃ！」

「ジークフリートと呼べっ!!」

　昨夜から弄《いじ》られっぱなしのネタに拳を振り上げて応えれば、同じく名を偽っているはずのヘリットは笑いながら隣室より出していた顔を引っ込めた。

　やり取りだけ見れば年相応の男子学生めいているが、現場は血潮が飛び散り陰惨という他にない。

転がる首、首、首、どれも殆《ほとん》ど抵抗することもできず斬り倒された、悪魔の配下達《たち》。

全ては迅速に行われた。窓という窓から制圧用の魔法薬を放り込み、よもや自分達が襲われることなどあるまいと高鼾《たかいびき》を掻《か》いていた連中を処分するのは、剣友会にとっては最早《もはや》作業のようであったともいえる。

きっとエーリヒならば、ＧＭ《ゲームマスター》が面倒がってサイコロも転がさせなかったと表現しただろう。

「しかしまぁ、揃《そろ》って悪人面だなぁオイ。顔がこうでないと悪党やっちゃイカンとかいう法律でもあんのか？」

とはいえ、悪党悪漢であれど首は丁重に扱うのが剣友会の掟《おきて》だ。投げ入れられた〈催涙術式〉に溺れながらも枕元の短刀を取って反撃を試みる武者っぷりを魅せてくれた敵の首を持ち上げ、ジークフリートは丁寧に包んでやった。

「ディーの兄ぃ、地下には誰もいやせんでしたぜ。完全に制圧したかと」

「エタン！　だからジークフリートと呼べつってんだろうが!!」

此方の制圧を指揮するべく派遣された黒髪の英雄志願が討った首は累計五つ。三階建家屋の――家主が知ってか知らずか、二階をぶち抜いて倉庫に改装されていた――最上階にある部屋で寝ていた三人と、不寝番のはずが戸口で寝こけていた阿呆《あほう》二人。後は彼についてきたエタンとヘリットを始め踏み入った会員がそれぞれ一人ずつを斬っており、帳尻としては事前情報通りに合っていた。

ちゃんと口が利ける状態でなどと余計な注文もなく、じゃあコイツ誰だよと数えた後で困惑せずにすむ予定外の客がいない現場の何と平穏なことか。

「ったく、どいつもこいつも……俺がこの名前にどれだけ思い入れがあると……まぁ、それは後で説教するとして、お前ら窓開けて換気しとけ！　まだ毒気避《どくけよ》けは取るなよ!!」

これにて拠点制圧は完了なれど、念のために見回るべくジークフリートは長靴で血を踏みしめながら戦で荒れた室内を丁寧に改めた。

いや、恐らく家主の断りなしに改装が行われたであろう倉庫の一階には、組み上げられた〝魔女の愛撫《キユケオン》〟を散布する魔導具が設置されていたことからして、子細を確かめるまでもないのだろうが。

しかし、間一髪であったことは分かる。少なくとも使える状態にしてあったということは、使用を視野に入れて悪魔も戦略を組んでいたことは明白だ。

何か重要な書類でも転がっていないかと机を改めたジークフリートであったが、窓を開け放して朝日が差し込む部屋で奇妙な物を見つけた。

「ん……？　これは朝飯か」

「また粗末なモン食ってんな。悪徳で稼いだ金も大したもんじゃねぇのか」

朝餉《あさげ》を用意してあったのか、昨晩食べた物をそのままにしてあったのかは分からないが、机の上には質素な黒パンが塊で並んでいたのだ。

しかも、あまり良い物ではない。殆ど小麦の混じらぬ悲惨なまでにライ麦比率が高いパン揃いで硬さが凄《すさ》まじく、素人が公共竈《こうきょうかまど》で焼いてきたのか如何《いか》にも形が悪い。本職のパン屋に粉を渡して焼かせたのであれば、もう少し真面《まとも》な物が出てくるであろう。

とはいえ、貧民には付き物だ。何日かに一度、公共事業として火を入れられる竈を使って自分達で質の悪いパンを焼くことは。

「……いや、待てよ、何だこりゃ、病み麦じゃねぇか？」

しかし、朝日が窓辺から差し込んで詳細が露《あら》わになった黒パンを見て、ジークフリートは露骨に眉根を顰めた。

「ディーの兄ぃ、病み麦ってなんすか？」

「あ？　知らねぇのかよヘリット」

「あー、都市部育ちなものでして。ここに比べたら全然田舎ですけど」

恥ずかしそうに頭を掻くヘリットに、ジークフリートはぼそぼそとしたパンの表面を見せながら言った。

「麦が罹る病気でな。穂が黒く染まるんだよ。それは病み麦つって喰《く》っちゃなんねぇってのが農家の常識だ」

「植物も病気になるんですか？」

「当たり前だろ、どんなモンだって病む時は病むもんだ。コイツが出たら豊穣神様《ほうじょうしん》に誰か罰当たりなことしたってんで荘園《しょうえん》全体が大騒ぎになったもんだ」

病んだ麦から作られたパンは原材料がライ麦であることを加味しても尚《なお》黒く、製粉度合いが甘いのかダマが多い。試しに元農民である指揮官が一欠片《ひとかけら》毟《むし》って指で解《ほぐ》せば、案の定黒い麦殻が顔を出した。

「あー、家《うち》でも一回ありましたぜ兄ぃ。それ出した家族は堀外《ほぞと》んされて大変だったみてぇで」

「堀外？　あー、御座外《ござはずし》のことか？」

「寄合に顔も出せねぇって意味でならそうっすね」

同じく農村出身のエタンは覚えがあったようだが、やはり地方によって言葉は少し違うのか、または忌み語故に拡散し辛《づら》いのか文言は一致しないものの、文脈から内容は何となく察せられる。

要は病み麦を出した家は、農家の庇護者《ひごしゃ》たる豊穣神への信心が足りぬとして村八分にされるということだ。

実際、この麦を病ませる黒は伝染するため、一度発生すれば荘園が蜂の巣を突っついたような騒ぎになる。豊穣神の僧が激怒するのは勿論《もちろん》、基本的に病んだ麦は年貢、つまるところ税金に使えないのである。

その上、あそこの荘園では病み麦が出たそうだと噂が立てば、物流の命綱たる隊商も不良品を押しつけられたくないと避けて通るようになるので宜《むべ》なるかな。

「けど、食う物がねぇからって飢えに耐えかねて喰うと、そりゃあもうヒデぇ目に遭うんだよな」

それでも即死するような代物ではないので、金がない者は喰ってしまうのが世の不条理さ。この病に冒された麦は加熱しても毒性を失わないため、食べ過ぎれば手足が腐れ、脳が縮んで理性が揮発し、子が流れると分かっていても口に運んでしまう。

飢餓とはそれ程に耐え難いものなのだ。

「しかし、何でコイツらこんなモン喰ってるんすかね？」

縁起が悪いとばかりに半歩下がるエタン。畑が一反駄目になるくらいなら御の字で、下手をすれば平原一つを僧会に焼き払われる病を農民が好むはずもなし。

無知で貧乏な都会人が騙《だま》されて買い込んだならまだしも、違法薬物の売人が購入するだろうか。

「元締めに近い連中でしょう？　だったらたんまり金貰《もら》ってると思うんすけど」

「家じゃ末端にも白い小麦の《》パンが食えるだけ渡してたからな」

その上、危険性が周知された今では病んだ麦が蔓延《まんえん》するのも基本的に地方の農村部、それも信仰が曖昧故に土着の神とライン三重帝国の神群が見えない綱引きをしているような、統治者が誰かを住人がよく認識していないような弩級《どきゅう》の田舎くらい。

少なくともジークフリートやエタンの故郷では、真面な農家なら病み麦は食わずに焼き捨て、一冬を雑穀で凌《しの》ぐことになっても手を出さぬ。マルスハイムも持ち込みは嫌がるであろう。

「兄ぃ〝魔女の愛撫《キュケオン》〟が入ってる箱に混じって、麦袋が地下に！　見てください！」

訝《いぶか》って首を傾《かし》げる二人にヘリットが声を掛ける。

共同竈を使って焼いたであろう粗末な黒パンという言葉が気になって、もしかしたら残っているかもと袋を片っ端から開けていったのだ。

そうすれば案の定、中身が全て〝真っ黒な麦〟でパンパンの袋が見つかった。

「こりゃ、全部病み麦じゃねぇか」

「うえっ!?　気持ち悪！」

ジークフリートは露骨に顔を顰《しか》め、エタンは右手の親指と中指をくっつける掌印を作って弧を描くように振る。豊穣神信仰に基づく汚れを祓《はら》う仕草だ。

「割と沢山ありますよ。もしかしてここで作ってたんじゃ……」

「いやぁ、それはなさそうだぜ。薬研も何も置いてねぇんだし、魔法薬を作れる環境じゃねぇのはたしかだ」

カーヤの工房を見ているだけあって、ジークフリートには製薬に使う道具の知識が多少なりとも備わっていた。彼女はいつも工房は綺麗《きれい》に維持し、埃《ほこり》が混ざるだけで効能が落ちるといって道具から何から清潔に保つ努力を欠かさない。そんな相方のため、彼は時間がある時はマメに手伝いをしていたので少しは分かるのだ。

こんな無頼者が碌《ろく》に換気もせず暮らしている部屋で、況《ま》してや鍋一つなく、酒の空瓶が転がっているような環境下では何もできぬことが。

「……って、待てよ、この酒、結構上等じゃねぇか」

足に当たった酒瓶を拾い上げ、ジークフリートはふと気が付いた。

良い酒を買って――あるいは異性と遊んで――肴《さかな》や普段の食事に困る人間が何をするか。何処《どこ》かからちょん盗《ぱ》って来《で》るのだ。情けない父親の姿が脳裏を過《よぎ》り、一つの仮定が浮かび上がる。

このバカ共は、何処かしらで輸送している仲間の物資を横領して食事代を浮かしていたのではなかろうか。

そして〝魔女の愛撫《キユケオン》〟は未《いま》だに原料不明の麻薬であるが、もしこれがそうだとしたら。

「……おい、誰かカーヤを呼んできてくれ。急ぎだ」

「うっす」

良い予感と悪い予感が交互に訪れながらも、現場責任者は念のため外で待機していた専門家を呼ぶことにした。室内の安全が確保されているのであれば、もう乱戦になった時の心配をする必要もない。

しかし、この情報を手にすることで事態の解決に近づけるにしても、相当大事になるのではと予感めいた確信が少年の脳裏にべっとりとこびり付く…………。

【Tips】病み麦。帝国の主食たる稲科植物がかかる伝染病。夜陰神が着る黄金の衣装を汚すシミとして憎まれ、死なずとも凄まじい苦痛を伴う病魔に蝕《むしば》まれることから農民に恐れられている。

しかしながら大量摂取でもしなければ致死量に届かないことと、発症までの時間が長いこともありやむなく食べて体を蝕まれる者や、病の深刻さを知らずに食べる者が絶えない。


ぐちゃぐちゃの盤面を俯瞰《ふかん》した密殺者は、何が原因でここまで悪い形になったのか分からなかった。

彼女は最善手を打ち続けていたはずなのだ。配下が死なず、自分も生き延び、やむを得ず加担することとなった陰謀が上首尾に運ぶように。

その上で自分達《たち》に可能な限りの手を打ってきた。

何年も何年も、それこそ二〇年も前からずっと。

然《さ》れども状況は一向に良くならぬ。

相手の小駒は嫌な位置に残り続け、大駒はドンドンと懐に攻め込んでくる。まだ皇太子に皇帝位を譲るような状態でこそないが、盤面は圧倒的に不利としか言えなかった。

とはいえ、これは一つの駒に過ぎない密殺者から見た視点だ。

この形になってしまったことが悪手と言われようと、結局は自分が指し手ではないので誰に文句を言えば良いのかさえ分からぬ。宿命を回す輪転神に嘆いたところで、彼の神格はそれを乗り越えてこそだろうとそっぽを向くばかり。

神々は残酷ではないが冷酷だ。常に彼等《かれら》の教えに従った精算を死後に行うのみ。生きている現在しか知らない駒の一個には、到底納得できないことだらけである。

「び、ビーチェ、だぃじょぶ……？」

「大事ないさレプシア。拙下は一際頑丈にできている」

追撃は不利と判断して退《ひ》いた廃屋の中で、自分も打ち身だらけで辛いだろうに心配して駆け寄ってくる兎走人《ハーゼニアン》に密殺者は笑った。

今ではもう、自分の名を愛称で呼ぶ人間も彼女だけになってしまったからか、気丈に笑って見せる他にない。

頭目は長手袋を脱ぎ捨てると、傷口にマルギットが使う毒が入っていることを認めたが、これくらいならば代謝可能だと身体強化の常駐術式に魔力を追加で流し込み、更に筋肉の操作で隆起させ出血を塞ぎ止める。

普段は隠している手指にまでびっしりと複雑に伸びる鈴蘭《すずらん》の術式陣は、猛毒であると同時に清浄を司《つかさど》るため身体賦活にも相性が良い。薬指の中手骨にまで斬り込まれていたが、切り口が鋭いのも相まって半日もすれば骨は自然と繋《つな》がるだろう。

「ほらな？」

「むちゃ、しないで、ね」

ぼそぼそと心配するレプシアこそ全身打撲状態にあり、元から骨格が丈夫な種族ではあるまいにと密殺者は努めて闊達《かったつ》に笑った。

誰にも不安は吐露できぬ。自分が柱なのだ。この見捨てられた者達の唯一の骨格として。

「しかし、参った。殺し損ねるとはな」

もう片側の手袋も脱ぎ捨てると、彼女は自分の頬に触れて小さく呟《つぶや》く。詠唱は童謡を引用した牧歌的なれど、多くの人間が知るがために世界に変容を受け容《い》れやすくした、魔導師《マギア》であれば俗すぎると評価する内容。

「小さなハンスは旅に出た。七年歩いて七年眠って、七人とすれ違っても気付かれない……」

すると、墨一色の全身に入っていた刺青が見えなくなり、目力を強調するべく施された化粧もするりと落ちる。皮膚は真《ま》っ新《さら》に偽装し、魔術によって施した化粧をさっぱりと落としきったのだ。

たったこれだけで同じ服を着ているというのに密殺者の印象はがらりと変わる。顔を飾って尚も目立っていた薄く常態化した隈《くま》も相まって、何処か儚《はかな》く、人を殺すよりも今にも自分が死んでしまいそうな風貌へと。

「拙《まず》いな、拙い、ここで金の髪のエーリヒを殺しておかないと、この泥船が想定より早く沈むぞ」

指を弾《はじ》けば長靴の帯が跳び、剝《む》けるように脱げていく。手助けがなければ着ることも困難そうな装束も独りでにほどけ、一歩歩む毎《ごと》に落ちて勝手に畳まれていった。

空気に晒《さら》された長身痩軀《そうく》を隠すのは、這竜《はいりゅう》の髭《ひげ》から編んだ黒い胸から腹を隠す下穿き《レオタード》のみ。

「どうする、尊師《シャイフ》。俺、良く分からない、けどアイツ、必ず殺す必要あったんじゃ？」

「そうだシャフルナーズ。我が顧客は馬鹿共の制御を誤った。選《よ》りに選って選び取る駒に毒を抱え込んだのだ。だからせめて、ここで無理矢理にでも筋書きを正さねばならなかったのだが……」

四腕人《ヴィアマン》は脱ぎ捨てられた服を回収して背嚢《はいのう》に仕舞い、代わりに目立たない亜麻の貫頭衣を頭目に渡した。着古されて質素なそれは、春を売ることを生業とする者だけが身に付ける黄色い帯飾りが付いている。

娼婦《しょうふ》の装束だ。これに着替え、頭巾を被《かぶ》るだけで面相を知っている人間でも、相対しても同一人物だとは分かるまい。婦女であれば逃げ出すためであっても率先して袖を通すことのない装束が、いや冒険者を雑踏へと自然に紛れ込ませてくれる。

「土豪はまだいいが、襤褸纏《ぼろまと》い共がここまで狂気に走るとは」

「だが尊師《シャイフ》、連中、地場生まれでは？　普通、こうはならない」

「お前の言う通りだ。だがちゃんと理性が強いお前達や、土地に固執する者は知らぬのだろう。恨みのままに街一つ、本当に滅びれば良いと考えて実行に移す輩《やから》がいることを」

「……マェンも正直驚いている。頭領、アレはあくまで交渉の見せ札ではなかったのか？」

同じく逃げ仕度をしていたマェンが問うも、頭目としてはそのはずだったと苦い顔をするほかない。

本来、違法な薬物の製造は五人より上、顧客の更に顧客辺りの思惑では〝氷の吐息〟で止め、〝魔女の愛撫《キュケオン》〟など作る予定ではなかった。新しい麻薬は比較的マルスハイム伯に転びやすいバルドゥル氏族への牽制《けんせい》と、衛星諸国に流通させて資金源にするだけの計画だった。

だが、陰謀が大きくなるにつれて誰かが口出しし、また下手に才能有る何者かが加わったせいで張り巡らされる糸は縺《もつ》れに縺れ、最早《もはや》操り手にすら全景が把握できなくなっている。

正気であれば考えることもしないだろうに。一吸いすれば誤謬《ごびゅう》の法悦に浸って抜け出せなくなる薬を生み出し、剰《あまつさ》え無差別にばら撒《ま》く手段など。

百歩譲って考えるまでは良い。ただ、形にしてしまうのは最悪も最悪だ。

「見せ札にすら使うべきでは、いやさ、生み出してはならん物だったのだ。あれでは怯《おび》えから無限の応報を生むぞ」

こんなもの、相手に知られた瞬間に不倶戴天《ふぐたいてん》の敵となり、殺すか殺されるかしかなくなるではないか。

もっと広い俯瞰的視座さえあれば、今の光景はさぞ滑稽なのだろう。傍から見れば、視界の端っこに映った自分の尾っぽに噛《か》みつこうとしている、馬鹿な犬や猫のような有様なのやもしれぬ。

だが、人間の視界は有限だ。手を広げれば広げるだけ、関係者が増えれば増えるだけ事態は複雑になる。

全ては二元論ではない。土豪側と旗頭を明確にしている人間でも目的地が違うこともあれば、同じ勝利が目当てであっても一年や五年の〝直近〟ではなく一〇〇年後の悠長な結果を眺めている存在もいる。

「拙下達は、どうしてこんな所まで来てしまったのだろうなぁ」

「エッ？　ソれハ、アルベルトの仇討《かたきう》ちデ……」

「ああ、そうだ、アルベルト。ヤツの仇を討つために作った借りの精算だった」

カチカチと大顎を鳴らすプライマーヌの口から昇った名前に女は頷《うなず》いた。

去年の仕事で死んだ、かつて最も新参だった少年の名だ。彼が逝ったせいでマェンがまた一番の新参になるほど、一椀《ひとつわん》党は多くを喪《うしな》った。

いや、喪い続けている。

一椀党は報復する。その発起の根本が応報にあったからだ。

「全て遡れば、拙下が生き残ったことが始まりだったが……」

郎党の腕を裂かれれば敵の四肢を裂いて贖《あがな》いとし、誰かが死ねば戮殺《りくさつ》を以《もっ》て報いる。

この誓いは密殺者、今はもうレプシアしか名前を呼ぶことのない名を皆が知っていた時、もうここの誰も知らない者達と交わした物だ。

元々、彼女は名家の出身なれど自分の才覚を真っ当に評価してくれぬ――あるいは、本人がそう思い込みたかったのか――実家を飛び出し、独覚の魔法で冒険者になり身を立てようとした、何処にでもいる無謀な跳ねっ返りだった。

「去年の仕事は酷《ひど》かった。アルベルトとガエタン、シャンタルも死んだな。一年で三人も喪ったのは、あれが初めてだった」

「ウ、うン。ガエタンとシャンタルの仇はその場で討てたけド、アルベルトは拉致されて……」

切っ掛けは単純だったのだ。自分は何処にでもいる、誰それさんの奥さんなどと呼ばれるために二回りも年が離れた男に嫁いで終わる存在ではない。世界に主張してやりたくて冒険者になった。

だが、ちょっとした切っ掛けで全ては潰《つい》える。芽生えかけた絆《きずな》、固まりつつあった信頼、自覚の兆しを見せかけた愛。

全て、様子見の金糸雀《カナリア》として放り込まれた仕事で台無しになった。

「思い返せば、三人が殺《や》られた仕事もパトリスが斃《たお》れるハメになった腐れ仕事が縁だった。覚えているかレプシア、お前は懐いていただろう」

「ぉぼぇてる。ぃぃひとだった」

記憶を辿《たど》りつつ、どれもこれも酷い仕事だったと密殺者は忘れぬ記憶を回想する。一つたりとて忘れられないが、最初の仕事が飛びきりのクソであったことに違いはない。

一椀党が生まれる原因となった依頼はただの獣害駆除の公募で、四組も冒険者の一党を集めるとは心配性の代官だと皆が笑っていたか。

然れども、事前に伝え聞かされていたのと違って洞穴に潜んでいたのは熊ではなく〝妊娠期の亜竜〟であったし、代官も怖がって人を集めたのではなく、そもそも自分達は生還を期待されていなかった。

冒険者の仕事は安い駄賃で動く駒。死んでも惜しくない小駒。金糸雀の仕事とは鳴かなくなることによって危険を報《しら》せることでもあるのだ。

代官は恐らく冒険者達の未帰還を以て上司の貴族に働きかけ、上級の冒険者や騎士の派遣を円滑に行いたかったのであろう。

だからコトを大仰に報告するべく二〇人もの初心者を放り込んで〝死なせたかった〟のだ。

さすれば腰の重い上級貴族とて、それを捨て置けば名に泥が塗られるなと幾らか身軽に対応するであろうから。

「カロルとセシルが死んだのは、一昨年のシュチェンでの仕事だったか」

「俺、その時、まだ加わってなかった。強かった、聞いてる」

「ああ、そうだ、矮人種《フローレシエンス》の姉妹でな。連携は正に阿吽《あうん》、うり二つの様で交差されれば誰も瞬時には判断できぬ巧妙な冒険者だった」

結果として密殺者が今も生きているように全滅した訳ではなかった。二〇人の内、たった四人が生き残った。

装備を喪い、仲間を亡くし、自らも傷ついて這々《ほうほう》の体《てい》で洞穴を抜け出せば、万が一生きて還《かえ》ってきても〝なかったこと〟にできるよう代官の手勢が伏せていた。

それらを殺し、掻《か》い潜《くぐ》って、たった一つの椀を分け合って麦粥《むぎがゆ》を啜《すす》りながら決めたのだ。必ず応報する。自分達《たち》を使い捨てにした、見捨てた連中を送り届けて冥府で待つ仲間達に報いると。

「パトリック、エッカルト、ジョセットにシャルル……」

指折り数えるように死者の名を遡れば、有るのは彼等《かれら》への寂しさと報復の光景ばかり。

最盛期には二〇名を超え、累計で加わった人数が六〇を超えた一椀党の生き残りはたったの五人。

しかし、それをどうして愚かと言えようか。

一椀党が参加者に求めるのは一つだけ。常に誰かに見捨てられ、不要だとして死の淵《ふち》に落ちた境遇。

彼等が復讐《ふくしゅう》を欲し、仲間のために応報を求めるのは当然の権利であっただろう。

忘れろなどと言うのは容易《たやす》い。だが、そんなことは他人だから言えるのだ。分かち難い味方の仇であり、況《ま》してや自分自身の大事な人間を奪われて黙っているのであれば、それをどうして人間と言えようか。

やられた側がやり返したのが始まりなれど、何も知らぬ外野から復讐は無意味だと嗤《わら》われて堪《たま》るものか。喪った人間には、いや奪われた人間には譲れぬ一線があるのだ。

今やもう、結成の誓いをしたのが密殺者一人となっても、それだけは誰にも否定させはしない。

あの死者を、哀れな戦友達を使い終えた布巾か楊枝《ようじ》の如《ごと》く捨てた連中が、必要な経費だったと素っ気なく言い捨てて忘れていくのをどうして見過ごせよう。

因果の糸を辿り相応《ふさわ》しい結末を叩《たた》き付けてやろうとして歩み続けた先、今立っているのがここでいいのかと過去に問いかける。

間違ってはいないはずだ。皆、それを望んでいた。自分が殺されたら、殺したヤツは最低でも殺しておいてくれと笑い合った。

揺るぎない事実として、望んだ復讐を積み重ねて一椀党はここにいる。

仮に先の一線で誰が斃れたとしても、復讐を必ず果たすために変わらず戦い続けただろう。

こんな借りを返すために押しつけられた、クソが山積みになった仕事が原因であってもだ。

「なぁ、マエン、拙下の判断は間違っていたか？」

「頭領はできることをやったはずだ。下手な筋書きが破綻したのを一番に報せたし、危険性も問うたし、独断専行気味ではあるが金の髪のエーリヒを殺しに行くのも最善手だったと思う。これがトゥー《あなた》にできる最善手だろう」

それに、この決断は皆で情報を集め相談して決めたものだ。蜘蛛人《アラクネ》より補足されれば、密殺者にはもう何も言えなくなる。

納得ずくで始めたはずだ。神々が因果の果てに沙汰を下すのを期待するのではなく、むしろ神格は総合的に評価することを加味して、ならば自分達で帳尻を合わせねばならぬと因果を叩き返すべく総《すべ》てを始めた。

だから今回も間違っていない、失敗していない、そのはずなのに。

「そうだな、これが我等の最善手だった。やらないよりずっとマシだったろうよ」

無意識に遡っていく名前が増えていった。そこに仮定が混じると頭がどんどんと濁り始める。

アルベルトの仇を討ったのは間違いだったか？

今生き残った配下四人の因縁を片付けたのが間違いだったのか？

仲間達の弔いとして代官の首を狩ったのは間違いだったか？

自分が生き延びなければ、悲劇は起こらなかったのでは？

是などと認められなかった。最初から誤り続けていたのだと突きつけられようと、ならばこの怒りと絶望を何処《どこ》にやれば良かったのか、他に納得のいく答えを出してみよとさえ思う。

「び、ビーチェ、力抜ぃて、血が……」

「ん、ああ、すまんレプシア。つい力んでしまったようだ」

娼婦に身を装った人間が手から血を滴らせていてはいかんなと笑い、密殺者は部屋全体に〈清払〉をかけて自分達の痕跡を完璧に消し去った。

必要に応じて身に付けた技術なれど、役に立っているのは事実。

幾つか用意した使い捨ての隠れ家から出ようとして、ふと密殺者は忘れていたことに気が付いた。

「いかんな、初撃で殺し損ねたら金の髪に聞こうと思っていたのだが」

成り行きで陰謀に関わった結果、こうも遠大な殺し合いに巻き込まれた気分はどうだと聞いてやろうと思っていたはずだった。

逃げないのも存外面倒ではないか、などと皮肉ってやるつもりであったが、ついつい興が乗りすぎたと言うべきか。

問答は次に持ち越しかと密殺者は一つ笑い、路地の暗がりへと滲《にじ》むように這《は》いだした…………。


【Tips】人間は道理ではなく感情に依《よ》って立つ生き物だが、道理がなくては生きていけない哀れな構造的欠陥から逃れられぬ宿業を持っている。


戦果は赫奕《かくやく》たる物であるのに、実態としては何一つ利益を生み出していないことが何とも言えない気分だった。

別に皮肉じゃないよ。これだけ大人数が関わっている中で私だけ大怪我《おおけが》して、ついでもって拠点破壊にも失敗……あ、いや、事実上でしか成功してない当《あ》て擦《こす》りとかじゃないからね。

「報告は以上か？」

一斉ガサ入れを行ったその日の夕方には、各氏族の頭目格が冒険者同業者組合の会館、その貴賓室に集まっていた。

ここが会場になっているのは、もう秘匿性を重視してコソコソする必要がなくなったからだ。

あと、市井に広く知らしめる必要はなくとも、もっと上の人達《貴種の方々》にちょっと気合い足りてないんじゃないすか？　冒険者風情が街の命運を決めて恥ずかしくないんすか？　なんて迂遠《うえん》に煽《あお》りを届けるため、ここで開催する必要があったのかもしれない。

何度も言うがマルスハイムにも派閥が山ほどある。組合会館にも情報供給源《アセット》から有事に動く秘匿協力者《スリーパー》までごった煮で潜んでいるので、大っぴらに宣伝せず普通にやっているだけで詳しい人間には絶対割れる。

そして、広いようで狭いのが人間社会。誰かが知ったら遅い早いはあっても、必ず全員が知るようになる。

この点、家《うち》の組合長は相当に聡《さと》くあらせられる。時機を逸さないのは当然として、誰からも文句を言いづらいが、馬鹿でも意図を察せられる程度の当て擦りがちゃんとできるのだから。

「まぁ、悪くない。酒代は弾もう。何なら戦死者に昇格の追贈を弾んでやってもいい程度に上機嫌になれる成果だ」

簡単な報告書に纏《まと》められた戦果は上々。死人が相応に出た組織もあるが――主にハイルブロン一家とバルドゥル氏族の下請け系――目標は完全に達成されたと言える。

標的となった拠点は例外なく破壊され、重要人物も殺害か捕縛され、今は何処かで仲良く〝お話〟を聞かれていることだろう。バルドゥル氏族に外注せず、マクシーネ殿が直々にやっているあたり、多分地場の魔法使い辺りが本気で歓待してるんじゃなかろうか。

「ただ、奮戦した冒険者諸氏は大いに美酒に溺れる権利があろうが、残念ながら我々には祝杯で喉を潤すことが許されない状況でもある。金の髪」

「はっ」

指名されたので立ち上がってみたが、三角巾で左腕を吊《つ》ってると格好が付かんな。カーヤ嬢が取り急ぎ接いでくれたのだが、彼女は外科医ではないので骨接ぎがあんまり得意ではないのだ。

あと、下手すると神経が切れる折れ方をしていたとかで、無理矢理腕の形に戻すに及んで〝麻酔が使えなかった〟せいでめっちゃ痛いんだよね。現在進行形で。

「あー……煙草《たばこ》でも一服つけるか？　特に許すが」

「ご遠慮いたします組合長。主治医から止められておりまして」

「そうか、なら座ったままで構わない」

顔色の悪さから激痛具合を気遣われるようでは、私もまだまだだけども、如何《いかん》せん鎮痛剤の使用許可が下りてないんだよね。

私がカーヤ嬢の勘気を被ったとかではなく――そも、彼女は治療にそのような私情を挟まない――骨を急速再生するにあたり痛覚を殺すと予後が悪くなるそうで。

痛みとは体の警告《アラート》。これを無視すると大概酷《ひど》い目に遭うのも道理であって、耐え難い激痛が悶《もだ》えるような激痛になったらヤバいという証明らしく、私は一対五の窮地を何とか生き延びた結果、被虐趣味者でも音を上げるような苦痛と仲良くせねばならなかった。

いや、うん、医者から何箇所骨折してるか数える方が不毛とか言われる状態でも――案の定、開放骨折と粉砕骨折の合わせ技だった――ほんの数日で治る状況に文句を言う方が贅沢《ぜいたく》なのは分かってるけども。

「それに医者の言い付けを破らせる訳にはいかんしな。私も〝父親と弟〟の言葉なら必要とあれば無視するが、医者の言うことだけは聞くことにしている。若い者には分からんだろうが」

「医者かぁ、世話になったことがないな」

ガハハと笑う巨鬼、ロランス氏は場を和ませようとする発言に乗るくらいには満足そうであらせられる。何でも拠点に中々の使い手が潜んでいたとかで、久方ぶりにちゃんとした〝斬り合い〟に発展したらしく、そりゃあもうご機嫌なのだ。

札付きの悪漢とかではなかったそうなので追加報酬とはならなかったようだが、今宵《こよい》はその首と差し向かいで酒を呑《の》みたいと仰《おっしゃ》るくらいの業前だったのは結構なれど、常識的なヒト種《メンシュ》としてその文化にはちょっとだけ引いている。

「俺も風邪とは無縁だな」

「……そういえば僕も、その手の人のお世話になったことがないね」

失礼な話だが、そりゃそうだろうよと思ってしまった。

伊達《だて》な向かい傷が増えたステファノは、その場で縫ったのか顔付きのヤクザ感が当社比で五割増しになって、あまりの強面《こわもて》を前に病魔も尻尾を巻こう。

そして全く無傷どころか襯衣《シャツ》にシミ一つ付けずご帰還遊ばしたフィデリオ氏は、むしろ病という概念が屈服しそうな偉丈夫故に、彼が倒れた日にゃこの世の終わりが来るんでなかろうか。

ともあれご両人共に壮健そうで何より。ハイルブロン一家は相応の痛手を被ったそうだが、フィデリオ氏の一党は「金を貰《もら》うのが悪く感じる」程度の抵抗だったそうで、むしろ聖者の威圧感を前に五体投地の勢いで敵が降伏したそうな。

うん、宜《むべ》なるかな。余程の新参かモグリでもなければ〝一夜潰し〟の伝説は未《いま》だ色褪《いろあ》せない。氏に対する畏怖は無頼の方が尚《なお》強く、戦えば迸《ほとばし》る陽《ひ》の熱にて原子核も残さず焼却されるとあれば、下手な抵抗より降伏して慈悲を請う方が生きる目もある。

そして、彼の一党が攻めてくるということは、今はいなくても必ず敵対するということ。他のお三方が向かった場所でも似たような光景が繰り広げられたようで、やっぱ名誉点って武器にもなるんだなぁと感嘆するばかり。

「林檎《りんご》とか時がどうのこうのと言いだしたら煙を吐きかけるところねぇ……」

一方でバルドゥル氏族の頭目ナンナも問題なく仕事をしたようだが、彼女は医者の不養生ネタを散々擦られているだろうからウケなかったようだ。それに魔法薬を作っているだけで、どっちかっていうと医者に掛かる必要のある人間を生産している方なので、私の感性では医者を名乗られたら異議を申し立てたい次第である。

「まぁいい。しかし、帝国では医者は二人用意せよだとか、燕《つばめ》が来たからといって夏が始まった訳ではないと古来から言われており」

「今度は諺《ことわざ》ぁ……？　含蓄あるお話を聞かせたいというお心遣いなら、間に合ってるわよぉ……？」

言葉を割るような物言いは割とどころではなく失礼だが、基本的に根無し草の無頼を相手するのに慣れているのか組合長は上手に無視《スルー》。話を膨らませるのは喜んでも、何があっても無意味な雑談と脱線は絶対に許さないGM《ゲームマスター》のような力強さを感じる。

「貴種共も他の組合も、一つの証拠では口を割らん。だが二つ三つと重ねていけば流石《さすが》に懐を開いてくれる」

組合長曰《いわ》く、今回のガサ入れは一時的な〝魔女の愛撫《キュケオン》〟拡散の足止めであると同時に、今後必要となる社会戦の布石でもあったようだ。

さて、ライン三重帝国は基本的に何処を切り取っても真面目で官僚的な国風と民族性であり、どうにも規則と法律という物が好きで柔軟さに欠ける。

手続きが必要な地下の人間にとっては面倒極まりないものの、半端な物証一つや証言だけで首が飛ばない——ただし偉い人に酷く不都合な時を除く——あたり美点とも言えよう。

しかし、裏を返せば余程決定的な証拠か、内容が矛盾しない複数の証言などがなければお上にお伺いを立てることができず、同じ冒険者同業者組合相手でも名簿を見せろと言えないことになる。

ただ、どうにも今回のガサ入れは上手《うま》く行き過ぎてしまったようだ。

情報をもたらした人間として名を挙げられた時は、誇らしさより責任を感じてしまうくらいに。

「まぁ、それは良いとしよう。それを抜きに上手く行きすぎた。我々はちと勝ちすぎたきらいがある」

「何だ、此《こ》の身達《たち》の戦果に不満があるのか？」

一瞬ムッとしたロランス氏に組合長は落ち着けと手を向けて諫《いさ》める。

ガサ入れ自体に不足はない。

しかしながら、個人の決闘と違って組織同士の抗争ともなると勝ちすぎも良くないのだ。

さて、マクシーネ殿的にはゆっくりでいいから、いや、むしろ時間を掛けて揃《そろ》えたかった組絵の欠片《かけら》が一気に揃ってしまったことにお困りなのだ。

彼女が欲しかった情報は三つ。

第一に〝魔女の愛撫《キユケオン》〟製造の拠点の目当て、第二に悪魔が抱える戦力規模の推定、第三に黒幕の情報。

黒幕の情報が一番後回しなのは、どうせ土豪だろうから殺した後で分かるくらいで丁度良いとでも思っていたのだろう。マルスハイム伯の血が入っているなら、それこそ良い土豪は完全に寝返ったか死んだ土豪だけなのだから。

ただ、全てが一遍に手に入ると、農家の倅《せがれ》に過ぎない私にでも理解できる程度に一転してよろしくない。

負けの目が濃厚になった時、多人数で遊ぶ盤上遊戯《ボドゲ》の指し手《プレイヤー》がすることは何か。

私なら、こりゃ駄目だと思った瞬間には、どれだけ上位層の連中に嫌がらせができるかに方針を切り替える。

そうすれば、ワンチャン向こうが凄《すさ》まじい悪手を打って、棚ぼた的に勝つ可能性が出てくるかもしれないからだ。

あるいは、その日の虫の居所によっては「何があってもスッキリ完勝はさせねぇぞ」ってな具合に、絶対に勝てないけど気持ちよく勝たせない努力をする。

これは感情に依って立つ人間ならではの憂さ晴らしだ。

「〝魔女の愛撫《キユケオン》〟を撒《ま》き散らされることを防ぐためとは言え、我等《われら》は本気を出しすぎた。このままでは悪魔共が自棄《やけ》を起こしかねん」

特に後回しにしていた黒幕。様々な情報が想像より杜撰《ずさん》に保管されていたのか、一斉ガサ入れの結果、芋づる式に関係者の名前が明るみに出すぎた。制圧された拠点を担当した班が漁《あさ》るのみならず、調べ物に適した人員が――〝風読みのロタル〟氏や情報屋のシュネーなどだ――再度調べ直すと出るわ出るわ。

いわばGM《ゲームマスター》が簡易戦闘に勝利した結果、どうにも情報判定の切っ掛け《キーワード》を豪勢にばら撒きすぎたってやつだ。だからあれ程シナリオを動かすような情報は、流石にサイコロ転がして幾つ渡すか決めるのはやめろと……。

冗談はさておき、こちらには手蔓《ヒント》一つあれば、あらゆる情報判定を一人で引っこ抜いてくる専門家がいる以上、足掛かりを得るのは正答を教えて貰うのと同義だ。

内何割かは離間策で紛れ込まされた無辜《むこ》の貴族である可能性もあるため鵜呑《うの》みにはできないにしても、陰謀の輪郭を摑《つか》むのに十分過ぎる証拠が揃いすぎてしまった。

更に敵主体、土豪のタカ派においても過激派の連中や帝国を疎ましく思っていた地元名士、そして漂流者協定団の中でも帝国に受け容《い》れられなかった流民達、適度に国内が荒れていると得をする貴種などから成る……実質的に多頭の組織であるのもよろしくない。

得てして組織というのは、巨大になればなるだけ意識の統一は難しくなる。

完全な利害関係集団たる会社でさえ、金を稼ぐという最も単純な根本原理さえ忘れることがあるのだ。事業が傾いて倒産しかけているのに、役員共が頭の悪い揉《も》め方をして救済買収先や支援先の選定でグダり、結局完全に破綻なんて滑稽な展開は新聞で腐るほど読んだ。

それがマルスハイム伯の統治を崩そうとして集まった連中の寄り合い所帯ともなれば、より一層纏まりなんてなかろう。

精々持っている統一見解は帝国と喧嘩《けんか》しようぜ！　くらいの物なんじゃなかろうか。

「この際、悪魔の正体は重要事ではない。加担している土豪のタカ派も良いとしよう。連中は良くも悪くも、ただ帝国の敵でしかない」

土豪といっても西方辺境全体にいるので数が多く、幾つかの派閥がある。

帝国と断固闘争すべしのタカ派と、帝国が弱るのを気長に待ちたいハト派。あとは少数ながら、先祖の時代のことなんて興味ねぇよなんて無気力派《ノンポリ》から、帝国の内部で生き残る方策を模索する融和派など実に多彩だ。

更にその中でも絶対に武力で勝利したい過激派や、マルスハイム伯の譲歩や失脚を引き出し続けて実質的勝利を目指す穏健派なんぞがいるのだが、今回の麻薬騒動一連の引き金を引いたのは過激派の公算が高いらしい。

「タカ派は会戦によって帝国を負かしたい時代の遺物だ。故に橋頭堡《きょうとうほ》として、帝国に有利な会戦を挑めるマルスハイムを無傷で手に入れたがったのだろう。だが、巨大な壁に絵を描いて良いと言われた子供が、最初に手を付けた子供に気を遣って同じ画風で書いてくれる訳もなし」

反乱分子の中でもタカ派は考えていることが分かりやすいので、まだいいのだ。悪魔の中では会戦を狙っている癖してかなり穏当と言える謎の存在。

とはいえ、時代が時代である。兵隊の大部分が徴収兵になるとはいえ、現代戦めいて首都にミサイルをブチ込みあったり、工業地帯に爆撃カマしたりしないため、一撃で決着が付く大会戦というのは統治者に納まりたいなら理には適《かな》っているのだ。

あとで親ハルスハイム側の荘園《しょうえん》や敗北した貴族の土地で酸鼻極まる光景が繰り広げられようが、自分達の領土にしたいならば幾らかは弁《わきま》えもしよう。

問題は漂流者協定団の方。

「どうにも漂流者協定団の目当てはマルスハイム指導者層の挿げ替えではなさそうなのだ」

今回のガサ入れで漂流者協定団の議員ではないかと目される人物が二人、標的として襲われているが生きての確保は叶わなかった。一人はハイルブロン一家七人を切り殺した後にマンフレートとの一騎討ちで壮絶に討ち死にし、もう一人は何らかの魔導具を使ったのか爆発四散してしまったというのだ。

余談なれど、この爆発四散した敵の捕獲に向かったのはヘンゼル氏だそうだが、首根っこを摑んだ状態で自爆されても「眉毛が焦げた……剃《そ》らんとなぁ……」と、ただでさえおっかない人相が更に反社っぽくなったことを嘆いているだけらしい。

やっぱガチモンの前衛って硬さが何かおかしいぞ。比較的控えめで常人に近い私だったら、纏《まと》めて木《こ》っ端《ぱ》微塵《みじん》になっていたかもしれん。

「ヤツらの拠点で、あの魔導具が稼働可能状態に組み上げられていた。魔晶こそ外していたが、使おうとすればそう時間はかからぬ状態にあったそうだ。ステファノ、教えてやってくれ」

「襲ったヤサン中には、大量の青っぽい水が入った樽《たる》があった。管で魔導具と直結できるように改造されたもんだ。しかも、酒精神聖堂で大量に麦酒《ビール》を作るような馬鹿でけぇやつがな」

敵中枢幹部の捕獲こそ叶わなかったものの、彼等が塒《ねぐら》にしていた場所を押さえたことで判明した事実であるが、どうにも漂流者協定団の目的はマルスハイムの壊滅にあるようだ。

マンフレートやヘンゼル氏が制圧した拠点を始め、計七箇所の拠点で例の加湿器が既に組み立てられていたのである。

ジークフリートも幸か不幸かこれを発見しており――破れかぶれで起動されなくてよかった――どうにも連中は、コイツを〝本当に使おうとしていた〟節がある。

推論に過ぎないが、漂流者協定団は土豪の悪事に相乗りして盛大なテロでも企図していたのではなかろうか。

これが組織全体の意向かまでは流石に分からないものの、陰謀に関わっている派閥の一部はマルスハイムを滅ぼしてしまいたいことだけは確かだ。

「〝抹香焚き〟よう、あの量なら何ヶ月も街をイカレた靄で包めるんだろ?」

「ええ……見てきたけど正気の沙汰じゃなかったわぁ……起動しておけば、使われている魔晶の大きさもあって……そうねぇ、半年は市壁の外側まで煙で一杯かしらぁ……」

ハッキリ言って正気の沙汰ではない。土豪も西が荒れて得をする貴族も、何らかの政治的謀略に利用しようと手を伸ばした中央の貴種も度肝を抜かれよう。

マルスハイム近郊が完全に機能不全に陥ったならば、待ち受けているのは誰も得をしない悪夢だ。治安は千々に引き裂かれて完全に統制を失い、大量の薬物中毒死亡者が都市を埋め尽くす。

そして西方は生き残りを賭けた無分別にして無差別の殺し合いが巻き起こる地獄になろう。

正しく、マルスハイムを単純に終わらせたいだけで、何の目的もない破壊である。

「正直に言えば、もう漂流者協定団の誰が悪いかなど問わず、悪魔の中枢も捨て置いて、天幕街を焼く必要があるやもしれない」

組合長の重々しい発言に皆が唸《うな》った。

「だが女傑殿よ、それでも上手く行くまい。あの襤《ぼ》褸《ろ》纏《まと》い共は逃げ隠れが上手いし、都市戸籍を持ち市民に紛れている者もいる。それこそ暴発を招かぬか？」

「ロランス、その懸念は尤《もっと》もだが、いよいよ以《もっ》て行政府にも市民にも知られず終わらせねばならない段なのだ。私の首が監督不行き届きで城壁に晒《さら》されるのは許容するにしても、西方における冒険者という仕事の信頼が失墜する」

「卿《けい》が保身などどうでもいいと言うのなら、それこそコネを使い軍で潰さねばどうしようもないのではないか……？」

「市民の混乱を招きたくないのだ。この計画が少しでも表に出て見ろ、今にでも逃げ出そうとする者達が門に殺到して酷《ひど》いことになる」

ああ、そうか、市民の混乱は完全に敵の利益だ。ガサ入れで一時的に〝魔女の愛撫《キュケオン》〟を用いた広域無差別攻撃を食い止められても、やろうとする馬鹿を根絶やしにしておかないと無辜の人々は必ず狂乱する。

そして、そこに「まだ何もしてないけど簡単に落ちそうだな」と見た土豪共が押し寄せてきては、我々が内々に終わらせようと頑張った意味がないではないか。

「故に、故にだ、漂流者協定団の排除が最優先……と言い切りたいところなれど……」

「原料が病み麦だって分かったから、そっちを叩《たた》かない訳にもいかないのよねぇ……」

何時《いつ》もより更に目を胡乱《うろん》にしたナンナが煙草《たばこ》の煙に混ぜ、重々しく吐き出された溜息《ためいき》の通り〝魔女の愛撫《キュケオン》〟問題は漂流者協定団を叩いても解決しない。

状況証拠的に彼等は製造には関わっていないようなのだ。そして、使えるから使おうとしただけで、此方《こちら》の根も断っておかねば協定団を一人残らず殺しきれない時点で、やり方を知っている生き残りが報復に走ると止めようがない。

また密《ひそ》かに、じっくり時間を掛けて街に麻薬を持ち込んで、忘れた頃に起爆なんてされたら我々全員が詰め腹を一〇〇回斬っても足りんだろうよ。

「確認だが、本当に病み麦が麻薬の原料なのだな？」

「そうよぉ……公衆衛生学論で大昔にやったから覚えてるけど、言われてみればたしかに副作用が〝麦角病〟の症状が近いのよねぇ……」

ただでさえ頭が痛い状況なれども、ジークフリートが見つけた売人が身内の懐からちょろまかした麦から、悪辣なる麻薬の原料が何か分かってしまった。

カーヤ嬢はどうして気が付かなかったのかと頭を抱え、ナンナは魔導院時代に学んだ基幹教養科目で——この辺、本当に魔導師《マギア》は技術官僚《テクノクラート》なのだなと実感する——知識があったのか、製法までは不明だが成分的には極めて近いと分析した。

「……今年の刈り取りはもう始まってしまっている。急いで見つけ出し焼き払わねば、大量の原料を持って雲隠れされる。くそ、胃が痛い、吐きそうだ」

「な、何か申し訳ない……」

「気にするなジークフリート。急げば叩ける分、まだマシだ」

俺なんか大変なこと見つけた？　そう思ったのか苦悩して胃に手をやる組合長にジークフリートが申し訳なさそうに呟《つぶや》けば、彼女は気にするなと手を振った。

少なくとも、対処不可能に陥ってから知るより胃壁にも優しかろう。

護衛のフーベルトゥスが気の利いたことに差し入れた薬湯をグッとやって、勢いよく卓上に叩き付けながらマクシーネ様は高らかに宣言した。

「正直、これも急務だ。私は明日、伯に申し出て内密に物納の記録を閲覧させて貰《もら》おうと考えている。ここ数年、何箇所か酷い不作のところがあって年貢軽減の御触《おふ》れが出たのだが、それが怪しいのではないかと思っているのだ」

「年貢軽減？　今年の豊穣神《ほうじょうしん》と風雲神の夫婦仲は良かったと思うんだけども」

怪訝《けげん》そうに首を傾げるフィデリオ氏を見て、組合長は実に渋い顔をした。

恐らく言いたくなかったのだろう。義の人である聖者に政治的な配慮と工作が滲《にじ》む懐柔策を帝国が行っているなどと。

「天候不順や渇水、治水設備故障などを名目とし土豪に幾らか租税を目溢《めこぼ》してやり、懐柔する工作を何十年もやっていてな。分かるだろう、五月蠅《うるさ》い子供に小遣いを握らせるのと同じだ」

「その小遣いで非行に走られちゃ意味がないだろうに……」

体面上は年貢軽減を行い行政府に納めさせる穀物や物納品を減らすことによって土豪側のご機嫌を取り、胸襟を開いて貰う政策をマルスハイム伯は多様な政治工作の一つとして行っていたらしい。

ちょっとした飴《あめ》の一つに過ぎないが、この飴を毒に変えることは、言われてみればなるほどって感じだな。予《あらかじ》め年貢減免が決まっている荘園でなら病み麦を作っても帝国側の官吏が出来高を調べに来てバレることもないし、徴税官にとっては年中行事であるため気にしすらしない。

麦を黒く染めて病ませる感染症。麦角菌は大麦やライ麦に寄生した場合、実に分かりやすい見た目になることもあって、種籾《たねもみ》のように選《よ》って取り置けば意図的に伝染させることが可能だ。

菌に汚染された麦自体が芽吹くのではなく、感染した菌自体が繁殖して広がるため元も大量に必要にはならず、病み麦に悩まされたことのない地域であれば「そういう品種だ」

と代官や顔役が言い切れば、農民も深く考えず育ててしまうことも考えられた。

何と言ったって、この病の原因が分からなかった時期は転地療養、つまり病み麦が伝わっていない所に行けば何となく治るなんてやり方をしていたくらいだ。新興の開拓荘なら、病み麦の存在を知らない人間がいても不思議ではない。

「病み麦を作っていそうな地域をこれで絞れる。帳簿とのにらめっこでまた目が悪くなりそうだが」

逃げられれば終わりだ。大々的な摘発が行われたことは生き残りや、ブツを運んで来たはいいが受け渡し先が死んでいたとかで引き返す運搬役から製造側にも漏れよう。さすれば多少は物を考える頭があれば、探される可能性を考慮し製造拠点を畳んで逃げられる公算も高い。

残された時間はあまりにも短かった。

「幸い、製造に適した地点は限られるそうだ。そうだな？　カーヤ」

「あっ、はい、現実的に考えれば大量の薪《まき》や水が必要ですし、素人を雇って炉端で作るような真似《まね》もできないはずなので条件が幾つもあります」

問われたカーヤ嬢は指折り数えて、決して間違わないよう慎重に候補地の要件を挙げていく。

まず設備は河の近くでないと厳しいそうだ。精製には大量の水が必要になるし、病み麦を保管する場所を含めれば設備は必然的に巨大となる。手工業的にチマチマ作っていて用意できる量ではなかったのもあり、必ず大規模な工場が存在しているはずなのだ。

そして、そのような建築物は軟弱な地形に建てるのは難しく、かといって悪目立ちもできぬため人里から適度に離れていた方が良いが、作業員や物資搬入のため遠すぎてもいけない。

基幹街道や大きな豊穣神聖堂がある場所は拙《まず》いにしても、生活物資を仕入れられる道くらいは繋《つな》がっていなければ不便すぎてやってられないだろう。

また、あまり乾いた場所も良くないそうだ。菌はそう簡単に死なないが適度に湿っていないと弱るそうで、冬に空っ風が吹いて湿度がガンガン下がる場所も原料の質を下げてしまうため不適切。元から原価を割って売っている品なのもあって、流石《さすが》に魔導で理想的な状態を維持する倉庫までは用意するまい。

それに大規模な結界は酷く目立つ。どうしても魔導反応を撒《ま》き散らすため、目立たないという前提条件を崩さぬため保管用に派手な結界は用意しないだろう。

「そこまで分かれば、虱潰《しらみつぶ》しに見て回る必要はない。藁山《わらやま》から針を探すより幾分楽になったな」

「でも、候補地は絶対に片手の指から溢《あふ》れるだろうね。やれやれ、遠征の準備をしないといけないか」

製造拠点を暴き出すための傍証は揃《そろ》いつつあるも、完全にここだと地図に針を打てることはできないと思う。ここまで周到にやって来た連中なのだから、何かの弾みで露見したり、自分達《たち》の不手際で焼失したりした時に備えて複数箇所でやっているに違いない。

だとすれば、組合長が眼精疲労と胃痛、あと睡眠時間を生贄《いけにえ》に捧《ささ》げて製造拠点候補地を絞ろうが、何割か空振り覚悟で戦力を捻出しなければいけない訳か。

こりゃ大変だな。フィデリオ氏がしれっと処刑宣告をしているのはもう良いとして、遠足までしなければいけないとは。

「まぁまぁまぁ、ほら、そこは自分にお任せあれやよ」

そう思っていると、白猫がひょっと上座の前に歩み出す。ほぼ無音かつ、この集まりには呼ばれていないと思ったけど、何処《どこ》に潜んでいたのやら。隣に座っているマルギットを見てみれば、肩を竦《すく》められてしまった。

「色々探って候補地を更に絞り込んでご覧にいれますわ、組合長。勿論《もちろん》、何の手掛かりもなしにとはいきまへんけどね」

「……良いだろう、あとで要る物を教えろ情報屋」

「はいはい、お代は気持ちで結構やで」

にふふと笑う白猫の糸目は相変わらず読めないが、直近で死にかけているのにまだ情報戦をやる元気があるのに感服させられる。まだ腹から苔《こけ》が取り切れていないのにね。

「しかし、最優先と頭に付けておきたい事態がまだある」

「既に二つもある時点で最優先ってのも変だろ」

牛躰人《アウズフムラ》の小言は華麗に無視されたが、皆分かっているため口を挟むことはしない。

人生には往々にあることなのだ。今日中に対応しなければ完全に破綻するような重要事が日に二件、三件と連鎖的に湧いてくることなど。放っておけば死に繋がるとあれば、文脈的に最重要案件の併存は何ら矛盾しない。

手数が足りるだろうかと心配する私達に向け、組合長は一枚の人相書きを配った。

い、いかん、何とか抵抗できたが変な声が出そうになった。

ナンデ？　ナンデあのゴスロリの顔が!?

「何とか口が堅すぎる余所《よそ》の組合を口説き落とし、情報を吐き出させた。金の髪、お前を襲ったのはコイツに相違ないな？」

「アッハイ」

いかん、精神的均衡が揺らいだのか発音が片言になってしまった。

ただ、間違いない。今日左腕を伊達《だて》に彩ってくれた上、麻酔なしで骨を肉に突っ込む半ば拷問に近い治療を受ける原因になった女だ。

報告書に子細を書いたし、私も似顔絵を添えておいたが、配られた物は複写ではない。筆致からして、組合で手配書や人相書きを描く講習を受けた事務が描いた物だろう。写真がない時代では、こうやって絵にするでもしないと箇条書きでしか人相を情報化できないので、ある程度画一化した画法が採用されているのだ。

だから私達も初対面となる手配犯の面を知ることができるのだが……これは、私の絵を元に書き起こされたとか、既に手配されて出回った人相書きじゃないな。

少し若い。十代後半くらいの顔付きだ。

目力の強い化粧も相まって印象が随分違うが、互いの吐息を交換するような間合いで殺し合った私には分かる。初対面の印象を目の強さに引き付けることで、顔全体を記憶させない小技を使っていたようだが、目鼻立ちと輪郭が完全に一緒だ。

この似顔絵に濃いめの化粧を足し、死地と修羅場に一〇年以上ドップリ漬けてやれば同じ顔になることだろう。

「全員、この顔をよく覚えて帰って欲しい。決して見逃すな」

「にふー、割と苦労したわ。名前はベアトリクス・オイゲーニア・フリーデリーケ・ブレヒト。長いお名前からお分かりやと思うけど、下野した名家の御姫様《おひめさま》やね」

しかし、早すぎる。私が報告書を上げたのは治療が終わった昼頃なので、組合に魔導伝文機が配備されていたとしても有り得ない。今回のガサ入れくらいの重要事で、やっと組合長が名簿を公開したように、余所の組合も軽々に身内の情報を寄越《よこ》してはくれないはず。

それに人相書きの若さからするに、冒険者になった時の組合に籍を置き続けていたとあれば、現地の組合長や馴染《なじ》みの事務員が庇《かば》い立ての一つもするだろう。

つまり、相応の時間と証拠が必要なはずだが……よもや猫のカンとやらで未来予知をかましたのではなかろうな。

「経歴は真っ白。所属はリューネブルクの冒険者同業者組合で階級は緑青。依頼達成率九割超えの信頼厚い冒険者……やけど、それはやり手の証《あかし》やね」

「やり手か。金の髪をその様にするということは、殺しを生業とする者だな？」

ロランス氏の問いにシュネーはこちらを見ることで回答とした。

ふー、落ち着け私。よかったじゃないか、何の脈絡もなく湧いた、道中表を振っただけの名もなき敵に殺されかけたのではないと保証されたのだから、むしろ喜ぼう。

尻尾を優雅に振りながら闊歩《かっぽ》する様からして、この猫はベアトリクスなる密殺者の存在を既に知っていた。そして予め情報を得るために暗躍し、他人様《ひとさま》にお出しして恥ずかしくない状態に仕上がったのが今なのだろう。

特に彼女は重要性の正確性に拘《こだわ》りがある。仮に自分を殺しに来た連中の頭目相手でも、カンや論拠のない警告を送るのを嫌がったのだ。

実際、我々が何の先入観も気負いもなくガサ入れに挑むことができたのは、必要なこと以外を知らないがため、余計な仮定を挟みすぎず適度に準備ができたからなのだから。

とはいえ、隊商護衛の説明会を取りやめにした原因と接触していたことくらい、教えて欲しかったもんだがなぁ……。

「玄人は名前すら知られんようにやるもんやし。恐れられとる暗殺者ってのは二流なんも、ここの皆様方に説明するまでもないやろ？」

ジークフリートとカーヤ嬢はピンと来ないようだが、あとで教えておくとするか。

本当に腕のいい殺し屋は、そもそも殺し屋であると知られていない。中には標的が殺された事実さえ上手《うま》いこと隠蔽し、失踪からの死亡推定が下されるまで隠匿し続ける密殺者なんてのもいるくらいだ。

英雄譚《えいゆうたん》には敵の箔付《はくづ》けとして、誰それを殺した恐れられし何ちゃら、みたいな行が割とあるものの、犯行と名前が割れてる時点で評価を辛くするほかない。

何つったって、面と素性が割れていたら対策はずっと簡単なのだ。それこそ接近している情報を摑《つか》んだら、幾らでも対策が打てるのだから。

「ま、ソイツが街に入ったたって情報が来たら、全員身構えるからなぁ。俺なら特に覚えはなくても、先手を打って殺しとくな」

地元ヤクザらしくステファノは自分の膝に頬杖《ほおづえ》を突き、過去の覚えを振り返っているようだった。

陰謀を練るにあたって最大の重要事は、そもそも策略を巡らせていることに感付かれないこと。この大前提に基づけば、たしかに大貴族が裏で使っているような暗殺者集団や諜《ちょう》報員《ほういん》部隊は名前すら知られていないことが殆《ほとん》どだ。

例を挙げるならば、帝都時代に殺し合ったナケイシャ嬢。彼女の一族を抱え込んでいるドナースマルク侯は篤志家や慈善家として高名であり、諜報や防諜《ぼうちょう》を司《つかさど》る配下を大規模に編成、運用していることなど知らぬ人間の方が多かろう。

懐に吞《の》んだ懐剣は知られていないことが最大の火力。私も殺されかけているシュネーを錆猫《さびねこ》のお導きによって助けなければ、陰謀の核心に触れるのが大分遅れていたことからして明確だ。

「しかし、緑青か。それなら都市間の移動も殆ど妨げられず上手く行くのも道理だな」

「都市戸籍以上の身分証だものねぇ……」

「エーリヒがここまで痛めつけられるとなると、敢《あ》えて昇格していないってところかな？　たしかに僕も青玉に上がって以降、色々と目立ちすぎて名士やらが挨拶に来るようになったし、絶妙な格の重さと軽さだ」

　そして、冒険者は軽んじられているが、上位になれば都市や国家を跨《また》いだ依頼を受けることも珍しくないため、関所越えに何くれとなく便利である。階級章には身分証となるよう魔導的な加工が施されていて、きちんと通行証の機能を果たすのだ。

　私が持っている琥珀では西方辺境内でしか通用しないが、名誉位階を抜いて上から三番目《下から三番目》にあたる緑青ともなれば、帝国内では殆どの場所に入り込めるであろう。

　要は誰かの依頼という体にしておけば、密入市の現場を捕まれでもしない限り誰も怪しまぬ。お貴族様のお口添えを装えば、堂々と訪れようが日報に名前を残させないこともできるだろうな。

「若い頃はマルスハイムでも活躍しとったみたいやね。二年くらい居着いて、そこからふらっと消えて河岸を幾つも移しとるようやわ」

　時期的に、ここの人間がまだ誰も要職についてない昔だな。ステファノが下剋上《げこくじょう》を虎視《こし》眈々《たんたん》と狙って叔父の隙を窺い、組合長が補佐職だったたって頃かね。

　って、あれ？　これ私生まれてるか？　いや、そんな歳食《とし》って見えなかったんだが……。

「履歴が正しければ、その時はまだ琥珀《こはく》だった。玉石混淆《ぎょくせきこんこう》の中で、少し光りそうな石くらいの扱いだったので当時の記録はなくてな。重要事でもなければ五年もすれば処分してしまう」

冒険者は制度的に登録した組合から籍を移すこともできるが、本人がちょっとした出稼ぎくらいのつもりであれば、申請をするだけで他の組合で仕事をすることもできる。琥珀ともなれば地元からの推薦状を持って来れば移籍も容易《たやす》いが、ベアトリクスは何らかの事情か思惑があってそうしなかったのだろう。

「割と苦労したで。驚くべきことに剣友会の先輩サンやったわ」

「家《うち》の？」

「銀雪の狼《おおかみ》酒房のお客さんやったわ。ジョンさんは義理堅いし口も同じくらい堅いもんやから、話聞くのに随分骨が折れたわ」

よもや、同じ宿で寝食をしたことがある相手と殺し合ったとは思いもしなかった。

ただ、よくよく考えると冒険者ってのは暗殺者の隠《かく》れ蓑《みの》としては適しているのかもしれない。

得物を持ち歩いているのは商売道具であるし、怪しげな魔導具や薬品を携行していようが冒険用の道具だと受け容《い》れられる。訛《なま》りや発声がおかしくとも、寄り合い所帯で人種が混ざりやすい冒険者なら気にすらされまい。

何処かでお尋ね者にさえならなければ、なるほどどうして得心が行ってしまう。

さて、貴族に連なる旧家の――帝都に支店があった、デカい川船回船の大店《おおだな》がそんな名前だったはず――お姫様《ひいさま》が流れに流れて冒険者を装った暗殺者とは。人生何があるか分からんもんだな。

いや……あるいは、方針を貫けなかった成れの果て、という可能性もあるのか。

私も人生で何度か「こりゃ腹の括《くく》り時かねぇ」などと達観したようなことを抜かしたことがある。帝都で魔導院に深く関わりすぎた時、仮面の奇人と戦って死にかけた時、数え上げるとキリがないが、冒険者になる夢が潰《つい》えかけた瞬間が幾つあったか。

そして冒険者になったあとも、危うい場面が一つ、いや三つくらい？

冒険者になった夏、面倒臭ぇとちょっかいかけてきた連中を片っ端からしばいていたら、私のキャラ紙は随分と趣が違っていたはずだ。

〝氷の吐息〟が出回り始めた時も、あんまり好みの展開じゃないからとか言って逃げていたら、きっと心に棘《とげ》が延々と残ったままだったろうさ。

それと、いよいよ〝魔女の愛撫《キユケオン》〟でマルスハイムが危ないとなった今でも、みっともなくコネクションを使い倒すことを考えなければ、怪しいのを片っ端から斬り倒す更に無様な結末になったやもしれん。

逃げを打ったり、考えるのが鬱陶しいから暴力に頼ったら、私も何時《いつ》か逃れ得ない因果に絡まれていたやもしれぬ。

お前も、もしかしたらその姿なのか？

「どうあれ、腕前はご覧の通り、名高い金の髪のエーリヒさんがこの有様や」

「ここで、一対五でしたと言い逃れするのは格好悪いですかね？」

問いかけてみても人相書きが応えてくれる道理もなし。腕前の証明として重症の左腕を手で示されたので、私は肩を竦《すく》めるばかり。

向こうも出し惜しみはしていたけど、割とガチめに死にかけたから、次は縛りなしの本気ださんといかんかもしれんねこれは。

「そんで、隠密《おんみつ》にも優れとる。この期に及んで状況証拠、それと殺されかけた本人以外の痕跡を残さへん慎重派なんも始末が悪いわ。そんな相手やから……」

「斬首戦術からの指揮崩壊狙いか。此《こ》の身達《たち》もよくやったな」

ギシリと三人掛けの長椅子が巨鬼の体重を受けて軋《きし》む。

ロランス氏が先んじて暗殺によって、氏族の頭目格が討たれる危険性を挙げたのは種族柄よくやって来たからだろう。

「アレがまぁ効くのだ。統制が硬い敵に囲まれて、いざもう終わりかという段、我等《われら》が遂《つい》に死に場所を得たりと笑顔で突っ込んで兜首《かぶとくび》を獲《と》りまくれば、割とちゃんとした戦争になったことがある」

比類する者の少ない個体戦闘能力を持つ巨鬼は、圧倒的な数位的劣勢にある戦場で屢々《しばしば》一つの戦術にて戦略をひっくり返すことがある。

今正に呵々《かか》と笑って仰《おつしや》った通り、敵司令部中枢を狙った斬首戦術だ。

巨鬼の戦士が腹を括り、死を受け容れて敵中に吶喊《とっかん》して「なんかえらそうなの」を見つけ次第斬り殺していったら戦略もへったくれもなくなる。無論、さしもの巨鬼とて無謀な戦い方のため何人も死ぬだろうが、最終的に戦の誉れとなれれば躊躇《ためら》う弱兵が存在しないのが彼女達である。

ほんと、一族総島津《しまづ》みたいな種族だよな……こわ……。

「要は暗殺されぬよう気を付けろということだな」

「ご理解が早ぅて何よりですわ。そういうことなんで、各位、寝首かかれんよう気を付けてくださいな」

ともかく、現状で一番拙《まず》いのは事態を穏当に落着《ソフトランディング》させようとしている冒険者氏族各員の頭目格が暗殺され、必死に作った連帯を崩されることだ。

そうなれば最早《もはや》我々には手数が残っていないため、遅ればせながらマルスハイム伯に泣き付き、下手をすれば敵が暴発する危険を抱えて戦い続けることになろう。

それだけは絶対に避けねばならなかった。

とどのつまり氏族というのは頭目の追っかけだ。発起人に実力なり資力があるなりして、他の冒険者が付き従っている。

その頭が狩られたならば、残るのは軍と違って次席指揮官なんぞいない冒険者の群れ。空中分解するまで、さて何日かかるでしょうってところだな。

実際、組合長からお前が鎹《かすがい》だなんてべた褒めされた翌日、私一人殺せれば上等なんて戦略を組んできた相手だ。私を殺し損ねた上で損耗なしの状態なら、次は他の氏族に手を伸ばすこともあろう。

特に氏族内政治が万全ではないらしいハイルブロン一家や、ナンナがいるからこそ成り立っているバルドゥル氏族は危ういな。

クソ、二人がフィデリオ氏並、最低でもロランス氏くらい強けりゃ心配せずに済むってのに。

「そういう訳だ、我々としても漂流者協定団への対応を進めると同時、迅速に候補地を絞り込み、敵が密殺を試みる猶予などない速戦に移れるよう努力する。氏族長各位、警戒を厳に……」

情報の共有、危機の伝達、今できることをし終えたと判断したのかマクシーネ殿が解散を告げようとした瞬間、応接間の扉が控えめに叩《たた》かれた。

護衛として付き従っているフーベルトゥスが近づけば、扉の下から文が差し入れられる。人払いをしている部屋に従僕が踏み入らず、しかし絶対に報《しら》せておかねば拙いことが起こった時の連絡法だ。

手渡された文を見て、組合長は眉根に皺《しわ》を寄せた。

「漂流者協定団から釈明の使者……だと……？」

この時、一段落付いたかと冷め切った黒茶に手を伸ばしていたんだけど、驚きのあまり取り落としそうになった。

叫びもせず、茶器を取り落としもしなかった私を誰か褒めてはくれませんかね…………？

【Tips】隊商、詩人、学者、そして冒険者。管区を跨いで疑われない仕事を別の方法で活用する者達は決して少なくない。

身内の恥という言葉がこの世にはあるが、とある吸血種《ヴァンピーレ》にはどうすればいいのか分からない状態になっていた。

彼は帝国の生まれではない。帝国から南の南、緑の内海から更に東にある黒き内海の畔《ほとり》にある、帝国人が名前も聞いたことのないような国に生まれた。

その地において、吸血種《ヴァンピーレ》は迫害される生物であった。

根源が大陸西方に生きる者達とは異なるのだ。

ライン三重帝国では〝たいようをだましたおとこ〟の民話で知られるように、元は定命であったことは同じだが、彼の地における吸血種《ヴァンピーレ》は不浄の種族として忌まれている。

その根底が邪悪な儀式によって行われたとされるからだ。

古い民話に曰《いわ》く、疫病に死んだ人間の血を呑む邪法、七日七夜かける縊死《いし》自殺、死者の股から生まれた私生児の成れの果てなど、ただ聞いただけで気分が悪くなりそうな由来ばかりとあればむべもなし。

故に〝不浄の血を啜る鬼《ストリゴイ》〟と蔑まれ、人として扱われぬ故地を捨て、立派な人間として扱われる帝国に流れてきた。

正しく流民なのだ。

西の果てに辿《たど》り着いた彼にとって、少々顔色が悪く、昼間働けない人くらいの扱いをしてくれる帝国は、辛酸を漏斗で注いでくるような故郷と比べれば天国だっただろう。

だから彼は真っ当とは言い難い仕事を行いながらも、彼なりにこの地を愛していた。

そして、流れてきたからこそ分かるのだ。流れざるを得なかった、誰からも見捨てられた人間達の憤りや葛藤を。

しかし、これは違うだろうとも思った。

たしかにマルスハイムは流民に優しくない。だが、厳しくもない。

市壁の内部に立ち入らせて貰《もら》えない訳でもないし、正しく制度に則《のっと》って金と保証人を用立てることさえできれば、流民だったことを理由に都市戸籍の取得を拒まれることもなかった。

この街は良くも悪くも無節操で、帝国の風土に合わせさえすれば差別をしないのだ。

ただ、マルスハイムの流儀に否を言わぬか区別をするだけ。

だから吸血種《ヴァンピーレ》の男、漂流者協定団の〝二番《ツヴァイテ》〟と呼ばれる男は自分の信条と第二の故郷を愛するが故に、内部分裂も覚悟して会館を訪れた。

彼も評議員が一人死に、一人這々《ほうほう》の体《てい》で影武者と入れ替わって帰還する大きな事件があって初めて気が付いたのだ。

流民の辛《つら》い生活に嫌気が差した者達が、衝動的にマルスハイムを滅ぼそうとしていたことに。

これは正に寝耳に水だったと言える。マルスハイムは流民がなくても問題ないが、流民にはマルスハイムがなければ生きていけないことなど、どれだけ頭が悪くても分かるであろうに。

帝国広しといえど、そうはあるまい。こうも大っぴらに天幕をずらずら並べても、文句を言うだけで放っておいてくれる州都なぞ。

しかし、差別される立場にあった者達が虐げられた恨みの深さも、寄る辺なき生き方に纏《まと》わり付く苦悩や煩悶《はんもん》も、彼には理解ができた。

吸血種《ヴァンピーレ》という、生まれながらの強者たる出生でも故国で受けた迫害は心に深い傷を残している。今は瘡蓋《かさぶた》になって忘れかけたそれを擦《さす》れば、こんな所滅んでしまえと心の底から恨みが湧く心理を想像することはできる。

だが、それでも生かしてくれている場所を非道という言葉でも足りぬ方法で壊すのは、違うだろうと二番は憤りを通り越して恥じた。

故に助力を、いや、沙汰を受けようと組合を訪れる。マルスハイムを〝魔女の愛撫《キユケオン》〟で溺れさせるなどといった陰謀を挫《くじ》くためなら、自分が朝日に灼《や》かれて塵《ちり》に消えることも受け容れて。

それに、この無謀な陰謀も決して漂流者協定団の総意ではない。協定団は流民の互助組織であり、アガリは取るが働けない老人の衣食、独力で亡命が困難な遠方にいる同胞の家族を呼び寄せる資金、子供に帝国語を教えて街に馴染《なじ》めるよう教育する予算として活用している部分も大きい。

皆が皆、この街が滅べばいいとなど思っていないのだ。

今回の企てに対し、協定団は過半数以上が関係していたとしても、その大半は普段通りの小銭稼ぎのつもりでしかなかっただろう。毎度の如《ごと》く禁制品を扱って小銭を得るだけで、事態の重大さと凶悪さを正しく認識できていた関係者など一割もいるものか。

しかしだ、その一割に最悪が混じっていた。

今日死んだと伝えられた五番。彼は元々土豪の流れを汲《く》む人間で、世が世なら自分は王だったと常に帝国を恨んでいた。

そして、双子の弟を犠牲にしてまで逃げ延びた七番は、帝国の貴族に慰み者にされた過去があったと噂《うわさ》程度に聞いていたが、二番からすると「そこまでするのか」としか思えない。

その上、三番までマルスハイムを滅ぼすことに賛同し、このままでは漂流者協定団全体が国賊に指定されて狩られるなどと宣《のたま》って周囲を駆り立て始めるとは、我が目と耳で確かめても信じ切れない。

たしかに此処《ここ》は地上の楽園でも何でもない、官僚帝国の端っこで法が行き届かないだけも地方だ。

それでも随分とマシな街のはずなのだ。

酒場の酒は酸っぱいのを出すところが多いし、商売女も醜女《しこめ》揃《ぞろ》い、商売人共はどいつもこいつも金に汚くて釣りを誤魔化されるのはしょっちゅうだったが、二番の牙を見て〝汚らわしい〟とは言わなかった。

麻薬の煙に沈めて滅ぼしてしまうに値するとは、どれだけ考えても賛同できぬ。

故に彼は身内の恥を雪《すす》ぎ、思い入れのある街を終わらせないため組合に出頭した。

マクシーネであれば、事情を説明すれば幾らか温情をかけてくれるに違いないと見込んで。

「それで、貴様を信じるに値する理由は？　街を滅ぼすのに我々の足を少し止めるだけで足りる状況であることは理解していような？」

あまりに多い白髪と微《かす》かに痩《こ》けた頬のせいで、美しさより先に儚《はかな》さが印象に残る組合長が静かに激怒していることを二番は理解していた。

周りには冒険者の氏族でも錚々《そうそう》たる面子《メンツ》が揃っており、お取り込みの最中……しかも、つい先刻、同胞を狩り殺した連中が揃い踏みだ。

それでも吸血種《ヴァンピーレ》は退《ひ》かなかった。ここで退けば天幕街が火に沈む。

両手を広げて大歓迎とまではいかずとも、受け容《い》れてくれた街が終わる。

それだけは誇りも命も投げだそうと止めねばならぬと決意していた。

「覚悟をご覧に入れる」

外套《がいとう》の内側に影を落とし、如何《いか》なる光源からも面相を隠してみせる頭巾を払い素顔を晒《さら》す。これは情報の秘匿を装甲とする評議員にとっての死に等しい行いだ。

のみならず、吸血種《ヴァンピーレ》は腹を括《くく》って自らの口に手を突っ込んだ。

そして、えぐり出す。

己が種の最大の特徴にして、名誉の結晶たる四本の犬歯を。

素手による抜歯という壮絶な苦痛を伴う行為は、観客に覚悟と激痛以外にも大いなる影響を及ぼす。

吸血種《ヴァンピーレ》は軽々に死なぬ種族なれど、犬歯、種族の最たる特徴たる吸血に用いる牙を自ら傷付けた場合、力の多くを損なうのだ。

牙を進んで抜くことによって自分が〝無害〟であると主張することで生き残ってきた、東方の吸血種《ヴァンピーレ》特有の信仰は、帝国に生きる吸血種《ヴァンピーレ》とも奇妙に相似している。今では廃れたが、高名な〝禿頭《とくとう》のランペル〟も一時贖《しょくざい》罪のため牙を抜いたことがあるとして、夜陰神に捧《ささ》げる苦行の一つに抜歯があるのだ。

だが、この際論理はどうでもいい。あるのは自らの種族、その誇りに懸けて真実を告げている覚悟が伝わりさえすれば。

「い、一番と四番は、私に賛同している……他の面々もっ……お力添えがあれば、必ず馬鹿な真似《まね》を止めてみせる。故にっ、故にっ、天幕街の安堵《あんど》を。我が灰を朝日の下に撒《ま》いてでも、流民達《たち》を追いやるようなことは、平に、平に……」

流れる血を掌で受け止めて絨毯《じゆうたん》を汚す非礼を避けつつ、二番は文字通り捻《ひね》り出すように懇願した。

「……考慮する。まずは、その扇動者共の情報を貰いたい」

嘘偽《うそいつわ》りなく洗《あら》い浚《ざら》いを吐き出すことで、二番は赦《ゆる》しを得た。

厳格に法典通りであれば、この沙汰は間違いなく違法であろう。しかし、組合長が厳しい沙汰を下さなかった理由が三つあった。

一つは、率先して評議員が出頭したことによる情状酌量。

二つは、ここで二番を手打ちにした場合、残された面々がいよいよ終わりだと自棄《やけ》になるかもしれないこと。

三つは、どのみち誰かが流民を宥《なだ》めなければいけないのだから、恩を売れる相手が生きていた方が都合が良いこと。

信念と妥協によって漂流者協定団は壊滅を免れることとなるが、この日暮れに繰り広げられた惨事を口にするものは後の世にも絶えて少ない…………。


【Tips】陸続きの豊かな国家が流民と関わらずにいることは不可能だ。帝国はその点において、いてもいなくても変わらない扱いをすることによって上手《うま》くつき合っていた。

間はない。

他の人が残業しているのを見送って休んでいる時間ほど、どうにも腰の据わりが悪い時
私は戦闘要員の面子で一人だけ、組合の応接間に取り残されていた。

まぁ、お優しいお歴々が得物を担いでお話しに行くにあたって、左手が使い物にならないのだから大人しくしてろと気を遣ってくださったのだ。

心苦しいことこの上ないが、実際結構キツくなってきたから仕方ないけどさ。今も痛み止めが飲めていないのと、熱を無理に止めると却《かえ》って弱るというカーヤ嬢の処方に従って、熱冷ましも貰えないのだ。

このぼうっとした感じからして、あと四半刻もすれば発熱し始める。片手でも戦える自信はあるにしても、流石《さすが》にこの状態で前線に出るとお荷物なので我慢だ、我慢。

それに折角、組合長が暗殺を避けるのに此処より良い場所はないとして、一晩ここで寝ていっていいと仰《おつしや》ったのだから、性能回復に努めて気まずさを耐えよう。

「歯痒《はがゆ》いん？」

声は私が寝床に使っている長椅子の足下から聞こえた。

ほわほわした白い物が視界の端っこを横切っている。地面に腰を下ろし、書類を貪るように抱えて読んでいる情報屋の尾っぽだった。

「それはもう」

彼女が残るのは当然の流れだった。喧嘩《けんか》はてんで駄目であると本人が言うのは勿論《もちろん》、現

状で敵の本丸を丸裸にする情報判定役を危地に送り出す合理性が何処《どこ》にもない。

特に不意打ちが何よりも強力な密殺者が跋扈《ばっこ》しているのだ。一度退かせはしたものの、虎視眈々《こしたんたん》と勝機を待って連携の要を殺そうとしている公算は高い。

あの錚々たる冒険者達の中で、私みたいな新参が連携の要であると見抜いて殺しにきた連中とあらば、それこそ次はシュネーも十分に標的の内であろう。

私ならそうする。まだ本拠が割れていない今ならば、時間を稼ぐのに彼女ほど殺しておきたい人物はいまい。

いや、むしろ遅すぎるくらいか？　一度殺そうとしているのだから、次は確実に殺しておくべきであると二度、三度と殺し直すな私なら。

となると、知らない間に襲撃から逃げているか、上手いこと襲われないよう保険をかけたか。ううむ、やはり底知れん。

「気持ちは分かるけど、慣れなあかんよ。頭目さんなんやもん」

「分かってはいるのですけどね。しかし、この感覚は中々抜けませんよ」

焦燥を見抜かれたのか、尻尾が鼻の先っぽを掠《かす》めるように振られた。どうしてこう、機嫌が良さそうな猫の尻尾ってのは、おもむろに摑《つか》みたくなるのだろうか。

「兵卒は動くのが仕事、指揮官は待つのが仕事ってね」

「弱火で炙《あぶ》られるような、この時間に耐えられず強固な城門から討って出てしまう兵士の気持ちが嫌ってほど分かってしまいます」

冒険者になる前も、剣友会を立ち上げてからも、私は指揮官先頭の精神を重んじて前線に立ち続けた。しかし、仲間が戦っている時間に一人なのは初めてで心から落ち着かない。

丁稚《でっち》根性が魂まで染みつきすぎているのだ。他人が、況《ま》してや配下が動いている中でどっしり構えられないのは頭目として失格と頭で理解しても、無意識の本能がこんなところで寝転がっていて良いのかと突き上げてくる。

怪我人《けがにん》は怪我人らしく、ジークフリートが代わってくれているのだから寝ていなければならぬと言い聞かせようと、中々寝付けない。左腕がじくじく痛み続けているだけではなく、脳味噌《のうみそ》の電源が上手く落ちないのだ。

さて、一体どれだけの時間を経れば頭目の称号が馴染んで、自分が不在の現場が動いている状態で高鼾《たかいびき》をかけるようになるのやら。

こりゃあ前世で現場をうろちょろしたがる部長に「管理職らしく大人しくして欲しいんだけど……」とか愚痴ってた過去の自分から笑われるな。

「まぁ、心配せんとき。あの聖者フィデリオが先頭やで？　あの密殺者でも手ぇださんわ」

向こうずねに暖かく柔らかな感触が来る。足下に座っていたシュネーが後頭部を預けてきたのだ。

「陰謀は暴力に弱いねん。真っ向からんなもん知るかって突っ込んで来られたら、後はもう持っとる力のぶつけ合いや」

「そして、マルスハイムで聖者の一党を暴で上回る者は」

「おらん」

清々《すがすが》しいまでの断言であるが、これには私も同意する。

マルスハイムに所属している冒険者の中でも最上級の青玉は、偏《ひとえ》に戦闘能力という一点において全てを凌駕《りょうが》する。

勿論、彼《か》の高潔で一本気な聖者が西方で一番の冒険者とまでは言わない。

今回のような大規模な陰謀には終局面以外での干渉力が弱く――そもそも、存在しているだけで彼をどう関わらせないかを敵は熟慮する――多方面への同時展開も、一瞬で長距離を移動することもできないし、継戦能力も並で宿屋の若旦那でもある二足《にそく》の草鞋《わらじ》が即応性を薄める。

しかし、それでも、あの聖者は真正面から暴力をぶつけ合うことにおいては確実に最強だ。鍛え上げた冒険者の腕、物理的な交渉力の高さが、貴種でもなければ数百の手勢を抱えもしない、子猫の転《うた》た寝《ね》亭の若旦那様をマルスハイムで絶対に怒らせてはならない人間たらしめる。

これればかりは手合わせをした肌感覚でしかないのだけど、稽古を付けて貰《もら》った時、ほんと軽く圧倒されちゃったからね。

相対した感想としては、私が畏怖を覚えた巨鬼のローレン、この世に存在しているのが一種のバグめいているアグリッピナ氏、一皮剝《む》けば膨大な魔力の塊としか認知できないライゼニッツ卿《きょう》。

あの三者のいる領域に近しい生物。大地に太陽を具現化させる怪物だ。

まぁ、本気になったら大地に太陽を具現化させる怪物だ。そりゃ壇の高さが上なのは当たり前ではあるけど、マジで野良の英雄めいてて困る。

そりゃ前世の卓じゃ良くあったけどさ。なんでコイツら、強さ的にはカンストしてるのに贅沢《ぜいたく》もせず、どっかに所属もせず、冒険者ギルドの証だけぶら下げて徘徊《はいかい》してんだって連中がダマになることくらい。

「殊の外つまらん展開になっとるんちゃうかな。頭下げるか、夢破れ潔い最期とやらを決め込むか……」

「破れかぶれで突っ込むか」

「そんなとこやね。あの人を前にしたら、逃げてもっぺんとか思われへんよ」

ともあれ二番と名乗った吸血種《ヴァンピーレ》は――苦み走った良い男だった。腹が立つくらい――昨夏、私と小競り合いをして数名の配下をケジメとして処分せざるを得なかった男。つまり私に敗れたことがあるのを加味しても尚《なお》、彼が幹部であるなら彼が小蠅《こばえ》のように蹴散らされる特大の理不尽はないのであろう。

冒険者同業者組合全体から嫌疑を掛けられる、即《すなわ》ち目に余るとして聖者が戸口を叩《たた》きに来る展開は誰でも読める。もしも対抗できる人外級の戦力や切り札を備えていたら、さてはて陰謀の絵図は今と同じになっていたでしょうか？

答えは否だ。マルスハイムを滅ぼそうなんて頭のおかしい妄想を形にしようなんて馬鹿が、そんな力を利用しない道理が存在しない。少なくとも〝魔女の愛撫《キュケオン》〟なんぞを流通させる前段階で確実に味方にしておくくらいの工作は必至だ。

そして、今こうやって静かに寝転がっていられるのが何よりの証明である。フィデリオ氏の一党と並ぶ怪物同士がぶつかり合ってたら、一〇〇里離れたって轟音《ごうおん》で気付くだろうよ。

「しかし……私達では、格が足りませんでしたか？」

「んー？　どーゆー意味？」

人間であれば明らかに頸椎《けいつい》がイッていなければおかしな角度で猫頭人の首が捻《ねじ》れ、体は前を向いたままで器用に糸目と目が合った。

「情報屋の貴方《あなた》が、事態を終局に持っていくのに剣友会だけでは不安でしたかと」

「ああ、そういう」

なぁんだとでも言いたげに情報屋は耳をぴこぴこ動かした後、胡座《あぐら》の姿勢に移ったかと思えば後足で耳の付け根を蹴飛ばすように掻《か》き始めた。

「まだ終わっとらんよ。あの人を動かしたんは、今はそっちの方が手間がないから。本物の詰めには駒一枚じゃ全然足りんよ、今回の件はね」

「詰め？」

「フィデリオさん一人動いても、潰せるのは拠点の一つくらい。エーリヒさんでもそうちゃうかな。ノロノロしとったら荷物纏《まと》めて逃げられる。嫌やろ？　悪魔が手を替え品を替え、性質《たち》の悪いヒモみたいにずぅっと絡んで来よったら」

シュネーは速戦、一撃の下に陰謀を打ち払うのは不可能だと断言してみせた。

少なくとも事態は、快刀乱麻を断ってどうこうできる領域で動いていない。

幾つかの本流筋の陰謀が絡み合い、予備や代理案が複雑に入り組みながら同時進行して西方を深く蝕《むしば》んでいる。

〝魔女の愛撫《キユケオン》〟も〝悪魔〟も、結局はその一側面に過ぎない訳だ。綱の一本二本斬り落としても、別の紐《ひも》が支えて結び目が解けることはない。

パンに生えた黴《かび》の如《ごと》く、目に見える部分だけを刮《こそ》ぎ取っても、見えない菌糸が食い込んでいればまた成長する。

それが嫌なら、サクッと焼くか捨てるかするしかないのだが、対象がマルスハイムという街全体に及ぶとそうもいかんのがね。

「だから自分は、辛抱強く待ったよ。連戦できて、遠くにも直《す》ぐ動けて、そんでもって最低でも負けけん面子《メンツ》が揃《そろ》うまでじぃーっとね」

だからシュネーは大胆に刮ぎ落とすため、何処までが黴《か》びていて、何処までが無事かを見極めるのに時間を使ったのであろう。

この街を愛する彼女は、ただマルスハイムという名だけがあればいい訳ではないのだと思う。

だから情報屋が見ている箱はもっと大きいのだ。我々が一つの黴びたパンをああだこうだ言っている間に、パンがみっしり詰まった箱を俯瞰《ふかん》しより分ける。

ひょいと駄目な部分を見つけてつまみ出すのが、同じ箱に詰まったパンには一番なのだから。その上でマルスハイムというパンの黴を削って、ひっそり戻しておくのは個人的な思い入れに依《よ》るものだろうか。

そこまで親しくなれた訳でもないけれども、斯《か》くも献身的な働き方を見るに並々ならぬ格別の感情を抱いていることくらい分かるさ。

「だからまぁ、もうちょっと待っとってぇな。逃げへんかったエーリヒさん」

「……どこまで察しておられるのか」

「にふふ、猫は色々知っとるのよー」

私が一度、結構マジにマルスハイムから河岸を変えようとしていたことすら、情報屋は摑んでいたようだ。

マルギットが教えたなんてことはなかろう。新人冒険者、エーリヒの振る舞いと為人《ひととなり》、そして直《じか》に言葉を交わした雰囲気から全てを類推された。

ほんと、心強いけど、頼り甲斐《がい》と同程度におっかねぇなぁ……。

「ここの問題は小さいのんから大きいのんまで、どれもこれもエラい根深いねん。きっと自分がすり減るまで頑張ったって、嘘《うそ》も欺瞞《ぎまん》も大して減らんのは分かっとるよ」

組合長から受け取った機密書類を――ご丁寧に〝複写禁止《アイズオンリー》〟などの判子が捺《お》してある

――まくって情報を丁寧に咀嚼《そしゃく》する猫の横顔は酷《ひど》く寂しげだ。

「けどまぁ、細やかな復讐《ふくしゅう》と弔いのためやし、死ぬかもしれん橋の渡し賃には相応ってとこやしね」

まだ私にも話したくない、いや、情報屋なればこそ口にしないことで記憶の端っこに引っかからせる強い印象を残したいのか。猫頭人は過去に思いを馳《は》せながら、器用に同席している人間の心情すら操ってみせる。

ただまぁ、私も気に入り始めた街のためなら、乗せられてやっても良い気がするな。

「ところで金の髪のエーリヒさん、その腕、どんくらいで繋《つな》がるん？」

「三日もあれば元通りだそうです。代わりに死ぬほど痛いですけど」

カーヤ嬢に薬の発想を入れ知恵するなどしたことで知っているのだが、私の魔力量ならば耐えられるだろうと普通では使わないような処方で〝半ば強引に〟骨を接《つ》ぐ薬を作ってくれた。おかげで悲惨な見た目に比べて戦線復帰自体は直ぐできるだろう。

ただこれ、体内に内包した魔力を魔法薬の力で捻《ひね》り出して治癒にも充てている上、一般人が使うと魔力枯渇で死ぬ危険性もあるらしいので、剣友会で服用できるのは私とカーヤ嬢だけだそうだ。

この噂《うわさ》が変に広がって、剣友会に三日で骨折が治る薬を売ってくれとか言い出す連中が押し寄せて来なきゃいいんだけども。

「禁煙とちゃうかったん？」

「葉っぱは入れてません。ただ口寂しくって」

　痛みを誤魔化すため煙管《きせる》を咥《くわ》えてみたものの、やっぱり煙がないと味気ないな。鎮痛は無理にしても、精神安定用の娯楽煙草《たばこ》くらいは許してもらえんもんだろうか。

「養生してちゃんと治して貰わんと困るよ」

「それは勿論《もちろん》。手前の商売道具でもありますし、三日くらい我慢しますとも」

「人手、滅茶苦茶《めちゃくちゃ》いるやろうから覚悟しといてや」

　怪我人でも容赦なく使う宣言は慣れているから大いに結構。むしろ剣友会の会員達《たち》は、基本的に日々の鍛錬で多少の打ち身を抱えながら仕事をしているため、範たる私が骨折くらいでぴぃぴぃ言ってたら格好が付かんよ。

「この調子やと五箇所くらいに絞れそうやね。上手《うま》く行けば三箇所、堅そうなのは二つに絞れそうやな」

「それは重畳。我々冒険者なんぞ、行き着く場所に辿《たど》り着けねばないも同じですからね」

　現場にいない英雄よりも到着している凡夫の方が千倍役に立つというのは、さて何処《どこ》の戦術家の言葉であっただろうか。今世で聞いたか前世で聞いたかいまいち思い出せんが、中々真理を突いている。

　どれだけ強力になろうが、その戦力を投射する能力がなければ冒険者は案山子《かかし》と変わらない。数多《あまた》持ち込まれる冒険の種から本物を選っていかねば、延々と空振りし続けて時間を空費するばかり。

まっこと、正しい戦場まで導いてくれる先導役は有り難いものだ。

「しかし、あの組合長さんも食えん人やね。随分と情報を前もって集めてからに」

まぁ、今回の私はぶっちゃけて言うと、英雄たるフィデリオ氏に情報を持っていく導入役《シナリオフック》っぽいなとも感じたけど、そもそもの冒険が始まらないよりずっといいさ。英雄の尻を蹴飛ばす端役にだって、一々データを用意するGM《ゲームマスター》だって世の中には多いのだ。

「この調子やと税金の帳簿見せてもろたら半日縮まりそうやな」

「はい？」

「エーリヒさん、その手で馬乗れるん？」

奇妙な感慨に耽《ふけ》っていると、情報屋がちと聞き捨てならないことを言いだした。

今半日縮まるって言った？　何から半日縮まるって？

「上手いことといったら一日と半分くれたら絞れそうやね。ほんまやったら一回行って、この目ぇで確かめてからやけど、その時間は流石《さすが》にあらへんし。五箇所未満やったら、折角人手もあるんやしバーッと掃いてってもらお」

「いや、ちょっと、絞り込むのに一日半と？　え？　もしかしてその間に仕度を終えないといけないヤツですか？」

「当たり前やん。雲がくれされたらエラいことなんやから。調べてる間に準備してもろて、その日の内に出発せんとあかんよ」

如何《いか》に一日で大量の拠点を叩き潰したといえど、敵の規模が規模だ。取り逃がしはあるし、定時連絡の取り決めくらいしているだろうから、その内にマルスハイムが掃き清められてしまったことを訝《いぶか》って姿を眩《くら》ます者達もいよう。

それを嫌ってこそ、戦力を集中しての速戦だったのではないか。

つまり、製造拠点と関係者を逃さないために、まだまだ走り続けないといけない？　マジで？　私、駅伝くらいのつもりだったんだけど、もしかして関係各社全員で一緒に走る長距離走《マラソン》だったたっての？

「距離近かったら集団一つで二箇所か三箇所叩くんもええかもね。五人とかで動くなら無理やろけど、交代して戦ったら何とでもなるやろし」

「あ、あの、ちょっとシュネーさん？」

「馬匹と馬車も組合長に用意して貰《もら》わんとなぁ。こりゃ大変やぞー」

私は止めようかと体に力を入れてみたが、どういう訳かさっきまで欲しかった眠気が急にやって来て手を伸ばすことができなくなっていた。

多分、熱が上がってきたのだろう。体が反応して無茶しないよう電源を切ろうとし始めているのだ。

「距離的に悪魔の使いっ走り共も寝ずに情報運ぶ計算でやった方がええかな？　あ、でも規模が規模だけあるし、魔導伝文機とか使われとったら困るなぁ。となると、やっぱはよ出て貰わんとあかんんか」

あっ、ああー、凄《すご》く恐ろしい計画が、とんでもない過密な旅程が練られている気がする！

必要なのは分かるけど、逃がしたら後で絶対面倒なことになるってみんな分かるから従うけど、めっちゃ文句出るヤツじゃないか！

手心を、計画に一つまみでいいから休む時間を入れてくれと白猫に頼みたかったが、瞼《まぶた》の紗幕《しゃまく》が落ちて、音は何度も反響する鐘の音が如くぼやけていく。

これは多分、今夜の祝勝会が最後の休みなんだろうなぁ。で、この感じだと一日か二日は寝込みそうだから、私はまた指示だけ出して歯痒《はがゆ》い思いをしつつ寝床でそのままと。

うん、反省しよう。あまりせっかちすぎてもいけないし、現場主義過ぎても今後がきっと辛《つら》い。落ち着かない気持ちを抱えようと冷静で、時間という名の鑢《やすり》に負けない硬度を手に入れなければ。

ともあれ、家《うち》の子達は良い子達なので、善のためとあれば――無論、組合長が自費で大枚を叩《はた》いてくださっているのもあるけど――否を言うまい。

余所《よそ》は揉《も》めるだろうけど、何とか纏まってくれたらいいなぁ…………。

【Tips】いわゆるＨＰとは戦闘可能な損傷の許容量を示すものであり、人間が動けなくなるまでの限界値と等号では結べない。ただし、緊急時には命に関わることになろうと本能を叩《たた》き伏せ、半ば強引に動くこともできる。

「あれは駄目だな」

尖塔《せんとう》の細く鋭い頂点に片足を引っ掛け、もう片方の足を突っ張らせて地面に水平に立った密殺者は天幕街を眺めてぼやいた。

燃えるでもなく大戦になるでもなく、事態は穏当に終わろうとしている。

二番必死の説得によって「とりあえず皆殺しにするか」という方針を捨てた冒険者に囲まれた天幕街の漂流者協定団達は、三番と七番の工作も虚《むな》しく突き出されることと相成ったようだ。

急事とあれば兵を伏せておいたようではあるが、単なる冒険者、それも流民の集団から編成した部隊が命を賭けて反乱につき合うはずもなし。密殺者の顧客に容易《たやす》く抱き込まれた愚か者達は、一矢報いることもできずに元同胞の手で簀《す》巻《ま》きにされている。

「だから拙下は流民など使うなと言ったのだ……」

あれでは暴発も期待できぬし、他の関係者が潜り込ませている工作員や情報資産も役には立つまい。所詮は地元で何かあって上手く暮らせなくなった人間の吹《ふ》き溜《だ》まりに過ぎず、命を賭した挺身《ていしん》は勿論、長期的な利益の話をすることすら難しいことは分かりきっていたであろうに。

「これでは魔導伝文機も使えんな。地下で粘液体《スライム》が動いていたということは、対魔導戦も考えた方が良さそうだな」

それでも使いようによってはマルスハイムを炙《あぶ》る熾火《おきび》くらいにはなったろうに、惜しい使い方をすると密殺者は軸足を離した。

尖塔の突端に引っ掛けていた足が離れれば、当然の如く体は物理法則に従って大地に落ちる。市壁の外側に立った尖塔から地面への高さは一町近くあり、普通であればどんな受け身を取ってもヒト種《メンシュ》ならば耐えられない高度。

だが、ベアトリクスは魔法を行使できる。夕暮れの陽《ひ》に照らされて伸びた尖塔の影に被《かぶ》ると同時、まるで水に浸《つ》かるが如《ごと》くとっぷり頭から入り込み、瞬《まばた》き一つの末に市壁外部の木陰に出現する。

彼女はこの術式の理屈を知らない。魔導師《マギア》ではなく、あくまで魔法使い。半分以上は感覚で使っており、言語化さえできない一種の才能に従っているからだ。

影は不思議と水のように振る舞うものの、この世の法則から外れているのか〝慣性〟を殺してくれる。ぬるりと影から影へ這《は》いだした密殺者は、身に付けている物を何も落としていないことを把握してから合流地点へと歩き出す。

たまに何かを落っことした時、影から引き揚げることはできない。身に付けていると判断できる物くらいは一緒に出てこられるが、それ以外の物を沈めることも、自分以外の生き物を連れていくこともできぬ。

一度、できないものかと鼠《ねずみ》を捕まえて潜ろうとしたが、その時に〝このままでは死ぬ〟と本能が伝えて以降、影を使った無茶を密殺者はしていなかった。

それでも自分だけなら〝視界内の影〟を一点で結んで移動できるのは強力だ。臨検が強まって入出市が難しくなろうとも――市井には大物貴族外遊の仕度とやらで誤魔化しているようだ――誰に阻まれるでもなく敵地から行って帰ってこられるのだから。

「び、ビーチェ、ぉかぇり……ど、どぅだった……？」

「駄目だ、あの根性ナシ共、一戦交えるもなく退《ひ》きおった。まぁ、先頭に聖者フィデリオに立たれれば無理もないが……天幕の魔導伝文機は使えん」

マルスハイムから少し離れた場所にある林の合流地点には馬が二頭繋いであった。都市を脱出する際に適当に盗んだ衛兵隊の軍馬であり、その傍らでレプシアが番をしている。打ち身が酷《ひど》く、斥候に出ることができなかったので留守居役に選ばれたのだ。

「か、回収は……？」

「無理だな、自壊機構に任せる。クソ、だから拙下はああいう大仰な魔導具は好かんのだ」

天幕街の他にも数箇所魔導伝文機を隠してあるが、通信用の座標を打ち込んだ魔晶は一つしかない。本職が本腰を入れて解体したとして、魔力残滓《ざんし》を都度都度拭っているため逆探知されることはなかろうが、それでも微《かす》かなりとて痕跡を残すことをベアトリクスは不快に感じる。

本当の所、彼女は自分の手で始末できないような物は、顧客からの命令でも使いたくなどなかった。

かつて髪の毛一本から犯行に近づかれたこともあったのだ。大型の魔導具など解体して搬入しようが、何人もの手がかかる時点で証拠を残しすぎる。況《ま》してや自壊機構も向こうの設計頼りとあれば、尚《なお》のこと信頼などできなかった。

「ど、どうする……？　連絡つかないよね……」

「市中の連絡要員も最早《もはや》使えんしな。この足で直《じか》に行く他あるまい。ただ……」

配下の前でなければ密殺者は爪を噛《か》みそうになる。

顧客は仕事が粗く腰も重い上に碌《ろく》に諫言《かんげん》も聞かなかったのに、警告した時の雲隠れを決め込む速度だけは速い。金の髪のエーリヒを討ち取れねば冒険者がマルスハイムの拠点を一掃すると警告した今、ここから程近い連絡拠点にいるとは思えなかった。

かといって顧客の顧客に働かせようにも距離が遠い。諜報《ちょうほう》能力と距離の縦深を防御に使っている相手は、衛星諸国から指示を飛ばしているため連絡を取ろうと思えば最短でも一週間は必要になるだろう。

その上、正しく情報を届けられるかは相手の勘所と運次第。別件で離れられていたならば、全てがお終《しま》いになる。

「どうするのが最善手だ。警告するため拠点各地に全員散るべきか、それとも重要拠点を絞って守るべきか、それとも……」

思考を整理するべく呟《つぶや》きながら歩いていると、密殺者の足が何かを踏んづけた。

六面体のサイコロだ。馬の近くに落ちた小さな革の袋からはみだしており、荷造りの際に背嚢《はいのう》から溢《あふ》れたのであろう。

「プライマーヌめ、慌て過ぎだ。幾ら拙下が去り際に現場を洗うにしても、趣味の道具くらい管理せんか」

　水牛の骨を削って作った独得の艶を帯びたそれは、プライマーヌの私物であり、奇跡により因果絶縁が施された六分の一が約束されている逸品だ。どのような小細工を用いようが、サイコロ以外に種を仕込もうが、振った本人が剛運に守られていようが通常の賽《さい》として機能する。

　何があろうと、この基底現実空間にて確約された六分の一である。

「博打《ばくち》は程ほどにしておけと言ったが、思えば拙下の生き方も博打か」

　蟷螂人《マンティエダ》が斯様《かよう》な物を持っているのは、サイコロ賭博が趣味だからだ。鎌を胸の前で揃《そろ》える、蟷螂人《マンティエダ》にとって一番楽な姿勢が祈りを捧《ささ》げるように見えるのもあるが、独得の所作を抜きにしてもあの種族は信心深い。サイコロを使った賭けで次の仕事を占い、駄目なら対策を練る慎重な博打打ちの愛用品を見て密殺者は笑った。

「奇数なら報告のため、偶数なら……そうさな、時間稼ぎのため一番大きな拠点に向かうか」

　カラコロと手の中で小気味良い音を立てるサイコロを弄ぶが、擦《こす》れ合う音が小さく嘯《うそぶ》く。

　このクソ仕事から抜けるのはどうかと。

　選択肢としてはアリだ。六分の一に三つの選択肢は丁度良い。四つなら溢れ、二つなら物足りないものの三つならば収まりも良く見える。

　どうせ、この仕事はもう失敗したようなものだ。最善手を打ち続けたが、結果的に形勢は悪く、敵の大駒は未《いま》だ健在。冷静な指し手であればさっさと投了して、次の一局のため脳味噌《のうみそ》を休めることだろう。

　しかしだ、まだ報復が終わっていない。報復のため始めた一椀《ひとつわん》党が目的を成さずして仕事から抜けたならば、先に逝った仲間達《たち》は何と言うだろうか。

　況してや仕事の末に戦死したならまだしも、抜けたとあれば追っ手が掛かる。顧客は指し手としてヘボであっても、顧客の顧客は更に悪辣であるし、もっと上の思惑も混じれば汚れ仕事をやっていた冒険者五人くらい簡単に殺されよう。

　都合の悪い情報を持っている口なんてものは、穏やかに昼寝をする保険くらいの気軽さで簡単に封じられてしまうのが世の常なのだから。

「どしたのビーチェ」

「いや、何でもない。急ごう、時間は残り少ないぞ」

　密殺者は左手を受け皿にサイコロを振り、静かに笑った。

　結局、詰みを狙うでも逃げるでもなく、最善手を指してしまうのが自分の宿命なのだと

…………。

【Tips】因果絶縁。輪転神など運命に介在する神格や、その場の魔力の流れ、振った人間に積み重なった因果などからの干渉を撥《は》ね除《の》ける術式。しかし、これを下賜するのも運

命を司《つかさど》る神格というのは、この世界に対する一種の皮肉であろうか。

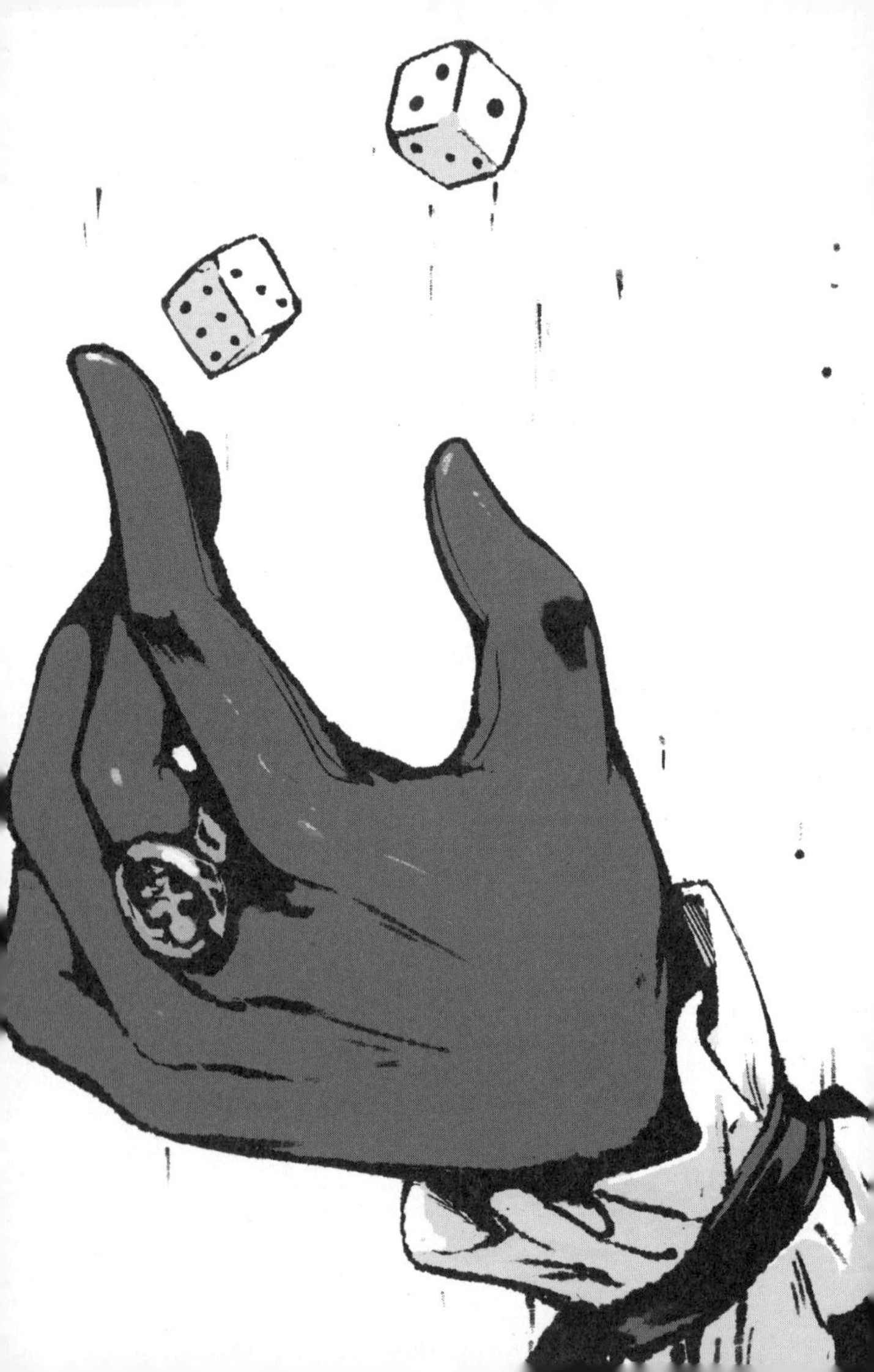

クライマックス

クライマックス
【 Climax 】
ここまで来たら、後はもう出たとこ勝負。

神話から屋台の籤《くじ》まで、古来より本物を隠すために偽物を大量に放り込んで分母をかさ増しするのは、最早お約束と言っていい欺瞞《ぎまん》方法だ。

そしてこれは、ちんけな偽物《パチモノ》の並ぶ当たりが入っているかも怪しい夜店の籤引き屋に限った技法ではなく、謀略においても有効だ。

それっぽい人物、如何《いか》にも怪しい場所、見るからに危険な物品などで選択肢を誘導することによってPL《プレイヤー》達を騙《だま》そうとするGM《ゲームマスター》も多い。

実際、私も進行役の側に立ったらよくやったものだ。

国家転覆を阻止する卓では一見しただけで悪党臭い大臣を配し、強力な古代遺物を盗み出す卓では盗んでくださいと言わんばかりの競売を催すなど色々やった。

その度に「お前ちょっと性格悪いな」などと言われてきたが、戦法としても物語《ストーリーテリング》の筋書きを書くのにも便利だったのだから反省はしていない。

「うーわ、マジでアタリだよ……」

しかし、やらされる側に立ってみると、もう少し分かりやすくても良いのよと言いたくなるのが人間の性だね。

望遠鏡で覗《のぞ》いた先には真っ黒な穂が揺れる畑があった。一面全てが墨染色で、収穫の季節に見られる豊穣《ほうじょうしん》神の美麗な衣装とは程遠く、何処《どこ》か不吉な雰囲気すら放っている。よくぞ荘民《しょうみん》はあれを育てさせられて気味悪がらないものだな。

刈り入れが後回しにされているらしい田畑は――防風林などで隠している点からして、

租税逃れ用の隠し畑でもあったのだろう――西方でも北寄りであるため、収穫時期が少し遅かったようで荘民が収穫に励んでいる最中だった。

殆《ほとん》ど終わりかかってはいるものの、これは到着がもう少し遅かったら落ち穂から必死こいて探すハメになったろうな。

それを考えると手元にある情報と書類だけで候補地を片手の指分に絞り込み、その中で有力な製造拠点を三つに絞り込んだシュネーは大金星だ。

私がＧＭ《ゲームマスター》だったならば、多分この麦の行方を捜すので一話か二話くらいブチ込むところだからな。既に長期キャンペーンの様相を呈してきている今回の一件で、工程を二つ三つ短縮できるのは大変な成果だ。情報収集特化型のキャラにできる最大の貢献と言えよう。

まぁ、本当に卓だったら、近道《ショートカット》されると経験点が足りなくなって、ボスまで一直線にいけても全滅するかもしれないので、夜なべしてデータを練り直さないといけないんだけど。

「しかし、刈り方が随分荒いな」

「やっぱり食べるために作ってないんじゃなくって？　賦役で人手を出してる領主の畑なんて、どこもあんな感じでしょう」

農民達は大鎌で真っ黒に染まった麦穂を刈り取っているが、本当ならヒト種《メンシュ》の脛《すね》くらいの丈で刈り取るべき物を随分と短くやっている。アレでは残りを梳《す》き込んで次の養分に変える余裕がないのではなかろうか。

いや、品種としてはライ麦だから、それでもいいのか。痩せ地でも育つし、元々麦角菌で病んだ麦を植えるための畑だ。そこら辺は魔導なり何なり使って品種改良しているか、土壌に手を入れるなりしているのだろう。

「はざ掛けもしないみたいですし、本当に病み麦だけが目当てなんじゃないかしら」

「そういえば目当てはあくまで菌なんだし、態々《わざわざ》天日干しして水気を飛ばす必要がないのか」

隣で同じく望遠鏡を覗き込んでいるマルギットの指摘を聞いてなるほどと納得する。

本来麦は収穫後に水気を飛ばす工程が必要だ。はざ木という刈り取った麦の束を纏《まと》めて引っ掛けておく物干し竿《ものほざお》みたいな所に並べ、良い感じに水気が飛ぶと金色に近い褐色が文字通りの小麦色になってやっと脱穀できる。

そのため、何処の荘園に行っても幾列も立ち並ぶはざ木の群れと、乾《ほ》された麦の列が織りなす壮麗な光景が見られるのだが、ここにはそれがない。

秋の風物詩とも言える工程を経ることもなく、刈り入れが終わった麦は束のまま馬車に積まれて一杯になる度に走り出していくではないか。

地方によっては、よく風が吹く小高い丘に纏めて乾すこともあるそうだが、事前に見た地形からしてあちらには生活用水を供給する河があるだけなので違うだろう。川縁《かわべり》は湿気が強いので、そんなところではざ掛けをする訳がないのだし。

「追おうか。まさか、ついて一日で見つけてしまうなんてね」

「ここまで入り込まれることが想定外なんじゃないかしら」

さて、ここは西方南方でも最辺境、あとちょっとで衛星諸国家との国境に程近いド田舎だ。荘園の名前は地図に載っているかも怪しい辺鄙《へんぴ》な開拓荘で、土豪の代官が治めているため帝国の目も届きづらい絶妙な場所にある。

たった一日と半分の準備期間で折れた腕を気遣いながら愛馬に跨《また》がり、準備と支援が潤沢なのを良いことに採算度外視で急ぐこと五日。本来ならば半月か一月はかけて行くべき旅程を超圧縮して辿《たど》り着いたここそが、シュネーが有力な製造拠点と見込んだ地点の一つである。

そう、あくまで一つなんだ。

情報屋曰《いわ》く、組合長が弟君をぶん殴って――もしかしたら比喩ではないのかもしれない――捥《も》ぎ取ってきた租税管理帳簿や、〝魔女の愛撫《キユケオン》〟流通に加担していた隊商の流れを読むに、敵は生産拠点を一元化せず複数箇所抱えているようなのだ。

賢いやり方ではある。何処か一つがバレても上手《うま》く情報を隠匿できれば他の拠点で製造を続けられるし、万が一の天災などで機能停止した際にも調整が簡単だ。

それに単体の冒険者に見つかったとして、同時に幾つも拠点を叩《たた》くのは難しい。そして動き出すまでの準備動作が大きく隠し切れない軍が相手なら、到着される前に逃げるのは容易《たやす》いとあれば、分散しておくのは当然の備えだわな。

まぁ、マルスハイム有力氏族が全部参加という、とんでも理想編成《ドリームチーム》で殴りかかられることは想定しているまいが。

「あらまぁ、立派な水車だこと」

マルギットと共に身を潜めて馬車を追えば、小川に辿り着いた。飛び越えて渡るのが難しい程度には川幅と水深があるそこには、中々立派な水車が設置されており景気よく回り続けていた。

「下掛け型で、取水路を弄《いじ》っていない急造品。帝国式じゃない水車だね」

「たしかに、故郷のとは趣がちょっと違いますわね」

我が麗しの故郷、ケーニヒスシュトゥールにも水車小屋はあるが、人口の堰《せき》を作って水車の歯板に上から水を掛けて回す形状をしていた。設置にあたって割と大規模な工事が必要ながら、流量が少ない河川でも馬力を出しやすいため帝国で作られるのは専らこの形式だ。

出力が高い方が脱穀や製粉、灌漑《かんがい》のために水を汲《く》み上げる喞筒《そくとう》の稼働にも便利だから、ああいう安定しているけど河が余程大きくないと基礎馬力が低い水車は廃れた。

技師は恐らく帝国系ではないな。土豪の金と人で作ったってところか。

「エーリヒ、見て。脱穀機ですわ」

「おや、ほんと金持ってるね相手さん。あれ名主様も買おうとしたけど諦めた最新型じゃないか。選《よ》り箕《み》まであるよ」

屋根だけがある簡素な水車小屋の中では、運び込まれた病み麦が機械によって効率的に脱穀されていた。

水車を動力に動く凹凸が無数に着いた円筒を箱に収めた脱穀機は、挿入口に藁束《わらたば》の穂を突っ込むだけで麦粒だけを茎から弾《はじ》き飛ばせる革命的な農機具で、ほんの五〇〇年前まで一々打《ぶ》っ叩いて粒を飛ばしていた歴史を嘲笑《あざわら》うかのような勢いで麦粒を分離できる。

その横で同じく水車を動力に動いているL字型の箱は、脱穀機で分離した麦を放り込んでゴミや殻を内部で動く風車で弾き飛ばす物であり、同じく一々篩《ふるい》に掛けて何時間も使ってやっていた作業を一瞬で終わらせる革命児。

どちらも帝国の農作業効率を飛躍的に上げ、農民の労働負担を下げると同時に他の産業に人口を注げるようにした画期的な発明で、原案は兵農分離を進めたがった開闢《かいびゃく》帝であるという。

今日に渡るまで職工同業者組合が、より省力化し、より小型化しようと奮闘し続けた結果の産物、その最新鋭が稼働しているのは帝国貴族の肩入れを私達に教えてくれる。

さっきも言った通り、故郷の名主様が購入を諦めた最新型なのだ。地元の共用水車で使っているのは、かれこれ六〇年くらい前に買った物で、スミス親方がそろそろ整備も限界だから新しくしてくれと言っていたのを覚えている。

つまるところ、それくらい高価な品であって、こんな鄙《ひな》びた所に持ち込まれるのは明らかにおかしいのだ。

金額にしたら一機あたり工賃込みで三〇ドラクマは飛ぶんじゃないだろうか。少なくとも農民の自由時間《QOL》より収入を増やしたい代官や名主であれば、絶対に投資はしないだろう。

こんな辺鄙で開発も終わっていないような地域なら尚更《なおさら》だ。

うーん、分かっていたが敵さんは矢鱈《やたら》と金を持っておるな。帝国が困ったら損をする連中も多いとはいえ、一体どれだけの組織が加担しているのやら。

「お、都合良く脱穀が終わった分を運ぶみたいだね。マルギット、尾行を頼むよ」

「任されました。何かあればこれで」

言って我が麗しの斥候は、一つずつ分け合った耳飾りを揺らす。目を凝らしても見えない、蜘蛛人《アラクネ》の糸を繋《つな》いだ有線式の〈声送り〉をかけているので魔導反応を撒《ま》き散らさず遠距離で通話できるように改良したのだ。

「私は報告してくるよ。場所が分かったら直《す》ぐ攻勢だと思うから、気を付けてね」

「ええ。影さえ誰にも踏ませないよう頑張りますわ」

マルギットの姿が滲《にじ》むように消え、気配が読めなくなった。漫画であればフッと消えたように描写される、瞬時に隠密《おんみつ》状態に入る早業に磨きが掛かったのは、麻薬を撲滅するための修羅場に浸り続けた成果であろう。

原理としては一瞬だけ別の何かに私の注意を向け、音を立てないよう死角に潜り込んで素早く遠ざかっただけなのだろうけど、主観的には本当に消失したように見えるので凄《すさ》まじいの一言に尽きる。

これで非魔導依存、完全な力量頼りってのが信じられないくらいだ。

ま、私も稼いだ熟練度で〈絶対の風格〉を後回しにしてでも、戦闘力を上げたので負けないよう頑張ろうじゃないの。

先行偵察をマルギットに任せた私は、街道から離れた仮拠点を訪れていた。

そこは古い墓所であり、墓碑も納骨堂も風化して様式さえ分からなくなってしまった忌み地。長い間誰も踏み込んだ形跡がないため、あの病み麦を育てていた荘園の物でもなく、旧《ふる》い土豪の物でもなかろう。

しかしまぁ、誰も寄りつかないであろう立地と場所なのはいいにしても、普通の神経してたらこんな所で一服なんてできなかろうに、彼女は美味《うま》そうに煙草《たばこ》を吸うもんだね。

「あらぁ、お帰りなさい……で、成果は……？」

墓地の片隅、人払いの結界などは用いず、ひっそり偽装された拠点には数十人の冒険者達《たち》が詰めていた。

半数は我々剣友会、残りの半数はバルドゥル氏族の生え抜き達。

そして言わずもがな、本気装備と思わしき漆黒の長衣に無数の呪物をぶら下げたナンナ。

ここが一番大きい製造拠点で〝魔女の愛撫《キユケオン》〟開発者がいると思われると分かった時、襲撃に何が何でも参加すると言って聞かなかったが故の編成であった。

他の拠点にはロランス組、ハイルブロン一家、そして聖者の一頭と組合長子飼いの冒険者部隊が差し向けられており、日程通りに動いているのであれば、一番遠い我々より先にお祭りの仕度を終えていることだろう。

敵を油断させるため、襲撃日はできるだけ同じ日になるように取り決めてあるのだ。

「病み麦の栽培場所を見つけました。慌てて刈り取っているという雰囲気ではありませんね。悠長に脱穀までやっていましたよ」

「調べるまでに一日と半分……ここに来るまで強行軍で五日……マルスハイムでガサ入れがあったことは伝わっていておかしくない時間よねぇ……？」

「ええ。ですが情報を隠匿しようとする動きは今のところ」

「余程自信があって待ち構えているか、ただ暢気《のんき》なだけか……ま、良いわぁ、巫山戯《ふざけ》た薬の製造者に文句が言えるなら何でもぉ……」

いつもは物憂げにして気怠《けだる》げ、体を長椅子に投げ出すように座って水煙草を燻《くゆ》らせる退廃的な雰囲気を纏ったナンナもやる気が漲《みなぎ》っているようで、心持ち普段より姿勢が良い。

咥《くわ》えているのもお馴染《なじ》みの水煙草ではなく、紙巻きの煙草を――貴種は即物的で優雅でないと嫌うアレだ――黒檀の管《シガレットホルダー》に繋いだ物で、機動力が上がっている。

恐らく術式を戦闘に特化させた構築が今の装備なのだろう。普段の水煙草は拠点防衛用で、個人で動くことを重視した場合は紙煙草を使うのか。

「おぅいエーリヒ、戦仕度はどうするよ。偵察に一日二日使うか？」

色々考えているのだなと思っていると、網を張って木の枝や草を絡ませて偽装した馬車の中からジークフリートが出てきた。不意打ちを受けた時に備えて帷子《かたびら》は着込んでいるもののの、道中怪しまれないよう普通の格好で武装はしていない。

基本的に鎧《よろい》なんて着込んで長距離移動をするもんじゃないからね。鎧櫃《よろいびつ》に入れて、みんなさも普通の隊商ですって面して動いてきたから、準備に相応の時間が要るのだ。

「いや、それが私の運が良いのか、敵の運が悪いのか畑があっさり見つかってね。しかも刈り入れ中だ」

「あぁ？　今頃？　また随分遅くやってんなぁ……」

お互い元農民なのもあって、また時季外れにやってるなと呆《あき》れてしまう。さりとて、そのおかげで大した手間もなく製造拠点まで案内してくれそうなのだから、ケチを付けても仕方がない。

私は手間暇をかけるのは好きではあるけども、面倒くさいのは嫌いだから、ことが素早く運ぶ分には構わないさ。

「で、働いてる連中は知ってそうか？」

「いや、知らぬままに作らされているみたいだね。病み麦を何の対策もせずに脱穀していたよ。元は黴《かび》だから欠片《かけら》を吸い込むのも危険なんだが」

毒には経口摂取でなければ効果がない物もあるが、残念ながら麦角菌に含まれる有毒物質は粘膜からの摂取でも効いてしまう。労働環境としては最悪で、後々彼等《かれら》が苦しんでも構わないとおざなりにしているのだろう。

「あ、そうだジークフリート、ここ結構ちゃんとした水車があったよ。しかも最新型の脱穀機と選り箕も」

「は？　何だそりゃ羨ましいな。家《うち》の壮園にもあるにゃあったが、アレ小作人は使わせて貰《もら》えねぇんだよなぁ……」

「私の故郷のは随分年季が入ってるせいで精度が荒くてね。選り箕は二回掛けても殻が結構紛れてたから、鬱陶しいって自分で篩に掛けてる人も結構いたっけなぁ」

「え？　旦那達の故郷って水車あったんすか。いいなぁ」

農家談義に花を咲かせていると偽装網の展開を手伝っていたエタンが混じってきた。それに呼応して会員も大半が農荘《のうしょう》出身者なのもあって、水車利権がどうのこうので起こる過去の苦労話が始まる。

家は独立農家だったのと荘園に寄付してる額が大きかったので優先的に使わせて貰えたが、小作農や農奴の家ではそうもいかなかったようで、聞こえてくるのは大半が苦労話。

「しかし、勘弁ならねぇな悪魔の野郎共。そんなイイもん使って麻薬を作ろうなんざ、ふてぇどころじゃねぇぞ」

「そうだよね。俺の家も水車なんて使わせてもらえなかったから、一日中殻竿《からざお》ぶん回させられて手が痛かったなぁ」

憤慨するエタンに小作農家だったからか苦労してきたマルタンも同意する。

しかし、こう聞くと私って大分恵まれてきたんだなぁ。刈り取りも自分達の家専用の大鎌があったし、ボロくとも設備があったもんだから脱穀から製粉まで見守る必要はあっても人力を使うことはあまりなかった。随分前の先祖が買ったらしい石臼が、倉庫で埃《ほこり》を被《かぶ》っていたあたり、富農とまではいかずとも充実していたことを思い知らされる。

いや、この世に水車がない荘園ってまだあるもんなんだな……。

「農家の苦労話はいいけどぉ……製粉はしてたのぉ……？」

「え？　ああ、製粉はしてませんでしたね。水車小屋には製粉機自体ありませんでした」

言われてみれば、立派な水車小屋の割りに水車に直結した製粉機はなかったな。人の手では動かすのが困難な大型の石臼やら、悠長ながら構造が簡素な杵《きね》なども置いていなかったので、あそこでできるのは脱穀までだ。

勿論《もちろん》、水車一基で同時に稼働させられる器機には限界があるので、特段おかしいことでもない。一番手間が掛かる脱穀だけは機械がやって、選別は人の手で、製粉は家畜動力の臼で行う所もある。

あとは丁度良い風が安定して吹く高地なら、風車で製粉していることもあるかな。水車の機構を切り替えて、同時に二つ三つの農機具を動かすのは高度な設計と部品が必要になるので、一基一機具で独立させるのも珍しくはないのだ。

「そう……なら、遠くでやってるか凄《すご》く近くかのどちらかねぇ……」

「製粉が過程として重要なのですか？」

「……業腹だけどぉ、原料は分かっても作り方までは分からないのよねぇ……けどぉ、製粉までしちゃうと足が速くなるでしょ……？」

ああ、なるほど。確かに麦類にせよ豆類にせよ粉にすると腐り易《やす》くなるから、長期保存する際は基本的に製粉せず置いておく。前世と違って真空パックも便利な脱酸素剤もないのだ。挽《ひ》いたあとは直ぐ焼くくらいの気持ちでいなければ、あっと言う間に黴《か》びるか虫が湧く。

それを加味すれば、脱穀だけして持っていくということは、製造工程で製粉する必要がない、或《ある》いは工場が遠く離れているため現地で製粉する必要がある可能性が浮かぶ。

一応、御法《みのり》には触れていないものの何時《いつ》違法指定されるかも、指定を待ちきれず直接焼きに来るかも分からない物を作っているのだ。生産地から工場を離して安全を確保する可能性も十分にある。

「そこら辺、情報が幾らあっても正確とはいかないのよねぇ……普通の人間なら、絶対そこまで警戒しないってことにも意識が及んで……ついでにちゃんと対策を打つのがたまーにいるのよ……」

たまーにね、と念押ししてナンナは煙を吐いた。

さて、我々にとっては、それだけ用心深い相手でなければいいのだが。

祈っていると耳飾りからトンと音がする。

通信する時の取り決め。話しかける前に一度指で弾いて呼びかけ、受話者が二度叩《たた》き返したら話すようにする。

いや、戦闘中に耳元で聞こえたらビックリするだろうから、なるたけ集中力を乱さないで済むよう工夫したんだよ。

『β《エスツェッド》、聞こえてまして？』

「感度良好。あまり離れてないねI《イーダ》」

〈声送り〉の術式は雑音もなく澄んでいる。糸も切れないよう注意して歩いてきたのもあるけれど、あまり距離は開いていないな。消費魔力と通信の質から何となく分かる。

「お前ら、まだそれやってんの？」

「仕事で魔導具を使う時はずっとやるさ。誰が盗み聞きしててもおかしくないんだから」

暗号名で呼び合っているのを見てジークフリートが、顔にうぇーと書いてありそうな表情をするが、これは彼が何度注意してもうっかり名前を呼ぶので、その度私やマルギットから怒られるので嫌いになったのだろう。

とはいえ、誰が何処《どこ》にいて、どんな内容を喋《しゃべ》っているのかってのは重要なんだよ。それだけで計画を変更するに足る資産なんだから、もうちょっと丁重にやってほしいものだ。

そりゃ格好良いからやってるのは否定しないけど、ちゃんと意味はあるんだよ。

「だから君も早いこと慣れてくれ。今日の符号は？」

「あー、えーと俺は……M《マルタ》、だっけ」

「よし、合ってるよ。ああ、ごめんI、話が逸《そ》れた」

『構いませんことよβ。もうお客の近くまでもどっていらして？』

お客はナンナのことだ。彼女にまでこちらの魔導通信に相乗りさせたくなかったので、符丁は割り振らず、単に客と呼ぶことにしている。

肯定すると、彼女は予《あらかじ》め墓所を基準に作った地図を開くよう指示してきた。

『そこから北を〇度として三一四度の位置、大体北に四里ほど行った河の畔《ほとり》に目標らしき建物を確認いたしましたわ』

「北に四里？　また随分離れたね」

『木々に紛れて直線で移動できたから良かったものの、随分と馬車を飛ばされて焦りましたわよ』

それでも息を荒げていないのは流石《さすが》だね。恐らく見つからないよう気配を殺し、木々の間を飛び回って直線で追跡したのだろう。

『ただ、ちょっとこれ以上は近づけそうにないですわね』

「どうしたの？　警戒が厳重？」

『建物の警邏《けいら》は何てことないですけど、魔法が。それと、嫌な予感がしますわね』

彼女の言う悪い予感は、直感ではなく五感が感知はしていても言語化し辛《づら》い微妙な気配の違いであろう。

つまり、広範囲を非魔導依存で警戒している者がいる。こりゃアタリかな。

運が良ければ、左腕の借りを返せそうだ。

「分かった、無理はしないで良いよ」

書き始めている地図に方位磁石と定規を頼りに大まかな地点を記し、事前に仕入れていた近辺の地図と照合。ここからほぼ北西に約一六㎞、地図には記載しないような荘民が作った道沿いなら二〇㎞ってところか。

さっき水車を見たのとは別の河の支流があるな。水量は多いけど、水深が所々浅すぎたり深すぎたりして水利の便が悪くて使われていない川のはずだ。

工場を建てる要件には一応合っている。

『お客に聞いてくださる？　製造工場なら大きな煙突があるはずですわよね？』

「そうよぉ……何かしら排気のために煙突は備わっているはずねぇ……」

『あるにはあるんですけども、かなり寸胴《ずんどう》な煙突が等間隔に生えてるだけで、煙も出てませんことよ？』

マルギットからの報告を聞いてナンナが煙草《たばこ》を吸うのを一瞬止めた。

少しお行儀が悪く吸い口を囓《かじ》った後、深く煙を吸い込んだまま吐かない。

長い沈黙が訪れた。私が呼吸を二〇回するまで吸い込まれた紫煙はそのままで、肺に滞留させて成分を体に染み込ませているのが分かる。

『えーと？　β？　何かありまして？』

「考えてるみたい」

更に呼吸一〇回分も黙られているとマルギットも訝《いぶか》しんだのか返答を催促してきたので待って貰う。

しかし凄い肺活量だな。煙をたっぷり肺に取り込んだままで、少しずつ吐いたりもせずじっとしているのは並では真似《まね》できない。煙草という形で魔法薬を効率よく取り込むのには一番いいのかもしれないが、酸欠で倒れたりせんだろうな。

あと一〇呼吸分返事がなかったら、流石に肩を叩いてみようかと見守っていると、やっとのことでナンナは長く長く煙を吐いた。

「そこぉ、臭いはどうかしらぁ……？」

『臭い？　まぁ、普通ですわね。木と土の臭い、それから遠くに堆肥の集積場があるのか、少し不快な便臭。あとは普通に人間が生きてる臭いですわね』

「そう、なら大丈夫だわぁ……攻める準備をしましょうかぁ……」

いろいろ考えた結果、結論が出たのは結構だが、自己完結されると困るのですが。

「煙を吐かない煙突は、濾過《ろか》装置ねぇ……煙を立てると目立つでしょぉ……？　術式を刻んで、外には煙も成分も撒《ま》き散らさないようにする技法があるのよぉ……」

ほうほう、それは何と言うか二一世紀の人達《たち》が聞いたら、何て無法な技術なのだと羨ましがるだろうな。ドデカい煙突から濛々《もうもう》と煙を立てて、街一個常に曇り空なんて酷《ひど》い地域もあったのだから。

魔導院の工房や実験室は地下にあり、上物たる〝鴉の巣《クレーエスシャンツエ》〟は事務的な施設や講義室で埋まっていることもあり、極めて高度な排気浄化装置が導入されているらしい。

魔法で地下大深度を掘削して作った意味不明な施設なので、当然のことのように受け容《い》れていたけど、言われてみれば地下に住むことは換気に悩まされ続けるのと同義だ。

特に魔導院の研究施設なんて、頭の螺旋《ネジ》が最初っから嵌《は》まってないような連中が何を思いついて煮込んでいるか分からないとあれば、当然他の部屋に累が及ばないよう浄化設備は必須である。

嫌だろ、どっかの馬鹿が凄《すさ》まじい毒ガスを何となくで調合したら、結界を常駐化できていない聴講生がバタバタ倒れ出すの。それこそ責任問題通り越して、魔導院の構造自体に欠陥があるとして上から下まで大騒ぎだ。

そんなことになったら、魔導院出身であらせられる今上帝が憤死しかねん。

「見張りが立っていて、周りが普通ならまだ動いているはずよぉ……欲張ったわねぇ……作り溜《だめ》しておくつもりで逃げも隠滅もしないなんて……」

その技術を剽窃《ひょうせつ》したか横流しして貰ったか知らないが、煙突から煙が出ていないことはむしろ正常の証《あかし》らしい。

なにせナンナの予想では、やろうと思えば煙突自体が噴霧装置として機能し、周囲一帯を麻薬で汚染し尽くして侵入を阻むこともできるのだから。

〝魔女の愛撫《キュケオン》〟は人間にだけ働く薬物ではない。気体にして散布すれば炭素基系の生物、特に高次脳を持つ生き物は殆《ほとん》ど影響を受けるような代物だ。

マルギットが潜んだ森で小鳥が鳴き、秋の恵みを求めて齧歯《げっし》類《るい》が徘徊《はいかい》している時点で安全は担保されている訳だ。

「さっさと囲んでしまいましょぉ……時間は此方《こちら》の味方であると同時に敵よぉ……」

「承知。という訳だ諸君、着いて早々ではあるが押っ始めよう。各員、戦闘用意」

「「「応！」」」

こういう時、応える声が綺麗《きれい》に重なっていると格好《かっこ》好くていいよね。会員達は一つ吠《ほ》え、喜び勇んで鎧櫃《よろいびつ》に飛びついて武装を整えていく。完全に統率された冒険者達が〝揃《そろ》いの具足〟を着込んで居並べば、より見栄えが良く何でもできそうな心強さを感じた。

そう、実は今日のために組合長からご褒美で貰《もら》った報酬を——何と完全前金で約五〇ドラクマ、しかも一人当たり一ドラクマの個人報酬も約束して貰っている——思い切って叩いて、揃いの防具を調達したのだよ。

勿論、一から作っている時間まではなかったので、大量生産の既製品をまとめ買いしただけではあるけども、今まで貸与していた鹵獲品《ろかくひん》で使える部分を寄せ集めていた物とは大違いだ。

野盗から引き剝がした物を下取りして貰って、今日参加している二〇人の会員は全員が鋼鉄の胸当てがついた煮革鎧で身を守っている。細くて頑丈な鎖帷子《くさりかたびら》に厚手の鎧下、そして前腕部と手の甲を完全に守る上質な手甲と、長靴に帯革で結わえることのできる脛当《すねあ》ても相まって、そこいらの傭兵《ようへい》より幾段も上等な装備だと言えよう。

何よりも連帯感が高まることで、戦意と指揮に大幅な強化が乗るのが社会性のある生き物の特色だ。胸板の正面、小さく剣友会の紋章たる〝剣食大狼《けんはみたいろう》〟を刻印してあることもあって、同じ組織で戦う戦友の絆《きずな》がより一層強まった。

古来より人間は、同じ意匠で統一された軍集団に強さと頼もしさを感じるのと同時、そこに加わることに誉れを感じるようにできているのだ。

「さて、長きに渡り我々を苛《さいな》んだ連中にお返しの時間だ。しかし我々は野盗とは違う。正面から堂々と、格好好くいこうではないか」

　武装を整えた我々と違い、下部組織なども集めたバルドゥル氏族は数箇所に散っているため、ナンナが魔法で命令を下してから遠巻きの包囲に掛かる手筈《てはず》になっている。ここにいるのはウズを始め彼女直卒の精鋭二〇名のみだが、それでも我々の統率感の足下にも達しないこともあって気圧《けお》されているのが分かった。

　当たり前だ。我々は冒険者、合一して偉業を成すことを目的に結成された戦闘集団であって利益共同目的の氏族ではない。本質は正しく英雄になるべく、同じく英雄を志す者達の徒党なのだから。

「剣友会会則！　一ぉつ！」

「「「楽しく、かつ英雄的に!!」」」

　吠えれば直《す》ぐに威勢良く、一切淀《よど》みもつまりもせず轟《とどろ》く唱和の心地好いことといったらない。

「一ぉつ！」

「「「威は自らの名を以《もっ》て成せ!!」」」

　私の意志に同調し集まってくれた冒険者達。厳しい選別と訓練を耐え抜いた精兵に臆病者は一人とておらず、参加している冒険の意義も、命を賭して戦うに値する意味も理解している。

これのなんと心強いことか。一山幾ら、呼び出して損耗したらお終《しま》いの使い捨て《トループモブ》では、斯《か》くの如《ごと》き頼もしさに助けられることもないだろう。

「一ぉつ！」

「「「剣に恥じる行いをする勿《なか》れ!!」」」

戦意は旺盛、配下は精強、段取りも十分。あとは賽《さい》の目次第の部分もあるけれど、できることはやり尽くした。

散々クソ面倒くさい長期卓につき合わせてくれたのだ。思う存分、対抗困難な理不尽としてGM《ゲームマスター》に渋い顔をさせてやろう。

それに今回も輪転神や試練神は、何が面白いのか仕事をしている節がある。

マルギットが警戒範囲に近づくことすら危険と判断したのならば、あの密殺者共も待ち構えているに違いない。

冒険者であった彼女達が、何の因果でマルスハイムを滅ぼす陰謀に加担し、二度までも私を殺しかけたのかは知らんが、ともあれ殴ったら殴り返されても文句を言えないのがこの巷《ちまた》だ。

お辛い過去とか大変な境遇なんぞをズラズラ用意してあることだろうが、まずは報復。詳しい設定や申し開きをどうしても聞いて欲しいというのであれば、ファミレスかラーメン屋で聞いてやる。勿論《もちろん》、GM《ゲームマスター》のオゴリでだ。

　こちとら腕が折れたままで延々馬に乗せられて、道中痛すぎて一回吐いたんだよ。便所だと誤魔化してギリギリ茂みに逃げ込むことができたけれど、あの格好悪さと辛さは筆舌に尽くしがたい。

　今の私は縛りこそ守るが、一切自重する気はないからな。

「結構！　行こうか、我が剣の同胞《はらから》！　余所様《よそさま》の家に小汚い薬を撒いた連中に苦情を叩《たた》き付けてやる!!」

「「「応!!」」」

　号令に従い、我々は迅速に行動を開始した。

　先《ま》ずは緩く包囲を敷き、様子を見る。

　どうせ規模が規模なのだ。密《ひそ》かに侵入して一切の問題を起こさずにクライマックス戦闘もなしで終われるとは思っていない。

　私はね、必要とあらば幾らでも外道働きをするけども、割に合わないなら力戦だって望むところの正統派なんだ。ただちょっと人より数値おかしくない？　とか、転がすダイスの数間違ってない？　と言われるのが好きなだけで、お約束を分かっている。

　こちらの布陣に敵が諦めて降伏してくれるならばよし。だが、あくまで抗《あらが》うというなら真正面から叩き潰し、証拠を始末している余裕も与えず制圧するのみ。

　今の私達には、それができるだけの装備と実力がある。

　さて、では元気よくサイコロを振っていこうじゃないか………。

【Tips】氏族の統率意識を高めるため紋章を身に付けさせたり、揃いの道具を持たせることはマルスハイムでも多いが、意匠を統一した具足を配下全員に配給した氏族は剣友会が初である。


「おい！　殺し屋風情が誰の許可を得て……」

厚底の長靴を床に何の臆面もなくぶつける高らかな音を引き連れて、廊下を闊歩《かつぽ》する女の行く手を阻もうと試みる者がいた。

一人のヒト種《メンシュ》で、顔付きからして帝国から更に西方の生まれであろう。軽装の甲冑姿《かつちゆうすがた》で、顔には兜《かぶと》の代わりに〝防毒面〟として配布された、髑髏《どくろ》めいた仮面を被《かぶ》っている。

不釣り合いなはずなのに奇妙な似合い方をした戦装束の女を阻んだ理由は単純だ。この廊下に許可のある人間以外を通すなと堅く言い付けられていたから。

しかし、その試みは失敗する。

「ぐぃっ……!?」

室内戦用の短杖《ステツキ》で行く手を阻もうとしていた瞬間、彼は自分の口から絞められる鳥のような声が漏れるのを聞いた。

瞬《まばた》きの素早さで伸びた腕が、首をつり上げて壁に叩き付けていたのだ。

もし背後が壁ではなく、宙づりにされていたら勢いのあまり首を脱臼、悪ければ脊椎がへし折れていただろう。

「退《ど》け、今拙下は酷く機嫌が悪い。上手《うま》く加減できる自信がない」

左手で締め上げている首から革手袋と擦《こす》れ合う不吉な音が響く。普段であれば器用に頸《けい》動脈《どうみゃく》を圧迫し、一瞬で酸欠による気絶に陥らせていたであろうに、赫怒《かくど》が密殺者の加減を誤らせていたのだ。

「それと、二度と殺し屋などと呼ぶな、犬っころめ」

「がはっ、げほっ、ごっほ……!!」

いっそこのままへし折ってしまおうかと思ったが、ベアトリクスは傭兵相手に当たり散らしても仕方がないかと解放してやる。戒めから解かれた兵士は壁から滑り落ち、尻餅を突きながら酷く荒い息をした。

握力が強すぎたのか喉を痛め付けてしまったようなれど、彼女は何ら気を払うこともなく廊下の奥へと足早に向かう。

そして、大きな扉を遠慮なしに蹴り開いた。

そこは地下室であった。広大な部屋は数十人が軽く働けそうな椅子や机、各種設備が揃っているものの、滞在している人数は極めて少なかった。

如何《いか》にも魔法使い然とした数人と、異教の神職が着る僧衣姿が一人。

かつては数十人の工作員や魔法使いが犇《ひし》めいていた部屋なれど、残ったのはたったこれだけともなれば心寂しいほどだ。

床や机の上には書類が散乱したまま捨て置かれ、一部の物は焼却が間に合わなかったのか鍋を炊く炉や竈《かまど》の前に積まれたまま放置され、慌ててこの場を去った者が多いことを覗《うかが》わせる。

実際、賢い者達《たち》は既に自分の痕跡を拭って逃げ出しているのだ。密殺者は冒険者達が寄せてくるより三日早く此処《ここ》に辿《たど》り着き、時間稼ぎをしてやるから施設を放棄するよう促したのだ。

ここで〝魔女の愛撫《キュケオン》〟を産み落とした悪魔達に。

最悪なことに彼女の顧客が残ってしまっているのが現状だが。

「何をしている。呪文の詰め込みすぎで言葉を聞けないほど頭が埋まったか。もう直に冒険者が攻め寄せてくるぞ」

ツカツカと一人の魔法使いに歩み寄った密殺者であるが、語気も強い言葉で声を掛けられても反応しない者がいる。

彼女の顧客、酷《ひど》く痩せぎすで頬骨が浮かび、落ち窪《くぼ》んだ目と無精《ぶしょう》髭《ひげ》のせいで酷くうらぶれた雰囲気を纏《まと》った魔法使いは、喋《しゃべ》り掛けられていることに気付きもしないのか、筆の尻でこめかみをガリガリ搔《か》きながら譫言《うわごと》を吐き続けていた。

茶褐色の髪は何日も碌《ろく》に〈清払〉すら掛けていないのかネットリと脂気が濃く、かつては鮮烈な朱色だったのだろうが、色褪《いろあ》せて小豆色に褪色《たいしょく》した長衣にも汚れが目立つ。相当根を詰めて研究し続けたらしく、様々な試薬や失敗作と思《おぼ》しき丸められた書類が周辺に散らばっている。

「違う、まだ足りない、精神感応性を高めるには脳内麻薬で相似形を作り出す着目点は間違っていない……しかし、忘我に陥らせれば正しく精神状態が伝播《でんぱ》できなくなる、この配合では……」

「聞いているのか！　ドゥランテ!!」

術式論を酷い癖字の上古語で書き殴り続ける魔法使いを待つ余裕などないベアトリクスは、意識を此方《こちら》に向けるべく首根っこを引っ摑《つか》むため手を伸ばした。

しかし、指先が肌に触れるが早いか、弾《はじ》かれたように引っ込めてしまう。

力場や反発などの障壁ではない。

それは暴力的なまでの記憶と感情。

触れた瞬間、密殺者の強靭《きょうじん》な精神的防壁を抜いて怒濤《どとう》の如く流れ込む、魔法使いの脳内風景に修羅場の住人でさえ退《ひ》いたのだ。

酸欠に陥らぬよう生かしたまま焼かれる女の悲鳴、死なぬよう丁重に腹を割いてそれを鳥に啄《ついば》まれるがままにされた少年の絶叫、幾人もの男達に群がられて死を懇願する少女の悲嘆。

ただ必要に応じて戦い、殺してきたベアトリクスには何を求めて繰り広げたのか、全く理解できない光景には魔法使いドゥランテの悲鳴も重なっていた。

止《や》めてくれ、それだけは、彼女達だけはと願う嘆願は、次第に自分にも死をもたらすよう請う哀願に変じ、やがて怒りと絶望の絶叫と、斯くも残酷な光景を生み出すことが能《あた》う世界への怨嗟《えんさ》に至る。

刹那の接触。瞬き一つよりも短い時間で、到底数えきれぬ地獄を一瞬で叩き込まれた密殺者の膝から力が抜けかけた。

しかし、効果はあったようで、まるで髑髏のように痩せ細った顔が、ぬるりと冒瀆《ぼうとく》的な仕草で彼女に向けられる。

「……君か、〝列死乙女《ムエルテ・ミズマ》〟。私の探求を邪魔するに値する理由があっての狼藉《ろうぜき》かい？」

「その贈り名は気に入らん、改めて欲しいものだ」

ドゥランテが呼んだ名は、ベアトリクスが本名を名乗らぬが故、勝手に付けられた異名だ。

密殺者は独自の魔術体系によって独覚で術式を練った感覚派であり、全身に奇妙な術式陣を彫り込むことで魔法の制御と強化を両立している。

その中でも中枢となるのは頰に咲く鈴蘭ではなく、普段晒《さら》すこともない背中に刻んだ〝白骨聖人〟の彫り物。西方の唯一神を自称する強大な神格を崇《あが》める宗教から派生し、その加熱度合いから異端とされた殉教者信仰に由来する。

聖衣を纏い華を携えた白骨の姿は、専ら移民が死による救済に縋《すが》って信仰を昇華したものなれど、彼女にとっては報復すら肯定してくれる神格として肖《あやか》った意匠である。

これが背に入っていることを知っている人間は少ない。半ば生来の才能と奇跡論に半分足を踏み込んだ術式は、この地において信仰を抜きに古臭いを通り越して異端に近しいのだから。

「なら邪魔をしないでくれ。俺は思索に忙しいのだ」

「考えごとは時間がある時にしろ！　再三言ったはずだ！　直に冒険者共が工房を囲むぞと!!」

「冒険者……？　ああ、そういえば、そんなことで五月蠅《うるさ》くしていたな」

怒鳴りつけられてやっと思い出したのか、魔法使いは周囲を見回してみる。

残っているのは彼の直弟子と思想に同調した一人の異教僧のみ。この段に至ってようやく、彼は自分達以外が逃げ出したことを理解したのだ。

だが意に介した様子もなく、彼は筆を手の中で弄んでみせる。

「大した問題ではない。世俗の阿呆《あほう》が、真の苦しみも知らずのうのうと生きている愚物が千や二千押し寄せようが何のことがある」

「だから、そういう問題では……」

「我が絶望の前では、皆等しく膝を屈するのだ。俺と同じように」

絶対の自信があるからだ。どのような軍勢が押し寄せようが、自分の道を阻む者などいないと。現に彼は謀略にとんと興味がなく、出資者から言われるがままに隠れて〝氷の吐息〟を改良した〝魔女の愛撫《キユケオン》〟を製造していただけで、コソコソとやる必要性など見出《みいだ》していなかった。

自分の絶望の前に打ち砕けない存在などこの世にないと確信しているから。

それだけ狂っているのだ。世の理非さえ忘れるほど。

帝国が本腰を入れて、魔導院から戦闘魔導師を分隊規模で派遣したならば、軍を追い散らす魔法があっても容易《たやす》く処されてしまうというのに。

「……そういえば他の連中はどうした？　随分減ったようだが」

「拙下の警告を受け取って、大人しく逃げた」

「何と怯懦《きようだ》な！　お前はそれを止めもせず見逃したというのか、列死乙女《ムエルテ・ミズマ》よ!!」

顧客に詰め寄られたとしても、ベアトリクスからすれば、それは仕事の外だとしか言い様がない。

彼女が先の仕事で散った一椀党《ひとつわん》の同胞、アルベルトの仇討《かたきう》ちに必要な情報を手に入れるに際して、やむを得ず作った借り。その精算のためドゥランテの上役から、彼の護衛兼密偵として雇われるように言い付けられるハメになった。

しかし、この魔法使いが己が欲望のため加担した陰謀全てのケツを持ってやらねばならないような契約ではない。

むしろ、ここまでつき合っているのは顧客たる彼の出資者を裏切るのが拙《まず》いだけなのだ。ここで退いては、二度と回復するのが難しい程に一椀党の名誉が傷付くから、どれだけ言い聞かせても退かない男につき合っているだけに過ぎなかった。

然《さ》もなくば、こんな馬鹿らしい案件からは疾《と》うに手を引いている。断れるのであれば、麻薬をばら撒《ま》くなんて〝冒険〟から程遠い案件になど触れたくもなかった。

一体何時《いつ》になれば、一椀党は冒険者の徒党に戻れるのか。ベアトリクスは歯噛《はが》みし、眼前の狂魔法使いを縊《くび》り殺したくなる欲求を抑えた。

「逃げる者を引き留めて仕事などさせられん。第一、あれは殆《ほとん》ど余所《よそ》からの派遣組であろう。衛星諸国家の何処《どこ》とも知れぬ烏合《うごう》共や、土豪の子飼い、挙げ句はセーヌ人、寄り合い所帯の統制を取るのはお前の仕事であろうよドゥランテ」

「俺とて思索に迷う一人の人間に過ぎん。全ての愚物を導いて言い聞かせることなどできぬわ」

清々《すがすが》しいまでの開き直りに密殺者の殺意が再燃しかかったが、これだけ言われると顧客も少しは気にするようになったのだろう。やや考え込んだ後、僅かに残った配下に資料をちゃんと焼却するように命じた。

「よろしいのですか、同志。ここ二年の研究が全て……」

「構わん、この程度の内容、全て俺の頭に入っている。膨大な絶望の山と比べたら、塵《ちり》を降りかけたようなものだ」

痩せて窪んだ眼窩《がんか》の中で爛々《らんらん》と狂気に光る、くすんだ緑色の目は自信過剰によって輝いているのではない。事実として、ここに存在している全ての書類や文献は、効率化と情報共有のため形にしているだけであって、重要な根幹部分は全て魔法使いの脳内に収まっている。

たとえ身一つで落ち延びることになったとして、痛手になるのは精々製造設備を失うくらいのものなのだ。重要な密書は既に別の金庫に纏めてあり、それは小脇に抱えて動けるような大きさである。

大事なのは、今後纏めて作ることが難しそうな病み麦から精製する原料くらいのもの。

「焼いていいなら始末してしまうぞ。どんな些細《ささい》な証拠も残したくはない」

「好きにしろ。原料を十分量精製できたら、ここも焼き捨てる。マルスハイムの流通網が落ちて然したる時間も経《た》っておらんのだから、要らぬ心配より余所の拠点を……」

「姉さン！　マずいヨ!!」

密殺者が炉に火を入れて書類を焼き捨てるのにどれくらい時間が必要か計算し始めると同時、激しく扉が開かれた。既に先程蹴り開かれたために片方が大きく傾《かし》いだ扉は、取ってを操作するのが苦手な蟷螂人《マンティエダ》が体当たりの勢いで開けたこともあって、遂《つい》に役割を果たしきれず脱落してしまう。

「どうしたプライマーヌ」

「テ、敵《テキ》！　沢山《タくさん》きてル！」

「何っ!?」

そんな馬鹿なと密殺者は床板が弾け飛ぶのも構わず全力で疾駆した。本気の走りに反応が追いついていない配下を置いて廊下を突き抜け、階段を駆け上り、窓縁《まどべり》に手を掛けて跳躍。屋根の上に駆け上った彼女が目の前にある大気の層を歪《ゆが》めて透鏡《レンズ》を作る〈望遠術式〉

を起動し気配を探れば、報告が真実であったことが飛び込んでくる。冒険者だ。三〇人以上の冒険者が軍勢を構築し、殆ど指呼の距離にまで踏み込んできている。

「馬鹿な、この短期間でここを摑める訳が……」

思わず口にした後、はっと一つのことを思い至る。

有象無象を集めた烏合の衆であると、先程口にしたのは他ならぬ自分ではないか。仮に
一椀党が、ベアトリクスがどれだけ完璧に痕跡を拭っても、適当な仕事をする馬鹿が何処
かから現れる。

事実として、彼女はベジクハイム子爵の配下二名を葬らねばならなかった。どれだけ丁
寧に石畳を敷いても合間からはみ出してくる雑草の如《ごと》く、口が酸っぱくなるほどした警告
も、命が掛かった脅しですら軽く見る愚か者をなくすことはできないのだ。

その微《かす》かな情報の糸を手繰られたとしたら……。

歯ぎしりの瞬間、糸目の猫が脳裏を過《よぎ》る。

経験と直感、そして何よりも一度は始末するべきだと判断したこともある諜報《ちょうほう》能力。

アイツだ、アイツが全ての仕掛け人だと一瞬で理解した。

「クソッ、あの場で殺しておくべきだったか！」

大きな敗着の一手に今更気付き、密殺者は遂に苛立《いらだ》ちを殺しきれず瓦を一枚踏み割った。

しかし、あの場では最善手だったはずなのだ。あそこで情報屋を殺せば、よく事情を知

らない者達《たち》にも〝殺すだけの価値があった〟と群がられたろうし、シュネーの死を引き金に発動する混乱は計画を破綻させるに足る威力を秘めていた。

また、銀雪の狼《おおかみ》酒房、その屋根で人殺しをするのは拙い。

帝国北方、略奪遠征の蛮族蔓延《はびこ》る円弧半島の付け根に砦《とりで》を築き、陸地からの浸透を阻んできた〝不凍の不寝番《ゾルト・ローレラ》〟を名乗る自警集団の頭目を務めたこともある男は、常に油断ならぬ目で宿を見張っている。

あの亭主、それだけの経歴を持つジョンがマルスハイムで冒険者向けの宿を始めた理由は、泊まっていた時でも語ってくれなかったが、今も腕を錆《さ》び付かせていないのはたしかだ。

密殺者の腕なら殺せなくもない。

しかし、殺せばジョンに恩がある地方に散った元不寝番や冒険者が必ず復讐《ふくしゅう》に動き出す。さしものベアトリクスとて、あそこから巣立った幾十人もの英雄級冒険者に追いかけられては命がない。

あの時点で猫を殺す利点より、殺した時にジョンを刺激する反動の方が重かったのは認めるが、まさかここで背中を刺してくるとは。

これでは、意地の悪い子供が考えた正解のない謎掛けのようではないか。

「拙い、拙いな、せめて到着と同時に引き払う仕度をしていてくれれば……」

緊張を張り巡らせ気配を読めば、視界内にあるだけではなく遠巻きに包囲されていることが感覚的に分かった。数は全体でも二〇〇はいるだろうか？　一椀党であれば突破するのも難しくない数ではあるものの、先頭に立っている者達がよくなかった。

剣を食《は》んだ大狼《たいろう》の紋章。陣の最前で美事《みごと》な悍馬《かんば》の鞍上《あんじょう》にいるのは、兜《かぶと》も被《かぶ》らず自らの二つ名を見せ付けるかの如く秋風に靡《なび》かせた〝金の髪のエーリヒ〟。

何らかの対策をしているのか、彼には〝魔女の愛撫《キユケオン》〟が効かない。即効性を高めた煙玉を浴びせたにも拘《かか》わらず戦闘能力が落ちず、更に正体不明の風を操って散らしてきた怪物相手には搦《から》め手《て》を試みるのも愚かしい。

況《ま》してや状況を偏執的にまで整えた五対一で殺し損ねたのである。油断などできようはずがなかった。

そして、今は姿が見えない〝音なしのマルギット〟がいるのも事態を悪くさせている。あの斥候は不意打ちからの暗殺に特化した一椀党ほどの殺傷力はないが、しかし隠行と追跡の腕は勝るとも劣らない。ここで定位置だと広く知られる相方の背にいないということは、何処かに潜んで隙を虎視眈々《こしたんたん》と窺っているのであろう。

だとすれば一塊で逃げれば突破されるし、五人バラバラに散っても何人かは逃げ切れまい。

一椀党は必ず報復する。しかし、仲間が殺されることを前提にして作戦を組むこともないのだ。

「クソッ、どうする……お荷物を抱えて逃げるのは無理だな。館に残った傭兵《ようへい》は、たしか

いた。

五〇と少しか」

陰謀の基幹要因。各所から派遣されてきた工作員や土豪の密使は、引き際を弁《わきま》えていたこともあって自分の分け前だけを取り、痕跡を消して引き払っているが、訳も知らず雇われた傭兵は今も残っている。

むしろ彼等《かれら》は、ここをただ土豪の大っぴらにできない商売の工場くらいにしか認識していないのだろう。

必要なことだけを知れ。それが傭兵の鉄則であり、必要とあらば依頼主の裏を平気で漁《あさ》る冒険者とは人種が違うのだ。

ただ、それも戦力として役に立つかどうか。腕は確かに半専業軍人だけあって十分なれども、強大な個を前にすれば無力でしかない。一梲党の面子《メンツ》であれば、一人で容易く皆殺しにできる戦力に過ぎず、少なくとも金の髪のエーリヒや幸運にして不運のジークフリートにぶつけたとしても役者が足りぬ。

取り巻きを相手させるには十分であろうが、それを黙って見ている頭目でもあるまい。本気で悪徳の騎士を討った剣が荒れ狂えば、時間稼ぎにもならないだろう。

「証拠を消すのも時間が足りない、ドゥランテを気絶させて担いででも逃げ出すか？　いや、配下を置いていけば情報を搾り取られるし、況してや身軽さのために殺せばヤツも敵になる。どうする、どうする……」

時間が足りない。精神を鑢《やすり》で擦《こす》るような時間の中で葛藤を続けても、最善手が見つからなかった。

「ええい、畜生、アルベルト、お前が死んだせいで大変なことになっているぞ。この場にお前がいてくれれば、全て灼《や》き滅ぼして終わりだというのに」

せめて、先の依頼で逝ったアルベルトが生きていれば。彼は魔導院にも行ったことのある聴講生崩れの冒険者で——学内閥での政治抗争によって、逃げるように去ったそうだ——極大の破壊術式に秀でていた。

彼の魔法の冴《さ》えがあるならば、この工場を跡形なく吹き飛ばし、その混乱に乗じて足手まといを連れてでも一点突破することもできたろうに。

「頭領！　拙いことになった！」

屋根に駆け上がってきたマェンに、もう知ってると言おうとしたベアトリクスであったが、投げつけられた物を受け取るとそうも言っていられなくなった。

傭兵達も身に付けている革の防毒面を渡されたのだ。

「狂人が本当にとち狂った！　早く!!　冒険者を一網打尽にするって!!」

この防毒面は〝魔女の愛撫《キユケオン》〟を初め、魔法の効果がかかった霧や雲に抵抗を与える魔導具であり、工場内の兵士や作業員に配布されている。屋外に排気する気体は濾過《ろか》されているが、製造過程で立ち上る湯気には人体に有害な成分が多量に含まれているため、中で働くのに必須なのだ。

「何を焦る、プライマーヌの奇跡で我々に毒は効かん……」

セーヌ出身の蟷螂人《マンティエダ》は唯一神の信徒であり、この地では信仰が殆どない故に非常にかけき物になってしまっているが奇跡を行使できる。全身が〝白骨聖人〟の刺青や鈴蘭《すずらん》の刺青によって毒物に近しいベアトリクスは良いにしても、他の四人は皆、彼女の奇跡の請願によって〝魔女の愛撫《キュケオン》〟から逃れていた。

「いいから!!」

「わぶっ……」

配下から強引に防毒面を被せられると同時、今まで無害な気体を放っていた煙突から濛々《もうもう》と青い気体が立ちこめ始めたではないか。

尋常ならざる青い靄《もや》には濃密な魔力が込められており、その波長は先程まで密殺者が問い詰めていたドゥランテの物に他ならない。

あの男は、あろうことか〝魔女の愛撫《キュケオン》〟を精製する機器と同調し、煙突の浄化機能を切って狂気を伝播《でんぱ》する薬物を大量散布し始めたのだ。

「ひっ!? あっ、ああ、あああああ!?」

頭目に防毒面を被せるのに必死になっていたマェンは、自分が被るのが遅れて煙を直《じか》に吸引してしまう。

すると、屈強な蜘蛛《くも》の体が縮こまり、悲鳴を上げ始めたではないか。

「斧《おの》、ああ、斧が！　やめて！　逃げて、ピタージー《父様》逃げて!!　マーン《母さん》に触るな!!」

耳慣れぬ異国の言葉で父と母を呼ぶマェンの瞳孔は開ききっていて、精神がこの場にいないことを如実に示していた。頭巾や面覆いが乱れるのも構わず頭を掻《か》き毟《むし》り、八本の足を痙攣《けいれん》させて蹲《うずくま》る姿は、普段の冷静さから程遠い。

「マェン！　落ち着け!!　面を寄越《よこ》せ!!」

「嫌だっ!!　マェンに触るな！　マーン！　マーン!!」

母を呼んでのた打ち廻《まわ》る蜘蛛人《アラクネ》は、いつの間にか自分用の防毒面を放り投げてしまっていた。暴れ廻る様は尋常ではなく、身体強化術式がなくとも凄《すさ》まじい怪力を誇るベアトリクスの手を弾《はじ》くほどに狂乱していた。

体の自制が利かなくなっているのだ。このままでは自分の力で自分の体が壊れてしまう。

「ええい、あの狂人め！　お構いなしか!!　イカレていることは分かっていたが、ここまでやるか普通!!」

密殺者は覚悟を決め、大きく息を吸い込んだ後に達人的な素早さで暴れるマェンの背後を取って、二本の腕を足で羽交い締めにする。それで尚《なお》も子供がイヤイヤするようにふりたくられる顔を捕まえ、無理矢理に防毒面を付けさせた。

「あ、あああっ……ああああ……」

瓦が割れようがお構いなしに転げ回る体にベアトリクスも巻き込まれるが、このまま手を離して折角付けさせた面を剝がれても困る。背中を何度も強く打ち付けられた後、幾度かの回転の末、煙突の一本にぶつかって暴走は漸《よう》く止まった。

これ以上転げ回らぬよう、右足を天井に突き刺す勢いで踏ん張り、左足で腹を押さえ動きを抑制。手も胴体諸共《もろとも》抱き込むことで、どうにかこうにか大人しくさせる。

「くっ……少し肺に入ったか……」

しかし、代償は安くなかった。巨体を食い止めようと力を込めたせいで、煙突とマェンとの間に挟まれて反射的に息をしてしまったのだ。濃密な青い煙が肺に立ちこめ、血管を巡り瞬く間に脳を蹂躙《じゅうりん》していく。

ベアトリクスが蜘蛛人《アラクネ》のように狂奔せずにいられたのは、肉体に常駐している鈴蘭の刺青による毒を生成し続けたことで肉体が毒に熟れていたこと、そして守護を与え影に馴染《なじ》ませてくれる黒喪の〝白骨聖人〟の彫り物のおかげであったが、そこにプライマーヌの奇跡が掛かった三重の護《まも》りを以《もっ》てしても留《とど》めきれぬ幻覚が引き起こされる。

「……アルベルト」

マェンほど強烈でなくとも、その〝毒〟は十分にベアトリクスを硬直させるに足る物だった。

目の前に肉感すら感じるほど精密に現れたのは、過去の絶望。

死した仲間の姿だ。

前の仕事で逝った一椀《ひとつわん》党の同胞アルベルト。死んだ時そのままの姿、敵方の手に落ち、拷問の末に悶死《もんし》した痛ましい少年が〝皮膚を全て剝ぎ取られた〟真っ赤な顔でじぃっと見つめてくる。

それだけではない。いつの間にやら、滲《にじ》むように人影が二つ、三つと増えていく。

皆、知っている顔だ。仕事の果てに討ち死にした一椀党の仲間達。死に顔を一ったりとて忘れたことはない。

最も直近で死んだアルベルトから順に過去を辿《たど》るように死人はどんどんと増えていった。忘れ難く拭い難い、仇《かたき》を討ち続けた仲間の姿。男がいた、女がいた、人類種がいた、亜人種がいた、魔種がいた。

人数が増えるに付けてベアトリクスは過去の絶望に包囲され、最後には最も愛《いと》おしく、記憶にこびり付いて夢にもでる顔が過去から這《は》いだしてくる。

最初の仲間達。代官の都合で使い捨てられた、一椀党を組む前に絆《きずな》を育んだ同期達。竜に食い散らかされて、どれが誰の体の一部だったか分からない有様の仲間達が、一椀党を結成し、その後に戦死していった最初の四人の内、三人に抱えられている。

彼と彼女達は幼いまま、死んだ頃で時が止まっている。ベアトリクスだけが生きながらえて、いや、取り残されていた。

「そうか、お前達が私の絶望か」

愛おしく、哀れな死者達が黙してベアトリクスを睥睨《へいげい》していた。その顔は一様に悲しそうで、暗がりに堕《お》ちた彼女に憐憫《れんびん》を注いでいるようではないか。

その様を見て、密殺者はようやく気が付いた。

あの男、ドゥランテは地獄の門を開こうとしているのだと。自分が味わった物と同じ絶望を、寸分違わず全人類に配給しようと試みているのだ。

幻覚はその道の途上。対象の最も深い心的外傷を呼び起こすか、傷口に塩を塗るためのものだと類推できる。

然《さ》もなくば、応報を果たされて冥府で笑っているはずの彼等が出てくるわけがない。できていい道理がない。

夜ごと脳裏に浮かぶ、ベアトリクスの妄想が生んだただの悪夢。皆、復讐《ふくしゅう》を望んでいたが故に仕果たした。今の今まで、仲間を殺した人間を誰一人生かしてはいない。

されども、この惻隠《そくいん》の情が滲む目は。ベアトリクスを可哀想《かわいそう》な物を見るような目で見下ろす様はどうだ。

まるで「満足か？」とでも、復讐を果たした彼等から問われているようではないか。

その実、ベアトリクスがそう思っているだけのことに過ぎない。応報のために汚れ仕事に浸《つ》かり続け、一つ果たしてもまた次が。終わりが見えない復讐の果て、気が付いたら坂道を転がる石のようにこんな所にまで来てしまった。

現状に納得いかぬがばかりに、仲間も本当は復讐など望んでいなかったのではなどと考えが過《よぎ》る。

そんなはずはないのに。皆、杯を共有した時に誓ったのだ。何があろうと、誰が相手であろうと復讐をすると。その果てに冥府で笑って待っていると、堅く堅く誓っている。

なればこそ、この光景は心の怯懦《きょうだ》さが呼んだ偽りの絶望だ。悩みの果てに弱い自分が〝もしかしたら〟と空想してしまっただけの幻覚。

「生温《なまぬる》いな、こんなもので拙下が折れるとでも」

「と、頭領……ご、ごめん、離して……」

顎の下から声がして、ベアトリクスはようやくマェンが正気を取り戻していることに気が付いた。

「落ち着いたか？」

「うん、マェンはもう大丈夫だ。だから頭領、離してくれ、頭領が折れなくてもマェンが折れそうだ」

「おっと、すまんな」

無意識の内に腕に力が籠もりすぎていたのだろう。解放された蜘蛛人《アラクネ》は、胸を強く圧迫されたのが強かったのか防毒面の下で咳《せき》をした。

「何度か吸っただけでこれか。凄まじいな」

「ごめん、頭領。マェンはどれだけ我を失っていた？」

「なに、ほんの僅かだ。殺されるには十分な時間だったがな」

防毒面を装着するまでに掛かった時間は十秒未満であろうが、呼吸に直せば四回ほど。一呼吸で幻覚が始まり、二呼吸目を終える頃には暴走を始めていたことを考えれば、凄まじいまでの効力だ。

しかも持続性も長い。たった四呼吸分を粘膜と肺から吸収しただけで三分近くも幻覚を見ていたとあれば、恐らく数分吸い続ければ二度と悪夢から覚められなくなるだろう。

「何が見えた？」

「こ、故郷が襲われた時の夢だ。マェンが円弧半島の付け根あたり、ぎりぎり帝国の端っこで漁師相手に投網を売っていた子供の頃……」

「ああ、覚えているとも、二年前か。まだ九つだったお前を拾ったのは」

この足高蜘蛛の蜘蛛人《アラクネ》は随分と大人びて見えるが、実年齢はまだ一一歳。蠅捕蜘蛛《はえとりぐも》種と異なり、幼い時分からぐんぐん成長してあっと言う間に大人びてしまう種であるため、ヒト種《メンシュ》ならば顔だけ見て幼長を見分けるのは不可能であろう。

しかし、今生き残っている中では一番の新入りは、今より更に幼い頃に略奪遠征の被害で全てを失っている。正に最も深い絶望の淵《ふち》で見る光景であったろう。

たまたま近くで仕事を終えた一椀党に――その時の構成員は六人だった――助け出され、一年間鍛えられた末に家族を殺した海賊を自らの手で扼殺《やくさつ》しても、癒えることも忘れることもない記憶。

斯様《かよう》な絶望で強制的に脳裏を埋め尽くすなど、ドゥランテの理想には辿り着いていなくても、これは十分に地獄の扉を開く薬であった。

「しかし、お前が加わってそんなになるか。時の流れは速いな。拙下も歳《とし》をとるわけだ」

「そんなことを言ってる場合ではないぞ頭領！　マェンの防毒面を使ってくれ！　かなり吸ってしまったんじゃ……」

「拙下は問題ない。魔法で代謝を落とせば進みも遅い。見張っているから代わりを持ってきてくれ」

屋根の縁《へり》に立ち、毅然《きぜん》と大股に足を開いて腕を組むベアトリクスの言葉は半分強がりだ。マェンに声を掛けられて絶望から目を背けることができたが、今も後ろでは先に逝った者達《たち》が並び続けている。憐《あわ》れむような視線を注ぎ続けているのが分かる。

代謝を落とし、呼吸を浅く長く取ることで摂取量を減らして尚も、脳が現実に起こっているかのように幻覚を映し続けるが、彼女はそれを信念によってねじ伏せる。

自分も願ったのだから。死んだらせめて仇くらいは討って欲しい。誰かにとって都合の良い、使い捨てで終わりたくなどないと。

「悠長に構えている暇はないぞ。ヤツら、全く何ともなさそうだ」

「えっ!?　な、なんで……」

見れば、工場の前に居並んだ冒険者達は誰も倒れてなどいなかった。鼻から下を覆う面覆《バンダナ》いで顔こそ隠しているが、アレで防げるのなら苦労はないだろう。三重の護りさえ貫通して脳を冒す絶望の青い煙は、ちょっとやそっとの魔導具で防げはしない。

「クソ、殺しておくべきだったヤツが多すぎる」

全ては敵方の先人に立ち、煙管《きせる》と香炉を持つ女。

バルドゥル氏族の頭目、ナンナ・バルドゥル・スノッリソンが対抗術式を行使しているからだ。

右手に垂らし、ゆっくりと振られてその度に〝泡立つ虹色の煙〟を撒《ま》き散らす香炉が青い煙の浸透を拒んでいる。

更には、咥《くわ》えられた紙煙草《かみたばこ》の刺さっていない煙管から青い煙が吸い込まれ、同じく泡立つ極彩の虹色に変じて吐き出されているではないか。

術式を載せて濛々《もうもう》と広がる恍惚《こうこつ》の虹色は絶望の青を食《は》み、対消滅して消えていく。

かなりの広範囲を対象に取っているらしく、工場一帯の敷地を取り囲む虹色は逃走を許さぬと言わんばかりに円を描いていた。諸所で混じり合ってこそいるものの、どちらが優勢かは論ずるまでもなし。

「家《うち》の顧客は不幸自慢にすら負けたか」

ドゥランテの地獄と拮抗《きっこう》して見せるような煙だ。アレはアレで、吸い込めば碌《ろく》でもない効果があることは想像に難くない。防毒面は〝魔女の愛撫《キユケオン》〟に属する薬に特化させていることもあり、あの泡立つ別種の地獄からも守ってくれる保証はない。

「迎え撃つぞ。皆を集めろ。連中は必ず出本を止めに来る」

「……顧客はどうする？」

「放っておけ。どうせもう、我等《われら》には連中を殺す以外に逃げ場などないのだ。好きにやらせろ」

つまりもう、退路はないのだ。

「いや、待て。出涸《でが》らしにも使い方はあるな……」

睥睨する先で悍馬《かんば》に跨《また》がった金の髪が抜剣する様が見えた。今日は前回持っていなかっ

た盾を左腕に括《くく》り付けており、ああも手酷《てひど》く骨を折ってやったのに元気そうだ。

無言で詩に名高き〝送り狼《シュッツヴォルフ》〟の切っ先が突きつけられる。

今すぐ行くぞと宣告する剣に対し、ベアトリクスも獰猛《どうもう》に笑って親指だけを立てた右手で首を掻《か》ききる仕草を返す。

来るなら来い。一椀党は元より応報の掟《おきて》で自らの退路を断ち、退《ひ》かないことを決めた集団だ。

今更、この薬臭い工場が死地になろうが何であろうか…………。


【Tips】精神魔法の体系化を困難たらしめるのは、人間一人一人の魂に共通性がなさ過ぎることだ。大別することはできようとも、絶望の一言でさえ形が違うとあれば、画一化など夢の又夢である。


敵に回すと面倒くさいが、味方にすると心強いの典型例が目の前で繰り広げられて焦ったね。

自棄《やけ》を起こして拠点に火ぃ放つくらいやられるかなとは覚悟していたけども、まさか全力でマルスハイムで起こそうとしていた瘴気《しょうき》テロをやるとは。

いや、一応此方《こちら》も警戒して人数分の〝瘴気避《しょうきよ》け〟の面覆いを用意はしていたのだけど、あの青い煙の高出力度合いはちょっと予定外だった。

強力な魔力波長と凄《すさ》まじい効果範囲といい、ありゃただの術式じゃないな。多分、魔導炉か何かを組み入れた物だろう。

　魔導炉は第一種永久機関を夢見る魔導師《マギア》が研究の途上で生んだ思考の副産物で、一の魔力を投入して一〇の出力を得られる夢のような装置だ。ペダルを漕《こ》ぐ回数よりも自転車のタイヤが転がる距離の方が長いのと同じく、魔力以外の別の何かを魔力に変換して出力を増大させる機構でもあり、理論上は一人の魔法使いが魔力を注いだだけで数倍から数十倍の魔力出力を稼げる。

　とはいえピンキリも良いところの代物で、一二歳の時に帝都で見上げた航空艦にも搭載されていた炉の化物具合と比べたら象とアリみたいなもの。

　それでも、帝国内で魔導炉は基本的に魔導院の許可がなければ建造も設置もできないはず。個人がセコセコ使う規模の物はお目こぼしされることもあろうが、建物を覆い尽くして更に外界にしみ出す程の大型炉なんて何処《どこ》で都合してきたかね連中。

　いや、ほんと、喧嘩《けんか》売られた夏に短慮を起こしてバルドゥル氏族を殲滅《せんめつ》していなくてよかった。

「どうしてか、つまらない薬を生み出すヤツは発想もつまらないわねぇ……」

　迫り来る煙を見て「ん？　あれ大分ヤバくね？」と背中に冷や汗が浮かんだ瞬間、ナンナが前に出て対抗術式を張ってくれたのだ。

　覚悟を問われた日に吸引していたのと同じ、原色の虹色が目立つ奇妙な煙が香炉から散布されて青い煙を拮抗、いや侵食し返している。しかも煙草を抜いた管から煙を吸引することで、自分の術式に練り直して返報する腕前は素直に称賛物だ。

何せあれは、相手の術式を完全に理解して分解し、再構築しなければ自滅するような方法なのだ。普通ならば取り込んだ瞬間に敵が放った魔法の方が発動し、脳を焼かれそうなものを全くこたえた様子もなく転用するとは、薬物中毒もここまでいけば大したもんだよホント。

彼女がいなかったら、私がロロットに凄《すご》い借りを作るでもしない限り、煙の範囲外で向こうさんが根負けするまで待たなければいけなかったから本当に助かった。一人であの大規模術式を延々行使することはできずとも、煙に紛れて逃げることも、証拠を隠滅する時間も稼がれたかもしれなかったら、勲一等と言っても過言ではないかもしれん。

うん、短気は損気、昔の人はまっこと上手《うま》いことを言うもんだ。

「ふー、絶望、絶望ねぇ、し飽きてむしろ本義を忘れたところよ……」

やっぱりライゼニッツ卿《きょう》も顔だけで弟子を選んでいた訳ではないのだなと密《ひそ》かに再評価していると、青い煙を吸ってウンザリしたように吐き出したナンナが首だけで振り返る。

「私の煙で拮抗して、範囲内での効果は中和してるからぁ……ちょっと煙たいでしょうけど入っても平気よぉ……その瘴気避けがあったら、後に響くこともないでしょうねぇ……」

「それは有り難い」

「ただぁ……相手さん、魔導炉使ってるわねコレ……流石《さすが》に一人で根比べするのはキツいわ……最低でも四半刻は保たせるからぁ……あとよろしくぅ……」

「承知」

じゃあちゃっちゃか済ませよう。三〇分と言ったらラウンド数に直したら三六〇ラウンドもあるが——一手順約五秒換算——実際に過ごしたらあっと言う間だ。卓で顔を付き合わせながらやったら永遠に感じるやもしれないが、敵を殲滅して魔導炉を止めねばならないとなれば、ぶっちゃけ大分際どい。

手際よく行こうとカストルから降りようとすれば、視線を感じた。

ああ、やっぱりいたか。

屋根の縁から女性らしくない堂々とした立ち姿で此方を睥睨《へいげい》する豪奢《ごうしゃ》な夜会服の女。この二種類の薬が拮抗するど真ん中、一番濃度が濃さそうな煙突の近くで見得を切るとは大したものだ。

目が合った気がしたので剣を払い切っ先を向け、左腕の礼をしてやると微発すれば、返ってきたのは実に単純な殺害宣言。

いいね、気が乗ってきた。やる気がない敵を追いかけるより、やる気満々のと真正面からドつき合う方が向いている。

何の因果でそっち側についてるかは知らんが、ともかく話はぶん殴ってから聞いてやるとしよう。

「総員、盾を並べよ。私を先頭に突入する」

「「「応!!」」」

命じれば会員達は一糸乱れぬ統率で二列横隊を組み、支給した円盾を構えて盾の防壁を築いた。その後ろにカーヤ嬢は隠れ、突入組の支援に選ばれたバルドゥル氏族が続く形だ。

ぼちぼち敵さんも対応して、窓を開けて弓兵が顔を出してきているご様子。日頃の訓練、血反吐《ちへど》が滲《にじ》む努力の成果を見せてやろうぜ。

「では諸君、ゆるりと行こうか。一五歩の距離で追従」

「いやいやお前、指揮官先頭つったってそこまでやるか?」

愛槍《あいそう》を担いだジークフリートが呆《あき》れたように言うが、敵には音速に近い大矢を撃ってくる怪物がいるんだ。いなせる私が先頭に立って注目を集めて《ヘイトを取って》おかないと配下達が酷い目に遭うぞ。

「あーもー、仕方ねぇなぁ……」

「なんだいジークフリート、つき合う必要はないぞ」

「馬鹿言え、此処《ここ》で俺も前に出なきゃ格好悪いどころじゃねぇだろ。カーヤの矢避けもあるから大丈夫だよ」

確かに彼女の魔法薬は強力だけど、下手すると城門を貫通する威力の矢にも必ず効くと信頼できる絆《きずな》の深さも、臆せず前に出る肝っ玉も流石は我が戦友。戦場で肩を並べるにあたって何と心強いことか。

「さ、敵に圧を掛けよう。ゆっくりゆっくりとね」

「俺らの練度だったら壁を崩さず全力疾走もできるだろ。こういうのって早く取り付いた方がいいんじゃねぇの？」

「みたところ、守手の数は大したもんじゃない。戦意を摘みに行こう」

矢が四方八方から雨のように来るならまだしも、柵も門もない建物に圧力をかけるなら、むしろ悠然と進んだ方が練度を見せ付けられて敵の指揮に損害を与えられる。

こういった場面では、到底敵《かな》いっこない強さを見せ付けた方が敵の腰も引けて、決死の覚悟で突っ込んでこないから楽なんだ。

「Ⅰ、聞こえてる？　突っ込むよ」

『ええ、勿論《もちろん》付き合いましてよβ。でもさっきは惜しいとこでしたわ。立ち位置が良かったら射《う》ってやれたのに』

マルギットも直《す》ぐに合流できる位置に潜んでいる。しかし、位置取りが良かったら射ることができたとは、敵方も何か事情でもあるのだろうか。

まぁいいさ、押し込んで斬り伏せた後に聞けば。今重要なことでもなし、余裕ができてからじっくり訊《たず》ねるとしよう。

「前進！」

気分を出そうと口笛で英国擲弾兵《生涯学習のアレ》を奏でつつ、努めて余裕を持って歩き出す。我々の軍装に赤は含まれていないけれど、やはり精鋭の前進と言えばこれだろう。どっちかって似合うのは北方離島圏じゃないの？って突っ込みは甘んじて受けるが。

しかしアレだな、今は会員が二〇人だから統率は肉声でも良いけれど、私の声ってそこまで太くないから戦域が広がったら通らなくなるし、人数が増えたら鼓笛隊を編制しても面白いかもしれない。

横笛と太鼓、勇壮な音色を立てて綺麗《きれい》に揃《そろ》った登場をすれば、誰も我々を薄汚い根無し草と馬鹿にすることはなくなると思うんだよね。

「っと、まぁまぁ近いところ当ててくる」

「……この薬、当たらないって分かってても掠《かす》められるとよ……」

「怖いよね」

戦友が言い難《にく》そうにしているので素直に口にしたが、カーヤ嬢の〈矢避け〉の魔法薬は、矢が嫌う概念から抽出した薬なので至近弾を逸《そ》らさないから、耳の直ぐ横を突き抜けていくと割と怖いんだよね。当たる軌道なら逸らしてくれるし、そもそも自分で見切って斬り払うからいいんだけど、頭で分かってても本能が竦《すく》み上がる。

「しかし、結構金かけて良いのを雇ってるね。一〇〇歩離れてるのに殆《ほとん》ど当たりそうだ」

「魔法か何かじゃねぇの？って、うおっ!?」

おお、今ジークフリートの股の下を矢が綺麗に抜けて行った。生まれ持った剣にも太股《ふともも》にも当たらない、一歩踏み出した絶妙な瞬間、ほんの僅かな隙間をすり抜けるとは。

ある意味凄い確率だぞ。魔法薬の範囲にも入らないけど、ビビる程度の至近弾とか。

「びっ、ビビった……」

漏らすかと思ったという小声の呟《つぶや》きは聞かなかったことにしておこう。多分私でも一瞬腰から力が抜けると思う。

「凄いな、やっぱり持ってるよ君」

「うるせぇ！」

前衛が堂々としていると後続も腹が据わるから、その調子で頼むよ。古来より前線指揮官の仕事というのは、後に続く者達《たち》を肝っ玉でねじ伏せることも含まれるのだから。

工場の規模に反して敵は少ないものの、流石に五〇歩を割ると普通なら命中する矢も出てくる。そういうのは有り得ない軌道を描いて逸れていくから面白いくらいなんだが、もしカーヤ嬢がいなかったらコレを盾で凌《しの》ぐか、速度を装甲にして突っ切らないといけなかったのか。

やはり良い面子《メンツ》が揃った一党は安心感が違うな。後は即効性のある回復力とか、支援に特化してくれた僧がいてくれたら完璧なんだけど。

さぁ何時《いつ》でも来いと腹を括って前進するものの、危惧していた四腕人《ヴィアマン》の大矢が飛んで来ることはなかった。

はて、待ち伏せのために温存しているのか、それとも物が物だけに矢が貴重で軽々に使えないのか。

ともあれ正面の入り口まで取り付いてしまえば、後は室内戦に備えるだけ。

「念のため警告する！　投降すれば命まではとらん！　名誉ある扱いを保証するが如何《いか》に!!」

そして、体裁を整えるために声を張り上げれば攻撃の手が一瞬止まったが……かなり散発的ながら物が降ってきたり矢が射かけられた。

多分、大半の守備兵は死ぬまで交戦するつもりはないにせよ、捕まったら拙《まず》いと徹底抗戦するしかない人間も紛れているのだろう。

「よろしい、では打ち合わせ通りだ。これより突入する。逃げる者、抵抗する者は牛馬の如《ごと》く撫《な》で切りにしてよろしい」

面倒ではあるが、やるというなら仕方がない。ボス戦までに此方《こちら》の余裕を削っておきたい気持ちも分かるから、つき合って進ぜよう。

扉は施錠されているようなので、斬り飛ばそうと構えた瞬間……薄く、嫌な殺気が背筋を撫でた。

「伏せろっ!!」

言うが早いか、山勘で剣を振り抜けば、吹き飛んできた扉諸共《もろとも》に通路の奥からカッ飛んできた大矢を断った重く痺《しび》れるような手応えがある。

クソッ、直線の通路に大砲を仕込んで突入する際に最も大きな隙を狙ってくるとは。扉ごと貫通できる火力あってこその荒技は、ちょっと予測していなかったな。

「危ねぇ！　死んだかと思った!!」

両開きの扉、その右側が矢の着弾から少し遅れて飛んで来たが、幸いにも斬撃の間合いに入っていたため斬り飛ばして被害はなかった。

ただ、左側の扉がジークフリートの一寸脇で一度弾み、盾の壁にぶつかって落ちていった。

あ、そっか、あくまで〈矢避《やよ》け〉であって、飛来物を全部弾《はじ》いてくれる訳じゃないんだよな、これ。

際どかったな、出目が悪かったらジークフリートでも普通に戦線離脱があり得た。扉は防犯のためか恐ろしく分厚く、鉄で補強されていることもあって重量は凄《すさ》まじい。一度地面で跳ねて勢いが減じていなければ、屈強な会員達も吹き飛ばされていたかもしれん。

「あー……手がジンジンする。後ろ、大丈夫か？」

「いっ、いま、今頭の直ぐ上を何か凄い勢いで……」

「く、首付いてる!?　俺生きてるよな!?」

咄嗟《とっさ》の判断で下段から斬り上げる一撃だったのが良い方に働いたらしく、叩《たた》き落とした矢は会員達に損害を与えなかったようだ。しかし、至近距離を掠めて行ったようでエタンとマルタンが狼狽《ろうばい》している。

両断された余波で尚《なお》も攻城砲並の威力を持つ矢が間際を飛んでいったのだ。それはもう恐ろしい音が聞こえただろうから、自分の死を感じるのも無理はない。

「よーし、損害なし。敵は賢いな、警戒しつつ突入するぞ」

「お前、これを損害なしで流すのは、俺ちょっとどうかと思うなぁ!!」

だが誰も怪我《けが》してないし死んでない。繋《つな》がったばかりの左腕が一瞬心配になる痺れを帯びたが、発射と同時に逃げたらしく廊下の奥は無人になっていたので安心安全。

「我々は地階を掃討。半数は階段から二階、残りは地下だ。突入前に配布された魔法薬の使用を忘れるなよ。我等《われら》が若草の慈愛が沢山用意して下さったから、遠慮なく使え」

今回、バルドゥル氏族構成員の指揮権もナンナから預かっているため、遠慮なく比較的敵が温《ぬる》そうなところの制圧をお任せする。

連携で躓《つまず》くと嫌なので混成部隊にはせず、剣友会が傭兵《ようへい》も詰めていた上層を、バルドゥル氏族に地下を、そして根幹たる工房があると思《おぼ》しき一階を私とジークフリート、マルギットにカーヤ嬢の全力編成で掃除する。

ただ、今回は敵が不意打ちと暗殺を得意とすることが分かっているので、指揮官の層が薄くなるのは覚悟でカーヤ嬢には護衛としてエタンを付けることにした。防御に特化したヒト種《メンシュ》では持ち上げられないような厚造りの大楯《おおたて》を——タワシとも呼《よ》ばれるアレだ——装備し、生まれ持った頑強な肉体と合わせれば虚弱な後衛を能く守ってくれることであろう。

因《ちな》みにマルギットは敵に圧力をかけ続けるため、今も隠密《おんみつ》状態なので何処《どこ》にいるか正確には分からない。しかし、敵が一瞬でも殺気を漏らして不意打ちした瞬間、妨害に移れる位置に潜んでいることだけは確実だ。

これなら敵も随分とやりにくかろう。常に伏撃を喰《く》らうかもしれない恐怖と焦燥、自分達が武器にしていた物を存分に堪能して貰《もら》おうじゃないか。

「行動開始！」

号令に従って皆散っていき、やがて賑《にぎ》やかに怒声と魔法の炸裂音《さくれつおん》が混声合唱を奏で始める。カーヤ嬢が作った〈閃光《せんこう》と轟音《ごうおん》〉の魔法薬を遠慮なくポイポイ放り込んでから室内戦に入っているので、直に雑兵共は静かになるだろう。

私も効果範囲を弄《いじ》ったり、自分は眩《まぶ》しくないよう術式を工夫して便利使いしてきたが、やはり本職が改良すると威力が違うね。使用者が巻き込まれない安全機構は勿論、素焼きの瓶に入れて持ち歩くだけの利便性、そして何より使うのが魔法使いじゃなくてもいいのが素晴らしい。

本人は接触触発でしか発動できないのを時限式にできないかとか、瓶を割る以外の方法で使えないか悩んでいるようで〝未完成品〟扱いだけど、私が半分カンで触っていたのより随分と高度な物に仕上がっている。

なので順当に行けば会員に損害は殆ど出ないだろう。

あの五人組とさえかち合わなければ。

我を見よとばかりに私の存在を主張してみたが、扉越しの〝ご挨拶〟以降は動きがない。会員達には手に負えない大駒が出たら呼子笛を鳴らせと周知しているが、普通に戦っている音がするので手足を削《そ》ぐ戦術をとってもいないか。

となると、明らかにこのボス部屋っぽい扉の向こうだな。

「気を付けてください。魔力反応はこの向こうが一番大きいです。敵の中枢、工房は地下ではなくここでしょう」

カーヤ嬢もそれを察しているらしく注意を促してくれる。

まぁ、此処《ここ》だけ明らかに二階までぶち抜いた天井が高く、壁の雰囲気からしてかなりの大部屋。つまるところ製造工場であると思われるので、妥当であろう。単身で攻め込んでいたら、辿《たど》り着くまでに何回か前哨《ぜんしょう》戦をやる必要がありそうな構造も相まって、逆にここで空振ったらGM《ゲームマスター》の逆張り癖に文句を言いたくなる。

「じゃあ、お邪魔しようか」

軽く柄《つか》を握って痺れが抜けたことを確認し、カーヤ嬢とエタンには離れて貰う。ジークフリートは何時でも駆け出せるよう槍《やり》を下段、地面に擦《こす》りそうな低さに構えて突撃に移る準備を終えていた。

室内戦で最も危険なのは扉を開く瞬間。さっきのように扉の前に立ったのを見越して攻撃されても良いように、思い切って分厚い鉄扉に向かって全力で力を溜《た》めた。

構えは慣れた脇構え、誰から動くかを考える必要がないので〈概念破断〉を遠慮なく使えるのが有り難い。

「すぅ……」

鉄を斬るのって大変なんだよな。刃物が物を斬る原理的に普通にぶつけたら靱性《じんせい》で上を取って叩き斬るか、薄い部分を狙わないといけないから滅茶苦茶《めちゃくちゃ》技術を要求してくるが

〈概念破断〉さえ乗れば刃毀《はこぼ》れ一つせず難なく斬り倒せる。

一息入れた後、全身全霊の斬撃を叩き込む……と自分でさえ思い込む勢いで殺気のみを放つ。

如何《いかん》せん〈概念破断〉をやると、直後の反応が遅れるから突入時と同じように大矢を射られては堪《たま》らない。〝忌み杉の魔宮〟に潜った時よりマシになって、行動値は最遅になってもリアクションが取れるようになりはしたけど、いつも通りの反撃はできないからな。

一瞬気を抜いたら死ぬ相手が敵なのだから、必要以上にでも慎重になり上手《うま》く撃退すればいいと牽制《けんせい》で殺気を放ってみたものの、反応はない。

おや？　さしもの四腕人《ヴィアマン》も鉄扉を貫通してまで当てる自信がなかったのか？　そう考えつつ意図的に殺気から一呼吸遅れた斬撃を放ち、扉を半円形に切り抜く。

さる大泥棒の孫と組んで仕事をする剣豪めいた業も〈神域《スケールⅨ》〉の腕前と〈概念破断〉が組み合わされれば簡単なものだ。剣士を志した頃の私が見たら、少しは選択を間違いではなかったと安心してくれるだろうか。

「何かお前、ちょっとずつやることが人間離れしてきてねぇか……？」

「ん？　そうかな？　竜鱗《りゅうりん》を貫くより簡単だと思うけど。何時かやるなら、これくらいで人間離れとは言ってられないよジークフリート」

自画自賛してちょっと悦に入ってたら、何故《なぜ》か戦友からドン引きされてしまった。

君も名を肖《あやか》った英雄に倣って竜殺しの偉業を成したいとか言ってたし、神話の時代に散逸した〝瘴気祓い《ヴィントスロート》〟を見つけ出すのが目標なら、斬鉄くらいで引いてたら正気が幾つあっても足りなかろうよ。

　なぁに、指パッチン一つで極小特異点《マイクロブラックホール》作る怪物とか、睨《にら》んだだけで空間や概念そのものを凍結させる死霊《レイス》、あと生身で炎属性付与《エンチャントファイア》を通り越して槍の穂先から電離気体《プラズマ》を迸《ほとばし》らせる聖者と比べたら常人も常人。

　前世の創作じゃ若者の人間離れが深刻だったのだ。我々ももうちっと常識の範囲からはみ出していこうじゃないか。

「ふむ、反応がないな」

　支えを失って斬り落とされた部分が部屋側に倒れ、ずんと腹に響く轟音を立てても反撃は来ない。ただ足下に対流していた青い煙が風圧で晴れ、その下で蹲《うずくま》っていた幾つかの〝死体〟が露《あら》わになった。

　ああ、逃げ遅れか。傭兵が防毒面を付けていたけど、こっちの煙はナンナのそれと違って敵味方識別がないんだな。

　可哀想《かわいそう》に、防毒面を持っていなくて間に合わなかったのだろう。外見からして戦闘要員ではないこともあって、ここで何が作られているかも知らずに働かされていた近隣の荘民《しょうみん》か。

　しかし、よくよく見ると症状が中毒死のそれじゃないな。一人は自分の帯革で首を絞めて死んでいるし、二人は喉を突いている。過剰摂取によって脳が停止したり臓器不全で死ぬより前に自害した？

ヤバい代物だとは分かっていたけども、こりゃ本当に急いで止めねば拙い。ナンナが押し合いに負けた瞬間、私達《たち》もこうなるかもしれないからな。

「うーん、釣れないな」

「玄人なんだろ？　向こうから有利な状況を捨てねぇだろ」

「根比べだと向こうが絶対に勝つものな。仕方がない、行くか」

扉を突破されたことに焦って、有利な待ち伏せの状態を捨てて殴りかかってはくれないかと期待したものの、時間の無駄になりそうだ。素直に突っ込もう。

我慢強さは暗殺者の必須装備だものな。

先陣を切ろうとしたらジークフリートに肩を摑《つか》まれた。ジトッとした目で拳を掲げているところからして、二回連続で私が先行するのは如何《いかが》なものかと思ったのだろう。

剣友会でも突入時の先頭は最も危険であるが故、最も誉れのある仕事だと教えたのもあるけど、やっぱり戦友も男の子だねぇ。

「「石《シエーレ》、鋏《シュタイン》、紙《パピア》！」」

じゃんけんポン、不思議なことにこの手遊びは大体の国で呼び方が違うだけで仕草が同じ。前世でも給食で余った牛乳を取り合うのと同じ心地で繰り出せば、私は二枚刃の鋏《はさみ》、ジークフリートが石を表す拳。

「ちぇ」

「っしゃ」

クソ、負けた。半身になって出す瞬間まで手を読めないようにしていたので、完全に運だなこりゃ。実家でも兄達と雑用当番の押し付け合いで八割くらい負けてた覚えがあるけど、何処まで強くなっても運の強さってのは改善されないもんだなぁ。

「よっしゃ、行くぞ」

ジークフリートが斬り開いた穴の縁《ふち》に陣取り、腰の物入れから〈閃光と轟音〉の魔法薬を取りだし、贅沢《ぜいたく》に三個放り込んだ。扉の両脇、そして部屋の奥に向かって一つずつ、一つでは部屋全体に影響を及ぼせない広間を攻める時の技術である。

炸裂と同時、部屋に踏み込めば、まずその広大さに驚いた。

広さは体育館ほどであろうか。学校のではない、バスケットコートが三面はありそうな市営の体育館くらいある。

そこに並ぶのは大量の金属貯蔵器。私が一〇人手を組んでも囲みきれない大きさのそれは、前世のビール工場を思わせる。筒はそれぞれ配管で繋がり、壁際に並んだ謎の機械と接続されて何らかの魔導によって唸《うな》りを上げ続けていた。

「くっ、来るな愚物共！」

工場の最奥。壮麗な風琴《パイプオルガン》めいた操作中枢と思しき機器に取り付いた、どうにも汚らしい印象を受ける魔法使いが吠《ほ》える。首筋に管を突き刺して直結している点を鑑みるに、あれが魔導炉であろうか。禍々《まがまが》しい魔法を練っている割りに風雅な見た目をしているものだ。

かなり距離が開いているのもあって効果が薄かったのか、魔法使いは昏倒《こんとう》していないものの、魔導炉と接続している上に、目が眩《くら》みながらも鍵盤を忙しく操作していることもあって移動不能のようだ。あの調子だと主動作を使って制御し続けないと停止するか、望んだ効果を発揮できないのだろうな。

魔法はパソコンのプログラムにも似ている部分が多いが、バックグラウンドで勝手に処理し続けるような真似《まね》は難しい。魔導師《マギア》ですら常駐式は自分用に調整して回し続けているもので、効果と対象を予《あらかじ》め絞ることによって維持している。

広範囲に高出力でばら撒《ま》くともあれば、釦《ボタン》を一つポチッと押してはいお終《しま》いというわけにもいかぬのだろう。

「あれ殺したら終わりか」

「煙はね。ただ、どうにも蝦《えび》みたいだよ」

「……どうみてもヒトだが？」

思わずガクッときた。ああ、そうだ、この慣用句こっちじゃ腸詰め《ヴルスト》で燻製《シュペク》を買うんだった。直訳したらピンとこんわな。

「漁民達の言い伝えだよ。安い蝦で立派な鯛《たい》を釣って大儲《おおもう》けってね」

「ああ、じゃあありゃ釣り針に引っかかった雑魚か」

魔導炉はちょっと抱く加減を誤ると泣き出す子供のような物だと聞く。一人で大規模な――範囲的に戦術級と言って良いだろう――術式を行使し、更に餌までやっているとあれば手一杯で何もできない。

もし余力があったならば、こうやって小馬鹿にした譬え話《たとばなし》をしつつ接近する我々を攻撃しない道理がないのだ。

「ええい、何故だ！　何故効かぬ！　何故絶望して膝を折らぬのだ!!」

「何言ってんだコイツ」

「さぁ、術式に余程の自信があったんじゃないか？」

こっち側の薬中が絶望がどうたら言ってたし、表で倒れていた荘民も中毒死ではなく自害していたこともあって、精神系の魔法をばら撒いていたのか。

しかし、それもナンナが魔導炉もなく拮抗《きっこう》できる物とあれば、大したもんじゃないのだろうな。平穏な人生を生きてきた自覚がある前世の私ですら、二度や三度じゃ数え切れないくらい「もう死んじまおうかなぁ……」なんて絶望することはあった。

酷《ひど》く倒錯した自殺に行き着く未来しか視《み》えないナンナの地獄と比べれば、まだ理解が及ぶ時点で程度が違うわな。

ともあれ、コイツが生きている、いや生かされている理由は二つ考えられる。

一つはベアトリクスと彼女の一党が靄《もや》に紛れて逃げるため、ギリギリまで魔法を使っていて欲しくて斬り捨てられた蜥蜴《とかげ》の尻尾。自切した尾は激しくのた打つことで敵対者の注意を惹《ひ》き付け、本体を生かすのが役割だ。そう考えれば、魔導炉と直結して絶望の煙を吐き続けるコイツは十分目立っている。

二つは、さっき喩《たと》えたように釣り針に引っかかった元気な生き餌だ。

私達はコイツを殺すか捕縛するかはさておき、必ず無力化しなければならない。ここに到着するまでの時間を考えると、残りは一五分あるかないかってところか。残り時間を考えれば迅速に、かつ確実に攻撃を加えねばならん。

ただ、こいつは冒険者としてのカンなんだが、間違いなく後者が狙いなんだろうな。完全に後の先を取りに来ている。

いわば合駒を打たせようと誘っているのだ。

攻撃する側が背負う最大の隙は、殴る刹那。前回やり合った時も、そこを突かれて痛い目みたからな。

しかし、後の先を取りに来ていると分かれば簡単だ。

「やらせてくれないかい？」

「ち、仕方ねぇなぁ、初撃は譲ってやらぁな」

「何を話している！　寄るな下賤《げせん》が！　聞いているのか！　おい!!」

〝送り狼《シュッツヴォルフ》〟を弄ぶように掌で回し、敢《あ》えて隙だらけの歩みで魔法使いに接近する。

この程度の挑発には乗ってこなかろうが、一応ね。

わめき倒す無精《ぶしょう》髭《ひげ》もみっともない魔法使いは身を捩《よじ》り、必至に鍵盤を押さえて術式を制御しているようだが、外からの侵食を耐えるのに力を注いでいて防御にも攻撃にも回せていない。まるでくくり罠《わな》に掛かった猪《いのしし》のように暴れるばかり。

「よせ！　クソッ、制御が、術式範囲を絞ってでも……」

じゃあ、もうちょっと煽《あお》ってみようか。

刃を緩慢に掲げ、のたりと魔法使いの肩に乗せる。愛撫《あいぶ》するような優しさで被服の上を滑らせてもまだ来ないか。

じゃあ、これならどうだ？

「これより一切動かない方が良い。唾も、息も我慢するのが賢明だな」

「ひっ……」

嬲《なぶ》るような速度で切っ先を首に添える。指は匙《さじ》を掬うが如《ごと》く柔らかく脱力し、愛剣の重みに負けない際々の力加減。

しかしてそれは、魔法使いにとっても絶妙な圧力だ。鍵盤を叩《たた》くために身を捩ったり、唾を飲んだだけでも皮膚に食い込み掛かった刃が喉を裂くのが分かるだろう。

まだ殺せない、まだ死なない。殺気を抑え、さぁさぁどうすると挑発を重ねる。このまだと魔法使いが口の端から垂れる唾を堪《こら》えきれずに嚥下《えんげ》するぞ。今日に備えて研ぎに研いだ我が愛剣の冴《さ》えは、蠕動《ぜんどう》だけで頸動脈《けいどうみやく》を撫《な》で切《ぎ》りにしてしまうだろう。

ぶっちゃけ私としては生かして捕らえたいけど、最悪殺したっていいんだ。

何せ、我々の勝利条件は〝魔女の愛撫《キユケオン》〟を根絶することであって、薬物売買に関わった密殺者の撃退は努力目標。今後枕を高くして眠るために倒しておいて損はないにせよ、無理してまでやる必要はない。

きっと我が頼もしき剣友会の会員達は、証拠も確保してくれているだろうから、長期的な時間は我々の味方なのだし。

刃から逃れようと首がじわりと傾けられるのに合わせ、小指を握り込む力を徐々に増し逃さない。三寸斬り込めば人は死ぬものの、ここなら一分《約三㎜》でも十分だ。

さて、今にも私がクシャミをしないとも限らないぞ。どうするね？

よっしゃ、勝った。

気配が沸き立つと同時に私は〝後方に引っ張られて〟一歩の距離を移動した。

「っ!?」

激しく流れ去る視界の中、さっきまで私の影があった場所で手が空振り、一番手近にあった醸造樽《じょうぞうだる》の上から放られた投網が虚空を捕まえた。

「ひやひやさせますわねっ!!」

私を急速に引っ張って移動させたのは、マルギットが体に絡めていた視えないほど細い糸の群れだ。誰かが狙われても反応できるよう、〈声送り〉の術式を中継するのと同じ要領で結わえておいた。

そして、私自身は〈見えざる手〉の極小展開、薄紙一枚分の高さで足場を作っておけば、相方が引っ張るだけで糸に食い込まれることなく滑るように移動できる寸法だ。

「っとぉ!?　コッチもかよ!!」

「ひゃっ!?」

「おぁぁ!?」

悲鳴が三つ。念のために〈遠見〉で首を動かすことなく仲間を見れば、ジークフリートは醸造設備の上から強襲してきた兎走人《ハーゼニアン》の刃を柄《つか》で受け止め、カーヤ嬢は天井の梁《はり》を縫うように飛来してきた大矢をエタンの大楯《おおたて》が弾《はじ》く轟音《ごうおん》に驚いて声を上げたようだ。

流石《さすが》エタン、表面に直接〈矢避《やよ》け〉の薬を塗った大楯のおかげもあろうが、あの一撃から頼れる後衛をちゃんと守ってくれるとは。

「くっ、また趣味が悪い男だな……自分を餌に仕返すとは」

「人のことをどうこう言える立場かね」

引き摺《ず》り出してやった。得意な間合いに、攻撃を終えた状態で。密殺者は影から一部だけ出してそのまま消えることはできないのか、這《は》い出して構えを取ろうとしている。

しかし、ここは剣の間合い、拳を振るより早く、力強く踏み込むより先に私が斬れる。

魔法使いの首に添えるため、ほぼ水平に持っていた剣を脱力に合わせて下に向けつつ刺突に変換。左手も同時に柄頭に添え威力と正確性を高める。

「くっ……!」

苦し紛れに転がって間合いを開けようとするが、刺突の利点は踏み込み続ければ射程を幾らでも伸ばせることだ。お前がどうのたくろうと、私は勢い余って地面に突き刺して止まるようなヘマはしないぞ。

二歩三歩と追った直後、密殺者の体が跳ね上がる。

転がって得た勢いを使い、上体を軸に繰り出す変則的な半月蹴り《メイアルーアジコンパッソ》！　舞踊めいた蹴撃は破れかぶれで放ったのではなく、足という腕より間合いが長い武器で剣に対抗してのことか。

しかし、それも読んでいる。

蹴りは腹を狙って繰り出し、剣を払うか私を押し返すかできれば上等くらいの気持ちだっただろうが、私の突きは刃が地面と平行になるよう繰り出している。つまり、最小の動きでそのまま水平斬りに変化させられるのだ。

「つぅっ!?」

長靴の革を断ち、肉に刃が斬り込み、骨に触れる。密殺者が放った蹴りの勢いも圧《お》し斬る力に換え、脛《すね》から下の左足を両断してやろうと思ったが……。

「ちっ、浅いか」

蹴りの軌道を体捌《たいさば》きで強引にねじ曲げることで逃げられた。両断されるよりは、半ばまで斬り込まれる方がマシだと思ったのだろう。そのまま三点倒立したかと思えば、腕の力だけで体を跳ね上げて立ち上がられてしまった。

やるな、瞬《まばた》きの間の攻防において、最低限の損害で妥協する思考速度は称賛に値する。

優劣が付いたのは、お互いの戦略目標が圧倒的に私達《たち》側の有利であったからだろう。

何より、前回と違って体の延長に等しい得物を持ち、得意の間合いで戦っているのだ。

あれを私の全力と勘違いされては困る。

「はいはい！　邪魔はさせませんことよ!!」

背後で弓弦の弾ける音と虫の飛翔《ひしょうおん》音がダブる。マルギットが最後に伏せられていた蟷螂人《マンティイエダ》を弩弓《クロスボウ》で迎え撃ったのだ。

美事《みごと》な抜き打ちの迎撃射撃は蟷螂人《マンティイエダ》に防御を強制させ、私に飛びかかろうとしていた飛行が乱れ壁際に追いやられる。そのままぶつかってくれれば美味《おい》しかったのだが、やはり虫の流れを汲《く》む亜人だけあって壁面に張り付くのは得意なのか立て直されてしまった。

また誰も無力化できなかったけども、上出来上出来、盤面は完全にこっちの有利だ。

隠密《おんみつ》からの不意打ち特化した一党構成であれば、コソコソできないようにしてやるだけのこと。後の先を狙う敵には先の先で上を行き、狙い通りに戦わないのが一番嫌がられるからね。

「姉さン!!」

「ジークフリート、いけるか!?」

「馬鹿なこと聞いてんじゃねぇ！　そっちこそ!!」

二刀の不意打ちを受け止めたジークフリートは、槍《やり》の柄へと刃が食い込んで敵の動きを止められたのを即座に利用し、外套《がいとう》に一発拳を叩き込んでいた。

得物に拘《こだわ》りすぎてはならぬ、剣友会の鍛錬で叩き込まれた戦法で美事に兎走人《ハーゼニアン》へ反撃して見せたのだ。

小さな体が地面を転がり、痛々しく跳ねながらも立ち上がっている様からして、やはり耐久力には自信がないか。元々兎《うさぎ》は骨格が脆《もろ》い種族なのもあるし、紙装甲なのは当たり前。それを先に敵を殺すことで補ってきたのだろうから、鉄板戦術をひっくり返されたら辛《つら》かろう。

「エタン！」

「ごっ、ご心配なく旦那！　俺の命に代えても姐御《あねご》には指一本触れさせやしやせんぜ!!」

「魔法薬、いつでもいけます!!」

後衛もちゃんと凌《しの》げているし、かなり良い展開だ。こちらはカーヤ嬢が結界の恒常化や身体改造による異常な強靱《きょうじん》さなどを持っていないので、かなり慎重に陣形を取らないと何が起こるか分からなくて危ないんだよな。

「頭領！」

「まだ動くな！　拙下は大事ない!!」

醸造樽の上に唯一残った足高蜘蛛《あしだかぐも》に警告しつつ構えを取る密殺者だが、やはり妥協したとはいえ左足は重症。両断もできず前側に入ったのもあって腱《けん》を斬れてもいないが、確実に骨を割りかけている一撃のせいで右に重心が傾いていた。

右半身、左の手刀を前に付きだし、右の拳を胸の前辺りで固めた姿に力は漲《みなぎ》っているものの、前回相対した時ほどの死を感じない。なるほど、軸足は普段左だったか。

未《いま》だ人を殺傷し得る力を残してはいるが、革の間から血が溢《あふ》れる程の切創を負っては実力も半減。分かるよ、両利きになるよう訓練したって、生まれ持った利き足の自由が利かないとやりづらいだろう。

状態異常が妙に塩《しょ》っぱいシステムは多かった覚えがあるが、部位破壊まで行くと大抵は大きな負《デ》の修《バ》正《フ》を受けるものだ。互いの睫《まつげ》が触れあうような間近での格闘戦を得手とする徒手前衛《グラップラー》とあれば尚更《なおさら》だろう。

まだ王手とまでは行かないが、詰みに持っていく道筋は見えてきた。

ここで武装解除してくれたら色々と楽なんだが……。

「もう一度言おう、投降すれば相応の扱いをする」

「では問うが、退《ひ》けぬ戦で退く冒険者がいるか？」

「……なるほど、道理だ」

大人しく引き下がる訳がないわな。

「そうだ、退けば冒険者ですらなくなる。ええい、やはりコイツは鬱陶しいな」

如何《いか》にも視界が悪そうな防毒面に手をやるのを咎《とが》めはしなかった。

こういう手合いは本気でぶつかり合って、全力を出させた上で叩き潰さないと何度でも立ち上がってくるからな。速戦で終わらせたいのであれば、むしろ真正面から相対する方が結果的に手間もなく早く終わる。

「ビーチェ……!?」

「ぷはっ、薬が見せる絶望程度の何するものぞ。これだけの業前を持つ男と殺し合うのに、視界が狭い方がよっぽど毒だ」

防毒面を投げ捨てた密殺者の顔に青い煙の症状は見られない。ナンナの結界で中和されるのは私達だけなので影響《ふざわ》を受けてはいるのだろうが、強靱な精神でねじ伏せているか、はたまた毒を扱う体に相応しい抵抗力で撥《は》ね除《の》けているのか。

どうあれ戦えるなら結構だ。彼女も私を一撃で殺せないなら、ジリ貧になって負けることは分かっているのだろう。

次の一手で決着が付く。

「すまんな、待たせた」

「いいさ、女性の身繕いが長いのは分かっている。めかし込んでくれるのに文句を言うほど小さい男じゃないつもりだ」

「何とも紳士だな。戦場でこうも熱烈に口説かれるとは思わなんだよ」

獰猛《どうもう》に笑ってちょいちょいと挑発の手招きをしてみせる密殺者に私も笑い返した。

場は一瞬の停滞に包まれる。蟷螂人《マンティエダ》と足高蜘蛛はマルギットに牽制《けんせい》されている上、頭目の感覚を乱す訳にもいかぬ。

そして兎走人《ハーゼニアン》は槍の長く重い間合いに翻弄されていた。ジークフリートの愛槍《あいそう》は通常の三倍もあろう凄《すさ》まじい厚造りの剛槍《ごうそう》。二刀を重ねようと私の剣と違って、刃筋を乱しても重量で叩き潰されることを分かって大胆に攻められないのだ。

そして四腕人《ヴィアマン》は姿を見せない。カーヤ嬢の動きを制限すると同時、姿を見せぬまま狙撃の札をチラつかせることで集中させたくないのだろう。

しかし、あの威力であれば着弾時の衝撃で私だけでなく頭目も巻き込まれることを思えば、軽々には放てまい。

つまり一対一、私が勝つかどうかで戦全体の趨勢《すうせい》が決まる。

得意の脇構えに取り、重心の微妙な前後により牽制、まだ〈概念破断〉は乗せずに前進。

いっそ無遠慮なまでに間合いに踏み込めば、ベアトリクスは予想外の方法で攻撃してきた。

「イヤァァァッ!!」

左の上段蹴り!?　半ばから斬れた足で何をっ！

反射的に振り上げた剣が、今度こそ足を斬り飛ばした。膝の付け根付近で斬り上げる斬撃が長靴も骨も両断して吹き飛ばせば、尋常ではない勢いで血が噴き出す。

「くっ!?　目にっ……」

正気かこの女！　態《わざ》と自分の足を切らせた上、身体強化の術式で血流を加速させ、目潰しのために噴出させるとか何食って生きてたら思いつくんだよ！

蹴りの一瞬、何かあると身構えていたので、〈見えざる手〉で庇《かば》うことこそできなかったが、体術依存の目潰し対策が間に合った。これは剣友会というよりも、自警団時代に死ぬほど訓練させられたから反射の領域にあるんだ。

格上の剣士が戦場で敗死する要件は三つ。圧倒的な数、連戦による疲弊、そして目潰しなどの小賢《こざか》しい技と我が身に苦痛で以《もっ》て刻まれているから、考えるより前に体が動く。

血の噴流から目潰しだと理解した瞬間、右目だけを閉じて着弾の瞬間まで視界を維持。

そして放たれた血の粒で顔が塗りつぶされ、飛沫《ひまつ》が肌に弾かれた直後に開眼。訓練を積んでいなかったら、両目を持って行かれているところだった。

っ、いや、待て、左目が、血が掛かった部分全体が熱い。ジワジワと熱湯が掛かったような、表皮細胞が爛《ただ》れていく持続的な痛み。

畜生、毒手だけじゃなくて体液まで毒なのか!?　こいつ、多分見目が良いのもあって接吻《せっぷん》で人を殺したこともある手合いだな!?

「これを凌ぐか!?」

捨て身にも程がある戦法だけあって意表を突く自信があったのだろうが、生き残った右目と視線が交錯したベアトリクスが驚く。蹴りを振り抜いた勢いで軽く跳躍し、そのまま回転を使って回し蹴りを狙っていたようだが、そのままなら残った右足も斬り落とすまでのこと。

痛みは強い、目玉が瞼《まぶた》の下で蕩《とろ》けているような痛みがある。しかし、苦痛で剣を鈍らせるようなことがあっては、恥ずかしくて剣の友など名乗れない。

地面と水平に回転し遠心力を借りた右の蹴りを斬り払う。逆撃として綺麗《きれい》に決まったのもあるが、元から速度が出ていたために踵《かかと》から先が凄まじい勢いで吹っ飛んでいった。

しかし、この蹴りすら牽制だったのだろう。

血をまき散らしながらも、密殺者は〝私の影〟に勢いよく飛び込んだのだ。

「合わせてくれプライマーヌ！」

「行かせるものですかっ!!」

蹴りを止めることに集中したので影への潜行を許してしまった。同時、これを好機と見たか足高蜘蛛と蟷螂人《マンティエダ》が飛びかかろうと試み、それを阻むべくマルギットも跳躍。

二人の亜人は私を体格差で圧殺するか、足止めしようと試みたのだろう。鎌や鋼線を構えて、着地の勢いを計算に入れていないのではと思う勢いで跳び出している。

「マルギット！」

「ええ!!」

阿吽《あうん》の呼吸と言うべきか、私の相方は名前を呼ぶだけでして欲しいことを正しくしてくれるから本当に心強いね。

彼女が飛びかかったのは敵にではなく、私の体。

すれ違うように肩を摑《つか》み、強引に姿勢を変えつつ棹《さお》を軸にした踊りの如《ごと》く躍動。幼馴染《おさななじ》みから与えられる熱量に逆らわず半回転すれば、蹈鞴《たたら》を踏むような不格好さはあれど剣を振るえる。

更に彼女は私の体の寸法を完全に知っている。拍子を合わせていれば短弓で〝脇の隙間〟から敵を狙うことくらい訳はないのだ。

「くあっ!?」

「アァッ……!?」

分担はマルギットが蜘蛛人《アラクネ》、蟷螂人《マンティエダ》が私。飛翔していることもあって蟷螂人《マンティエダ》の攻撃が一呼吸分早いのと、生きている右側の視界で捉えられる場所にいることを我が相方は分かって連携してくれたのだ。

鎌が斬り落とされ、矢が口に突き立つ。それぞれ戦闘継続困難な重症を負った二人は、それでもせめて落下の勢いで体当たりせんと試みるが、私は脱力して体幹のみを維持すれば、相方の体捌《たいさば》きによって体は傀儡《くぐつ》めいて自然に動き被弾位置から外れる。

正にギリギリ、判定で言えば極めて微妙な、それこそ香水の匂いが嗅げそうな間際を落ちていく敵。やはり着地のことなど考えていなかったのか、衝撃できりもみ回転しながら遠ざかっていくので避けていなければ大変なことになっていただろう。

「戦いながらいちゃつくの止《や》めてくんねぇかなぁ……」

複雑な回転と刺突の組み合わせからなる、基本技能のみの組み合わせ《コンボ》で兎走人《ハーゼニアン》を釘付《くぎづ》けにしているジークフリートのぼやきが聞こえたが、ただ連携していることをイチャコラしてると表現されるのは少し語弊があると思うんだけども。

しかし、文句を返している暇はない。

「イィィヤァァァァ!!」

天井の影から雫《しずく》が落ちるように密殺者が奇襲を掛けてきていたのだ。

先の二人が半ば自棄《やけ》めいて吶喊《とっかん》してきたのは、この意図を読ませたくなかったからだろう。しかし、もう一度影に潜る術式を見てしまっている私は、このまま逃げはするまいと分かっていたので、最初から直上からの攻撃を用心していた。

足が両方とも使えないとなると、加速度を稼ぐ方法は限られる。

自由落下だ。大地が例外なく我々を戒める法則を借りれば、あの上背《タッパ》とガタイであれば大地を踏みしめて放つ突きと遜色ない威力を発揮できると読んだのだ。

ここの天井は高い。空気抵抗を受けづらい倒立の姿勢で落ちれば、終端速度はあっと言う間だ。

時速約二〇〇㎞、体重はどれだけ軽くても装備込みで七〇kg以上はあるだろう。

ただぶつかるだけで十分死ねる位置熱量を借りた不意打ちが露見したことを察した密殺者は、渾身《こんしん》の気合い《シャウト》を張り上げて抜きを引き絞る。左腕を盾の如く前に突きだし、右手を脇に付けるほど絞る構えは二の太刀も保身も考えない殺意の結晶。

下手な受け方をしたら死ぬ。そして、この状態で距離を取って回避するのは無理だな。密殺者との位置関係から私の影が必ず入るため、逃げても影に飛び込まれて次撃に繋《つな》げられる。

今は素直に私を潰しに来てくれたからいいものの、カーヤ嬢やジークフリートを狙われても困るな。

いいさ、これだけ熱烈な殺意を向けてくるんだ、受けて立ってやるのが男ってもんだろう。

幸い、蟷螂人達《マンティエダたち》の攻撃を避けるのは殆《ほとん》どマルギット任せただったのもあり、姿勢は崩れていない。本気の一撃を放つ余力がある。

直上に刃を振り上げるのは人体の構造上、結構無理があるし〈戦場刀法〉でもあまり考慮してはいないが何とでもしてみせる。

両刃の剣でやるもんじゃないが、上段に構えを取り拝むように左手を刀身に添えた。

腕の振りではなく、当たる瞬間に体幹と技量だけで斬る構えだ。

交錯までの時間は瞬《まばた》きにして一つ分。

引き絞った右の貫手《ぬきて》が放たれる刹那に合わせ、私も腕を伸ばし迎え撃つ。

利用するのは敵の加速度、そして刃の鋭さ。物を斬るのに力は要らぬ。ただ偏《ひとえ》に剣に不動の重い粘りを与えるのだ。

装甲をも貫く貫手の先端に刃が触れ、認知すらできぬ須臾《しゆゆ》の拮抗《きつこう》の末、私の手に伝わるのは全身を駆け抜ける衝撃。

刃が手袋を抜き、肉を潜《くぐ》り、骨を割って抜けて行く。

私の腕前が上を行ったのか、刃は縦に密殺者の腕を割っていた。

「ぐうっ……あぁぁぁ！　やれぇ!!」

しかし、斬られたせいで直撃の軌道から逸《そ》れた体から左手が伸び、交錯の間際に鎧《よろい》の襟を摑まれた。さしもの私も残心を維持できず姿勢を崩し、マルギットも体が泳ぐ。

この渾身捨て身の攻撃さえも布石か！　それでは受け身も取れまいに。

屋根の梁《はり》から膨大な殺気が膨れ上がり、橋梁《きようりよう》を支える鋼線が嵐に悶《もだ》えるような得も言えぬ絶叫が轟《とどろ》く。

四腕人《ヴィアマン》が、これが最後の好機とばかりに身を乗り出し、左側の腕二本を使わねば支えることもできぬ強弓を引き絞ったのだ。

しかも、前回と違い矢も右手二本を使って頰の間際まで完全に引かれている。最大火力、そして集中せねば自らの体をも傷付けかねない入魂の一射を放とうとしているのが分かった。

これは流石《さすが》に避けられないし、受けられない。〈空間遷移〉障壁の展開も考えたが、これだけ濃密な魔力が溢《あふ》れる場所で、空間の概念を弄《いじ》くるような魔法を瞬間的に発動するのは冒険《リスキー》が過ぎるか。万が一にでも暴発して、空間が圧壊したり、神々が激怒した場合より酷《ひど》いことになりそうだ。

「カーヤ嬢！　Ａの……」

「分かってます!!」

古代杉の若木を移植した杖《つえ》の先端、頂点部分が途切れた円環の間に張られた藻の紐《ひも》と袋の間には魔法薬の瓶が既に納められている。

投擲杖《とうてきづえ》を振るい、矢が放たれるよりも早く瓶が飛ぶ。

乙女の嫋《たお》やかな腕では不可能であっても、杖の遠心力を借りれば瓶はより遠く、より正確に投じることができるのだ。

狙いが曖昧でも良い分、先に跳んだ瓶が弾《はじ》け〈矢避《やよ》け〉の呪いが溢れ出す。

「きゃあっ!?」

我々に預託された魔法薬よりも、カーヤ嬢が直接使う方が効果が高いのは最近になって分かったこと。彼女は杖を用いての魔法行使こそ下手であるが、練った魔法を洗練化させることができるようになっていたのだ。

〈矢避け〉の術式は矢のみならず、弓を蝕《むしば》む武器破壊の領域に至る。ギリギリまで張り詰めていた、常人では一寸と引けぬであろう弓の機構が壊れ、弦の張力と合わせて暴れ廻《まわ》る。飛び散った欠片《かけら》、のたくる弦が四腕人《ヴィアマン》を傷付け射撃そのものが失敗に終わると同時、担い手に襲いかかった。弓用とは思えない程に太い紐が顔を打ち付けて唇を裂き、歯が飛び散って、恐ろしい靭性《じんせい》を超えた負荷を一気に受けて砕け散った残骸が指を幾本か飛ばす。

これには流石の四腕人《ヴィアマン》も耐えかねたのか、顔を抑えながら梁から転落してしまう。

「っ……あぁぁぁ!!」

いち早く反応したのは、下顎骨に矢が突き立った状態の足高蜘蛛人《アラクネ》だった。当たり所がよかったのかマルギットの短弓は貫通しておらず――できたら捕虜が欲しいので、毒は塗らないで貰《もら》ったのもある――致命傷に至らなかったのか、高所から落下する仲間を救うべく死力を振り絞ったのだろう。

事実として、極まった冒険者《カンスト勢》が死ぬ原因は大半が窒息か軽減不能の落下ダメージ。人間は一〇mもの高さから落ちたら死にます、という当たり前のことを言われて漢探知《おとこたんち》に挑んで絶命した冒険者がどれだけいようか。

次いで反応したのは、決死の覚悟で私を拘束に掛かった密殺者だった。

摑んだ腕を頼りに体を登り、唇を大きく開けて鈴蘭《すずらん》の華を模した刺青の入った舌を伸ばす。

ああ、やはり、致死の接吻か。たしかに両足を失い、右腕も開きになった今、私を殺しうるのは猛毒の体液くらいであろう。

これだけ顔が良ければ色仕掛けからの暗殺も、さぞ容易《たやす》かっただろなぁと関係のないことを考える中、恐ろしく整った顔が近づいてくる。

「だから、人の男に粉掛けてるからこんな目に遭うんだって言ったでしょう？」

唇が触れあおうとする瞬間、私が感じたのは堅くも柔らかい皮膚の瑞々《みずみず》しさ。

マルギットが掌を間に挟み、口づけを払ったのだ。

「ごふっ……」

その隙を突き、膝に蹴りを一発。四肢の四分の三を失いながらも闘志を失わなかった密殺者は、遂《つい》に倒れて動かなくなった。

大量の失血と膝に伝わる肋骨《ろっこつ》が数本へし折れる感触。さしもの手練《てだ》れであっても、これだけ損害が重なれば意識を保ってはいられなかったのだろう。

「ビーチェッ……ぃぃっ!?」

「おい、動くなよ、俺は加減が下手なんだ」

味方が一瞬にして四人無力化されたことに兎走人《ハーゼニアン》も気が散ってしまったか。一瞬の油断を見逃さなかったジークフリートが槍《やり》の石突きにて、小柄な影を打ち据え倒し、背に足を乗せて動きを戒める。

「クソ、まーた倒した数で負けた……」

逃げようと藻掻《もが》くものの、背中の真ん中を踏みつけにされてはどうしようもない。戦友も腹ばいにした相手の無力化を鍛錬で覚えたから、足を暗器で斬り付けられるような無様は晒《さら》すまい。

丁寧に落とした短刀を槍で遠くに弾き捨て、首に穂先を据えることで更に戒めを強くする。

「ッチェ……ビーチェ……!!」

「だから動くなよ。畜生、何だかなぁ、これが効率良いって分かってるけど何か俺が悪者ぽくねぇか!?」

これにて全員無力化。お仕事完了……。

「クソォ！　使えぬ冒険者め！　立て！　仕事を果たせ！　まだ我が絶望は終わっていない!!」

っと、そうだ、コイツ残ってたんだった。戦ってる間も五月蠅《うるさ》かったけど、雑音として処理してたからすっかり忘れてた。

「マルギット、見張りを頼むよ。カーヤ嬢！　重傷者の手当を！」

「わっ、わぁぁぁ!?　エーリヒ！　それより貴方《あなた》の方が先ですよ!?　顔がっ、顔が泡立って!?」

とりあえずぶん殴って気絶させときゃ良いだろうと仲間に後処理を頼んでいると、血相を変えて薬草医が駆け寄ってきた。

あ、そうだ、顔の左半分に猛毒を浴びたの忘れてた。

いや、痛いのは痛いんだけど、死ぬよりマシかって考えたらある程度は無視できるからさ。

「うわ、おまっ、凄《すご》いことになってんぞ!?」

「え？　そんなに？　いや痛ってぇなぁとは思ってたんだけど……」

「目！　先《ま》ず目を洗いますから！　動かないで!!」

革袋を潰した勢いで顔から血が拭われると、その勢いでびちゃっと音を立てて何かが剝がれた。

毒で死んだ顔の表皮部分だ。

「ひぇっ……」

自分の残骸を直視して思わず悲鳴が出た。頭の中で確実に一〇〇《D100》面体が転がっている気がする。

えっ、これ大丈夫？　大丈夫だよね？　元に戻るよね!?　目ぇ視《み》えるようになるよね!?　伊達《だて》な向かい傷の一つも男っぷりを上げるために欲しいなとか宣《のたま》ったけど、流石にＡＰＰが激減するような怪我《けが》は御免被るぞ!?

「わっ、わぁ、目が、目がヒト種《メンシュ》じゃあっちゃいけない色に……」

「怖い！　マルギット、怖いから実況しないで!!」

「落ち着いて！　心拍が早くなると毒が早く回りますから！　まだ表皮層で止まってるから何とでもできます!!」

わぁわぁと慌てながらもカーヤ嬢の手当は迅速で、おかげで痛みは直《す》ぐに引いてきた。蒸留水で毒を洗い流し、剃刀《かみそり》で死んだ部分をそぎ落として魔法薬を塗れば、妖精《アールヴ》のご加護抜きでも綺麗《きれい》に戻ると保証してくれて、やっと安心できたよ。

「目は、ちょっと時間が掛かりますね……二〇日もすれば視力は戻るでしょうけど、季節一つ分は点眼を続けないと。暫《しばら》くは眼帯が要りますね」

「ああ、よかった、視えるようになるのならなんでもいいよ……隻眼は格好良いけど、遠近感が狂うからね……」

「そういうこと言ってる場合かお前」

目玉も無事でよかった。処置があと三〇秒も遅れていたら、溶け落ちてたかもとゾッとすることをカーヤ嬢が口にしたのは聞かないふりだ。

ああ、やっぱり持続する損害を与える系の毒は怖いな。ＴＲＰＧだと妙に塩《しょ》っぱい性能をしているから忘れがちだけど、実際に喰《く》らうとおっかねぇ。

いや、まぁ、無事だって分かったら分かったで、色違いの魔導義眼入れたり、隻眼眼帯の剣士って格好良いよねみたいな頭の悪い思考が溢れ出してくるんだけど、実利面で大きな不便がのし掛かるので落ち着こう。

幸いにもドタバタしている間に密殺者が起き上がることはなく、我々は無傷とは言いがたいものの工場制圧に成功したのだった………。

【Tips】状態異常は戦闘中に影響を及ぼすことも多いが、戦闘終了後に正しい手当を受けられなかったか肉体抵抗判定に失敗した場合、重大な後遺症を残すことがある。

エンディング

エンディング

【Ending】

事件が一つ解決したからといって、全てが丸く収まる訳ではない。卓を長く続けたいと参加者が望むならば、解決した問題が新たな種として芽吹き、更に壮大な事件へと導いてくれるものだ。

「思ったよりも下らないオチだったわねぇ……」

ナンナは目の前でズタ袋を被《かぶ》せた上で、床に転がされている男の腹を蹴って呟《つぶや》いた。

マルスハイムにあれだけの混乱をもたらしたのが、ただの不幸自慢がしたいだけの狂人であったなどと信じたくなかったのだろう。

ドゥランテはたしかに魔法使いとしては一角の物であり、薬物の専門家たるナンナや薬草医のカーヤが原料にも辿《たど》り着けないような薬を作る腕があったが、その動機は何ともくだらない物だ。

捕らえられた彼はナンナに叫んだ。全てを喪《うしな》った絶望を知らぬ愚物が、知ったような口を聞くなと。

そこでもう、バルドゥル氏族の頭領は魔法使いへの興味を失っていた。

何のことはない、重要な役割こそ果たしていたものの、これはただの狂人だ。

しかも、自分が味わった不幸をこの世の底だと勘違いしている人種の。

不幸も絶望もこの世に溢《あふ》れている。幸福の形は似通っているが、絶望とは人それぞれ。

浚《さら》っていったらきりがなく、まだ底があると思っても更なる深みが待ち受けている物だ。

ナンナはそれを舐《な》め尽くしている。自分が誰より才能がある訳ではなかった時、友人の病をどうしようもないと認識した時、禁忌に触れて逃げるように西の果てに流れ着いた時。

その時々に、これより深い絶望など有るまいと頭を抱え、死を希求したが、底値の更新は今も止まることはない。

この世全ての苦痛も喜びも、やりようによっては薬匙《やくさじ》一杯より小さな粉末で合成できるという真理に辿り着いてすら。

「死ねぇ……安い絶望だわ……」

ナンナは青い煙を中和するにあたり、かなり根源的なドゥランテの心に触れていた。

〝魔女の愛撫《キュケオン》〟は、いわば絶望を流し込むための中継器。人間の脳に科学的な刺激を与えて忘我の状態に追いやり、開いた隙間に絶望を注ぎ込む下地を作りやすくする触媒。

そこまでやった上で、たかが家族と故郷が無惨に滅ぼされた嘆きを全人類に叩《たた》き付けたいだけとは。とんだ八つ当たりで酷《ひど》く安い脚本だ。

なればこそ、利用しやすかったのかもしれないが。

「セーヌ語の文書、土豪の古い文字、衛星諸国家の分岐言語。それを理解された上、良いように使われていただけってのも虚《むな》しいわねぇ……」

車は主機がなければ動かないが、必ずしも同じ主機である必要はない。ドゥランテはただ、陰謀を練るのに丁度良い技術と魔法薬を作り出す発想があったばかりに使われただけで、駄目になったら積み替えれば良い程度に思われていたのだ。

そして現実に斬り捨てられ、この倉庫に自分の弟子達《たち》と一緒に残された訳だ。

「ああ、しかし、根が深い、あまりに深いわねぇ……どうしたものかしらぁ……」

ただ、脚本がどれだけ安くても後援者の太さだけはよろしくない。ナンナはエーリヒ達が集めて来た、地下の研究所で処分しきれなかった書類の数々から、ただの土豪の激発でないことを察していた。

帝国が弱って得をする人間、それらが大挙として西方に押し寄せ、水と栄養をやれば芽吹きそうな種に片端から粉をかけてまわっているのだろう。

これも数多《あまた》散りばめられた種子の一つに過ぎない。摘み取った気になったとして、またぞろ方々から生えてくるのが目に見えていた。

ドゥランテは思想的にナンナとは絶対に相容《あいい》れない魔法使いだが、腕前だけは大した物だ。繊細な魔導炉の世話をし、現物があっても組成を解明できない高度な薬品を魔術依存で生成してみせ、都市を一つ丸まる滅ぼす技術さえ生んだ。

斯様《かよう》な天才ですら、惜しげもなく斬り捨てられるのだ。後に控え、浪費するのは惜しいとして大事に秘されている陰謀が幾ら残っているのやら。

「あぁ、頭が痛い……早く帰って研究したいわねぇ……コイツの技術は、特に役にたたないだろうけどぉ……」

帝国は良くも悪くも盤石になりすぎた。その上で、ここまで力を付けて見せ付ければ皆大人しくなるだろうと〝賢く理性的過ぎた〟振る舞いをしている。

ああ、ライン三重帝国は正に官僚主義の理想型であり、その知識の牙城を成す藩屏《はんぺい》達は誰もが賢いが故に愚かにも信じてしまうのだ。

勝ち目のない戦争なんて誰もしないという、歴史の中で幾つも裏切られてきた信条を。

航空艦、あれを大々的に広告しすぎたのではないかとナンナは睨《にら》んでいた。

こんな西の果てにまで、元聴講生であった伝手《つて》を通して情報がやってくるのだ。できるかやってみよう程度の試験艦ではなく、実用し〝量産可能〟な船の設計が進められ、工廠《こうしょう》予定地まで決まっていることが。

これまでの航空艦はあまりにも頼りないものだった。浮力も剛性も膨大な魔力を蕩尽《とうじん》する割りに細やかとしか言えず、積載量も飛ぶのがやっとで荷は殆《ほとん》ど積めず、戦闘など考えることすら烏滸《おこ》がましい。

いわば波も風も立たない庭園の池に浮かべて眺めるのが精々の模型と同じように思われていたのだ。

それがどうだ。試験艦のアレクサンドリーネでさえ数百人の人間を搭乗させ、無補給で一月は食っていかせられる積載量があり、戦術級攻撃魔法にさえ耐え抜ける物理外殻と、多重に展開される魔導障壁を装備しているのだ。

一見無駄に見える船底舞踏場に招かれた要人、特に軍事に明るい者は一瞬で気付いただろう。

さて、この広大な空間に兵士を詰め込むことができれば。或《あ》いは、都市の上空を遊弋《ゆうよく》して可燃物を都市に注ぎ込まれれば。

既存の都市防衛教義《ドクトリン》は一瞬で骨董品《こっとうひん》に成り果てるだろう。

いやさ、一〇隻二〇隻の大船団を構築された日には、国家運営の大戦略さえが過去の物になる。数万の兵士を腹に湛《たた》え、地上からは到底攻撃が届かない場所を亜竜並の速度で飛ぶ船団を相手にしては、何処《どこ》に防衛の要衝を据えても簡単に首都を直撃される。

ならば防衛を強固にと都市をガチガチに固めれば、好きに移動できる船団は「あ、じゃあ余所《よそ》でやろうよ」と言わんばかりに好きな所に飛び回り、弱いところをつつき放題だ。会戦しようにも有利な陣形は常に奪われ、気に食わない場所に陣取られれば遠くへ飛んでいく。

これは正しく軍事上の悪夢だ。

空を飛ぶ船と数万の軍勢に威圧されれば、コロリと寝返りを打つ領主も多かろう。むしろ、気の長い非定命の権力者であれば、数十年ばかし掛けて帝国に鞍替《くらが》えする計画を動かしている者さえいよう。

航空艦は正に軍事的、政治的な鬼札になり得る。大きな不凍港を持たぬ帝国が、船の代わりに空路で輸送力を高めようとして始めた研究は、正に世界を揺るがしている。当人達が想像しているよりもずっとずっと強く。

今までは空を支配する竜の恐ろしさや、大きな物を飛行させる困難さから不可能、金の無駄だと笑っていた他国が追従しようにも、帝国魔導院が稼いだ先行優位性《アドバンテージ》はあまりに大きい。基礎技術や設計能力などというものは、金を注げば直ぐ完成するような物でもなく、同時に一人の天才で細部まで緻密に仕上げられはしない。

下手をすると空の下が今後一〇〇年、ライン三重帝国の物になろうというのだ。

それはもう、他の大国からすれば今の内に死んで貰《もら》うか、それが無理にしても金貨を焼《く》べて廻《まわ》っているような航空艦事業をやっている余裕をなくしたいであろう。

帝国が拡張主義を取っていないのは問題にならない。

彼等《かれら》にとって、やろうと思えば自分達を攻め滅ぼせる国が隣にあることこそが、どうあっても是認できない要件なのである。

土豪のように何時《いつ》か頸木《くびき》を抜き去り、かつて独立した一国であった栄華の奪還を夢見る衛星諸国家とて安穏とはしていられまい。

緩衝国は国境を直《じか》に接したくない大国同士の妥協によって存続を許される物。仮に何代か先の皇帝が「よく考えたらここ要らんな」と棚の中を整理するような気軽さで併呑《へいどん》される未来を一度でも空想してしまえば、もう大人しくしてはいられない。

故に人も物も金も集め、割に合うかも微妙な陰謀が廻るのだ。

「ほんと、愚かよねぇ、人間って……」

今後〝魔女の愛撫《キユケオン》〟が可愛《かわい》く思えるような、より悪辣で救い難い事件が起こるやもしれぬと順当な想像をしたナンナは、いっそ自分もこの男のように絶望してしまえれば簡単だったのにと嘆く。

膝を突き、諦めて嘆くことだけに身を捧《ささ》げるのは、思うより存外難しいことなのだ。

もしかしたら、どうにかすれば、無尽の努力が果てに理想を摑《つか》めるかもしれない。その考えが小さな板切れとして、悔恨と死を希求する嘆きの縁《ふち》から人間を浮かび上がらせてしまう。

諦めが悪い方が却《かえ》って苦しむとも知らずに。

そして、知って尚《なお》も〝もしかしたら〟などと思わせるがばかりに。

「一先《ひとま》ずコイツを組合長閣下に突き出して、どれだけ西方が綺麗《きれい》になるかの様子見ねぇ……」

言ってはみるものの、あまり期待はできまい。関わっている人間が多すぎるため、下手に大鉈《おおなた》を振るえば、必死こいて留《とど》めようとした反乱の切っ掛けになりかねぬ。その上、密《ひそ》かに人事処理で収めるにはコトが大きすぎ、同時に難癖を付けるには証拠も足りぬ。

この工場には〝魔女の愛撫《キュケオン》〟製造の書類こそ残っていたが、重要な物は殆どが焼かれるか引き揚げられてしまっていた。ドゥランテの私室にあった金庫の中身も、いつの間にやら全て内側から燃え上がって燃《も》え滓《かす》しか残っていなかったため、政治的にはどうやっても単独犯に近い扱いをせざるを得ないだろう。

「ああ、ほんと、ちっぽけすぎて嫌になる」

腹いせに横たわる男の腹にナンナは蹴りを入れたが、出てくるのは呻《うめ》き声《ごえ》ばかり。欲して病まぬこの世の真理も、苦しみのない世界も出てはこない。

あれだけ遠大な陰謀でさえ、畑の中に紛れた雑草の若芽に過ぎないと実感すれば、溜息《ためいき》の一つも吐《つ》きたくなるだろう。

それでも、今日は〝不幸自慢〟も自分の勝ちだと小さな慰めを見出《みいだ》し、煙を一つ吐き出すのであった………。

【Tips】覇権国家という言葉は未《いま》だ生まれずとも、その萌芽《ほうが》に危険を感じる聡《さと》い者達は世界中に存在している。

悪い魔法使いの塒《ねぐら》を破壊し、その手下共を縛り上げて捕らえました。めでたしめでたし。

そう簡単に結べれば何も難しいことはないのだけど、如何《いかん》せん事態が複雑過ぎてどうしたもんだか。

私は製造工場の一室を片付けて寝床にした空間で、手鏡を覗《のぞ》き込みながら一つ唸《うな》った。

「うーわ、これじゃまーた私が一番重症っぽいじゃないか」

「いや、事実そうだろ」

顔面は綿紗《めんしや》と包帯で左半分が覆われて酷い有様。幸い、綺麗に伸ばしていた髪に被害はなかったものの、見た目の痛々しさは如何ともし難い。

「だがエタンは矢を止めた衝撃で鎖骨が折れていたそうだぞ」

「いや、あの矢は俺だったら盾構えてても弾《はじ》き飛ばされて死んでそうなモンだし、鎖骨だけなら軽症も軽症だろ」

「他に何人も切り傷を負ってる」

「指も腕も落ちてねぇ時点で家《うち》じゃ軽傷者だっつったのはお前だろ」

それでも配下が血みどろ傷塗《きずまみ》れを潜《くぐ》り抜けても、全員で持ち込んだ酒で元気に打ち上げの準備をしている中で、私だけまた飲酒も喫煙も禁止の絶対安静を言い付けられると、何と言うかこう……。

「なぁ!?」

「いや、何にたいしてのなぁ、だよ。いつもの発作か？　俺に理解できるように喋《しゃべ》れ」

なんかこう、格好付かないじゃないか。みんな元気なのにまた一人重症とか、またかよアイツみたいに思われないか心配なんだが。

「ったく、元気かどうか見に来た俺が馬鹿だった」

「そういえば済まなかったね、後始末の大半を任せて」

「あー？　仕方ねぇだろ、カーヤが動かすなっつってんだから」

顔の傷を治療したら、毒消しを飲んで大人しくしてろと剣友会専属医師から言われたら抵抗できず、密殺者五人組を拘束してからの後始末は全てジークフリートに投げてしまったのが申し訳ない。

しかし、これでいて結構元気なんだけどな。前に骨折した時と違って熱も出てないし。

「連中は全員カーヤに着替えさせたし、お前が言う縄抜けできねぇやり方でふん縛っといた。後は組合から拾いに来る連中を待つだけで良いんだから大人しくしてろ」

さて、あの五人組は武装解除の後、厳重に拘束して地下の一室に閉じ込めてある。幸いにも重症の三人も峠は越えており、私が斬り落とした手足を継ぐことはできずとも死なない状態になったそうだ。

処遇は組合長が決めることになっており、最悪殺しても構わないと言われていたけども、生きているに越したことはないよね。

意識が戻ったら事情聴取だけはやろうと思って復活を待っているのだけど、あの重症度合いだと下手すると数日目を覚まさないかも……。

「旦那、捕虜が目を覚ましました」

って、噂《うわさ》をすれば影かよ。見張りに付けていたヘリットが報《しら》せに来たので、私は鏡を置いて立ち上がった。

「全員か？」

「ええ、まぁ、口が訊けないのが一人いますけど」

「頭目が喋れれば問題ない」

ジークフリートから怒られても庇《かば》ってやらねぇぞとジトッとした視線を送られたけど、知っておきたいことが一杯あるから仕方がないんだ。

恐らく〝魔女の愛撫《キユケオン》〟一連の騒動はこれで解決だろう。

問題は、薄《うつ》ら分かってはいたことだが、あの魔法使いは黒幕ではない。

正確には今回の黒幕ではあるのだろうけど、暴れ廻ってくれる分には都合が良いとばかりに餌だけを与えられた走狗《そうく》の一匹って感じがする。

西方をひっくり返し、街一つ潰すような陰謀が、こんな呆気《あつけ》なく終わる訳があってたまるか。精々、複数並行している策の一つ、それを実に〝らしい〟人物を掴ませて終息させたようにしか思えないのだ。

開発者がここにいたということは、フィデリオ氏を初め連携して襲撃している拠点でも大した証拠は見つかるまい。

ここではもっと大勢が動いていた痕跡があった。たった数人の魔法使いと異教の僧一人が使うには広すぎる部屋に、膨大な書類の数々を見れば子供でも察しよう。

証拠は隠滅されていたが、黒幕の黒幕に続いていそうな細い線が一本残っている。

それがあの密殺者達《たち》だ。

「ああ、もう、また出歩いて。片目だと危ないでしょう」

「心配要らないよマルギット、私の効き目は右だし、ちゃんと距離感も取れてる」

重症を負っていようが玄人は玄人、見張りには慎重を期してマルギットも加わってもらっていた。彼女が休んでいる間は三人組みになって監視させるつもりだ。

「……ふぁ《や》ふぁ《あ》」

「ああ、自決防止の猿轡《さるぐつわ》があるのか」

密殺者が左手だけで起き上がり――右腕は修復不能とカーヤ嬢が判断したのか、切断されていた――猿轡を嚙《か》まされた口をもごつかせる。情報源として死なれると困るので嚙ませていたが、これでは話を聞くことができない。

「ふぁ《外》ふぃ《して》ふぇ《く》ふぇ《れ》。ふぃ《逃》ふぇ《げ》ふぉ《も》ふぃ《死》ふぃ《に》ふぉ《も》ふぃ《し》ふぁ《な》い《い》」

かなりきつめに噛ませられたのか恐ろしく不明瞭ながら、表情から内容が分かる。ちらと後ろの仲間達を見たこともあり、逃げも死にもしないから外せと言いたいのだろう。

まぁ、注意すれば脱走も自決も止められるだろうと、私は彼女の猿轡を解いた。

というより、どうせ完全な脱走防止は不可能だ。

彼女は刺青に金属を混ぜ、それを焦点具にしているから物理的に取り上げられなかったため、魔力が復活すれば影に潜って脱出できる。この足で何処まで這《は》えるかは微妙だが、戒め続けられないのは分かっているしね。

慎重に猿轡を外せば、ベアトリクスは大人しくしていた。接吻《せっぷん》で私を殺そうとしたこともあって、唾液も猛毒だろうから吐きかけられないよう注意していたんだけど、無用だったかな。

「ぷは……良い趣味だな、金の髪。拙下を初め、我が一党は美人揃《ぞろ》いだが、斯《か》くも厳しく縛り上げて転がすとは」

「四肢の殆《ほとん》どを喪《うしな》って減らず口をたたけるとは。流石《さすが》ですわね」

マルギットからの皮肉も何処吹く風、密殺者はやっと息ができるとばかりに深呼吸を堪能している。

「何を聞きたいかは大方分かっている。だが、拙下も貴公が知っている以上のことは知らん」

「それを私が素直に聞き入れるとでも？」

「卿《けい》は戦ってみたところ、頭も随分廻るようだ。故に分かろう？　拙下共は何《いず》れも口が堅いし、拷問にも慣れておる。意外だろうが、拙下の体に汚されたことのない場所がないくらいだ」

まぁ、そりゃ見ただけで分かるよ。この感じだと義務感とか正義感とかで働いていた口ではないし、自分達の矜持《きょうじ》にかけて情報を漏らしはするまい。精神的動揺を狙えない手合いは、拷問する場合に一番面倒なんだよな。

「かといって、甚振《いたぶ》る趣味もなさそうだ」

「人は見た目に拠《よ》らないものですけどね」

「はっはっは、それもそうだ。ま、ナリの良い相手なら悪い物ではないとだけ返しておこう」

ハッタリも効かなそうだなー、やだなー、完全に暗がりを歩く経験じゃ上をいかれてるし、拷問とか交渉で口を割ってもくれなさそうだし。

となると、素直に聞きたいことだけ聞くか。

「貴女《あなた》達ほどの腕を持つ方が何故《なぜ》？」

酷《ひど》く曖昧な問いではあるが、ずっと気になっていたのがこれだ。

戦って肌身で分かるが、皆一角どころではない実力者。たしかに兎走人《ハーゼニアン》や蟷螂人《マンティエダ》は一部の地域で迫害が厳しいとも聞くが、帝国であれば真っ当に冒険者をやることはできたろうに。

それが何故、自分の絶望を他人にも寸分違わず叩《たた》き込みたいと考える狂人の使いっ走りに堕《お》ちたのか。

「何故、何故か。難しい問いだな」

はぐらかすでもなく、彼女は自分も心底不思議に思っていると言わんばかりに首を傾《かし》げる。

「生き方を決めたが故としか言いようが思い当たらぬのだが……まぁ、借りを返すためだ。断っておくと、アレに借りを作った訳ではないぞ」

「では、誰との借りで？」

「今回の一件とはまるで関係のない相手だ。仲間の仇《かたき》を討つ情報の対価として、アレの使いっ走りをしろと言われたまででな」

喋ってもよい、誰の都合も悪くなさそうな情報をすらすら並べてくるのは本当に手慣れていて恐ろしい。

彼女は一体、何度敵の手に落ちて生還したのだ？

「貴公が知りたいであろう彼奴《あやつ》の後援者も、疾《と》うに帝国内にはおらんよ。そもそも、ドゥランテを尾行して探り当てはしたが、偽の名と偽の身分しか知らん。深入りすると殺されそうだったのでな」

私も多少は嘘《うそ》を見抜く目を養っているつもりだが、滑らかすぎて真偽の判定がまるでできない。むしろ、理解が深まるのは彼女が〝自分の生死に関わる情報〟を篩《ふるい》に掛けて、知らないことを選べる玄人ということ。

これは多分、組合長閣下がどれだけ絞ろうと碌《ろく》な情報は出てこないのだろうな。明確に証明できる悪行もドゥランテに協力していたことくらいで、証拠も消しているはずだ。極刑には十分ではあるが、裏を返せば合法的に殺せるだけ。後に続くだけの物を意図的に排除されていては、どうしようもないか。

ほんと、汚れ仕事を一〇年以上続けて警戒さえされない達人ってのは、下手に名前が売れた賞金首なんかより全然恐ろしいね。

「ただ、相当な使い手だったな。酷いセーヌ訛《なま》りの帝国語だったが、あれは意図的に鈍らせたのだろうよ」

「喋りの偽装は諜報員《ちようほういん》の基礎ですからね」

「そうとも。拙下もこの古めかしい喋りのせいで生地が分かりづらかろう?」

なるほど、強烈な見た目で印象を固定するように、敢《あ》えて大仰かつ古めかしい口調で喋って故地や所属を偽装しているのか。多分、役に入る劇場型の演技ではなく、理詰めで構築していった社会的な仮面ってところか。

「益々《ますます》、それだけの知恵と技術があって汚れ仕事をやっていることの理解が及ばない。何故、このようなことを?」

「……些《いささ》か驚いている。拙下のカンだが、卿も相当な薄暗がりを歩いてきた口であろう。むしろ何故、陽《ひ》の当たるところにいられる？」

っと、いかん、やり手相手に気負いなく接しすぎたな。

手口を知っているのは、知っている必要がある人間だったことの自白に他ならない。私もアグリッピナ氏の下で諜報員の真似事《まねごと》をしたのと、前世の娯楽で色々囓《かじ》っていたのもあって知識が豊富ではあったけど、要らんことを教えてしまったな。

でも便利なんだよな。根っこに馴染《なじ》んだ宮廷語を止《や》めて下町口調で喋るのも、意図的に単語の端々を異国語にして誤魔化すのも。あそこの訛りが強いヤツだったたって印象が勝って、他の記憶を薄れやすくできるんだ。

「それは偏《ひとえ》に努力としか」

「ふむ、努力、努力か。拙下達も割と頑張ってはきたが、ま、因果応報とも言えるな」

割と長々喋ってしまったが密殺者の喋り口は軽く、魔力反応も構えも一切見せぬ。

ああ、これは私が彼女に抱いているのが〝ただの好奇心〟であることをもう見抜かれてしまったな。

そりゃ知りたいだろう？　この力量から考察するに彼女は地方のネームドNPCめいた背景があるに違いないのだ。本気で殺し合ったのもあって、知りたくなるのも当然だろうさ。強さの源は勿論《もちろん》、私はルールブックのフレーバーを読み込むのも大好きな人種だったのだから。

ただ、思い出話に花を咲かせてはくれなさそうだ。決定的な部分は語らず秘め、墓場まで持っていくのだろうな。こりゃ卓が終わった後にＧＭ《ゲームマスター》がＰＬ《プレイヤー》に語るだけで、

PC《プレイヤーキャラクター》が直接知ることのない設定ばかりが詰め込まれている手合いに違いあるまい。

「さて、その因果応報の末、卿は拙下共に何を望む？」

「いいえ、何も。このまま組合長に引き渡すだけです」

「……そうか。では、我が首を代わりに配下四人を逃がす嘆願は無駄かな？」

「ビーチェ……！」

意外でもない提案に兎走人《ハーゼニアン》がか細い声を上げた。ああ、骨の形状がヒト種《メンシュ》と違うから、口枷《くちかせ》を結んでも完全に喋《しゃべ》れなくなる訳じゃないのか。

しかし、私には首を横に振ることしかできない。

生かしておくより、殺した方が我々にとって得でしかないからだ。

玄人の密殺者集団に貸し一つ、コネクション欄に記入できるのは大きいとも言えるが、それ以上に自分の塒《ねぐら》を管理している組合長の勘気に触れるのが怖い。ここで見逃しでもすれば、一体何を言われるやら。

それに、マルスハイムを脅かした陰謀の主要人物ってだけで、誰もが彼女達を許さない。フィデリオ氏は勿論、シュネーからも縁を切られよう。

悪いが、感情的にも損得でも見合わないんだよ。

「分かってはいたが、ダメか。拙下の見目に騙《だま》されて、割と釣れることもあったんだが」

「それで釣った魚は、今も息をしていますか？」

呆《あき》れたように問えば、それは愚問だと言わんばかりに肩を竦《すく》められた。

貸し借り一つ、精算した後どうなるかなんて分かりきっているだろうに。

「ま、聞きたいことは大体聞きました」

「おっと、待て金の髪のエーリヒ」

猿轡を手に立ち上がれば、これだけは言っておかねばと密殺者は手を止めさせた。悪あがきも警戒して体に力を込めるが、贈られたのはただの言葉一つ。

「拙下達のようにはなるなよ。世の中には、何一つ手落ちがなくても失敗することもある。仕事は目的に合った物を選ぶといい。先輩からせめてもの餞《はなむけ》だ」

「……金言、しかと受け取りました」

一体何の警句であろうか。猿轡を噛まされるがまま従った密殺者は、力を抜いて仰向《あおむ》けに寝転がる。

それから殆ど間もなく、微《かす》かな寝息が響き始めた。

出自も経緯も謎のまま、如何《いか》ようにでも解釈できる言葉を残して沈黙か。

何だか酷く負けたような気がするな。

しかし、失敗しなくても正解とも限らない、か。重い言葉だな。目標を誤れば、手段でどれだけ上手《うま》くやっても成功とは呼べなくなる。何ともなしにだが、これが彼女達が汚れ仕事をやっている理由のような気がした。

「豪胆というべきか、諦めがいいと言うべきか悩ましいですわね」

「ま、いいさ、大人しく捕まっていてくれるんだから。ウズが成功を伝えに行ったから、直に迎えが来るさ」

後はもう我々の仕事ではない。

さーて、引き揚げてのんびり寝るかな。カーヤ嬢に怒られたくないし。ちゃんとしている人にちゃんとしてないことで怒られることほど、この歳《とし》になって精神的にキツいこともないからね………。


【Tips】卓の裏側にはGM《ゲームマスター》が夜なべして大量の設定を考えたものの、セッションの中では紹介しきれない設定が数多《あまた》埋もれている。


あれから三日、カーヤ嬢から超叱られた私は大人しく休み、体内で魔力を循環させて自己賦活に勤《いそ》しんでいた。といっても代謝が上がる程度で魔力による肉体の修復なんていう、それ一個習得するだけで熟練度がぶっ飛びそうな技術ではないので、気休めくらいにしかならないんだけどね。

ただ、やるのとやらないのとでは皮膚の修復速度が違うから、ちょっとだけ頑張っている。

だって染みるんだよ、顔の傷を治す膏薬《こうやく》。鼻の辺りに塗られると肩凝り用の塗り薬をうっかり嗅いでしまったのを一〇倍くらいにしたツンとした感じがするんだ。

それに目薬も恐ろしく染みる。山葵《わさび》を直接注がれたみたいに痛くて涙が止まらないんだが、それで毒素を出しているらしいので我慢するしかないのがね。おかげで処置して貰《もら》った直後は〝忌み杉の魔宮〟で花粉にやられた時と同じくらい、顔が涙と鼻水でぐっちゃぐちゃになる。

ついでもって、一晩中痒《かゆ》いんだ。痒さで上手く寝付けないくらい痒い。骨の治療の時もそうだったんだけど、もしかしてカーヤ嬢、これ態《わざ》とやってないかな。

当て付けとかそういうのではなく、簡単に治ってしまったら、じゃあ次からも薬に頼ればいいやって安易な考えをしないようにってさ。

「あー……やっと視《み》えるようになってきた」

眼球や瞼《まぶた》に触らないよう、慎重に眼帯を外して手鏡を覗《のぞ》き込めば、まだ強膜が蠟《ろう》のように白いが視力が戻ってきていた。まだ随分とぼやけているけども、これならちゃんと字が書ける。

いや、右目だけで報告書を書いたんだけど、下書きをマルギットに添削して貰ったら――いつも誤字脱字防止でお願いしている――えらく右肩上がりですわね？　と指摘されてしまったのだ。

物を摑《つか》むことに苦労してなかったから、何だ私って片目でも遠近感バッチリじゃんと暢《のん》気《き》していたんだけど、全然そんなことなかったみたいでさ。定規を当ててみたら確かに不格好なくらいに水平になってなかったから、こらアカンと目が治るまで清書を後回しにしていたんだ。

そろそろ組合長からの迎えが到着する頃だったので、報告書をちゃんと仕上げないといけなかったんだけど、間に合ってよかったよ。

一時的に占領している工場の一室で筆先を墨壺《すみつぼ》に付けようとした瞬間、私は微妙な気配に気付いて立ち上がった。

袖口から〝妖精《アールヴ》のナイフ〟を引っ張りだし構えれば、小さな溜息《ためいき》が何処《どこ》からともなく響いてくる。

「……久方ぶりの逢瀬《おうせ》にしては、色気が足りませんよね」

「ナケイシャ嬢！」

どこか沈んだように感じる声の主は、窓の外に張り付いて整いすぎて人形めいた無表情を貼り付けた百足人《センチピードニイ》であった。

帝都の暗夜を駆け抜け、謀略の渦中にて殺し合い、側仕《そばづか》え時代にも幾度か剣を交えた恐るべき密偵。

その彼女がなんでこんな帝国辺境の中でも、半分外国に近いド辺境に。

しかも、態々《わざわざ》気配を読ませて到着を報《しら》せるとはどういうことだ。

「お久しぶりです、エーリヒ。壮健そうで何よりといいたいところですが……」

「この面に言われても皮肉としか思えないよ」

「それもそうですね。開けていただけますか？　お話があって参りました」

ほんの数秒の逡巡《しゅんじゅん》の後、私は小窓を開けた。そうすると百足人《センチピードニイ》は縁《ふち》に触れることもなくぬるりと長い巨体をのた打って入り込み、音もなく着地して居住まいを正してみせる。

「まずはこちらを。此度《こたび》はドナースマルク侯よりの使者として参りました」

「こんな夜更けにやってくるのは、もう使者というより密使だよ君」

そして、外套《がいとう》の裾より四本の腕が曝《さら》け出され、掌を見せた後、くるりと回って手の甲を見せ、更に掌に戻る。敵意がないことを示す、裏の界隈《かいわい》でも精通した人間が見せる信頼の証《あかし》だ。

私もそれに応え、妖精《アールヴ》のナイフをくるりと回して袖にしまった。

何度も殺し合ったことがある相手だけども、仁義を切った時は信頼できるからね。彼女の主人のドナースマルク侯は何と言うかこう、後を引かないと言うより節操がない御仁だったのもあって、アグリッピナ氏からぺしゃんこにされたあとも懲りずに陰謀を練って、敵対だけじゃなくて協力までしたことがあるから、信頼はできなくても信用はできるんだよなぁ。

いや、この場合、融通が利きすぎるのはアグリッピナ氏の方かな。あの人もウビオルム伯爵領の継承問題でやり合った相手から、割が良いからって誘われた企てに平気で乗っちゃうんだもの。

だから我々配下が敵対したり味方になったりで混乱させられるんだよなぁ……。

掌を晒《さら》したまま右上肢が懐に潜り込み、一枚の書状を引っ張り出す。

蠟印は確かにドナースマルク侯の家紋、王冠を被《かぶ》った寝そべる雄獅子《おじし》の物だ。

「……引き渡し要請？　貴方方《あなたがた》に？」

流麗な筆記体の——慣れない人だと多分読めないくらい達筆だ——書状には、かつて仇《かたき》だった相手の配下に向けているとは思えないほど丁寧な文体で挨拶が添えられ、その後に我々が拘留中の冒険者五人組、一椀党《ひとつわん》を引き渡すことを求めてあった。

これはドナースマルク侯の独断ではなく、組合長も納得されていることで、同じ封筒にマクシーネ殿からの書状も入っていた。ちゃんと白詰草《クローバー》の印が記名と共に捺印《なついん》されており、筆致も当人の物と合致する。

また、偽書を作られた時に備えた癖、一定の間隔で文頭の大文字を意図的に傾かせたり歪《ゆが》ませたりする法則も本人の物だった。

今後のマルスハイム安堵《あんど》のため、被疑者はドナースマルク侯の下で尋問を行うよう差配せよ、か。

こりゃ露骨なまでの取り込み策だな。

「お知り合いですか？」

「私ではなく祖父の。知人というより仇ですが」

「仇？」

「祖母を殺したのは彼女達《たち》です」

おおう、そりゃまた重い。密偵界隈だとよくある話だが、実際に聞かされると肝臓に良いのを貰ったくらい心が沈むな。

「まぁ、そこは良いのです。密殺者と密偵、殺し殺され、仕事以外で怨恨を持つのは寿命を縮めるだけですから」

玄人の考えることは良く分からん。職責のことは理解できるが、私にとって復讐《ふくしゅう》は直《す》ぐやれるか、念入りに後回しにするかの二択だからな。少なくとも身内を殺されても、仕事だからの一点で納得できるだけ器用な生き方はできない。

それこそ、殺された側に余程の手落ちでもない限り。

本当に人生の芸風が違う。言ってることは理解できても、まるで納得できない人種ってのは怖いね。

「彼女達は中央での謀略に関わっていた嫌疑がありました。線が細すぎて侯も組合と喧嘩《けんか》してまで手に入れようとはなさりませんでしたが……」

「今なら大義名分があると」

「そういうことです。ここでやったドサクサに紛れて言い訳はいくらでも立つと。組合長、マクシーネ・ミア・レーマン殿に幾らか便宜を図って身柄を手に入れることになりました」

相も変わらず口を開かず喋る、嘘《うそ》くさいまでに整った美貌に隠されて真意は分からない。ただ、組合長が何らかの密約を結んだということは、ドナースマルク侯が西方の治安維持協力の打診でもしたのだろう。罪を犯した冒険者を処罰するより、色々と〝なかったこと〟にして横流しして得られる利がマルスハイムの得になると判断しての差配か。

ここら辺、捜査する側も法律に縛られて手段を制限されていた、前世の法治国家と違って融通が利きすぎるのが心底おっかねぇな。余罪がどれだけあるか分かったもんじゃない密殺者を引き渡すなんて、超法規的措置どころではないぞ。

「引き渡しの方法は？」

「明日到着する組合からの馬車で護送している間に、逃亡を企てた咎《とが》で殺したことにします。エーリヒ、貴方に累は及びませんよ」

私達の手から離れた時点で、責任者は剣友会から組合に移譲される。この場合、逃亡しても誰も私達を咎められない。下準備での気配りも万全というところか。

もうマルスハイムの冒険者にとっては出涸《でが》らしに過ぎずとも、ドナースマルク侯の絵図では有用故に抱え込みたいのかな？　アグリッピナ氏と派手にドンパチやった時、手駒をかなり喪《うしな》ったと聞くし、即戦力の密偵が手に入るなら幾らでも欲しいってところか。

いや、だとしても態々私に説明するため密書を認め、精鋭のナケイシャ嬢を寄越《よこ》す必要はない。組合長と取り決めさえ結んでしまえば、後は別の場所で攫《さら》うなりしてしまえばいいだけで、一椀党がドナースマルク侯の手に落ちたという情報すら与えない方が選択肢としては堅いはず。

「侯は何を考えておられる？」

「さぁ、あの方の計画は遠大すぎて私の認知を大きく超えています。長命種《メトシェラ》ですよ？」

たしかに非定命の考えることは良く分からん。私達は来月のことで頭を悩ませているのに、彼等《かれら》は平気で半世紀先の予定と計画を練って準備をする。人間なら嫌気が差すような永い永い時間を倦《う》まないよう、思考で脳味噌《のうみそ》を埋めて保っている人種の計画など、気が長すぎて定命に理解することは困難だ。

「西方の事情を安定させたがっておいでなのはたしかです。それでこの間、ウビオルム伯と茶会をお開きになったくらいですから」

「それはまた随分と本気ですね」

そして、一度殺され掛けた相手をよくぞまぁ一緒に悪巧みしない？　なんて誘えるな。誘われてほいほい面を出す方もどうかと思うけど。

「ですから、侯はこうも仰《おつしや》っておいでした。エーリヒ、貴方が望むなら、一椀党をそのまま配下に組み込めるよう差配すると」

「……は？」

素で変な声が出た。何言ってんだ、あの人。

「剣友会は見たところ、隠密《おんみつ》働きのできる人間が少ないようですね。一人かなりできるのがいますが、それも一椀党の見張りに注意力の殆《ほとん》どを割いているからか、どうにか貴方のところまで潜り込めました。これでは安眠も難しいのでは？」

現在マルギットは見張りに注力していることもあって、箱自体がデカいこともあり警戒網を狭めている。無表情なのにどこか誇らしげに見えるナケイシャが侵入できたのも、そのせいだ。立哨《りつしよう》は交代で立たせているけど、あくまで斥候の真似事《まねごと》もできる程度の面子《メンツ》なので、本気で忍んだ百足人《センチピードニイ》を見つけ出せるほどではない。組織が肥大化するに至り、剣を振るえる人間に魔法使いや僧、斥候の割合が足りていないのは事実。

然《さ》れども、何処で家《うち》の規模を正確に調べたかね。ヘリットの親父《おやじ》殿《どの》辺りから情報が漏れたか？

ああ、もう、くそ、私も駒の内に計算されているってのがキツいな。西方の安定がドナースマルク侯の得になる理由までは分からないが、腐っても帝国貴族なればこそ国家安寧のため……なんてこともなさそうなのが嫌すぎる。

アグリッピナ氏は、何が楽しいのか分からないけど、皇統家が挿《す》げ替わるのも夢じゃないなんて語っていたとか仰ってたし、どうせ碌《ろく》でもない計画に違いない。

「道を逸《そ》れた冒険者を正道に戻してやるのも一興ではないか。侯はそう仰っておいでした」

尤《もっと》もらしいことを言ってくれるが、あまりにも難易度が高いだろう。

まだ誰も殺しちゃいないが、一生物の傷を付けまくった。上手《うま》いことやれば貸しで雁字《がんじ》搦《がら》めにできるかもしれないが、そうやって手懐《てなず》けたヤツらは何の拍子で裏切ってくるか分からん。

私が重んじるのは信念だ。彼女達にも強いそれがあるだろうが、残念ながら私が重んじている物とは内容も方向性も大分違う。いざという時、斥候や防諜《ぼうちょう》担当に全幅の信頼を置けないのは、下手に人手が足りないよりよっぽど恐ろしい。

「手に余るかと。組合長が納得なさり、侯が望まれるのであればご自由に使われるがよろしいでしょう」

「そうですか。貴方ならそういうと思ってました」

眉も口も動かないが、ナケイシャ嬢が少し安心して見えたのは何故《なぜ》だろう。

まぁいいさ、どうせ組合長の下で沙汰を受けようが、ドナースマルク侯の庇護《ひご》下《か》に入ろうが、私の下に来ようがしてきたことが無になる訳ではない。

応報する因果の下、好きな道を選ぶ権利くらいは一椀党に任せようじゃないか。

嫌ならそのまま死ぬこともできるだろうし、ドナースマルク侯の配下になって再起を図ることもできるはずだ。

ナケイシャや他の密偵の扱いを見るに、あの御仁は配下の面倒見はいいしな。

「では、私はこれで。久し振りに元気そうな顔が見られて何よりでした」

「ええ、私も、この手以外で貴女《あなた》が斬られていないことに少し安心しましたよ」

「こうして薄暗がりでまた合ったのです。その時にまた、機会もあるでしょう。またいずれ戦場で」

煙のように入って来た小窓から去って行く百足人《センチピードニイ》を見送り、気配が完全に消えたことを察してから私は緊張で浅くなっていた息を大きく吸い込んだ。

必要とあらば言葉とは逆しまに襲いかかれる手合いと会話するのはしんどいね。

もう縁もあるまいと思っていたのに、よもやドナースマルク侯が西方に興味を示すとは。今回の陰謀は縁が深いと思っていたけれど、そこまでかよ。

「こりゃ暫《しばら》く休みはないな」

やっと仕事を一つ片付けたかと思ったら、メールボックスに未読の案件が数十件溜《た》まっていた時と同じ気分だ。あまりにも果てしない。この地の果ては表面上の賑《にぎ》やかさの水面下で色々な物がのた打ちすぎている。

逃げときゃ良かったとは思わないけど、スッキリとはいかんな。

できることと言えば、戦えるように備えを欠かさないことくらいか。

ほんと、コイツ一人殺したら全部丸く収まってしまう、分かりやすいラスボスでも出てきてくれんものか。

私は有り得ない願望を溜息《ためいき》に混ぜて、報告書を完成させるべく椅子に座り直した……。


【Tips】本当に遠大な野望というものは、中枢たる一人を倒せば終わるようなものではない。

ヘンダーソンスケール1.0

Ver0.9

ヘンダーソンスケール 1.0
【 Henderson Scale 1.0 】
致命的な脱線によりエンディングに到達不可能になる。

何処《どこ》の文化圏であっても番付《ランキング》を作りたがる人間がいる。

遠い東の国では神事でもある格闘技に肖《あやか》って、主食《はくまい》に合うおかずの順位から街での美人まで、話題の種に順位を付けて喜ぶ遊びが市井で流行《はや》っているという。

これはライン三重帝国でも変わらないことで、何が最も彼等の愛する黒パンや麦粥《むぎがゆ》に合うかから、看板商売にして花形ともいえる〝冒険者〟の美人にまで及ぶ。

「お、来たぞ」

マルスハイム冒険者同業者組合の会館にて、扉が開いた瞬間に依頼を貼り出す掲示板付近で屯《たむろ》していた代書人の一人が言った。

扉を潜《くぐ》る集団の先頭には馬肢人《ツェンタオア》がいた。日焼けした健康的な褐色の肌と豊かな体軀《たいく》が麗しい彼女は、馬の左耳が半ば程から欠けているが、自信に裏打ちされた精悍《せいかん》な美貌の持ち主であった。

「うわ、今日は豪華な面子だな……」

後に続くは室内の安全を確かめるように周囲を睥睨《へいげい》する、童女めいた夜会服も麗しい頰に鈴蘭《すずらん》を咲き誇らせた刃の如《ごと》き鋭さの麗人。長い袖で隠された鎌の厳《いか》めしさも霞《かす》む清楚《せいそ》な蟷螂人《マンティエダ》の美女や、ヒト種《メンシュ》には美醜の区別が付きがたくも顔立ちが整っていることは分かる愛らしい兎走人《ハーゼニアン》、更に巨体に見合った豊満な肢体を見せ付ける面覆いで顔を隠した足高蜘《あしだかぐ》蛛《も》種の蜘蛛人《アラクネ》や、濃い褐色の肌に怜悧《れいり》なつり目が良く映える四腕人《ヴィアマン》が続く。

そして、彼女等に守られるように夕暮れ前の会館に訪れたのは、伊達《だて》な片外套《かたがいとう》を羽織った金髪の青年。

彼の外套に覆われていない右肩には、幼くも異様な艶毛を纏《まと》う顔付きの蜘蛛人《アラクネ》が、背嚢《はいのう》のようにへばり付いている。

マルスハイムの冒険者が勝手に作って愉《たの》しんでいる美女番付、その十指に入る者達《たち》の過半が一つの氏族に属していることは、ある意味で酷《ひど》い富の偏重とも言えるが、誰も文句を言いはしない。

ひいては中央で囲まれている冒険者の階級が青玉、マルスハイムでも最高位の冒険者であるのみならず、数多《あまた》の偉業を打ち立てて今も生ける英雄だからだ。

彼の名はケーニヒスシュトゥールのエーリヒ。かつてマルスハイム西部動乱と呼ばれた数多の陰謀を物理的に叩《たた》いて潰し、真なる竜すら屠《ほふ》ってみせた、一代で構成員が五〇〇を超える、帝国で最も巨大な冒険者集団を作り上げた男。

貴種の乙女も羨む美麗な金髪から授けられた〝金の髪〟という二つ名も今は昔。昨今では別の名前の方が有名になってしまってた彼は、視線の集中射撃を受けて困ったように微笑《ほほえ》んだ。

「少し大勢でお邪魔し過ぎたかな？」

己の一党にマルスハイムでも最も麗しいと認められる冒険者の内、今日は別件で外しているのか不在の人間も含めれば九名をも囲っているに相応《ふさわ》しい二つ名。

その名も誰が言い出したか〝女衒《ぜげん》のエーリヒ〟や〝誑《たら》しのエーリヒ〟。

あまりに人聞きの悪い名に当初は「誰が言い出した！」と草の根を分け探し出そうとする勢いで激怒したらしいが、今はもう開き直って好きに呼べと煤《すす》けた表情を見せる彼は、堂々たる歩調で受付に並ぼうとするも、人の列は自然に捌《は》けて道を空ける。

「……気にすることはないよ。冒険者に貴賤《きせん》はない。順番は階級など問わずに平等だ」

さぁ、と手で促されても、散った者達は戻ろうとしなかった。

無理もない。それぞれ風情の異なる美人を七人も侍《はべ》らせ、自分も化粧をすれば美人が八人に間違われそうな風貌の男から声を掛けられて物怖《ものお》じしない人間の方が少なかろう。

「エーリヒ！　そうやって群れてるからビビられるんだよ！　さっさと済ませてやるからきな!!　仕事が溜まるじゃないか!!」

「参ったな、順番抜かしは道端に唾を吐くのより嫌いなんだが」

古参の受付嬢、エーヴに怒鳴られてやむなくエーリヒは受付に向かう。そして懐から数枚の割符を取りだし、順番に指を差した。

「右から順にミステイルタイン商会の貴重品護送依頼、フライン子爵の行儀見習い講師依頼、花街の厄介者排除依頼、鶏骨《けいこつ》屋台連のツケ回収依頼と……」

熟練の受付は手元の書き付けにエーリヒの言葉より早く割符に書かれた番号を書き写し、新人に押しつけて会館で管理されているもう一方の割符と報酬金を取りに行かせた。内何枚かの高難易度依頼は割符が安価な陶片ではなく、魔導合金から成るより偽造が困難な物になっているため、幾らかは商人同業者組合の手形で支払われるのであろう。

「しかし、剣友会も随分と手広くやるようになったもんだね。アンタは今日何を？」

「エーバーシュタット卿《きょう》のご子息に一手指南を。ナリは細いけど沢山食えば肉も付いていい騎士になりますよ、彼は」

「多角化も良いけど、剣の友が何だったか忘れるやつが出そうだね」

「それを言われると辛《つら》い」

古馴染《ふるなじ》みから指摘されて、女衒屋は心底困ったように頭を掻《か》いた。

結成から程なくして剣友会の会員数は少しずつ伸びたが、剣の友の会という名に反して集まった人材はあまりに手広く、斥候、魔法、奇跡、それぞれの分野の達人や骨董《こっとう》の目利きから歴史家まで無節操なまでの才能を抱え、今では難易度が高そうな依頼はとりあえず剣友会に投げておけといった状態になっている。

事実として、今日は懇意にしている騎士家の嫡男に剣技指導をしてきたエーリヒが、会館に顔を出したい気分だったのか配下から割符を集めて持って来たものの、隊商護衛や野盗退治といった冒険者らしい仕事は半分未満。

何と中には詩才を持つ人員に向けた、恋文の代筆というものまである始末。

どんな捕りづらい球でも捕れる人員が集まっているせいか、仲介から直接「これだけは断らないで欲しいのです」と頭を下げられる依頼を熟していった結果、今や達成は困難なれど、剣の腕より行儀作法や専門知識などを修めた人間にしか熟《こな》せない、あまりに癖の強い仕事が集まるようになって久しい。

勿論《もちろん》、直接戦闘能力も目を見張る物があるが、最早《もはや》誰も剣友会を剣の強者《つわもの》集団として語らず、何にでも応える英雄の屯所《とんしよ》として扱い、むしろ冒険者らしい仕事が余所《よそ》に流れることもあった。

特にエーリヒは先の季節、何があったか知らないが海から大河を遡上してくる謎の挙動を見せた海竜討伐をロランス組に取られたのを未《いま》だに根に持っていた。

仲介の担当曰《いわ》く、専門性の高い依頼で忙しそうだったから……とのことだが、当人はむしろそういうの持ってきてくれよ！　ともう少し若くて気が短い頃だったら、担当の襟首を引っ摑《つか》んでいたことだろう。

しかし、女性構成員、それも宮廷語の知識や礼儀作法を身に付けた人間が多い剣友会は、婦女の護衛にも過不足なく対応できることもあって貴族からの需要が絶えない。荘民《しようみん》が嘆願するように上げる魔獣や魔物、新たに湧き出した魔宮の解決などを持ち込める空気ではないのだ。

「ん、全部達成、顧客満足率も十分ってとこさね。はい、さっさと持ってきな。新人共がビビって仕方ない」

「……誰が言い出したか今も知りたいんですけどね。美人の仲間は金の髪から隠せって言い出したやつ」

小さな舌打ちにエーヴは笑って応えない。新人の何人かが、愛《いと》しの彼女を見初められては堪《たま》らないと逃げ出したことを分かって尚《なお》だ。

冒険者の噂《うわさ》に詳しい彼女は知っているはずなのだが、教えたが最後、その噂を流した人間がどうなるか予想が付く。

きっと暴力を振るうような真似《まね》はしないが、高い酒を奢《おご》られながら懇々と説教混じりの愚痴を聞かされる、居心地の悪い酒宴に呑《の》み込まれることになろう。

最近は長年の戦友であるジークフリートが、剣友会と妻子の間に挟まれてエーリヒの相手をするのがとみに難しくなり、同性との気安い会話に飢えているのだ。絡む名目が見つかればあっと言う間に捕まえて、良い酒を飲ませて可愛《かわい》がってやるなどと宣《のたま》って延々とウザ絡みをし始めるに違いない。

新人を鬱陶しい先輩から守るためエーヴに素気《すげ》なく追い返されてエーリヒは、少し凹《へこ》みながら重い報酬の袋を懐に呑んだ。

「ねぇ、エーリヒ、今日分の報酬先に渡してくんない？　お酒飲みたいんだけどさぁー、ほら、ね？」

そこにすかさず駆け寄ったのは、左耳が欠けた馬肢人《ツエンタオア》のディードリヒ。片手で中を開いて見せ付けている財布の中身は、美事《みごと》に住人が一人もいない。びた銭一枚とてだ。

彼女は剣友会の名が高まって少ししたある日、ふらっと現れ、武者修行の結果を見せ付け実家に連れ帰ると宣言してみせた、ある意味での勇者だ。

元々は古いエーリヒの友人ではあったのだが、その勇者的な発言は文字通り物理的に叩き潰され、今では立派な会員の一人である。どれだけ教えても宮廷語や行儀作法が身につかないこともあり、専ら鉄砲玉、もとい切り込み隊長として活躍する冒険者は何の恥じらいもなく頭目に金をせびった。

「お前、昨日護衛した隊商の主人から駄賃貰《もら》ってただろ」

「ツケ払うのに使っちゃったんだよぉ。銀雪の狼《おおかみ》酒房からは出禁くらったしさぁ」

しかし、剣友会は原則として七日に一回、纏めて会員に報酬金を支払うことになっている。これは新人達が金の管理を覚える前に酒場や花街で散財し尽くし、ツケでドップリになることを防ぐためなのだが、どれだけ酷い目に遭おうと学ばない者も珍しくはない。

正規の会員には最低基準額が設定され、その上で個々人の仕事の収益を頭割りして支給しているため――尚、帳簿は公開されていて全会員に閲覧権限がある――高難易度の依頼を熟す者は勿論受け取る金額も比例して多くなる。

だが緑青になったにも拘らず、ディードリヒは前借りの常習犯だ。

直近の支給日は四日前。彼女は街に戻らない長期の護衛なども行っていたこともあり報酬は四ドラクマばかしあるはずなのだが、何をどうすればそれだけの期間で農民の可処分所得を優に上回る金を溶かせるのか。

「ね、頼むよ会長。ちゃんと働きで返すからさ」

エーリヒには理解し難い金銭感覚の馬肢人《ツェンタオア》は抱きついておねだりを強行しようとしたが、それを止める手が一つ。

「でっ!?」

抱きつく間際に形の好《い》い鼻が弾《はじ》かれた。かなりの衝撃だったのか、肌が紅《あか》く染まり僅かに涙が滲《にじ》む。喧嘩《けんか》なら買うぞとばかりに下手人を睨《にら》む馬肢人《ツエンタオア》であったが、その狼藉《ろうぜき》を働いた指に握られている物を見て目の色が変わる。

大判銀貨が握られていたのだ。質の高い銀貨が革の長手袋と擦《こす》れて剣呑《けんのん》な音を出す。色仕掛けで給金を前借りしようとしたディードリヒを窘《たしな》めたのは、さも当然という面で一歩後ろに立つ童女めいた夜会服の女。長身痩軀《そうく》、見る者に可愛らしい装束と美貌の鋭さの違和感で強烈な印象を残す女の名はベアトリクスと言った。

「あまり困らせてやるな、ディードリヒ。自分の頭目に横紙を破らせて風紀が乱れると示しがつかんだろ。これで飲んでこい」

「えぇー？」

明らかに不満そうな声を馬肢人《ツエンタオア》は出すが、しっかりと銀貨は摑んでいた。そして、少し考え込んだ後、銀貨を弾いて掌で捕まえ、向きを確かめる。

「ちぇ、仕方ない、今日はこれで何とかやりくりするかー」

見つめ返してくるのは、東征帝の渋い横顔。銀貨としての質が良いため大判銀貨でも三〇リブラほどの価値があるが、金額以上に気に食わないことがあったのか、馬肢人《ツエンタオア》の戦士はつまらなさそうに溜息《ためいき》を吐《つ》いて夜の街へと繰り出していった。

「ベアトリクス、甘やかすな。あれじゃ安酒どころじゃなくて大酒を飲んで、次の朝にはオケラになって帰って来るぞ」

じろりと睨まれても頬に鈴蘭《すずらん》を咲き誇らせる密殺者は流し目で受け止め、大人になっても終《つい》ぞ自分の上背を超えることのなかった頭目の——厚底の靴も相まって、その身長差は頭一つ分は大きい——肩に肘を置き、自然と密着度を高めてくる。

「卿《けい》も困っていたろうに。何、小銭で静かになるなら安い物だろう？」

「新人の一月分の稼ぎを安い、というのは如何《いかが》かと思いましてよ？」

だが、自分が人の妨害をしたように〝元密殺者〟もまた、ぐいと頭を引っ張られて邪魔が入る。

エーリヒの肩にくっついていたマルギットが、当人もそろそろ年齢的に外すべきかと悩んでいる冠飾り《ヘッドドレス》を引っ張ったのだ。

「っ、こら、髪は止《や》めろマルギット。拙下はただ、大恩ある頭目に助け船を出しただけだろう」

「助け船というより粉掛けているようにしか見えませんけど？」

じとっとした目を向けられてもベアトリクスは動じない。恐ろしく分厚い木底の靴を履いているのが嘘《うそ》のように流麗な足取りで戒めから逃げ出し、代わりに懐から取りだした物を投げつける。

黒いサイコロだ。

「アッ、アたしノ!?」

水牛の角を削り出し、因果絶縁を施された博打打《ばくちう》ちの友。使い込まれているのか艶があるそれはプライマーヌの愛用品。鎌の付け根にある三本の指で器用に転がされ続けた物が、いつの間にやら懐からスられていたのだ。

「姉《ネエ》さン、酷《ひど》イ！」

「未熟なのを教えてやったまでだ。エーリヒに付きっきりだったせいでカンが鈍ったか？」

笑われて蟷螂人《マンティエダ》、プライマーヌは顎をカチンと鳴らしながら怒るも反論の言葉が上手《うま》く出てこなかった。彼女はその見るからに強そうな外見を活《い》かし、エーリヒが公の場に出る際の側仕《そばづか》えを務めることが多いのだ。斥候としての腕も立ち、同時に僅かながら飛翔《ひしょう》できる能力の使い勝手を買われての人事であるものの、そのせいで実戦から遠のいているのも事実。

「今日はコイツで決めよう。普段より大分人数が多い。これだけ揃《そろ》うのは久方ぶりだな」

カラコロと小気味良い音を立てるサイコロが、その場にいるエーリヒ以外に配られた。

何分、組頭級の指揮官が増えたからこそ剣友会は多忙なのだ。多方面で仕事を同時に遂行できることを知られてしまったがばかりに、伝家の宝刀、今ちょっと人手が足りなくてという迂遠《うえん》な断りができず、幹部格が揃ってマルスハイムに揃うのも季節一つ分以来のことであった。

「ビ、ビーチェ、ぅちは別に……」

「あー、俺、同じく、譲る。尊師《シャイフ》、マルスハイム戻る、半年ぶりでは？」

「ん？ 何だその面は。ああ、お前達《たち》はマルスハイム市中での仕事だったから、実質つきっきりか。なるほどなるほど」

サイコロを受け取った兎走人《ハーゼニアン》と四腕人《ヴィアマン》は露骨に遠慮してみせるものの、それは頭領として仰ぎ、地の果てで新たな杯を分け合った後にも運命を共にするベアトリクスへの気配り。彼女はかなり繊細かつ重要な仕事を請け負い、単身で他領に渡っていたせいでエーリヒと顔を合わせるのも季節二つ分ぶりのこと。そこに割って入るのは気が進まなかったのだろう。

「だが、こういうのは取り決め通りにやるべきだ。そうじゃないと不平等、だろう？」

「はぁ、仕方ありませんわねぇ……」

悪戯《いたずら》っぽく問われマルギットも溜息を吐いてみせるが、顔が少しニヤついているため言葉ほど疎ましくは思っていないのだろう。

何せ、上手く行けば行くだけ一晩の負担が減るのだから。

「あー……私の意志は？」

そこで控えめに手を上げてみるエーリヒ。このようなやり取りを公の場ですることは、開き直っても受け容《い》れがたい異名に油を注ぐことになるため勘弁して貰いたいのが正直なところだ。

直截《ちょくせつ》な言葉を使っていない故に怒られてこそいないが、場合によっては摘《つ》まみ出されて組合長から抗議が来るだろう。書面で、しかも割り印を捺《お》した正式なやつで。

「ダメだなエーリヒ。ああなった頭領は言うことを聞かないぞ。マェンは大人しく従った方が楽だと思う」

　か細い問いは、この面子《メンツ》の中で一番大人びているように見えて、実際は最年少である足高蜘蛛人《アラクネ》にバッサリ斬り捨てられる。彼女はベアトリクスの戦法と相性が良いこともあり、救い主にして師の性格を正しく把握している。

　むしろここで足掻《あが》けば足掻くほど、彼女は面白がる人種なのだ。

「よーし、一斉に転がすぞ。エーリヒ、手を出せ。そうさな、じゃあ今日は出目が多い者が勝者で」

「ああ、分かったよ、好きにしてくれ」

　仕方がないと皿のように揃えて出された両手の上に放られる六つの賽《さい》。

　しかして、三対の真っ赤な蛇の目に睨まれて、女衒《ぜげん》とまで呼ばれるようになった男は一瞬白目を向いた…………。


【Tips】女衒屋、あるいは誑《たら》しのエーリヒ。剣友会拡大期の初期、唐突に美女が五人加わって以降、年を重ねるにつれて美人が増えたことによるやっかみによって付けられた二つ名。

　尚、端緒は彼の戦友ジークフリートが「最近アイツの部屋、香水とかが増えて女衒屋みたくなってんだよな……」と知人にぼやいたことであることを知る者は少ない。

寝台が軋《きし》む音、甲高く連続した引き攣《つ》るような懇願、擦れ合う粘液の音。

立ちこめる気化した汗と諸々《もろもろ》の液体が重なり合う芳香は濃い色を帯びて部屋に充満し、理性と正気を蕩《とろ》かして人を原初の獣に戻らせる。

その名残を嗅ぎながら、私は煙管《きせる》を咥《くわ》えて一服つけた。

「あ……あぁ……」

ふぅと一息、甘い柑橘《かんきつ》の匂いを帯びた紫煙を燻《くゆ》らせても、三刻《六時間》に渡る荒淫の名残は消えない。

「んっ……エーリヒ……」

素肌の腰に縋《すが》り付いてくる手を優しく包めば、返ってくるのは蕩けるような笑顔。

三十路《みそじ》も近くなったのに、いまだ若々しさを失わない相方の倒錯的な美貌は、背中に大きく入れた薔薇《ばら》と蜘蛛《くも》の巣の意匠と、腰の裏で楚々《そそ》と舞う蝶《ちょう》も相まって蠱惑《こわく》の強さを増していく。

白い肌は興奮によって桃色に染まり、薄《うっす》らと青い血管が浮いているのが得も言えず男の部分を擽《くすぐ》ってくる。未《いま》だ快楽の波が止まないのか、体が微《かす》かに震えているのがどうしようもなく愛《いと》おしく思い、私は彼女を膝の上に招き入れていた。

「ふふ、頑張りましたわね」

「まぁね、ただ私も歳《とし》を取ったかな。流石《さすが》にちょっとしんどいよ」

肌を触れあわせ名残を惜しむのではなく、残った微かな熱を愉《たの》しむために重ね合う時間は、ともすれば激しい交合よりも長く持続する幸福をもたらしてくれる。

幾つになっても、この余韻は心地好い。

「それはそうでしょう、六人も一気に相手をしたんですもの」

ただ、相方が唐突にそれをぶち壊してくると反応に困るんだが。

あー、と誤魔化すように視線を動かせば、それでも目に入るのは目の保養というよりも、栄養分が豊富すぎて毒に近い光景だ。沈み込みそうな白、濃い蜂蜜のような甘やかな褐色に艶やかな毛皮の茶と、光沢を帯びた美しい緑。

皆、先に疲れ果てて気絶するように眠ってしまった女達。

さて、我がことながら、なんでこうなったんだっけかと色でボケた頭で振り返る。

たしか最初は……ああ、そうだ、一椀《ひとつわん》党を助けることにした時だっけ。

尋問の中で冒険者でいられなかった理由を聞き出すことに成功した私は、どうにも他人《ひと》事《ごと》に思えず深く感情移入してしまった。

復讐《ふくしゅう》、人が戦いの渦に堕《お》ちるのに十分な理由だ。

何一つ手落ちがなくても失敗することもある、そう密殺者は言ったが、正にその通りだ。

私は訳知り顔で復讐は虚《むな》しいだとか、報復は負の連鎖を生むだけだなどと宣《のたま》うつもりはない。

まだ知らないだけなのだ、愛しい者を無惨に、かつ永遠に失う絶望を。

それでも彼女が転がり落ち始めた境遇を同情するだけの想像力はあった。

復讐を重ねるにつれて新しく生まれた絆《きずな》や縁が死に、その復讐のためにまた得て失う。不毛であると詰る者もいようが、私にはどうしても否定する気になれなかった。

もしも私が忌み杉の魔宮でジークフリートやカーヤ嬢、マルギットを喪《うしな》っていたなら、きっと同じようなことをしただろう。

損得など関係ない、利害など知ったことか。

人間が生きる上でどう足掻いても排除のしようがない感情と魂がそれを許容できない。仇《かたき》を討たない限り、次の一歩など踏み出すことさえ頭を過《よぎ》らないはずだ。

それに、結局普通に生きていたって喪い続け、出会い続けるのが人生という即興劇。ケチを付けたらキリがないし、こうするべきだったなどと後から並べ立てて、脚本をくさすのはどんな愚者にも容易《たやす》い。

命乞いではなく、破れたが故に溢《あふ》れた身の上話。闘争とはどちらの思いが暴力に依《よ》って裏付けられているかの比べ合いでしかなく、その果て、遂《つい》に破れたベアトリクスは堪《こら》えきれなくなって私に問うたのだ。

どこが自分の敗着だったのだろうかと。兵演棋の感想戦を求めるが如《ごと》く。

本来ならば黙っていたかったはずだ。最後の矜持《きょうじ》、復讐に依って生きた人間、最期の一線。そこを割るだけ一党全員が捕まる敗北は響いたのだろう。

そのせいで、軽率にもナケイシャが持ってきた、私の預かりとして良いとの誘いに乗ってしまったのが坂道を転げ落ちる最初の一撃だった気がする。

その時の私は、たしか動機は肯定したが、してきたことまでは認めていなかったのもあって、当人達が納得するならば贖罪《しょくざい》すればいいとか考えたはずだ。

理はあったはずだが、道を外れて復讐のために殺しすぎた一椀党を手放しに受け容れることはできないが、これから混迷を極めるであろうマルスハイムの一助となってくれるのならば。そう考え、ドナースマルク侯の提案に乗って即戦力の増強も兼ねて仲間に加え入れた。

かなりの横車を押すことにはなったが、結果的に悪くなかったと今は判断している。

戦力、特に情報戦に使える戦力が増えたおかげで陰謀への対応力が格段に増し、計画初期段階で潰せた物も多く、本来であればマルスハイム伯の意向の外で私利私欲によって巻き込まれて潰れる家も、陰謀の余塵《よじん》で焼ける荘園《しょうえん》を減らすことができた。

然《さ》もなくば、あの悪魔の薬に関わっていた人間を仲間にしたことで激怒したフィデリオ氏が私を許すことはなかっただろう。

これは同情であると同時に打算だ。ドナースマルク侯が西方に手を出すに至って補充用の駒に選ばれた一椀党は、確実に碌《ろく》でもない未来を辿《たど》っていたはず。

だから、どうせならマルスハイムに生きている人間に都合が良いよう働いて貰《もら》えれば、多少は帳尻も合うのではないかと思ったのだ。無論、今までしてきたこと全ての報いにはなるまいが、最善手の一つであったと確信している。

いいや、予想してはいたけど、報告しに行ったらマジでキレられて本気で死を覚悟したね。

「君は、ただ、同情で、悪党を、救おうというのかい？」

こんな具合に一言ずつ奥歯で激情を噛《か》み潰し、捻《ひね》り出すように言われたら、吐息を吐こうとしている竜の口先に立つ方がマシに思えたよ。

今際《いまわ》の際《きわ》、首を吊《つ》った状態で細い杭《くい》、いや一本の串に足をのせて窒息から逃れているような状態で、私の口も上手く回ったもんだね。

おかげで一時、子猫の転《うた》た寝《ね》亭から出禁を喰《く》らったし――お子さんにも中々合わせてくれなかったが、自業自得かな――ジークフリートとも少しギスギスしてしまった。

彼は真っ当な好青年だからね。清濁併せのむにしても、暗渠《あんきょ》になった下水よりも濃い闇を呑《の》むのには抵抗もあったろう。

その中で意外にもあっさりしていたのが、殺されかけた張本人たるシュネーだった。

あの白猫は糸目の笑顔を崩すことなく、尻尾が巻き付くような距離で一椀党の間をうねうね歩き回ったかと思えば、何やら自己満足して去って行った。

変わらず今でも情報を商ってくれているし、むしろベアトリクスとの仲がいいのが不思議なくらいだが、街に執着がある彼女はマルスハイムに利するなら何でも良かったのかもしれない。

それから色々あって、今日に至っている。

マルスハイムは厳然としてそこにあり、大きな反乱も経験して山ほど人も死んだが、最悪と表現したら大袈裟《おおげさ》に過ぎよう。何せ今まで潰してきた二桁を軽く超える陰謀の中には、西方全土を通り越して帝国、下手をすると惑星が死ぬような規模の物もあったからな。

高々田舎の独立一つで、どこまで大事にこじつけるんだよと脳内で輪転神やGM《ゲームマスター》に苦情を投げつけた回数は今や計上不能だ。

いや、思い返せば大概ヒデぇ修羅場だらけだったな。行き詰まりかけていた成長を一気に引き揚げてくれたり、限界を超えたりして強くなれたりはしたけども、もう一回やれと言われたら残像が出る速度で首を横に振るようなセッションのレコ紙が記憶を埋め尽くしている。

死にかけたのも一度や二度じゃない。魔法の助けがなければ、持って生まれた数より多い回数分四肢を失ってきた。

もしあの時、一椀党を助けていなければ、より良い終着の結果があった事件も多々あったにせよ、こうやって少壮の域に踏み込むだけ生き延びて、今も冒険……まぁ、大分甘めに評価して冒険もできているのだから、文句を言う方が贅沢《ぜいたく》か。

しかし、困りごとも多く、解決の糸口が見えない。

まぁ、有り体に言うと今の状況から分かるとおり女性関係なんだが。

一つ断っておくが、私から粉をかけたことなんてないし、手を出すなんて以《もっ》ての外《ほか》。一人の冒険者として、マルギット以外には信頼できる友人として接してきた。

だのに今の状況になったのは、一九の頃だっけかな。

一番ドタバタしていた時期で、怒濤《どとう》の如く押し寄せる変化と事件の過剰摂取により脳がごっちゃごちゃして、記憶の整理が追っついていないのだけど、人生で二番目くらいにヤバい時期だった。

遠方から友人が訪ねてくるわ、陰謀がドカンドカンと方々で弾《はじ》けるわ、アグリッピナ氏の側仕《そばづか》えをやっていた一年より忙しかったのは、あれが初めてだ。

陰謀絡みで死ぬ思いを一〇日の間に七回もした後、生存本能が最大に働いてマルギットにかなり〝無理〟をさせたのは覚えている。あれだよ、人間死にかけると種を残そうとして元気に云々《うんぬん》ってやつ。

その時分だったな、初めてベアトリクスと、マルギット以外の女性と情を交わしたのは。

「膝に私がいるのに、別の女のことを考えてますわね？」

後ろで白骨聖人の彫り物を快楽の名残で痙攣《けいれん》させている元密殺者に意識をやったのが、膝の上の相方にバレたらしい。顎を摑《つか》まれ、首筋をぐいっと持ち上げられ首元に接吻《せっぷん》が落ちる。

「ごめん、マルギット。色っぽいことというより、どうしてこうなったのかなってさ」

「さぁ、色を好む英雄さんのせいかしら」

「何だか酷《ひど》い勘違いをされてるようだから、是非とも訂正したいんだけど」

睦言《むつごと》の終わりを飾る軽い愛撫《あいぶ》で、小鳥が啄《ついば》むように可愛《かわい》らしく唇が触れていく音がする。

柔らかく滑った舌が撫《な》でていく感覚は事後の体に心地《ここち》好《よ》いが、その実全てが人体急所を擽っていくのが何ともね。

そのまま大きな寝台に――これだけの人数で暴れられる品を買ってきたのは、さて誰だったか――押し倒され、微かな膨らみに頭を抱かれると心地好い疲労感を引き連れた眠気が襲いかかってきた。

複雑な思考も煩雑な過去も押し流す、安心感に足を引っ張られ、意識が濁る。

割と大事な考え事だったはずなんだが、疲れと眠気には勝てない。緊迫した状況下であれば、浅い眠りだけで警戒しながらの入眠が何日続いても平気だし、自分が人を斬る機械のように思い込めば耐え忍ぶこともできるんだけども……。

落ち着いた環境、人肌の柔らかさ、頼り甲斐《がい》のある戦力に囲まれている安息に包まれると駄目だ。抗《あらが》えない。

「ふふ、おねむでして？　明日はお休みですから、ぐっすり眠ってよくってよ」

「ああ、うん……そうだね、休み、だったね……」

蜘蛛人《アラクネ》特有のヒト種《メンシュ》より低いが、温《ぬる》くて心地好い体温に意識が蕩かされて瞼《まぶた》の重みが増していく。息を吸い込む度、彼女の体臭とお洒落《しやれ》のために振った香水が混じり合った、得も言えぬ甘い匂いが脳を包んで抵抗力が削《そ》がれてしまう。

ああ、いけないなぁ、これでは何かあった時の反応が遅れる。

もう、陰謀を叩《たた》き潰すために駆けずり回ってきた時のように、一分の隙もなく張り詰めた意識が保てない。

まるで子供のように無防備に深く深く熟睡するのは危険なんだが、今日は幼馴染《おさななじ》みの優しさに甘えて眠ってしまおうか…………。

【Tips】剣友会の誉れ高き威名は地方に響き渡っているが、西方大乱以降、多角経営の結果か冒険者の氏族と認識していない者もいる。


安らかな吐息、深く深く、殆《ほとん》ど音を立てない寝息を聞き、やっとマルギットは安心して相方の頭を抱く手を緩めた。

動いても敷き布《シーツ》の衣擦《きぬず》れさえ響かせぬよう慎重に起き上がり、激しく色を貪った名残を拭ってやろうと寝台脇に向かおうとすれば、方向を変える前に手ぬぐいを持った手が視界の外から伸びてきた。

「寝たか？」

その手は魔導義肢であった。内部に魔晶を仕込んで動力とする義腕は、損傷が激しく切断する他なかった右腕の代わりに一〇年ほど居座っていることもあって、馴染みが良く生身の腕と変わらぬ滑らかさで蜘蛛人《アラクネ》に柔らかな布を寄越《よこ》す。

他の四人は法悦の深さから気絶するようにオチるか、余韻で動けないが、ベアトリクスだけは警戒を続けられる程度の余裕を持って寝転んでいたのだ。

全ては、艶然と微笑《ほほえ》んで金髪の剣士、その額に浮かぶ汗を愛《いと》おしそうに拭う狩人《かりゅうど》の差配である。

「ええ、ぐっすり。一週間ぶりの熟睡ですわね」

「そうか、やはり一人では深く眠れぬか。難儀だな」

白い肌の全身を白骨聖人や髑髏《どくろ》の意匠で覆い、臍《へそ》から下腹部にかけて〝牙に囲まれた剣〟の刺青を新たに入れたベアトリクスは、自分の体も汗などに塗《まみ》れているのに、一足先に夢の世界で安息をたらふく堪能している男の体を拭いてやる。

それから、乱れていた髪を直そうかと手を伸ばしたが、魔導合金の義手がぺしっと弾かれた。

実行者は勿論《もちろん》、相方の頭の下に枕を差し込んでいた蜘蛛人《アラクネ》だ。

「やはり髪は任せてくれぬか」

「ええ、これだけは私の楽しみでしてよ」

体と寝台の間に挟み込まぬよう注意して抜き取った長い髪。激しい行為に備えて頭の高い所で括《くく》っていた、今では腰よりも長くなってしまった髪を解いてやり、慈しむ手付きで櫛《くし》を通すのはマルギットだけに許された特権だ。

「しかし、どうしてこうなった、か。知らぬは当人ばかりだな」

口の端を上げ、皮肉気に笑う元密殺者は、自分の主がそうそう風邪などひくことのない頑丈な体をしているのを分かっているが、手近にあった布団を手繰り寄せてかけてやった。汗を拭い終えたのであれば、無理に何か着せるより眠りやすかろうと気遣って。

「ええ、〝盾〟がないと眠れないくらい追い詰められていても、平気だと自分を洗脳しているんですもの。強情もここまでいくと大した物ですわ」

手付きの全てが優しく髪を梳《くしけず》る彼女は、幼馴染みにこればかりは墓まで持っていかないといけない秘密だなと回想する。

特に陰謀に塗れた一年間、エーリヒは幾度も死線を潜《くぐ》るというよりも、常に頭の先までどっぷり漬かるような日々を送っていた。

情報戦、社会戦、そして直接戦闘を避けての暗殺や密殺が多方面から絶えず襲いかかってきたのだ。

これは剣友会の情報戦能力が向上し、偏執的なまでに陰謀を叩き潰して回ったせいだというのは想像に難くない。

カーヤ嬢がいなければ死んでいたような、警戒を潜り抜けて毒を忍び込まされることも屢々《しばしば》あり、何処《どこ》かで釦《ボタン》の掛け違いがあっただけで命を落とす環境は彼を決定的に〝壊して〟しまった。

度重なる攻撃に彼の精神は先鋭化することで対応し、技量の飛躍的上昇も相まって、殺されないようにするため常に戦闘状態にあった精神は変容から逃れることができなかった。

その時のことを知る会員は、崇敬して言うはずの頭目を恐ろしげに「まるで剝《む》き身《み》の剣のようだ」と表現する。

個体としての強さは高まろうとも、そのような精神状態であり続けるのが体にも精神にも良いはずもない。生き延びるという必要十分条件を満たすために無意識が適応したにしても、表面にまで及ぼす影響は決して好ましい物ばかりではなかった。

本人は努めて平気そうに振る舞ってはいたものの、無意識下で様々な弊害があった。

まず、猜疑心《さいぎしん》が強まり依頼の吟味が激しくなった。シュネーが困るほど依頼主の身柄を洗い、以前なら二つ返事で呑んだであろう、困窮した荘園《しょうえん》の名主から泣きつかれても返事を保留するくらいにだ。

次に目立ったのは食の細さ。毒を呷《あお》らされて死にかけた経験が心に余程響いたのか、自分で狩って調理した物以外、術式で安全だと確認しても一口一口、異変が起こらないかおっかなびっくり食べている姿の痛ましいこと。

挙げ句の果てには眠りが常に浅くなり、遠征時には自分が寝返りを打つ衣擦れにも反応して目を覚ます始末。

常に気を張った代償に微《かす》かな隈《くま》が常態化し、周りに当たり散らすことこそなかったが、戦法がどんどんと残虐に、無慈悲になっていくことを幼馴染みは危惧したのだ。

剣士として、冒険者としては成長していっても、これでは早晩人間としての限界が訪れると悟ったマルギットであるが、彼女一人にできることは少なかった。

慰め、癒やし、抱きしめている間は安心して眠ってくれるものの、常に付き添える訳ではない。

短時間の睡眠でも平気な蜘蛛人《アラクネ》といえど、体はたった一つきり。彼女にしかできない仕事も多いため一日中付きっきりでいることもできず、愛する男から受ける〝愛〟の深さは前後不覚に陥るほど。

そこで彼女は一計を案じる。

好ましい手段ではない。エーリヒに真意を知られたら、彼は間違いなく怒っただろう。

それでもマルギットはエーリヒの人間性を守りたかった。

冒険者でいたいという理想に取り憑《つ》かれ、皆と楽しく冒険をする喜びを忘れて欲しくなかったのだ。

「しかし、最近は穏やかになったものだな。拙下が初めて慰めた時は、腕の中にいても深くは寝付いてくれなかったが」

「落ち着いたのもあるでしょうけど、慣れてくれたんだと思いますわ」

エーリヒは無意識にマルギットとそれ以外の女性を分けて考えている。自分の半身が警戒してくれているのだから、こちらの体は休ませてもよいと、ある意味では母親よりも重い信頼を預けていた。

だが、落ち着いて眠れる寝床が一つでは、眠る方も眠られる方も限界がくる。敷布や毛布でさえ週に一度は干してやらねばヘタってしまうのだ。人間などもっと早く駄目になる。

故に彼女は寝具と盾を増やすことにした。

矜持《きょうじ》を曲げて、自分一人が熱心に愛される喜びを天秤《てんびん》に掛けてでも、愛する男の人間性と平穏を取り戻すべく。

ベアトリクスは斥候から「エーリヒのために死んでくれます？」と頼まれれば、特に悩むこともなく首肯した。

責任を感じていたのは事実。一椀党《ひとつわん》を拾い上げたが故に陰謀に触れる機会が絶対的に増え、心を痩せ細らせた。

そうであるならば、自分達《たち》が辛苦を和らげてやるのが筋であろう。

それに、ただ義務感でベアトリクスはエーリヒの寝床に潜り込んだのではない。

剣友会は彼女達にとって、幾年《いくとせ》ぶりかの落ち着ける場所になったからだ。

エーリヒは気を配りつつも仲間になった彼女達を信頼し、信用し、重要な仕事を任せてくれる。戦場で命を預けるのに過ぎたることはあっても物足りぬことはなく、並んで前線に立った時の安心感は未《いま》だかつて味わったことのない盤石さ。

その上、彼は約束してくれた。

自分達が無念の内に果てることがあれば、仇《かたき》を必ず討つことを。

一椀党の在り方をエーリヒは包み込んで受け容《い》れてくれた。

この男のためになら、復讐《ふくしゆう》を抜きに死んでやっても良いかと想《おも》えるようになったのは、正しく情としか言い様がないだろう。

情交はエーリヒがマルギットと他の女性を比べ、安心するための障壁を削るために行われた。順番に数人ずつ、斥候の企《たくら》みに同調する者達が――まぁ、一部は完全に役得狙いであったのだが――臥所《ふしど》を共にし、心を慰めると同時に〝彼女達といれば安心だ〟と剣士の本能に言い聞かせるのは中々の難事であった。

ベアトリクスも彼の落ち着いた寝息を聞いたのは、体を重ねること一〇回を超えてから。それも〝抱き潰さない加減〟を彼が覚えてやっとだ。様子を見に来たプライマーヌが扉を開けても眠り続けた時は、軽い絶頂を覚える程の感動を覚えたのを元密殺者は忘れない。

ああ、やっと自分達は、この男を支えられる人間になったのだと心が震えたものだ。

今や、放っておけば尖《とが》り続ける心の縁《ふち》を優しく削る女が増え続けたせいで、当人が大変不名誉な二つ名を被ったことを申し訳なく思っていても、関係を持った者達は心から喜び納得している。

まぁ、それにだ……。

「ただ、今日も凄《すさ》まじかったな……正直、何度合わせても腰が抜ける。いや、むしろエーリヒに弱いところを覚えられて、重ねるごとに凄《すご》いことになる気がする。妙な魔法使いに尋問で、快感が二〇倍になる薬を飲まされた時より強烈な感覚を覚えるとは思わなかった」

「だって、エーリヒは気絶〝させてくれません〟ものね」

歳《とし》を重ねても金髪の下半身が弱まることはなかった。紳士的な猛獣とでも言うべきか。相手が悦《よろこ》べば悦ぶだけ自分も悦に入る気質なのか、丁度良い、心地好い絶頂が延々持続するような攻めを好むために、下手に強烈な快感を叩き付けて神経がキレるようなオチ方ができないのだ。

諜報《ちようほう》活動や密殺で〝色〟を使うこともあった一椀党は、多少の楽観を以《もつ》て恩人に報いるくらいの気持ちで臥所に挑んだが、それが誤りであることを察するのは一瞬だった。

これは、戦場に挑むのと同じ覚悟で掛からねば、安心させるどころか自分だけが気持ちよくなって終わると。

むしろエーリヒが「……あれ？　私はやり過ぎているのか？」なんて自省と手加減を覚える方が早かったのだから。

否、正論で語るならば、絶頂によって相手が痙攣《けいれん》している状態の拙《まず》さに気付くのが遅すぎるくらいなので、金髪に非があるのも疑いようのない事実なのだが。

「まぁ、こうやってあどけない寝顔を見せてくれるのだから、拙下が骨を折る甲斐《かい》もある。可愛《かわい》らしいものじゃないか」

「ね」

義腕の指が頬をつつけば、小さく口を開いて寝ていたエーリヒが擦り寄るように頭を寄せる。そのまま手で包んでやれば、鼻を指の間に潜り込ませて心の底から落ち着いた仔猫《こねこ》のように眠る様は、女性の本能に痺《しび》れるような甘い快感を与えた。

以前ならば、指を擡《もた》げた時点で呼吸が変わり、半覚醒状態になっており、触れる寸前には目を開けていただろう。

それがどうだ。斯《か》くも一切の苦しみを知らぬように安らぐ様は、一際尖っていた時期を知っている者達には甘露の如《ごと》く甘い。

「しかし、情けないぞお前達。そろそろ一人でも寝かしつけられるようになれ」

「ネ、姉さんハ、最後《さいご》の方だったから余裕があっただけでショ……」

「マェンは見逃していないぞ、トゥー《君》が白目を向いて舌を出していたのを……」

「あ、あー、腰、力入らん、って、駄目だ、レプシア、気絶してる」

ただ、今日は何の運命の悪戯《いたずら》か六人も相手にしたせいか、さしもの女衒屋《ぜげんや》も加減を誤ったと見える。一椀党の四人は声を掛けられるまで動くこともできなかったようで、手ぬぐいを投げられても行為の残滓《ざんし》を拭うことも叶わない。

昔はこれを一人で受け止めていたマルギットとしては、むしろ丁度良く心地《ここち》好《よ》いくらいに負担が軽減するのも都合がよかったのであろう。

また、他にも狙いがあった。

「ああ、ベアトリクス、それと一つ気が付いたんですけども」

「ん？　どうした」

「私、暫《しばら》く夜は参加できないかもしれませんわ」

「どうした？　擦り切れたか？」

また直截《ちょくせつ》に物を言うなと清楚《せいそ》な乙女感を捨てていなかった蜘蛛人《アラクネ》は顔を曇らせたが、溜《ため》息《いき》を吐《つ》いて自分の腹を指さしていった。

暫く月の物が訪れていないと。

「何？　蜘蛛人《アラクネ》は卵生だろう？」

「ヒト種《メンシュ》を生む時、たまーに卵が腹の中で大きくなることがあるようで。その時は難産になるんですけども、感覚的にそうなんじゃないかって気がするんですのよねぇ」

蜘蛛人《アラクネ》の繁殖方法は基本的に人類種のそれに準ずるが、子の産み方は大分違う。再生能力を持つ〝子宮本体〟が卵になって産み落とされ、子は生まれるまでそこで育つのだ。

しかし、これは蜘蛛人《アラクネ》が蜘蛛人《アラクネ》を生む時の現象。ヒト種《メンシュ》の男性は異種族の女性と交わった際、基本的に相手側の種族を孕《はら》ませるのだが、ごく希《まれ》にヒト種《メンシュ》が生まれることもある。

かなり珍しい例だが滅多にないという程でもないため、マルギットも知ってはいたが、自分の体で味わうことになろうとは思わなかったのだろう。

だから普段と違い、体の変化に気付くのが遅れたのだ。

「最近余裕が出たから油断しましたわね。ま、年齢的にそろそろ生みたいなとは思っていたんですけど」

「良かったではないか、目出度《めでた》いことだ。そもそも、お前が悪巧みを始めたのはそのためでもあったのだろう」

言われて、蜘蛛人《アラクネ》は悪戯っぽい笑みを浮かべる。

この企み自体、マルギットとエーリヒが安心して子供を作る意図もあったのだから。

もしも斥候が一人だけで剣士に安らぎを与えていたら、斯様《かよう》な余裕はなかったはずだ。

仮に卵の形で産んでも孵《かえ》るまで付きっきりでいる時間が増え——蠅捕蜘蛛《はえとりぐも》種は産みっぱなしではなく、抱卵する本能がある——とてもではないが警戒して安眠を与えてやることはできぬ。

むしろ、あの殺気だった状態で一児の父になってしまったなら、どんな暴走を見せるか背筋に悪寒が走った。

きっと全ての陰謀を叩《たた》き倒し、子の安全を確保しようと更に先鋭化していった公算が高い。

結果生み出されるのは、大量の屍《しかばね》が積み重なって、要らぬ因果を増やす光景。

それを考えれば、安心できる子育ての環境を作るため、エーリヒの心が穏やかになるのは必須であった。故に大人になっても乙女心を捨てていなかったマルギットは、半ば妥協も兼ねて一椀党を誘ったのである。

愛《いと》しい人との子供を抱いて、その将来を語らう光景は甘美で捨てきれるものではない。

「だから、貴女《あなた》達には負担をかけることになるかもしれませんわね。はしゃぎ回るあの人を上手《うま》く止めてくださいな」

「そうだな、街を綺麗《きれい》にしようとかいって不逞《ふてい》氏族に片端から喧嘩《けんか》を売られても困る」

マルギットの懸念が相当簡単に想像できたのか、ベアトリクスは思わず額に手をやった。

何せ初めての子供だ。あの金髪も相当舞い上がり、やれ産着がどうだ名付けがどうだと天まで舞い上がって喜びまくり、ついでに子供の生育環境に拘《こだわ》って大騒ぎを引き起こす様が容易に思い浮かぶ。

「しかし、子か。拙下も産むには限界が近い歳だし、欲しくはあるが……」

「あら、困りますわよ？　ヒト種《メンシュ》は妊娠期間も乳離れも長いでしょう。二人抜けたら皆が困るのでは？」

「ネ、姉さン、タしかにちょっと冷静になって欲しイ。アたしも我慢してるんだからラ」

「俺も、相手しきれる自信、ないぞ。憧れる、けど」

主戦力が二人も抜けると大変困るプライマーヌとシャフルナーズが再考を促した。ベアトリクスは体を魔力で強化、賦活していることもあって母子共に出産を健全に行える期間は常人よりずっと長いのだ。少なくともマルギットが戦線復帰するまでは自重して貰《もら》いたいのが本心である。

今まで特に興味などなさそうに避妊の術式をかけてきたのにも拘らず、愛おしそうに腹を撫《な》でる斥候を見た途端に目の色を変えられても、もう少し予定というものを考えて欲しいと部下達は強く願うのだった。

「マェンはそれより、母親が全員違う大量の弟妹を持つことになる嫡子のことが気になるが……」

「そこは大丈夫でしょう。ジークフリートの子達と同じで、剣友会全体の子みたいになりますし」

将来的に順繰りに産んでいったとしたら、子供の視点に立てば相当凄まじい家庭になるのではなかろうか。マェンは冷静に訝《いぶか》しんだ。

ジークフリートの場合は妻は一人だし、もう五つになる双子は剣友会を託児所に育っても公認の愛人なんぞがいないこともあって混乱せずに済んでいるものの、エーリヒ達の場合は大分事情が違う。

それにマルギットが産む子が男女どちらであっても、父親に妻の如く振る舞う女が二桁近く居たら反応に困ろう。かなり繊細に接しなければ、恐ろしく拗《こじ》れた育ち方をしてもおかしくはない。

複雑な家庭環境というのは、それだけで子供にかなりの負担をかけるのだ。

「あー……ジークか。だが彼は副頭目として遠くに出張ることも多かったから、言葉を喋《しゃべ》れるようになった子がエタンを父さん《ファーター》と呼ぶ光景を見て膝から崩れ落ちていたな。マルギット、似たようなことが起こって耐えられるか？　擂下の誰かが母さん《ムッター》と呼ばれて」

「ああ、良く覚えている。あれ、とても可哀想《かわいそう》だった」

「マェンなら暫く立ち直れない気がする。想像しただけでちょっと吐きそうになった」

それに剣友会で一線級の冒険者で居続けるというのならば、どうしてもマルスハイムを離れることも多くなる。必然、父母共に子供の側《そば》にいられる時間も減る。

そうなるとジークフリートのように、よく世話を焼いてくれる配下に記念すべき初めて呼んで貰える機会を奪われるわけだ。

この時はさしもの彼も凹《へこ》みに凹み、エーリヒは慰めて元気を取り戻させるまでに良い葡《ぶ》萄酒《どうしゅ》を五本開けなければいけなかったくらいだ。この心的外傷は今も癒えていないらしく、長期間子供達と離れても顔を忘れられないよう、肖像画を作る彼らしくもない行動に手を染めさせていた。

然《さ》れど蜘蛛人《アラクネ》は艶然にして不敵な笑みを浮かべるばかり。

「私とこの人の子でしてよ？　母親が何人いたって、その愛を受け止めて凄まじい怪物に育ちますわよ。私はそれだけで満足ですわ」

微笑から発される恐ろしいまでの圧に、修羅場を数え切れないほど潜《くぐ》ってきた猛者達《たち》が一瞬たじろいだ。

何て恐ろしいこと考えてやがると。

マルギットは自分の子にたたき込めることをたたき込めるだけ教えるつもりなのだ。複数の母も母胎の違う弟妹も、我が子の糧になり強大な怪物の成長を促す。そうであれば愛しい夫が多少胃痛を抱えようと、子供との付き合い方を綿密に考えねばならなくとも安い物。

狩人《かりゆうど》は最も欲した獲物を手に入れたら、それに飽き足らず、自分でも食い尽くせないナニカを産みだそうとしていた。

この二人の子だ、凡庸の枠に収まろうはずもなし。そこに剣友会の環境、父の剣と魔導の才覚に母の狩人の業前、更には複数の冒険者達が我等《われら》が頭領の愛し子だと愛情を注げば、世界で誰も並ぶことのできない環境で研鑽《けんさん》されていくことになろう。

この場だけでも達人が六人。更に幾つかの分野での玄人が群れているとなれば、壮絶なまでの愛情と技術が注ぎ込まれることとなる。

まだ胎動もしていなかろう赤子がどのような化物になるか想像し、裸であることを抜きに女達は静かな寒気を覚えるのであった…………。

【Tips】ヒト種《メンシュ》男性と繁殖を行った他人種は往々にして女性側の種を産むが、希にヒト種《メンシュ》が産まれることもある。この場合、母胎に多少の無茶は掛かるが、とても強く秀でた子になるとの民間伝承がまことしやかに囁《ささや》かれている。

Aims for the Strongest
Build Up Character
The TRPG Player Develop Himself
in Different World
Mr. Henderson
Preach the Gospel

CHARACTER

名前

ベアトリクス

Beatrix

種族

Mensch

分類

エネミー

特技

瞬間魔力量 スケールⅧ

技能

- 近接徒手格闘
- 魔力撃
- 隠密

特性

- 独覚の魔法使い
- 鈴蘭の毒
- 白骨聖人の術式

あとがき

本書をいつも見守っていてくれた祖母に。寂しいよ。

とまぁ、海外文学かぶれのあとがきも十一回目となりました。改めまして、今回もまた盛大に〆切りでご迷惑をおかけした担当様、及び私の返事が遅かったり原稿がギリギリなのにやたらめったら文章量や注文が多くてご迷惑をおかけした――このあとがき執筆時は恐らく現在進行形――ランサネ様、及び関係各所に本あとがきでもって謝罪いたします。そろそろケジメする指が足りなくなってきました。

重ねて、筆が遅いことも相まって上下巻構成になったのにお届けするのが遅くなっても待ってくださった、奇特な我が卓の参加者達《読者諸兄》にも心からお詫《わ》びとお礼を。皆が推してくれているから、今回もどうにかこうにか上梓《じょうし》することができました。

私と㈱オーバーラップのロイス《絆》がなんと堅いことでしょう。自覚はしているのですが、こうも文量が多い上に書くのも遅い〝大作家先生〟なんぞ、普通はとっくにタイタスにブチ込まれているでしょうに。全て奇矯なる関係各所の努力と、諸兄等の篤《あつ》いご支援のおかげです。

いや、ほんと、我がことながらどうしてこうなったんでしょうね。前巻で九割五分書き下ろしやった時は「弁《わきま》えろよ」なんてプロットを作った時の自分へと、時を超えた呪詛《じゅそ》を送っていたのにご覧の有様です。この調子で次がＷｅｂ版と全く同じに進むわけがねぇだろ!!　と九巻下のあとがきを終えた時点で、かなり頭を抱えております。

ただ、楽しかったです。書きたかったけど忘れていたり、途中で欲を出して増やしたキャラが墓地から復活して賑《にぎ》やかなこと。大ボスだけじゃなくて取り巻き全員をPC準拠で構築してフルパーティー以上で殴り合うとか、古巣の卓でもあまりなかった規模になってしまいましたが、特に後悔はしていません。いえ、反省はしますが。

ただ、今回の卓で新たに盤面を賑わしたエネミーはアレです、初期プロット時から担当様と相談している上で「何か敵の格がたんねぇよなぁ?」と話し合った上でポップした存在なので、かなりオマケして責任は等分されるじゃないかと思う次第でして。なので前回に引き続き、私が自分の性癖を満たしたいがためにランサネ様にキャラを発注した訳ではないのです。イイネ?

前置きはさておき、ネタバレにならない程度に本編を解説いたしますが、Web版時では連載のテンポとさっさと時を進めたかった関係で描写を全カットされ、唐突に生えた剣友会の成立と拡大を細かくやりたかったのが全ての始まりです。

今思えば、あの当時の私は何を考えていたのでしょうね?　ミカを早く再登場というより、はよ当初予定の一党フルパーティーを再結成させようとして焦っていたのだと思います。

どうあれ、会員の個性とかを出せて満足しています。いやほら、Web版では既に色々活躍してたりする面子《メンツ》の子細を語っていないなぁとか、今になって思い出した訳ではないですよ。ただ、作者の頭と埃《ほこり》を被《かぶ》ったプロットにしか存在していなかったので、実質ないのと同じだっただけで考えてはいました。

なので、死蔵する形になっていた出会いの光景とか色々書けて満足しています。

そして、前回のミドル戦闘で登場した敵手達《たち》。もう思う存分性癖のまま……シツレイ、読者が喜ぶであろう要素を詰めるだけ詰め込んだら、何か面白暗殺者集団めいてしまいました。しかもニンジャだ。明らかに前巻から引き続いてニューロンが焦げ付いている。

一つ言い訳しておくと、これ一応元ネタがあるのです。たしか一巻だか二巻だかの頃にポロッと言及した、一つの器を分け合って使って結束が強まり〝一椀党《ワンカップクラン》〟を名乗るようになった、昔に遊んだ卓の一党と今の性癖、それと個人的に印象に残っている別卓のキャラ達を悪魔合体させたのですよ。

まぁ、そもそもの発想が参加者によって持ち込まれた〝カップ酒《商標配慮》〟が由来だったり、ちょっとTSしてたり属性盛ってたりして、元ネタとなった友人達からは「誰だよ」と至極真っ当なツッコミをされてしまうでしょうが、過去に楽しんだセッションの想《おも》い出《で》をどうしても使いたかったのです。

その想い出深い卓の末路がこれか……？　なんて、あとがきを律儀に読了後に読んでくださっている諸兄は訝《いぶか》しんで首を傾《かし》げるかもしれませんが、これも愛、愛ですよ市民。

だって連中「そうか、不意討ちだとダメージ増えるのか」などとヌカして、全員隠密《おんみつ》からの不意討ちができるように成長してきやがったんですもの。忘れられる訳がないし、あとからイジりたくもなります。

山賊のアジトに直接正面から乗り込むより、酒呑《の》んで寝てる時に暗殺した方が効率良いといった発想から、パーティー全員が兼業暗殺者になる光景のなんと惨憺《さんたん》たることか。

ええ、それからですね。GM《わたし》がやたらと不眠属性を持ったエネミーを重宝がるようになったのは。ゴーレムなのでそもそも寝ないですとか、吸血鬼は精神バステ利かねぇとか、公式が用意した分厚い盾で殴り返したり、思い返せば実にマンチで口プロに溢《あふ》れた楽しい時間でした。

見てるかお前ら、まだ忘《ゆる》れ《し》て《て》ねぇからな。

実際、味を占めて半分暗殺者みたいな集団になった別卓の末路も組み込んでいるので、憂さ晴らし、もとい想い出の消化はちゃんとできたということにしておきましょう。

さて、物語はここからようやく本格的に〝青年期〟が始まり――ええ、なんと少し前までは少年なのです――そろそろ世界の一個くらい救ったろかなくらいの領域に踏み込むのですが、まぁ段階がありますよね。

蛮族に襲われている村から、陰謀の標的になって人知れず滅びの危機に瀕《ひん》した街、そしてボタンを掛け違えたら滅ぶかもしれない国。世界を救う前に慣らし、あと経験点を配布するためにステップを用意しておくのは大事かなと。そうじゃないと普通にLv足りなくて酷《ひど》い目に遭いますからね。

もしも私が幸運ロールに成功し、それと皆様のお力添えが叶《かな》った場合は、Ｗｅｂ版既読勢は既知のとおりの、しかし筋書きが全く違う大乱へと発展する一〇巻に続くことになると思います。二桁の大台ですよ！

開き直りますが、書籍版『ヘンダーソン氏の福音を』のテーマは「何か知って……いや知らねぇ、あ、いや、知って……る話かなぁコレ」なので、また大幅に書き下ろしたい次第ですので、何卒《なにとぞ》、何卒よろしくお願いいたします。

何より次巻に続けられれば、暫《しばら》くご無沙汰であったキャラと出会えるかもしれません。しかもランサネ様の挿絵付きで！

アレもコレもと書き足したがりやのGMを寛大に見守りながら、また次の卓に参加していただければ、これ以上の幸せはありません。

それでは皆様、ちゃんとキャラ紙忘れないようにお帰りを。GMもとても素敵な時計を特装版で用意して貰《もら》ったので、終電逃さず済むよう時間配分を頑張るので、次のセッションに遅れないようにね。

また皆様のレコ紙にGMとして署名できることを祈って。


【Tips】作者はTwitter（ID：@schuld3157）にて〝ルルブの片隅〟や〝リプレイの外側〟と称して本編で書けなかった設定や小話を不定期に公開している。

エタンは
描いていて
かなり楽しい

作品のご感想、
ファンレターをお待ちしています

あて先
〒141-0031
東京都品川区西五反田 8-1-5 五反田光和ビル4階
ライトノベル編集部
「Schuld」先生係／「ランサネ」先生係

OVERLAP

TRPGプレイヤーが異世界で最強ビルドを目指す 9下
～ヘンダーソン氏の福音を～

発　　行　2024年3月25日　初版第一刷発行

著　　者　Schuld
発 行 者　永田勝治
発 行 所　株式会社オーバーラップ
〒141-0031　東京都品川区西五反田 8-1-5
校正・DTP　株式会社鷗来堂
印刷・製本　大日本印刷株式会社

Printed in Japan　ISBN 978-4-8240-0761-2 C0193

第12回 オーバーラップ文庫大賞
原稿募集中!
イラスト:じゃいあん
【締め切り】
第1ターン 2024年6月末日
第2ターン 2024年12月末日
各ターンの締め切り後4ヶ月以内に佳作を発表。通期で佳作に選出された作品の中から、「大賞」、「金賞」、「銀賞」を選出します。
その物語は、
きっと誰かが
好きな物語。
【賞金】
大賞…300万円
(3巻刊行確約+コミカライズ確約)
金賞……100万円
(3巻刊行確約)
銀賞………30万円
(2巻刊行確約)
佳作………10万円
投稿はオンラインで! 結果も評価シートもサイトをチェック!
https://over-lap.co.jp/bunko/award/
〈オーバーラップ文庫大賞オンライン〉
※最新情報および応募詳細については上記サイトをご覧ください。
※紙での応募受付は行っておりません。